觉醒日

AWARENESS DAY

唐缺◎著

北京联合出版公司
Beijing United Publishing Co.,Ltd.

觉醒日

AWARENESS DAY

目录

C o n t e n t s

序章　历史的碎片…………001

第一章　死亡之夜…………023

第二章　故乡…………045

第三章　血腥的诞辰…………067

第四章　太岁…………087

第五章　狭路相逢…………119

第六章　你终于来了…………147

第七章　坟…………171

第八章　魔仆…………199

第九章　血脉…………227

第十章　幕后真凶…………249

尾声…………277

序章

历史的碎片

一

西行面见成吉思汗的道路漫长而艰辛。

尽管已经在邪米思干大城休养了一段日子，丘处机的身体状况仍然不佳。因此，当长春真人好不容易可以午睡片刻的时候，弟子们都自觉地不发出声响，以便让师尊可以好好休息。

然而丘处机入睡还不到小半个时辰，全真道士们暂居的算端氏新宫门外就传来了一阵歇斯底里的叫喊声。丘处机的弟子于志可从远处狂奔而回，一边跑一边发狂般地叫嚷着，嘶哑的喊声在空气里飘荡着。

“志可！收声！不要惊扰了师尊休息！”于志可的师兄李志常生气地训斥道。但他很快就发现有些不对劲，于志可的脸白得好像一张纸，嘴张大到了令人匪夷所思的程度，就好像不张那么大就没有办法呼吸一样，圆瞪的双眼布满血丝，简直要从眼眶里蹦出来。而最让人不安的是于志可嘴里呼喊的内容。

“怪物！妖孽！”于志可仿佛要把自己的心和肺都喊出来，“怪物啊！”

师兄弟们慌忙把他扶进宫里，手忙脚乱地喂水喂药，但于志可已经陷入了癫狂状态，一面极力挣扎着，一面上气不接下气地不停喊着：“妖孽！怪物！妖孽！”

“志可，抱元守一，澄心定意，妖邪自去。”一个严肃的声音忽然响起，那是被惊醒的长春真人丘处机。

在师尊的提醒和点拨下，于志可终于慢慢地收束了心神。静坐片刻后，他才颤抖着张口，用嘶哑的嗓音说："师尊！我……我不是故意失态的。但是我看到了一些东西，一些不应该在这个世上存在的东西。"

"不必急，凝神静气，慢慢从头说来。"丘处机在徒弟们端来的椅子上坐了下来。

于志可喘息了一阵子后，缓缓开口说："我刚才去了城北的一座破败道观。前些日子，在施粥的时候，我遇到了一个流连于此的山东老汉……"

长春真人丘处机是在两年前收到成吉思汗的邀请函的，他最终接受了蒙古大汗的盛邀，在73岁的高龄启程奔赴西域与其会面，希望能以自己的微薄之力，在成吉思汗的心里播下仁政的种子，让世间苍生少受些苦难。两年后的冬日，他和随行的十八位全真弟子来到了邪米思干大城，由于前方积雪封路百余里，无法赶到大雪山东南和成吉思汗相会，他们将在此处过冬，等待开春雪融后继续前行。

蒙古人的大屠杀已经过去了一年多，邪米思干大城的空气里却似乎依然飘浮着一股浓烈的血腥味。这座丝绸之路上的繁华重镇、曾经被亚历山大大帝盛赞的城市，在成吉思汗的铁蹄下遭遇了灭顶之灾，再也不复过去美轮美奂的壮观景象。尽管已经在缓慢重建，如今呈现在全真道士们眼前的，仍然是白雪覆盖下大片大片的断壁残垣，进城的路途上，甚至可以在路边见到无人掩埋的枯骨。昔日花剌子模帝国的都城仅剩下四分之一人口，显得冷清破败，笼罩在一种灰暗的色调中，一如居民们麻木饥馑的眼睛。

"君不见，青海头，古来白骨无人收……"丘处机轻声吟道，随即长叹一声，"但盼能早日见到大汗，劝他止戒杀戮，以仁心治天下。"

进城后的所见所闻更加令人不忍目睹耳闻。此刻的邪米思干，仍然没能从灭国屠城的阴影中走出来，一副民生凋敝的景象，百姓往往食不果腹，卖儿卖女的惨事随处可见。丘处机心怀仁慈，在算端氏新宫住下后，立刻命令弟子们用自己的口粮为城中居民施粥，一时间饥饿的贫民们蜂拥而至，让十八名弟子和成吉思汗派来的蒙古随从们忙碌不休。

12月的一个傍晚，铅灰色的天空中又开始飘雪，气温低得似乎能把人畜的血液都冻住，但施粥的算端氏新宫门前依然排着长长的队伍。于志可正在满头大汗地举着勺子为饥民盛粥，前方人群里忽然传来一声闷响，他抬头看去，一个头发花白的老人摔倒在地上，看来是冻饿之下身体支撑不住，生生晕过去了。

于志可连忙把大勺交给身旁的蒙古人，把老人扶到房檐下。这是一个右腿残疾的汉族老人，或许是流连于此地的众多汉人工匠中的一个，看他干枯的面容和瘦弱的身躯，应该已经被饥饿折磨很久了。

于志可盛来一小碗热粥，掐了几下老人的人中。老人缓缓醒来，一时间似乎不明白发生了什么。于志可叹了口气，小心翼翼地喂他喝了半碗粥，老人的脸上终于有了几分血色。

“谢谢这位道爷，”老人低声说，“我实在是……饿得有些久了。”

“这些日子，都过来喝粥吧，”于志可说，“趁着我们还在这里。等我们走了……”

他摇摇头，不再说下去了。

以后的几天里，这位名叫王庆福的老人果然每天都来，每次于志可都会为他准备一碗热粥，两人渐渐熟络起来。王庆福说，他原本是山东人氏，打铁为生，却在大金和蒙古人的战争中被蒙古兵抓住，强迫他随军西征。几年前蒙古兵围攻邪米思干，他被花剌子模军的飞石打断了右腿，被蒙古人抛弃，只能在附近做些零工勉强度日。

王庆福又问起全真道士不远万里来到西域的原因，于志可把丘处机的抱负向他叙说了一遍。王庆福听完默然不语，过了好久才说：“你的师父很了不起。我还以为天底下的道士都是坏人呢，所以你们施粥开始好几天了，我实在顶不住饿了才过来的，实在是心里有些害怕。”

于志可并不感到奇怪：“你可是在山东老家遇到过什么恶道士？”

王庆福摇摇头：“不是，就在这座城里。”

于志可这才微微吃惊：“就在这座城里？邪米思干？这里也会有道士？”

“是的，邪米思干，”王庆福说，“在邪米思干大城的城北地带有一座道观，观里住着一个妖道。”

“妖道？”

“是的，妖道，会邪术的妖道。不过自从两年前大军屠城之后，就没有人再见过他了，大家传说他已经死了……”

几天后，蒙古人提供的余粮接近告罄，在新的给养运来之前，施粥只能暂时中断，于志可这才有余暇去往城北，寻找那个激发了他好奇心的道观。在这座远离中土的西域城市里，竟然会存在着一所道观，原本应该是让人兴奋和感动的事，但之前王庆福的讲述却给这种兴奋蒙上了阴影。

“那是一个妖道，曾经活生生吓死过三个小孩。”王庆福如是说，“此事虽然发生在我到来之前，但有很多人亲眼目睹，千真万确。”

“吓死了三个……三个小孩？到底是怎么回事？”于志可忙问。

“那是七八年前的事情了吧。”王庆福回忆着，“那个道士大概是十来年前来到邪米思干的。非常奇怪，他的长相明明就是中土汉人，却和汉地的道士大不一样，他从不和人交往，更不要提做法事收徒什么的了，但是却偏偏有很多钱，能雇用工匠替他在城北建了一座道观。道观建成后，他便独自一人闭门在观内，不许外人进观，自己也绝少入城露面。人们纷纷猜测他不远万里跑到邪米思干大城来究竟是为了什么，却始终没能得到答案。

“直到两年之后，有人无意中发现，札兰丁王子在一个深夜从道观出来，大家这才明白过来，这个奇怪道士的背后，竟然是王子。事情涉及王子，自然就没人敢去多嘴查问了，要知道万一这当中牵扯到谋逆篡位之类的大事，知道得越多就越有掉脑袋的风险。好在这个道士虽然古怪，倒也并没有打扰别人的生活，日子长了，也就无人在意了。但是谁也没有想到，几个月之后，就出大事了。

“那时候虽然无人敢去调查，但关于那个道士的种种荒诞无稽的传闻还是在民间流传着。有四个调皮捣蛋的小孩起了好奇心，竟然想要溜进道观去看看。他们真的去了，但来到道观外之后，有一个孩子忽然害怕起来，并没有跟着翻墙进去，而是跑回家将此事告诉了大人。大人们紧张万分，连忙赶到道观，刚刚到那里，就目睹了一场惨剧。”

王庆福的脸上现出了不忍的神色，眼神里却有着无法抹去的恐惧：“他们刚来到道观门口，一向紧闭的道观大门就突然打开了，三个孩子连滚带爬地从里面冲了出来。他们的脸色煞白，整张脸都因为极度的惊恐而变得扭曲，甚至连呼吸都变得困难起来。大人们也吓坏了，慌忙给他们按摩胸口，但似乎没有什么用。孩子们就像是被妖邪附身了一样，呼吸刚刚顺畅一点，终于能够发出声音之后，就开始不断地尖叫，简直要把嗓子都喊出血来了。”

“他们……喊的是什么？”于志可咽下一口唾沫，声音也有点微微颤抖。

王庆福阴沉着脸：“他们其实一直只是在重复喊着两个字：怪物！怪物！”

“怪物？”于志可沉吟着，“什么样的怪物？”

“不知道，除了这两个字，那三个孩子再也没能说出其他的话，他们就这样不断地拼命尖叫着，直到停止呼吸。”王庆福说，“而那个妖道，也不知什么时候站在了门口，就那样冷冰冰地看着眼前的一切，一言不发。三个孩子都死去之后，他才转过身，默然关上观门，仿佛什么都没有发生。”

“后来呢？没有人去找那个道士的麻烦吗？”于志可问。

王庆福苦笑一声：“死去孩子的父母去告了治安官，可是能有什么用呢？道士和札兰丁王子有关系，谁敢轻易去动他？何况三个孩子是自己吓死的，又没有人亲眼见到道士下手，验尸也找不到什么证据，事情只能不了了之。不过在此之后，整座邪米思干大城里的父母都严禁家里的孩子靠近道观了。即便是大汗破城后，札兰丁王子早已逃离，妖道也不知所终，仍然没有人敢进入那座道观。所以道观现在都还在，尽管已经破败不堪。”

三个孩子被活生生吓死，临死前拼命叫喊着“怪物”，不进香客的道观和神秘的妖道……于志可一面走着，一面觉得此事非同寻常。“这个道士的背后，一定隐藏着什么秘密，”他想，“无论如何，即便是为了维护正统道门的声誉，我也应该想办法查探一下。”

他很快来到了城北，略加打听就找到了道观。如王庆福所说，道观已经破败不堪，成吉思汗入城时，士兵们四处纵火烧杀，把道观烧掉了一小半，剩下的残破部分也无人打理。在飘扬的雪花中，连观门都倒塌了的道观几乎和废墟无异，入口处黑黢黢的大洞隐隐透出一种令人不安的森冷气息。

于志可来到观门口，从地上捡起已经断成两半的牌匾，勉强辨认出道观的名字“摩云观”。抬起头来，门内一片漆黑，什么都看不清楚。他犹豫了一下，还是走了进去。

进去之后才发现，这座道观虽然外面看来并不起眼，里面却比他想象中还要大，灵官殿、三清大殿、四御殿等一样不缺，尤其是三清殿里供奉的张天师像，可以说明这座道观属于正一派。于志可有些奇怪，作为与全真派平起平坐的大派，怎么会有弟子做“妖道”呢？或者说，这个所谓妖道只是假冒正派的名义，内里暗藏玄机？

他继续向道观深处走去。道观里遍布灰尘蛛丝，墙皮和梁柱上的漆皮纷纷剥落，看来两年来这里的确没有人活动。突然之间，他的视线扫过文昌殿的一个角落，发现那里的地面颜色有异，走过去一看，有一块两尺见方的地面，几块地砖明显要比周围的干净一些。再顺着这几块地砖向周围查看，可以发现一条极细窄的小径，通向墙上的某一个缺口，很像是人踩出来的。

他连忙走到那几块地砖旁边，伸脚踩了踩，果然是松动的。于志可心里暗喜，在附近细细搜寻了一会儿，终于在文昌帝君塑像的左脚下找到了一个隐蔽的按钮。他用力按下按钮，一阵机关声响后，那几块地砖陷了下去，地面上露出一个大洞，有石阶通往地洞的深处。

他站在洞口，试图往里面张望，但在一片黑暗中什么也看不清楚，想要弄明白洞里有什么，就必须得走下去。犹豫了片刻后，于志可握了握腰间师父赠予的佩剑，似乎是从中汲取了勇气。他踩着石阶走了下去。

石阶很长，延伸向一条长而黑暗的甬道，并且充满了呛人的尘土气息和不知什么东西发霉的味道。于志可左手拿着点亮的火折子，右手按着长剑，小心翼翼地缓步前行。也不知走了多久，鼻端忽然传来一阵隐约的臭味，越往前行，这股臭味越浓烈。

那是腐尸的恶臭！在这些年无休止的战乱中，他对这样的尸臭是再熟悉不过了，不由得越发警惕。这时候他的脚下碰到了什么硬邦邦的东西，低头一看，赫然是一根长长的白骨，看形状应该是成年人的大腿骨。

这个道观果然蹊跷，于志可想着，缓缓地拔剑出鞘，并且果断地吹灭了火折子。

再往前走，在浓烈的腐臭味中还可以分辨出血腥味，这让于志可更加紧张。他隐隐有点后悔，自己不应该这样孤身犯险，但已经走到这里了，就此回头却也太可惜了，最终还是咬着牙继续走了下去。

他用手扶着甬道的石壁，轻手轻脚地向前挪动，沿路又发现了一些零散的骸骨。这条长长的甬道向前还有两个拐弯，第二个拐弯之后，眼前渐渐出现了一点光亮。继续向前行走，光线越来越足，可以看到前方有一道铁栅栏，栅栏里好像是隔出了一个天井，日光就是从天井的顶部照射下来的。隔着数丈的距离，隐约能看见天井里有什么黑影在蠕动。

于志可心里升起了某种不祥的预感。他平举着长剑，一步一步地来到铁栅栏前，从栅栏的缝隙里向内窥探。这一看之下，他的心脏差点因为突如其来的巨大恐惧而停止跳动。

怪物！

那一瞬间他想到了三个小孩临死前的呼号。怪物，道观里果然禁锢着一只怪物。或者说，除了“怪物”这两个字，很难用别的词形容它。

铁栅栏里果然是一个宽阔的天井，天井的地面上趴着一团看上去软绵绵的巨大物体。这个物体三四丈长，两丈高，在阳光下呈现出惨白的色泽，全身都在蠕蠕而动，似乎应该是有生命的，但从外观却完全见不到四肢和五官。它不知从哪个部位发出呼噜呼噜的奇怪声响，就像是在喘息，整个身躯犹如一大块能够活动的布满皱纹的肉块，在地面上缓缓蠕动着，每动一下都会带动整个身躯上的“肉块”颤抖和波动。

这就像是一大块有生命的肉，于志可产生了这样奇怪的联想，并且不由得感到一阵强烈的恶心。他在脑海里搜索着相关的知识，感觉这玩意儿似乎有点像《山海经》中记载过的“视肉”，据说是远古帝王用来服食的补品，每割下它的一片肉，又能再生出一片。民间也有“肉灵芝”“太岁”等不同称谓。

但于志可敏锐地感觉到，这并不是普通的视肉，从来没有任何书籍记载过如此巨大的一块视肉，何况它浑身上下散发出令人作呕的恶臭味，哪里像是珍贵的补品？更重要的是，从第一眼见到它，于志可就感到了一种难以言说的邪恶，那是一种来自远古记忆中的深深恐怖，一种能直击人心的毛骨悚然，令他全身冷汗直冒，觉得眼前有一团连阳光都无法照亮的黑暗正在蔓延开来。

而另外一种更为可怖的联想产生了：与其说这个怪物像一团没有规则形状的肉，倒不如说它更像——人的脑子，扩大了几百倍的人的脑子。

那个失踪的妖道，在邪米思干大城待了那么久，原来就是为了豢养这头怪物吗？于志可揣想着。而札兰丁王子对他进行幕后支持，无疑也是为了这个怪物。它到底有什么用？

于志可正在沉思着，天井的上空忽然传来一阵声响，像是有什么活动的铁板被掀开了。他抬头一看，天井上方的侧壁打开了一扇小窗，一团黑乎乎的东西从窗户里扔了出来，“啪”的一声掉落到地上。于志可定睛一看，忍不住发出了一声惊呼。

——那是一个婴儿！一个已经被摔得四分五裂的婴儿！

天井里的怪物也不知道是闻到了还是听到——因为从它的外形实在难以找到五官——忽然发出一阵类似于兴奋的呜呜声，整个身体加速蠕动，从下侧探出一团触手一般的肉条，一下子把婴儿的残尸全部席卷其中，然后收回到身体里去，一阵类似咀嚼般的骨肉碎裂的声音响起。

它在进食。

于志可只感到一阵难以压抑的怒火从心底升腾而起。这个小婴儿，从体形判断不过七八个月，竟然就这样被生生摔死喂食这头恶心的怪物，要有多么残忍的心才能做出这样的事情。他不由得抬起头，瞪视着那个窗口，因为距离太远无法看清窗口的人脸，他只能感觉到有两道锐利的目光从他的脸上扫过，随即隐去。

被发现了，于志可想着，我得赶紧退回去。但这个念头转得太晚了，他刚刚转身走出去两步，背后传来一阵“吱嘎”的金属声响，扭头一看，封锁着天井的铁栅栏竟然被机关带动着升了起来。他和怪物之间，已经没有了阻隔的东西。

糟糕了。于志可情知不妙，尽量放轻脚步，一点一点地往后退，希望自己不要吸引到怪物的注意力，但偏偏害怕什么就来什么。怪物朝着他的那一侧身体，突然裂开了一条缝，缝隙里露出一个暗红色的圆球，不安分地转动着，圆球的表面隐隐闪烁着绿色的光芒。

于志可猛然意识到，这是怪物的眼睛！他赶忙转过身，向着甬道的入口处发足狂奔。身后传来一阵令人汗毛倒竖的重物和地面摩擦的声响，显然怪物发现了他，并且已经追了过来。

如果这是一个人，或者是一头狮虎之类的猛兽，于志可还有转身一搏的勇气，但面对着这样一个远远超出人类认知的怪物，他唯一的选择就是拼命奔逃。他一边跑，一边回头瞥了一眼，只见怪物庞大的身躯就像一条松毛虫一样，一拱一拱地向前行进，尽管没有腿脚，速度却快得惊人。

于志可用尽全身力气奔跑着，耳听得背后的怪异声响在不断靠近，只觉得心脏都快要从胸腔里跳出来了。他甚至有一种错觉，觉得这个肉乎乎的怪物张开了大嘴，正在把灼热的呼吸喷到他的身上。

万幸的是，怪物毕竟体态臃肿，在拐弯的地方就会有所停顿，借助着甬道里的几个救命的拐弯，于志可终于没有被怪物追上，而是在千钧一发之际冲出了地道。地道的出口狭窄，怪物虽然紧跟着追了上来，巨大的身体却被拦住了，无法冲出。但它还是狠狠撞在了出口处，令周围的砖块都碎裂开来。

“我就这样连滚带爬地冲出道观，一路跑了回来，没有停下一步。”于志可说。

丘处机听完之后，思索了一下，站起身来：“我们去看看！”

李志常立即招来了护卫的蒙古卫兵，丘处机带着十八名弟子一同赶往城北。尽管有这些全副武装的士兵随行，来到道观门口时，于志可仍然心有余悸。但他还是勇敢地走在最前面，带着大家找到了那个地道，一同钻了下去。蒙古卫兵们握紧了武器，随时准备动手砍杀。

然而怪物已经消失无踪，无论甬道还是天井，都空空荡荡的。只有甬道的地面上还残留着一些黏液，天井的地上还有婴儿的残血，证明于志可方才所经历的并不是一个噩梦。

蒙古士兵们仔仔细细地搜寻了这座道观，有了更为惊人的发现：他们在一间密室里发现了十多个奄奄一息的婴儿，以及一尊尚未完成的巨大铜像。这个铜像只完成了躯干，还没有做好头部，所以无从得知它到底是什么。但人们注意到铜像的胸腹部分是一块活动的铜板，打开之后，里面是空的，下方还有一个像是堆填燃料的金属槽。

“志可所见到的用婴儿喂食怪物，恐怕只是一个偶然，”丘处机沉思片刻后说，“死了的才会扔下去投食，而活着的……也许是用来献祭的。”

“献祭？”弟子们很吃惊。

“是的，献祭，这个铜像的胸口，就是一个熔炉，”丘处机说，“看起来，祭祀的时候是把婴儿扔进去，活生生地烧死。”

所有人都禁不住打了个寒战。

“这样的神明，在中华大地闻所未闻，我猜想，或许是来自西域诸国的邪神。”丘处机又说。

婴儿们都被救了出去。但由于缺医少药，他们还是难以逃脱死亡的命运，何况活下来的也很难在邪米思干找到愿意收养的人家，死去，也许是最好的解脱。

妖道最终还是未能被找到，道观被蒙古兵们付之一炬，但全真道士们的心里仍然难以平静。他们都禁不住猜测，那个视肉一般的巨大怪物究竟是什么，道观主人和札兰丁王子究竟有什么阴谋，这尊邪恶的铜像又代表着什么？他们都隐隐察觉到，这座恐怖的道观所代表着的，可能是某些人们闻所未闻的黑暗与邪恶。在它的背后，潜伏着一些超越人们认知的事物，甚至比成吉思汗的铁蹄更加让人不寒而栗。

“师尊，这件事情，我可以记录到我们的西行日志中吗？”李志常问。这一路从中土到西域，他都坚持记录着行程和沿途的风土人情、地理概况，准备将长春真人的事迹流传于后世。

“暂且莫要记录，”丘处机沉吟片刻后说，“那些尚未确定的事物，还是留待后人去发掘吧。都记住，此事不可再提，权当从未发生过。”

二

当这个名叫兰真澍的道士一步三晃地回到村里时，李木头正在门口晒太阳，养着他的伤腿。看到兰真澍回来，他有些吃惊。兰真澍的脸色煞白，满头虚汗，道袍上也有多处破裂，裸露在外的皮肤上可以见到暗红的伤口。

“兰道长，您怎么了？”李木头急忙问，“您不是和您的师兄为皇上寻宝去了吗，找到了吗？”

兰真澍听到有人招呼他，先是一惊，继而像是终于放松下来，缓缓地坐在地上，低声说：“请给我一点水。”

李木头转身回屋，给兰真澍打来一碗水。兰真澍右手接过碗，但手腕抖得太厉害，一下没有拿稳，瓷碗落到地上，摔成了碎片。

“抱歉，这个碗我会赔你的。”兰真澍苦笑着说。

“您这是什么话？”李木头连连摆手，“您是我的救命恩人，打烂一个碗算什么？”

李木头是川东阆中山区的一个山民，与独生儿子相依为命，几天前上山砍柴，不小心从山崖上摔下，跌断了一条腿，眼看着要死在山里了，结果两位路过的道士救了他。感激涕零的李木头请两位道士到家里做客，问起两人为什么会跑到这个穷乡僻壤里来，两人倒也不隐瞒。原来这两位道士一个叫卓真定，一个叫兰真澍，是在龙虎山修炼的正一派道士，师从于第四十八代天师张彦頨。此时正是嘉靖年间，嘉靖皇帝一向对丹鼎修炼之术最为热衷，于是张彦頨投其所好，广派门下弟子深入西南四川、云南诸省，寻找古代高人方士遗留下来的宝器、秘籍等物，以便供奉给皇帝。卓、兰二人就是被派出弟子中的两员，安排来到阆中山区。

“二位道长恐怕是来错地方了，”李木头说，“我们这一带，从来就没有道观，连游方道士都碰不到几个，哪儿来什么修道的老神仙留下什么宝物啊？不过嘛……”

“不过什么？”卓真定问。

“老和尚倒是有一个，不知道对二位有没有用。”李木头说。

“和尚？这附近有什么小庙吗？”兰真澍问。

“没有庙，就是孤身一人的和尚，”李木头说，“大概是二十多年前来到这里的，独自一人在北面的山上居住，也不和人来往。谁都不知道他是来干什么的，开始大伙儿还担心他干什么坏事，但是时间长了，他也没有做任何伤害我们的事情，大家也就慢慢放心了。”

修道之人在山野里独自隐居是很寻常的，但和尚隐居这种事却很少见，更何况一待就是几十年，听来着实有点奇怪。两人反正就是胡乱撞运气，于是决定去看看，说不定没有道家的宝贝却能找到点“佛宝”，也能稍微平息师父的怒火。

两位道士当天就按照李木头所指点的方向出发了，李木头则在家里安心养腿伤。几天过去了，就在他几乎忘记这件事的时候，兰真澍却一个人失魂落魄地回来了。

李木头想要询问为什么卓真定没有和他一同回来，兰真澍却只是连连摇头，一句话也不肯说，他只好不问了。而回来之后的当天夜里，兰真澍开始发起了高烧，李木头把他留在家里，打发儿子翻山越岭走了十几里路请来郎中开了药，养了十来天，这才慢慢好转。在此期间，兰真澍几乎一言不发，眼神里的惊惧却丝毫没有减退，李木头甚至怀疑他已经被高烧烧坏了脑子。

这两个道士到底遇到了什么事？卓真定为什么会失踪了？兰真澍为什么会吓成那样而又什么都不肯说？李木头禁不住在心里猜测，却又知道自己的胡乱猜想不可能得到正确答案。忠厚朴实的他只是尽力照料着兰真澍，打算等他康复后再让儿子送他离开。

然而一天下午，正当李木头站在屋外活动筋骨的时候，远处走来一个人，赫然是卓真定。他不禁又惊又喜："卓道长，您回来了？这些天您去哪儿了？"

卓真定淡淡地点点头，并没有回答后一个问题，但李木头却猛然感觉到有些不对劲。首先，卓真定和兰真澍入山时穿的是质地还算不错的道袍，只是长期在外奔波磨得有些旧了，现在回来穿的却是一身破破烂烂的衣衫，仔细看有些像和尚的僧袍——难道这套僧袍是从老和尚那里得来的？

更让人感到不舒服的是卓真定浑身上下散发出的那种气势。虽然他的相貌和体形都没有丝毫变化，但李木头却有一种奇怪的感觉，觉得眼前这个人并不是卓真定，而是另外一个陌生人。或者用另一种玄一点的说法说，那就是，卓真定的外形没变，灵魂却好像已经被更换了，尤其是那一双冷漠如冰的眼神，着实让人不寒而栗。

就在李木头迟疑的时候，卓真定已经径直越过他，推开了房门。几乎是在门开的同时，一声惨叫从房内爆发出来。李木头急忙回头，只见兰真澍连滚带爬地冲出了房间，跑了两步之后就瘫软在地上。

他的脸上又一次现出了李木头曾见过的那种极度恐惧的神情，双手无意识地在空中乱抓，嘴里语无伦次地狂呼着："不可能！你已经死了啊，你怎么可能……你是死人！你是死人！"

死人？李木头心里一震。卓真定依旧一言不发，只是一步步逼近兰真澍。兰真澍甚至无力站起来，只能在地上挪动着双腿一点点地向后退，嗓音都因为恐惧而变得嘶哑："我亲眼看见的！你的半个身子都变成了白骨！你怎么可能活过来，怎么可能？"

"你已经死了！"兰真澍声嘶力竭地吼叫着。

李木头也吓坏了，悄悄地拖着伤腿一步步向后退。他这才明白过来，两人一同去寻宝，兰真澍却独自一人回来，原来是因为卓真定已经死了。而且不但死了，还死得很惨，“你的半个身子都变成了白骨”，难怪兰真澍回来时那么惶恐。

可是现在，这个被兰真澍认定已经死去的人竟然活过来了，而且是完好无损地活过来，看他的动作轻柔协调，哪里像是有半边身子化为白骨的模样？难道是……鬼魂？

想到“鬼魂”两个字，李木头更加害怕，他躲到屋外的井栏后面，偷偷观察着。他看见卓真定不紧不慢地逼近兰真澍，兰真澍则惊恐万状地持续后退，整个身体像筛糠一样抖动着。

“我真的不是故意抛下你的！”兰真澍忽然间转换成跪姿，跪在了卓真定面前，开始重重地磕头，“那个怪物……我拿它没有任何办法，只能逃命啊！我如果不逃，就会和你一样死的！”

兰真澍磕头如捣蒜，但卓真定却始终沉默着，一言不发，这种无形的压力似乎更让兰真澍难以承受。他的头颅一次次重重地撞击在坚硬的地面上，血流满面也没有停下，终于，在一次沉重的碰撞之后，兰真澍的头一歪，再也不动了。

也不知道他是撞死的还是被生生吓死的，李木头在心里嘀咕着，同时更加担心自己的安危。但卓真定好像并不在意他的存在，只是俯下身在兰真澍身上细细地搜索了一番，随即离开他的尸体，走入了李木头的屋子里，屋内很快传来粗暴的翻箱倒柜声。

他在找什么东西！李木头恍悟。看上去，两人结伴前往寻找老和尚的过程中，一定发生了什么非常复杂而又惊心动魄的事件。兰真澍不只是扔下濒死的卓真定独自离开，还拿走了某样东西，而现在，死而复生的卓真定回来寻找那样东西了。

一个奇怪的、生死不明的家伙正在把自己家里翻个底朝天，李木头却半点不敢去阻止。反正家里也没有任何值钱的物件，他安慰着自己，趁卓真定没有注意到他，艰难地拖着伤腿悄悄逃远，躲到了村外的一片灌木丛中，只求卓真定早点找到他要找的东西，然后早点离开。

就这样挨到了傍晚，李木头的肚子里开始感到了饥饿。他不禁想到，往常的这个时候，自己应该已经做好了晚饭，等着儿子回家一起吃……儿子！他猛然醒悟过来，自己一直躲藏在这里，只想着自己的安危，却忘记了在田里种地的儿子。现在这个时间，正好该是儿子回家的时候。

他猛地站起来，不顾伤腿的疼痛，一瘸一拐地跑回家，刚跑出两步，他就看到了前方亮起来的火光。在村民们的喧哗声中，他的心沉了下去。

烧起来的果然是他的家。那几间简陋的茅屋正在被冲天的火焰吞噬，而儿子就躺在门外，和死去的道士兰真澍并排。李木头眼前一黑，怀着万分之一的希望伸手去探查儿子的鼻息，然后他就一屁股坐在地上，不顾一切地大哭起来。

几天之后，李木头办完儿子的丧事，没有回到乡亲们替他搭建的临时落脚的窝棚，而是独自一人来到了已经成为废墟的旧屋，凭记忆来到了儿子房间的方位。他失魂落魄地坐在烧焦的土地上，垂泪回忆着儿子从呱呱坠地到长成一条粗壮朴实的山里汉子的人生历程，回忆着父子生活中的点点滴滴，回忆着几次试图为儿子说亲都因为家贫而失败，想到难过的地方，他忍不住挥起拳头，狠狠捶打在地上。

李木头已经上了年纪，这一拳无心而发，原本力量也不大，但没想到一拳砸下去，竟然在地上砸出了一个大洞。他吃了一惊，绝不相信自己能有这样的力气，连忙低头一看，却发现地上露出一个小小的方形坑洞。他想了想，有些明白过来，一定是这里的地面事先被人挖成中空的了，所以他这一拳下去仅仅是打破了外部的伪装而已。

一向老实憨厚的儿子怎么会在自己的房间里挖坑藏东西？李木头很疑惑，但很快反应过来：过去的十多天，这个房间一直是让给兰真澍居住的。也就是说，这个坑应该是兰真澍挖出来的。而兰真澍会把什么东西藏到这个坑里呢？难道就是死而复活的卓真定力图寻找的、两人在寻宝途中所找到的东西？

李木头伸出颤抖的手，摸进了这个坑里。他隐约感觉到，自己的命运有可能会因为这个意外的发现而改变。他所没有想到的是，改变的远不仅仅是他个人的命运，与之一同发生扭曲的，还有这个世界的历史。

三

刽子手用火炬点燃了柴堆，升腾的烈焰迅速吞没了那个瘦小的躯体。很快地，皮肉烧焦的浓烈臭味在空气中散布开来。

“愿烈火洗涤你污秽的灵魂，愿上帝从此宽恕你的罪孽。”神父的左手按在圣经上，庄重地祈祷着。

汉娜的目光越过神父，望向燃烧的火堆。行刑柱上的米莉安已经完全化为蜷曲的焦炭，不过她并没有真正遭受到火刑的痛苦。在耳闻目睹了太多恐怖到让人做噩梦的残酷审讯后，米莉安丧失了一切抗争的勇气，被捕后几乎是立刻承认了自己女巫的身份。法庭因此赐予了她宽大的慈悲，先对她执行了绞刑，吊死之后再进行火刑。

对于那些被教会认定身份的女巫来说，这几乎是最好的结局了。假如坚持不承认自己是女巫，囚犯们就会遭受种种骇人听闻的酷刑：鞭打、灌水、针刺指甲、夹棍、虎钳、用通红的烙铁烧灼双脚、拉伸肢体的肢刑架、在头皮上浇白兰地然后用火烧……光是听到描述，就足以让人全身颤抖。之前汉娜也曾亲眼目睹过邻村的珊德拉的惨状，在被抓捕后，她坚持不肯承认自己是女巫，仅仅过了一个星期，她就几乎失去了人形，变成一团烂肉。

更加悲惨的是，尽管始终倔强地拒绝认罪，法庭仍然裁定她是被魔鬼引诱而背叛了上帝的女巫，最终判处火刑。那一次的火刑，汉娜没敢去看，但听看完了行刑过程的人说，即便在被烈焰吞噬的时刻，珊德拉仍然用尽最后的力气拼命喊叫：“我不是女巫！上帝一定会惩罚你们的！”

而眼下，已经被绞死的米莉安无法发出声音，那种无言的寂静却更加让人不安。汉娜不由得又冒出了那个拼命抑制却又怎么也抑制不住的念头：什么时候会轮到我呢？

在这个时代，教会对女巫的制裁达到了近乎疯狂的程度。人们简直难以想象，自己的身边会潜伏着那么多魔鬼的情人，但法庭的宣判是不容置疑的。一个又一个平时看起来寻常无害的妇女被发现其实是女巫，然后遭受酷刑审判并最终被执行死刑。魔鬼的阴影笼罩着整个欧洲。

汉娜居住的村子位于普鲁士勃兰登堡的南部，原本是一个宁静祥和的地方，但“识破者”来到勃兰登堡区域后，一切都发生了改变。这个不到30岁的年轻人自称拥有上帝赐给的天眼，能够从人们的眼珠里辨认出只属于魔鬼的邪恶光芒，带有这种光芒的人自然就是巫师和女巫了。他宣称，他在十年的时间里走遍了欧洲，总共揪出了五百多个巫师和四千多个女巫。这一次，应教会的邀请，他来到了勃兰登堡，也带来了腥风血雨。

女巫的辨别有多种方法，只要符合任意一种特征，就可以被认定是女巫。这样的裁判标准就像是在鱼汛期撒大网捕鱼，入网的人不计其数，审判的过程也让人完全无从自辩，基本上被捕就意味着被认定为女巫，也就意味着死亡。

按照抓捕女巫的宝典《女巫之锤》的记录，女巫们拥有各种各样的邪恶力量，她们会飞、会驱使动物、会用诅咒杀人、会在田地里散播瘟疫，她们在女巫的集会上会杀害婴儿作为献给撒旦的祭品，等等。最初听到这些说法时，汉娜也对女巫怀有深深的恐惧和憎恨，但当一个个看起来绝不像女巫的村民、熟人甚至朋友被揭发出女巫身份后，她开始产生了怀疑。更加可怕的是，按照那些捕风捉影的标准，她觉得自己也可能符合女巫的定义：她的肩头有三颗排列成近似等边三角形的黑痣，那可能被认为是魔鬼赐予的标记；几年前的一个春天，她家的母牛生下一头只有三条腿的畸形牛犊，这也会被认为是巫术作祟。

最最要命的在于，汉娜是一个寡妇。最近一两百年来在对女巫的镇压中，寡妇总是首当其冲，据说是因为身边没有男人，容易被魔鬼趁夜交媾得手。在附近村落已经有好几个寡妇被判为女巫执行了火刑，村里人看她的眼神也越来越奇怪，但她没有任何办法，只能听天由命。除了祈祷上帝保佑，她知道自己无处可躲、无路可逃。

米莉安的火刑结束后，汉娜回到家里，回想着尸体烧焦的气味，连晚饭都没有胃口吃，只是把身子缩在床上，满脑子都在想象着倘若自己被抓后会发生些什么，直到深夜才迷迷糊糊地睡着。在梦里，她被绑在行刑室里，脚下踩着烧红的火盆，一个浑身裹在黑袍里的男人手里握着锋利的铁钩，一下子划开了她的肚腹，肠子流了出来。

汉娜尖叫一声，从床上坐了起来，只觉得浑身都已经被冷汗湿透了。她正在心有余悸地喘着气，忽然间心跳几乎停顿：她发现，自己的床前站着一个人，黑暗中无法看清他的穿着相貌，只能隐隐从体形判断出这是个瘦削的男人。

“你、你是什么人？”汉娜一边发问，一边悄悄伸手在床头摸索，但除了一个烛台之外，并无其他可以做武器的东西。她只能把烛台攥在手心里。

“请放下吧，我来这里并没有恶意，”黑暗中的男人说，“何况那么小的一个烛台，也根本伤不到我。”

这个人的德语说得相当纯正流利。但正因为太纯正了，不带一点口音和方言词汇，让汉娜意识到这是一个外国人。她定了定神，轻声问：“我可以点灯吗？”

“请便。”对方回答。

汉娜穿好衣服，点亮了蜡烛，烛光下她看清了这个男人的长相，不由得十分诧异。她原以为这是个法国人或者英国人，却没想到会看到一张黄色皮肤的东方面孔。这竟然是一个东方人，虽然穿着欧洲式样的衣服，头上却古怪地挽着一个发髻。汉娜隐隐记得曾有人提起过，在遥远的东方，有一群不信上帝而只信东方神明的人，头上就会挽起这样的髻。

“你到底是什么人？来找我干什么？”汉娜问。

“你的祖父名叫莫里茨·塞巴斯蒂安·弗林斯，因为斗殴伤人被关进监狱，然后在监狱里感染鼠疫死去了，对吗？”东方人并没有回答，反而向她提出了问题。

汉娜吃了一惊：“你怎么知道的？”

东方人不答，又提出了第二个问题：“你的祖父死后尸体直接被烧成了灰烬，根本没有交给你们举行葬礼，对吗？”

汉娜默默地点了点头，还没有张口，东方人已经问出了第三个问题：“你祖父的遗物里，有一个银质的鸡心吊坠，能不能给我看看？”

这个奇怪的东方人，好像什么都知道。汉娜犹豫了一会儿，还是从柜子里掏出一个木盒递给他。东方人打开木盒，取出吊坠，仔细观看了一分钟，把它重新放了回去，然后转头对汉娜说：“我来这里是为了告诉你，你已经在女巫名单上了，大概四五天之后，等处理完了手里的这一批，就会来抓你。”

汉娜踉踉跄跄地退后几步，失魂落魄地坐在床上，双手捂着脸哭泣起来。但很快地，她又止住了哭泣，哽咽着说：“谢谢你来告诉我。可我该怎么办呢？”

“我很想带你逃走，但是时机不太对，”东方人说，“诚实地说，我现在也是个逃犯，正在被一些比教会更厉害的人追捕，在摆脱掉那些人之前，带上你只会两个一起死，所以我其实只是来给你捎个话的。”

“捎个话？”汉娜一阵茫然。

东方人伸手从怀里掏出一张纸条递给汉娜，上面写着一句话。汉娜看着这句话，忽然间浑身一震：这是祖父的字迹！从小就从书信里看习惯了的祖父的字迹！

“我的祖父……他还活着吗？”汉娜十分惊诧。

“总而言之，这一行字的真假你自己判断，愿不愿意相信也由你。”东方人没有正面回答，“我得走了，愿你们的上帝能保佑你逃脱劫难，美丽的女士。”

东方人像一阵风一样，突然出现又迅速离开，如果不是那张上面有祖父笔迹的字条，她几乎要以为刚才发生的一切是一场梦。但这不是梦，纸条是真的，祖父的笔迹也完全看不出破绽。

她强迫自己冷静下来，思考自己的处境：东方人没有任何理由编造谎言来骗自己——因为他什么都没有索取，何况自己也早有预感，被当成女巫抓起来受刑看来是无法避免的了。但是女巫也可以少受痛苦，那就是痛痛快快地承认女巫身份，恳求法庭直接赐予慈悲的绞刑，那样可以免除审判过程中的种种酷刑，也能够在绞死后才经受火刑，不必体会烈焰焚身的痛苦。米莉安就选择了这样的结局。

可自己呢？自己应当怎么办？祖父的这句话到底是什么意思？为什么他要给自己留下这句话？汉娜完全想不明白。但是祖父的话明明白白放在眼前，难道这句话当中会蕴含着……某种生机？可是这样的生机，汉娜实在不知道自己是不是有勇气争取，因为那根本就是生不如死的炼狱。

她的脑子里一团乱麻，不知不觉间手一松，纸条落到了地上。在烛光照映下，那一行潦草而有力的文字显得分外清晰：

“千万别认罪，无论经受多少刑罚，一定要活着熬到火刑！”

东方人的预测是准确的，五天之后，全副武装的士兵们来到了汉娜的家门口。汉娜深深地吸了一口气，在胸前虔诚地画了一个十字，走出家门。她的脸色苍白，身体也在微微发抖，却努力让自己跨出的每一步都平稳而优雅。

“我们走吧，先生们。”汉娜轻声说。

四

深夜的电话总是让人心惊肉跳。詹莹把脑袋埋在枕头里，希望这只是某个喝醉了的家伙拨错了号码，但铃声锲而不舍地持续响着，一遍又一遍，她终于只能认输，很不耐烦地接起电话："喂？"

"珍妮，是我。"电话里的人喊出了她的英文名字，声音更是她无比熟悉的。

"哈德利教授？是你吗？"詹莹立刻睡意全无，"我在新闻里看到，你被通缉了……"

"那是陷害！我没有杀人！"电话里的人压低着嗓音吼叫道，"你相信我所说的吗？"

"教授，我没有办法说相信不相信，"詹莹沉默了一会儿说，"这是你以前教导我的，凡事用证据说话，而不是主观臆测。"

"你果然是我的好学生，"哈德利教授苦笑一声，"好吧，信不信已经不重要了，我有一件事想要拜托你。"

"如果是触犯联邦法律的事情，那我恐怕……"詹莹犹犹豫豫地说。

"你放心，我不是要你帮助我逃亡什么的，"哈德利教授急忙说，"我只是想把一些资料转交给你，一些绝对绝对没有触犯联邦法律的学术资料。"

詹莹想了想："这倒是可以，但你能先告诉我为什么吗？自从你去了中国，我们就已经有七八年没有见过了，现在你突然回来了，还变成了杀人嫌疑犯，总得让我知道一下你这些年做了些什么吧？"

"我所做的，那些资料里说得很详尽，"哈德利教授说，"你看完之后就会全都明白了。假如你看完之后还觉得不妥，可以把那些资料交给警方，这样总行了吧？"

"……好吧，既然这样，那我怎么能得到这些资料？"詹莹勉强说。

"我把资料藏在一个很安全的地方，但必须有我的钥匙才能打开保险柜。我告诉你一个地址，明天上午9点到那里，会有人把钥匙交给你，同时告诉你资料的所在地。"

詹莹记下地址，有些失望："教授，这么重要的事情，难道你不能和我见一面吗？"

"抱歉，我不能，亲爱的，"哈德利教授的声音里充满了紧张，"现在我身边危机四伏，有一帮比警察危险得多的人等着要我的命。"

"那你还是赶快去自首吧！"詹莹说，"落在警察手里，至少不至于丧命啊！"

"晚了，来不及了，"哈德利教授发出一声含义复杂的长叹，"我要走了，那些人马上会追过来。珍妮，那些资料拜托你一定要好好保存，那是我在中国找到的不可思议的东西……人类的命运就在其中。”

“你说什么？”詹莹大为惊骇。她还想再问，但电话那头已经挂机，只剩下单调的长音。

詹莹放下电话，完全没有了睡意。她披上睡衣，坐在阳台上点燃一根烟，开始回想哈德利教授的事情。

霍奇·哈德利教授是她在密歇根州立大学攻读人类学博士学位时的导师，这是一个脾气古怪的老头，不像一般的美国人那样开朗而有幽默感，甚至连寻常的人际交往都不太擅长。但他在学术上的成就是无可争议的，在考古学和文化人类学方面都有高深的造诣，这也是詹莹选择他的原因。她相信，以自己中国人特有的勤奋刻苦，一定能在这个怪老头手下有所成就。

果然，在经过了短暂的磨合期后，两人在学术上越来越合拍，哈德利教授也在詹莹的感染下对古老的东方文明产生了兴趣。他开始只是兴致勃勃地加入了几个论语和道德经的学习班，然后在詹莹面前怪腔怪调地念“道可道非常道”，到后来却钻研得越来越深。

就在詹莹通过博士论文答辩的第二年，哈德利接受了中国一所大学的邀请去做访问学者，原计划一年后归国，但即将期满的时候，他给詹莹打了一个越洋电话。

“我不回美国了！要在中国多留一些日子，甚至好几年！”哈德利的声音里充满了兴奋。

“为什么？”詹莹问。

“我找到了我毕生追寻的东西！太美妙了！”电话那头的哈德利几乎是大叫大嚷着说的。

“你找到什么了，那么开心？”詹莹倒也并不吃惊。哈德利这个人就是这样，平时沉默寡言，老板着一张脸，但一旦真正开心起来，就会忘乎所以。

“现在还不能告诉你具体的，那是个大秘密，足以改写历史的大秘密。”哈德利眉飞色舞的模样简直能通过话筒传递到大洋彼岸，“总之，我在这边认识了一个道士……”

“道士？”詹莹怔住了。她原本以为哈德利是加入了某支考古队，要去发掘三星堆之类的。

“是的，我要去寻找他们的道观，一座消失已久的道观。足以震惊世界的秘密就在那个道观里！”

“你可千万别被什么骗子给骗了，”詹莹提醒说，“中国有些文化骗子，专门用考古发现、珍稀古董之类的东西去骗外国人。”

“放心，绝对不是骗子！什么假文物、假古董也不可能瞒过我的眼睛！”哈德利说，“等着我的好消息吧。”

那是哈德利在中国期间最后一次给她打电话，从那以后他似乎人间蒸发了，谁也不知道他到底在哪里，只有偶尔一封语焉不详的电子邮件证明他还活着，不必替他上报失踪人口。七年过去了，当詹莹已经很少想起这位导师的时候，他却重新出现在了詹莹所居住的纽约，而这一次出现，是在电视新闻里。

哈德利杀人了。在曼哈顿下城的唐人街，他以极其残忍的手法杀害了华裔古玩店老板一家五口人，并且把他们尽数肢解。监控录像、目击证人的证词和现场找到的指纹、毛发、足迹等证据，都表明哈德利是唯一的犯罪嫌疑人。这位消失已久的考古学家，就这样一夜之间变成了杀人嫌犯。

一个星期之后的深夜，他给詹莹打了这一通莫名其妙的电话。

在夜风的吹拂下，詹莹的头脑格外清醒。她猜测着，哈德利一定是找到了当年所说的那座“消失的道观”，然后在其中找到了他所谓的“足以震惊世界的秘密”。但这个秘密到底是什么，他却守口如瓶从未详细解说过。

“总不可能是长生不老的仙丹吧……”詹莹自言自语着。

另外，从唐人街那一家华裔恐怖的死状，她也意识到，此事极度危险。如今她已经入了美籍，生活稳定舒适，实在不想让自己的生活产生什么波折。拿到那份资料，或许自己有机会在学术界一夜成名，但是否要以生命为赌注，她有些拿不定主意。

詹莹在举棋不定中度过了这个夜晚。天亮之后，她才终于下定决心，无论如何，先把钥匙拿到手里再说，之后去不去取出那份神秘的资料，可以慢慢地考虑清楚再做打算。

于是她喝了一杯浓浓的黑咖啡，换好衣服出门，开车驶向见面地点。这天道路略有些堵，到了8点45分，距离见面地点仍然还有两条街。

一向有守时习惯的詹莹有些不满地按着喇叭，催促前面的车走快一点。这时候，天空中忽然传来一阵异常的巨大轰响声，听上去像是有飞机飞过，但那声响却比平常的飞机声大许多。她有些纳闷地抬起头，立刻惊呆了。

一架波音767客机以不可思议的飞行高度，像一只铁皮大鸟一样从人们的头顶上掠过，而从它飞行的路线来看，它恐怕要……

“我的天哪！”詹莹一把捂住了嘴。突如其来的巨大恐惧甚至让她忘记了自己还在开车，汽车笔直地撞上了前方车辆的尾部。与此同时，整条街上都响起了杂乱的尖叫声。

但这一下撞击的声音和人们的尖叫声被一个更大的声响所掩盖了。8点46分40秒，从波士顿起飞的美航公司第11次航班飞过曼哈顿上空，笔直地撞入了世贸中心北楼。一声震耳欲聋的巨响，冲天的火光和滚滚浓烟从纽约的最高处升腾而起。

哈德利教授指定的见面地点，是世贸中心北楼107层的咖啡馆。

这一天，是2001年9月11日。

詹莹一边为美国的不幸命运而掩面哭泣，一边想着，哈德利教授那个可能震惊世界的秘密也许永远也不会有人知道了。

第一章

死亡之夜

一

激烈而雄壮的狗吠声响了起来，开始只是一条狗在叫，其后加入这一合唱队伍的同类越来越多。听声音，好像有十多条狗在一起撕咬狂吠，让人几乎能在脑海里描绘出那狗毛乱飞的混乱场景。

一分多钟之后，狗叫声短暂停歇了，接着又从第一条狗开始重新叫起，这是闹钟响过一遍又开始重复了。被窝里伸出一只手，从枕头边拿起手机，按停了闹钟，那惨烈的狗吠声戛然而止。冯斯从被子里钻出来，打了个呵欠，闭着眼睛摇晃一下脑袋，显然还睡得意犹未尽。

过了好一会儿，他好像才回过神来，慢吞吞地从上铺爬下去，坐在电脑桌前，在键盘上敲击一下，点亮了电脑。电脑上显示着一个自编的网游外挂程序，正在采用虚拟手机环境的脱机外挂方式同时运行上百个手机游戏的账号。

屏幕右下角的系统时间是上午11点03分，正是冯斯利用外挂批量注册的这堆账号免费“抽将”的时候。此类卡牌游戏换汤不换药，本质上都是组队比拼数据，这一款手游以当代足球为背景，特色就在于通过抽取不同的球星卡来强化自己的队伍组合，花钱的话十块钱抽一次，若不花钱，每天每个账号有一次免费抽取的机会。

外挂很快回馈出了今天的“抽将”结果，117个账号，一共抽出112个绿将，5个紫将。冯斯看着紫将名单，嘴里念念有词：“范佩西……不值钱；厄齐尔……不值钱；伊涅斯塔……20块钱；伊布……不值钱；C罗……50块钱。娘的，一星期没见着梅西了，真不要脸。”

这款游戏吸引了很多玩家，但抽将的过程十分折磨人，有些人花了上千块钱都得不到满意的将，气得砸手机，所以冯斯看准了机会，开始做卖账号的生意。他注册了上百个账号每天免费抽将，倘若抽出了比较好用的紫将，就可以把这个账号通过网游交易平台卖出去换取人民币，即所谓出售“开局号”。当然了，这毕竟是游戏，游戏里球星卡的实力并不能和真实世界的球星实力完全相等，球星卡价格的形成完全取决于在游戏里是否好用，比如范佩西和厄齐尔在球场上威风八面，在游戏里所拥有的技能却并不好用，只能被称为“废紫”，根本卖不出去。不过尽管冯斯嘴上抱怨着又没有见到最值钱的梅西，但这一天抽出了能卖50块钱的C罗，其实已经算赚了。

在交易平台上挂上了这两个分别抽出伊涅斯塔和C罗的账号后，冯斯这才睡眼惺忪地去卫生间洗漱。这间能住四个人的大学宿舍只剩下他一个人，其他室友都老老实实去上课了，而对冯斯来说，上课属于非常态。

冯斯是这所国内知名的理工类大学的学生，正处在被誉为堕落边缘的大一下学期。按理说大学生们逃课玩游戏往往是从大二开始的，但冯斯天赋异禀兼胆大心黑，入校半个月之后就开始逃课，又过了一个月，他把电脑搬进了宿舍——按学校规定，第一学期新生不许购置电脑。年级辅导员打上门来，打算训诫一下这个嚣张的浑小子，但冯斯一句话就让他哑口无言。

“我的父母都死了，总得让我有点谋生的手段吧，不然以后我吃饭都用你的饭卡？”冯斯说。

这一张分量十足的悲情牌打出来，辅导员准备好的一筐子训话立时被生生憋了回去。过了好久，他才不甘心地眨眨眼睛：“但是你拿电脑怎么谋生？我担心你玩物丧志，沉溺游戏。”

“放心好了，我连助学贷款都没有申请，早就胸有成竹了。”冯斯坏笑一声。

冯斯并没有吹牛，利用电脑和网络，他的确为自己赚出了学费和生活费。网游里打钱只是其中的一部分，他还有许多其他的招数。

洗漱完毕，他回到电脑前，打开浏览器进入微博，开始在输入框里打字，一边敲击键盘一边嘴角挂着一种“老子就是在骗傻子”的讥嘲笑容：“所谓轰轰烈烈的惊世爱情，只是少年涉世不深的幻想。爱情无非是两个人的长久守望，花开花谢，淡看烟雨，无须炽热的烈焰去烧灼，而只需要水滴石穿的耐心与坚韧——林语堂。关注@爱情箴言录，获得洗涤心灵的真爱格言。”

打完字，他又配上一幅网络上搜来的淡雅的紫罗兰的图片，点击了发送。五分钟后，这条微博已经被转发了近两百次，这时候屏幕右下角弹出了私信提示。

“起床了？看到你又发了一条新微博。”

“嗯哼。”

“来三食堂吃饭吧。下周就是期中考试，该画重点了。”

“别三食堂了，吃腻了，七食堂吃小火锅吧。”

“好。半小时后见。”

半个小时之后，冯斯来到学校里口碑不错、价格略贵的七食堂，同班的学习委员文潇岚已经坐在一张餐桌旁等他了。和人们印象里的学习委员不大一样，文潇岚面容姣好，浑身洋溢着青春的朝气，短裙下露出的两条长腿难免让路过的男生们偷偷多瞄两眼。冯斯和文潇岚曾经是初中同学，但高中就不在一个学校了，没想到上大学居然进入了同一个专业，算是有些缘分。

“当心走光，”冯斯点好了小火锅后，在桌旁坐下，“咱学校男女比例可是七比一，您老随时处在群狼环伺中。”

“你以为谁都像你那么猥琐？”文潇岚撇撇嘴，“看你刚才发的什么微博？你也真够缺德的，成天瞎编这些狗屁不通的玩意儿也就算了，还非得拉林语堂躺枪。”

“要是世界上都是我这样的聪明人，编那些段子也没有任何用处啊。”冯斯嘿嘿一笑，“但是世界是由傻子组成的，所以我这个账号才能积累到将近一百万的粉丝，发一次广告就能收成百上千。这叫作生活的智慧，上帝保佑傻子。”

“说不过你，随你折腾吧，”文潇岚无奈地一摊手，“至少你能养活自己，比这个学校百分之九十九点九的学生都强了。”

“其实想要养出个营销微博账号来没那么难，”冯斯看着文潇岚的脸，做审视状，“你虽然脑子笨点，但是好歹有点胸，脸也不至于吓死人，每天自拍几张性感照，我再多多帮你转发，‘大学校花大尺度私房照’，一两个月之后也能有不少粉丝了……”

“你才脑子笨！你才自拍性感照！”文潇岚一脚踩在冯斯的脚面上。

聊了一会儿天，小火锅也做好了，冯斯从窗口把热气腾腾的火锅端回来，不客气地吃起来，但很快又抬起头来：“怎么不吃？在我面前还装什么淑女？”

“我……我有事和你说。”文潇岚的神情看起来有些迟疑。

“如果是表白的话，坐在学校食堂里、面对着一锅30块钱的金针菇肥牛可不是什么好时机。”冯斯咧嘴一笑。

“我和你说正经的，”文潇岚并没有笑也没有生气，倒是眉宇间颇有些犹豫，“今天上午……我好像看到了你爸爸。”

冯斯慢慢放下筷子，一直挂在脸上的略带嘲讽的懒散笑容消失了，取而代之的是一种复杂的表情，混合着愤怒、鄙夷、仇恨、哀伤等情绪。不过这表情一闪而逝，他的脸上重新浮现出笑容，用一种很轻松的语调问：“会不会看错了？他应该还在老家吧，怎么会跑到北京来？”

两人的老家是一座位于西南某省的小城市，距离北京有将近30个小时的车程。

“我也只是第一节课课间休息的时候在走廊里见到的，”文潇岚说，“他和学校管基建的副校长走在一起。虽然只看到了侧脸，但是那一身道袍很显眼，这年头像你爸爸那样穿着道袍在大街上走的人不多了。”

“说得也是，而且和管基建的副校长走在一起就更像了，”冯斯点点头，“最近学校不是要建一个新的体育馆吗？号称‘北京高校第一’，恐怕是专门找他看风水来的。不过你还真能认人，我连现任正校长长什么样都记不住呢。”

“一个全国重点的理工大学，找道士来看风水……”文潇岚摇着头，不知道该说什么好。

“而且还是个假道士……你不用顾忌我的面子，你知道我最看不起那一套。”冯斯轻松地说，“不然的话，我自己赚钱养活自己干什么？”

“那你会去见你爸爸吗？”文潇岚问。

“我当然是不想见的，但他既然来了，就一定会想要见我，”冯斯耸耸肩，“是祸躲不过，那就见呗。”

“我说一句话，你别生气啊，”文潇岚犹犹豫豫地低声说，“其实我觉得，事情已经过去那么多年了，你何必还纠结着不放呢？不管怎么样，他也是你的生身父亲啊。”

“放心吧，我不会生气的，”冯斯说着，像拍猫狗一样拍了拍文潇岚的脑袋，这个有些亲昵的举动立刻招来了周围不少嫉妒的目光，“你还小，不懂人世险恶，慢慢就会懂的。”

文潇岚没有回答，也没有躲开冯斯的手，只是有些忧郁地望着他。

二

这一天是周二，本学期的周二下午没有系里安排的课程，所以冯斯把体育选修放在了这个时段。他选修的是篮球课，在基本课程讲完后，老师安排了分组打比赛。

冯斯身高超过一米八，身体也并不瘦弱，但打起篮球来球风甚为飘逸或者说懒散。他既不喜欢在内线和对方的大个子硬扛背打，也不喜欢持球突破寻找身体接触，而是喜欢飘在三秒区外中远投。他的投篮技术不错，命中率差不多有五成，在低对抗的业余篮球里也算蛮好的了，但体育老师很不满意，不停地呼喝。

“大个儿！大个儿！”体育老师这样称呼冯斯，“站住内线！你应该起到一个支柱的作用！”

体育老师是受过专业篮球训练的人，据说以前还进过国青队，所以对比赛的要求和我国著名张姓篮球解说专家一样，最讲究合理。所谓合理的篮球，总是看重内线，希望有一个中锋能在低位要住位置，然后每一次进攻都从他手上开始发动，起到战术支点的作用。可惜冯斯实在不喜欢过多的身体对抗，老师喊一声，他就冲老师媚笑一下，往内线走两步，和对方中锋“缠绵”在一起；不喊了，他还是撤出来中远投，让老师十分无奈。但所谓伸手不打笑面，冯斯平时脸上总是挂着笑，他倒也不好发脾气。

冯斯稳定的命中率始终使己方保持着领先优势，这让对方有些窝火。在一次篮板拼抢中，对方的小个子控球后卫明明摘不到篮板，仍然跳到空中伸手胡乱一拍，没拍到球，却正拍在冯斯这边大前锋的眼睛上。大前锋怪叫一声，捂着眼睛蹲在地上。

比赛只能暂停了。冯斯也懒得去掺和双方充满火药味的互相指责推搡和体育老师的厉声呵斥，站到一旁用球衣擦了擦额头上的汗水。放下球衣，他忽然怔住了，只见篮球场外站着一个西装革履的中年男人，正在隔着围栏远远地望向他。

“是祸躲不过……”冯斯自言自语。

他甩了一下脑袋，和体育老师说了两句话，体育老师看了看那个中年男人，点点头。于是冯斯撇下比赛，径直走向中年男人，眼神里充满了抗拒和嘲弄。

“怎么了？为什么今天不穿你那些拉风的道袍？”冯斯笑眯眯地说，说完这句话之后，他似乎突然想起点什么，用拖长的腔调补充了两个字，“老爹。”

中年男人尴尬地笑了笑。他的个头比冯斯矮一截，头发略有些花白，在冯斯面前的神情近乎谦卑，让人很难想象到这个人竟然是知名的风水阴阳大师，从来都是用居高临下的口吻和别人说话。这就是冯斯的父亲，一直被他宣称早已死去的父亲，本名冯琦州，但人们一般称呼他的道号“忘虚子”。

“你不是……不喜欢我穿道袍吗，”冯琦州结结巴巴地说，“所以我穿了这身。”

“穿道袍才能显得你仙风道骨嘛，”冯斯歪着脑袋，“现在打扮成这样，像是刚刚进城的农民企业家。”

作为儿子，这样的讽刺相当不客气，但冯琦州却默默承受了，似乎冯斯多训他两句他反而心里好受些。他没有接冯斯的话茬，而是发问道：“这学期开始后，你没有给家里写信也没有打电话，我的电话你也总是不接……在学校里过得还好吗？”

“马马虎虎，无所谓好不好。”冯斯的嘴角依然带着笑，眼睛却望着别处，就像是在欣赏其他人的篮球赛。

“哦……没什么不好的就行，没什么不好的就行，”冯琦州掏出纸巾擦了擦汗，“那你缺钱花吗？”

“饿不死的。”冯斯只说了四个字。

“如果缺钱的话，就告诉我。”冯琦州说。

“还是算了吧，”冯斯摆了摆手，“上次缺钱的时候，你害死了我妈；这次我不敢缺钱了，免得把自己也搭进去。”

冯琦州的脸色一下子变得煞白，嗫嚅了半天，说不出话来。冯斯瞥了他一眼：“我听说，你是管基建的副校长请来的，是为了新建体育馆的事情吗？”

“不是不是，起码台面上不能那么说，”冯琦州赶忙说，“大学官方是不能搞封建迷信活动的，所以我这次来只是帮他个人挑一块好墓地。当然，也可以顺便瞅瞅体育馆……”

冯斯哈哈一笑：“曲线救国啊，不错不错！又长进了。就这样吧，你已经见到我了，我活得好好的没有死，你去看他的墓地和体育馆去吧。”

“那你……今年暑假回家吗？”冯琦州鼓足勇气问，“春节你就没回来过……”

“不回。”冯斯简短地回答道。

冯琦州很失望，看来是很想再说些劝告的话，但最终还是忍住了。他只是颓丧地叹了口气：“好吧，那你……自己多保重。”

“你也要保重啊，老爹！”冯斯笑容可掬地点点头，转身走回了篮球场。在他的身后，冯琦州一直盯着他的背影，眼神里饱含着痛苦。

这一天接下来的时间里，冯斯都过得有些心不在焉。他又编造了三条心灵鸡汤式的微博，分别挂在王朔、林清玄和柏拉图的名下，用一种叫作“时光机”的程序定好了发送时间，以便微博不断有内容更新，保持粉丝的黏度。他清理了另外两个网络游戏的账号，把可以卖钱的挂到交易网站，然后关掉电脑，开始按照文潇岚画的重点温习功课。这个逃课天王虽然平时不去上课，但到了考前还是会突击一下，以避免挂科。每到这时侯，他都会全神贯注心无旁骛，力争以最短的时间和最高的效率解决掉功课，绝不拖泥带水。

“怎么能在功课上面浪费太多时间呢？那样会耽误正事儿的。”冯斯如是说。

但是今天晚上他却明显不在状态，捧着高数书看了半小时，公式都没能记住几条。最后他索性烦躁地扔掉书，躺在床上开始发呆。

这时侯手机不合时宜地响了起来，冯斯抓起手机看了一眼号码，皱起了眉头，想了想，还是接通电话：“又有什么事？”

“到楼下来一趟，我有要紧的事和你说，马上来！”听筒里传来的是父亲的声音。但是很奇怪，他的语气里不再有以往和儿子说话时的愧疚和紧张，这几句话干脆利落充满了威严。冯斯尤其注意到，他连说话习惯都改变了，如果是往常，冯琦州想要儿子下楼见面，一定会谦卑而小心翼翼地说：“能不能到楼下来一趟？”

冯斯敏锐地觉察到了一丝异常，犹豫了一下后，说：“好，我马上来。”

走下宿舍楼，冯琦州就站在宿舍大门外的花坛边，但着装又有变化。在冯斯的印象里，他一年四季无论走到哪里，都是一身吸引眼球的道袍，今天下午穿着西装见面已经很罕见了。可眼下，他居然穿着一身紧身的运动装，脚上也穿着跑鞋，忽然之间给人一种截然不同的气质。冯斯这才发现，往年冯琦州总是裹在宽大的道袍里，让他完全忽略了父亲的身材，现在看来，这个人虽然已经40多岁，身体却很精干，充满了矫健的力量感，与其说像一个到处骗钱的假道士，倒不如说像一个训练不辍的运动员。

“我们到那边去说话。”冯琦州沉着嗓子说，然后拉过冯斯的手腕，带着他走向宿舍北面，那里是商业区，小饭馆、小商店和水果摊连成片，灯火通明，人来人往。

冯斯并没有抗拒，只是甩开了冯琦州的手，大步跟在他身后。他发现今晚的冯琦州和往常他所熟悉的那个人大不相同，身上似乎多了一些什么东西，一些在他面前从来没有显露过的东西。

此外他也想到，为什么要找人多的地方说话？难道是因为僻静之所会让他感到不安？

最后两人来到了有名的暴脾气新疆大爷的烤羊肉摊。冯琦州要了一堆乱七八糟的烤串，全部塞到冯斯手里，冯斯也不拒绝，一边慢慢吃着串，一边静待冯琦州进入正题。

“这个学校真是不错，”冯琦州打量着周围，似乎很享受这样人声鼎沸的环境，“有清静地方读书，也有地方热热闹闹地玩，多好。可惜我年轻的时候没有赶上这样的机会。”

他的声音里带有一种莫名的苍凉，冯斯忍不住有些诧异地看了他一眼。冯琦州微微一笑：“吃完了？来，拿着这个。”

他从怀里掏出一个小信封，递到冯斯手里，冯斯取出里面的东西一看，不觉微微皱眉。信封里只装了一样东西：一张第二天一早飞往西北某三线城市的机票。

“你这是什么意思？”冯斯问。

“危险临近了，你必须得走。”冯琦州说。

“危险？什么危险？”冯斯有些恼火，“你是在耍我吗？”

“我暂时没有办法向你解释，但你这次必须相信我，”冯琦州说，“明天一早就走，他们应该还来不及找到这里。我给你的那张卡，虽然你不想用，但我还是往里面又打了一笔钱，卡里的钱够你用很长一段时间了。”

冯斯莫名其妙，完全不明白冯琦州的意思，甚至开始怀疑他是不是已经精神有问题了。但是眼前的冯琦州目光沉稳、神情严肃，既不是平时在自己面前忐忑不安的模样，也不是披上道袍装神弄鬼时的虚张声势。那种强装出来的威严是软弱的、虚假的，能够被冯斯一眼看穿，可是现在的冯琦州，却仿佛浑身散发着某种令人敬畏的气息。

“我不会走的，”尽管心里产生了疑虑，冯斯还是摇了摇头，“再过几天就得期中考试了，那是要计入期末成绩的。”

“你不像是个会拘泥于这种事情的人，”冯琦州目光炯炯，“你只是完全不相信我，随便找个借口来敷衍我，大概把我所说的话当成了我用乌龟壳占卜出来的胡言乱语。”

“差不多吧，”冯斯说，“你想要说服我有危险，就得把具体什么危险详详细细地告诉我，不然的话，我只会当你胡说八道。”

冯琦州叹息一声：“那好吧。既然这样，我只能把实话告诉你了。”

他伸手揽住了冯斯的肩膀。冯斯并不喜欢这样亲密的动作，但想到冯琦州大概是想要在他耳边低声说话，所以并没有躲开。冯琦州果然凑到了他的耳边，低声说：“事情是这样的……”

他的声音很小，周围又太过嘈杂，后面的话冯斯就听不见了。他不自觉地偏了偏头，更加靠近冯琦州，突然之间，他感到脖子一紧，冯琦州放在他肩膀上的那只手不知何时悄悄移到了后颈，并且用力掐住了后颈的某个部位。他立即觉得眼前发黑，想要挣扎呼叫，却完全用不上力。

紧跟着，脖子上传来一下轻微的刺痛，像是有什么很细的针扎了进去。冯斯眼冒金星，身体变得像铅一样沉重，意识渐渐模糊了，耳朵里喧闹的人声也渐渐隐去。只是在昏迷之前的最后时刻，他听到冯琦州仿佛在很遥远的地方大呼小叫：“儿子！你怎么了？儿子！”

醒来的时候，冯斯发现自己被五花大绑地塞在一辆汽车里。他顾不上脑袋仍然涨痛不已，先打量了一下周围。自己正在一辆普通的金杯面包车里，躺在后座上，除他以外，车里只有正在开车的冯琦州一个人。

他想要说话，却发现连嘴都被一块布堵住了，只能发出“呜呜”的声响。冯琦州听到声音，头也不回地说：“醒了？”

冯斯闷哼一声，算是回答。冯琦州接着说：“这件事完了之后，你想怎么骂我就怎么骂我，甚至想揍我也行。但这一次，我必须带你远走，把你藏起来。我不能让你丢掉性命，哪怕你会为此恨我一辈子。”

怎么就扯到丢掉性命的话题上了？有这么严重吗？冯斯想着、猜测着、判断着，但最终占据上风的还是这两个字：不信。父亲是个四处装神弄鬼骗饭吃的江湖术士，甚至都不是一个真正的道士，对于他而言，危言耸听吓唬人应该是常事。

他甚至进一步想到，这搞不好是父亲安排的一个圈套，目的就是通过虚构的危险和伪装的奋不顾身来和他修补父子关系。对于一个职业骗子来说，这种事原本不难设计。想到这里，他反而有点佩服冯琦州了：我靠，你丫真狠。

然而，如果现在冯琦州扯掉堵在他嘴里的布，他一定会指着父亲的鼻子，用一连串恶毒的言语咒骂父亲。

“别玩这些花招了行吗，亲？我看见你还不如见着某宝客服亲切呢。

“我妈已经死在你手里了，还指望着能回到小时候把你当马骑时的父子关系吗？

“我已经成年了，我有办法自己养活自己，你给我的卡我一分钱都没用过，所有的学费、生活费全都是我自己赚来的。没有你，我也饿不死。

“我没有你会活得更好，你没有我也是一样，我们就此分道扬镳，永远从对方的生活里消失好不好？”

他在脑海里把这些话重复了一下，又添加了一连串刺激性的词汇，决定一到能开口说话的时候就一口气说出来。这些年来，他对于这种尴尬的父子关系早就厌恶透了，冯琦州这一次显然出格的荒唐举动更加让他忍无可忍。就这样把所有的话都说开吧，他想，就像用快刀斩乱麻。

面包车继续以高速飞驰着，此时已经是深夜，窗外漆黑一片，偶尔会有一点灯光闪过。由于多年高校持续扩招导致城区用地紧张，许多高校都把大一新生扔到郊区的分校，某些甚至全部本科生都在那里。冯斯的专业运气不错，由于需要应用一些只有主校区才有的专业设备，因此留在了本部。

但现在看来，自己可能连郊区都远离了，搞不好已经不在北京地界了。这场戏还真是做足了呢，冯斯想着，难不成真打算一路沿着国道把自己拉回老家的那座小城？冯琦州这种搬弄周易风水的伪大师，一向在黑道里最受老大们的信任，搞不好他还会买通一堆地痞流氓来表演点苦肉计什么的呢……

正想到这里，面包车突然一下巨震，冯斯顿时从座位上摔了下去，摔得浑身生疼。紧跟着是第二下、第三下……他猛然明白过来，有人在后方用车撞他们！

这可太过火了，冯斯想，苦肉计也没有玩得这么真的，这他妈的又不是在拍电视剧。面包车的发动机发出低吼，冯琦州似乎已经把油门踩到了极限。但这毕竟只是一辆金杯，速度有限，仍然难以逃脱来自车尾的撞击。每撞一下，车身就是一阵剧烈的震动和摇晃，车轮在公路上摩擦出尖锐刺耳的声音，随时都有失控滑出道路甚至翻车的危险。

冯斯一下子明白过来了，这绝不是什么事先安排好演戏的，谁演戏也不可能拿自己的生命开玩笑。冯琦州说的竟然是真的，那个未知的危险已经来临了。虽然他仍然完全不清楚这个危险的性质到底是什么，究竟为何而来，但它还是来了，就这么突兀地出现在自己身边。

生活真是出人意表，冯斯对自己说。

三

面包车终于被逼到了一条乡间的死路里。车停了，冯琦州回过身来低声说：“躲在车里，千万别出来，无论发生什么都绝对不要出来。”

说完，他以很小的动作扔了一个东西到冯斯身边。被绑得死死的冯斯艰难地侧身一看，那是一片锋利的刀片。他心里一喜，用还能活动的手指把刀片捏了起来。

就在冯斯一点一点用刀片割断绳索的时候，冯琦州已经打开车门下了车。他故意没有关上车门，似乎是为了方便让冯斯听到他和敌人的对话。

外面同样响起车辆靠近和停车的声音，然后是开门声和脚步声。冯斯从脚步声粗略判断，对方来了六七个人。

“冯二，你可真会躲啊，谁能想到找你要花19年的时间？”一个年轻女人的声音响起，柔媚而甜腻，却有一种让人很不舒服的感觉，仿佛是掺杂了毒药的蜜糖。

“19年了，仍然没躲过，”冯琦州用石头一样冷硬的声音说，“还是你们厉害。”

“但你已经是躲藏时间最长的一个了。”甜腻的女声发出一声轻笑，“我们做出了无数种猜测，猜测你会怎样伪装身份，却万万没有料到，你竟然会反其道而行之，变成了一个作风张扬的风水大师。”

“大隐隐于市。”冯琦州简短地回答。

“你觉得反正从来没有人见过你的真面目，你这样伪装是绝对安全的，但最终却还是暴露了，能猜到为什么吗？”女人说。

“没什么难猜的，”冯琦州说，“你们的确没见过我的脸，但这个世上还是有一个人见过的。你们想必是找到了那个人，那个被我当成生死之交的人。”

“所谓生死之交，无非是只能一起生，却不能一起死而已，”女人悠悠地说，“你信错了人，也就无须抱怨了。把那个孩子交出来吧。”

冯斯心里咯噔一跳，知道女人所说的“那个孩子”指的就是区区在下。他飞速地分析着冯琦州和女人刚才的对话。听上去，父亲过去的身份并不是现在的风水骗子，他是为了躲避一群人，才故意伪装成这样的身份的。而19年这个时间……不刚好是自己的年龄吗？

也就是说，父亲逃遁和改换身份是为了保护自己，而这个女人所代表的“敌人”，目的则是抓获自己。他不禁有些糊涂：他们图的是什么？

他梳理了一下自己19年的人生：幼年丧母，有一个假冒道士靠着风水阴阳术四处招摇撞骗的父亲，在一个平凡的小城里长大成人，直到考上大学离开。他自幼就被人夸聪明，但并不是那种天才式的聪明，只是比一般人头脑更加灵活一些，有一些诸如网游打钱或者经营营销微博之类的小智慧，能考进全国重点大学。他身材高大，体魄不弱，但也说不上有多么强健，打群架的时候被几个人围住一样得被揍趴下。这样的人马虎可以称得上优秀，但绝对不罕见，即便在同一所大学里也能轻易找出比他更强的——可这帮人为什么偏偏那么重视自己？

难道我其实是古代哪个不知名小国的王族后裔，这帮人觉得我身上藏着什么王国宝库的秘密？冯斯胡思乱想着，而冯琦州接下来的回答再次让他震惊：“交给你们也没有用的。他根本不是你们有能力掌控的，不如顺其自然的好。”

掌控？顺其自然？冯斯的脑子又乱了起来。我是什么？机器人吗？为什么会用“掌控”这个词？

“这个就不劳你操心了，”女人又是一声媚笑，“你守护了他19年，已经够累了，就别再挣扎啦。”

随着这一声笑，冯斯听到对方的脚步声重新响起，应该是有两个人向面包车所在的方向靠近了。正好这时候他也摸索着割断了绑在身上的绳子，于是悄悄抬起一点头，透过布满灰尘的车窗向外窥视。他看到对方一共有五男一女六个人，女的果然长着一张狐媚的面孔，看上去年纪很轻，男人则个个面相不善。其中两个男人靠近了冯琦州，个头都不高，但身体敦实粗壮。根据他以往的打架经验，这样的对手并不好对付，对于父亲这样只会坑蒙拐骗的假道士，恐怕三两拳就得被干晕。

尽管这些年来对冯琦州积累了许多怨气，但眼下父亲显然和自己是一条线上的蚂蚱，冯斯稍一犹豫，权衡利弊，还是准备出去助拳。即便假定那个女人不会打架，以二敌五也是绝对劣势，但此时此刻顾不了那么多了。

然而，他刚刚动了这个念头，就发现冯琦州把右手背在身后，悄悄摇了一下，示意他不要出去，接着又竖起大拇指，那大概是表示胸有成竹。

看着冯琦州裹在运动服里的瘦削身形，冯斯忽然有点明白了，于是按捺住没有动弹。两个男人来到冯琦州身前大约一米，忽然加速，左边的那个飞腿向着他的胸口踢去，右边的则以一个很难看的姿势滚倒在地上，扑向他的双腿。

那一瞬间冯斯差点以为自己是在看一场现场直播的UFC无限制格斗比赛，这两个男人一个使用的是泰拳的腿技，一个使用的是巴西柔术，这样的动作在日常小混混打架里是见不到的。看这两人的动作迅猛毒辣，他觉得冯琦州恐怕是死定了。

然而冯琦州的应变却远远出乎他的预料。面对着两名敌人的夹攻，冯琦州丝毫没有慌乱，他的身子向右边微微一侧，恰到好处地闪过那一记凌空飞踢，同时左肘横击，准确地击打在对方的膝关节上。敌人发出一声闷哼，栽倒在地上。

与此同时，右边的敌人也已经扑到他身前，双手已经触及他的腿部，眼看就要用擒技死死缠住他。冯琦州并没有躲闪，而是顺势做出一个匪夷所思的屈腿下跪的动作，双膝猛然发力，把整个身体的重量都压在了对方的双臂上。

“咔嚓”两声响后，这个壮汉的双臂已经骨折了。

这个人是我的父亲？冯斯完全惊呆了。从小到大，他所见惯的父亲一直是这样的形象：穿着各种各样色彩鲜艳的道袍，手里捏着桃木剑和符纸，满脸伪装出来的神圣庄严，嘴里胡扯着紫微斗数、易经八卦、风水、驱鬼、招魂、转运等乱七八糟的概念。而这样高高在上的大师外表之下，实质是虚弱的，因为曾经有一次，冯琦州不知道是在批命时说错话了还是怎么的，得罪了一个家乡当地的黑道老大，被几个小喽啰揍得满地打滚，最后又是摆酒赔罪又是赔钱才算摆平。从那一次的遭遇来看，冯琦州应该是半点打架的能耐都没有的。

可是眼下，冯琦州所展现出来的，是令人难以置信的格斗能力。是的，这已经不是冯斯偶尔参与的那种在小城街头或是在大学校园里的打架斗殴，这是格斗的技巧，娴熟、精准、冷酷、杀伤力极大的格斗技巧。

那个问题再次从心底升腾而起：我的父亲到底是什么人？

不过他顾不得多想了，因为局势依然危急。打倒了两个男人之后，剩下的三个男人一齐围了上来。而这一次，他们已经明白了冯琦州的厉害，再也不会轻易冒进，并且手上都拿出了武器。冯琦州则从面包车里抓出一根铁棍，即便面对着三个人的包围，也丝毫不显慌乱。

这一次双方搏斗的时间更长，冯斯也能看得更清楚一些。没错，冯琦州绝对是一个格斗高手，力量、速度、反应能力和经验都是一流的，令他想起大学军训时那个侦察兵出身的教官。他禁不住想，父亲年轻的时候一定有非常丰富的实战经验。

然而他也看出了冯琦州的问题，那就是体能。毕竟十多年来，他都没有施展拳脚的机会，也许有瞒着自己进行锻炼的时候，但那样的时间是有限的。如今同时和三个年轻人缠斗，他很快就汗湿背脊、气喘吁吁。

不过最终还是经验和实力占了上风，冯琦州击倒了三个年轻人，自己也累得直喘粗气，而且身上也有多处受伤。在此过程中，那个妖媚的女人一直笑吟吟地站在一边，似乎一点也不着急。

“不愧是冯三，19年后身手还是那么好！”女人拍起手来，“你要是年轻个十岁二十岁的，我多半就爱上你了。”

她一边说，一边慢慢地走近，步子看上去漫不经心，冯琦州却十分警觉地向后退了两步，握紧了手里的铁棍。女人伸出双手，只见两只手上各握着一柄短短的匕首，刀尖上闪烁着寒光。她忽然弯下腰，用猫一般灵活而诡异的步伐一一掠过倒在地上的五名同伴，接着重新直起身来，一脸的若无其事。冯斯定睛一看，只觉得一股寒气从脚下直冲到头顶：那五个男人的喉管全都被割开了，鲜血正在汩汩地流出，眼看都活不成了。

我靠，她真的会杀人啊！冯斯瞪大了眼睛，不是开玩笑的，真的杀人了。

他并不是胆小的人，甚至比一般人都胆大，但之前即便是那些激烈的街头群架，也从来没有打死过人，更何况眼前发生的并不是误伤致死，而是赤裸裸血淋淋的谋杀。他觉得自己有些想吐的感觉。无论人们如何喜欢在各种影视作品里欣赏杀人的场面，当真正的死人摆在面前时，没有几个人会感觉到舒服。

“你下手真够狠的。”冯琦州淡淡地说。

“我狠？还是得怪你下手太狠，把他们都打残了，我不能带着几个累赘上路啊，”女人说，“咱俩也快点吧，再耽搁下去就天亮了。”

话音刚落，她已经向着冯琦州猛冲过来。

冯斯是个随时随地都笑眯眯的人，在外人眼里的形象往往是玩世不恭，对什么事都不太在乎，但实际上，他骨子里从小就倔强好胜，所以打架的次数其实不少，即便考上了大学，也曾因为打架受到过警告处分。他打篮球时不喜欢身体接触，也有一个原因在于打野球的人经常控制不好技术动作，导致野蛮犯规，冲撞过多容易引发他爱打架的天性。

此时以他十来年街头斗殴的经验，一眼就能看出来，这个女人相当厉害。她的反应异乎寻常地灵活，腰肢扭动得像条毒蛇，两把匕首出手的方位动作也都诡异非常，不一会儿冯琦州身上已经添了好几道新伤口，脚步也开始踉踉跄跄，只能尽量用铁棍把对方逼远一些，不让她近身。

再这样下去，自己和父亲都会死在这个疯女人的手里，冯斯很快做出了判断。他也明白，自己那点打群架的本领在对方面前估计不值一提，但如果能替冯琦州吸引一点她的注意力，让父亲得到一丝反击的机会，也是好的——总比等死强吧。

想到这里，他握紧了手里的刀片，翻到前排座椅上，小心地探出头。但没想到，刚刚探出头去，就已经被女人发现了。女人的眼神里骤然闪过一丝狡黠的光芒，突然扬起左手，把左手握着的匕首猛地掷向冯斯。冯斯躲闪不及，匕首钉在了他的左臂上，鲜血立刻涌了出来。

冯琦州吃了一惊，不由得稍微分神，动作出现了转瞬即逝的迟缓。女人所等待的就是这样的时刻，她敏锐地抓住了时机，一步跨到了冯琦州身前。冯琦州连忙回棍砸向她的左肩。没想到女人竟然完全不闪不避，硬生生地用右肩承受了这一击，而她的右臂已经借机揽住了冯琦州的脖颈，匕首抵住了他的咽喉。

“关心则乱，”女人笑眯眯地说，“不然你还能多坚持15秒左右。”

冯琦州咬着牙，没有出声，女人的目光投向了冯斯：“终于见到你了，真不容易。”

“你是什么人？为什么要找我？”冯斯用沉稳的语气问道。刺中左臂的匕首已经拔了出来，伤口处一阵阵的剧痛，心里更是填满了“老子居然帮了倒忙”的沮丧，但他强迫自己忍住，不但不露出一丁点儿疼痛或者后悔的表情，还挂上了他招牌式的温和笑容。这是街头打架的铁律：无论什么时候，都不能向对手示弱。

“看不出来，骨头还挺硬，”女人的声音里微带一点赞许，显然也看出了冯斯正在强忍痛苦，“我喜欢硬骨头的男人。”

“但我不喜欢人老珠黄的老女人。”冯斯扮了个鬼脸。这时候他已经能看清楚女人的脸，虽然的确长得很漂亮妩媚，声音听起来也够年轻，但再厚的脂粉也遮不住岁月的痕迹，她的年纪应该不轻了。

女人的笑容一窒，很快又恢复常态，若无其事地说：“反正你喜欢不喜欢也没关系了，你这样的无价之宝，我要是想要染指，恐怕会掉脑袋的。”

无价之宝？我算哪门子的狗屁无价之宝？又是一句让人不明白的话，冯斯想。女人继续说：“但是这一次不把你带回去，我同样会掉脑袋。所以麻烦你乖乖跟我走，别再做无谓的反抗，否则的话，我会先杀死你的父亲。”

她手上微微用力，匕首的锋刃割破了冯琦州喉部的皮肤，鲜血顺着匕首滴落到地上。冯斯一言不发地看着女人做完动作，忽然间哑然失笑。

“这次你又笑什么？”女人微微皱眉。

“我笑你显然事前的调查远远不够充分，”冯斯说，“你们忽略了一个非常重要的事实。”

“什么事实？”女人一怔。

冯斯微笑着，用食指指向冯琦州：“你觉得这个人是我的父亲，一定和我父子情深，所以你可以利用他来胁迫我，可惜的是，有些事情和你的想象大有出入。”

“你难道是想说，你和他……”女人有些意外。

“没错，我对这个人恨之入骨，”冯斯摇晃着手指，“事实上，今天晚上我是被他绑架到这儿来的。你想要用他威胁我，那绝对是打错算盘了。”

女人犹豫了一下，并没有放开冯琦州：“那我倒是想试一试了，如果我真的杀死这个人，你也会毫不在乎吗？”

冯斯一摊手，只说了两个字：“请便。”

说完，他把探在车门外的身体缩了回去，关上车门。尾部已经被撞得变形的面包车重新响起引擎的轰鸣声。

四

冯斯回到面包车里，发动了引擎。几秒钟之后，面包车真的开始向前加速行进。看上去冯斯并没有说假话，他的确不在乎父亲冯琦州的生死，而是打算自己开着车离开。女人虽然擅长格斗，但毕竟不是超人，一旦车子起速，想要追上冯斯就困难了。

女人看着面包车踌躇了一下，最终还是狠狠跺了一下脚，先重重地击打了冯琦州的后脑，把他打倒在地，然后又快步追了上去。

看来之前的撞击损伤了机械，面包车不停地发出难听的杂音，加起速来也如醉汉一般歪歪斜斜。女人迅速地追上面包车，从驾驶座旁的窗口伸手进去打算把冯斯揪出来。但她的手刚刚伸进去，就猛地发出一声惨叫，赶忙缩回手向旁边跃开。月光下看得很分明，她的右手鲜血长流，只剩下拇指和小指还完整，其他的三根指头都只剩下了半截。

面包车继续向前行驶，大约开了一百米之后，掉了一个头，直直地冲着女人开了过去。

“够狠！”女人的脸上虽然还带着痛楚的表情，嘴角却出现了一丝笑意，“我越来越喜欢你了。”

女人站在原地并没有动弹，冯斯却忍不住浑身直冒冷汗——并不是因为自己肩头伤口的疼痛。对他而言，发狠砍断女人的几根手指头倒并没有什么，但是用车撞她就是另外一回事了。且不说这个动作已经超越了法律意义上的正当防卫，而变成了故意伤害甚至故意杀人，即便没有法律的约束，杀人这种事也未免太刺激了，刺激到超出了他的承受能力。

当然了，这的确是一帮穷凶极恶的凶徒，这个女人尤其是个中翘楚，如果不弄死她，反过来大概就会被她带着一脸媚笑轻巧地弄死。但这毕竟是真实的世界，不是作者敲一下键盘就能杀死成千上万人的意淫小说，心理再强大的人也不可能不对杀人行为产生畏惧。

他回忆起自己初中的时候，曾经遇到过一个留了两次级的大块头，由于力气相差太大，自己无论如何也打不过他。一次次被人家揍得鼻青脸肿的时候，他也曾经凶狠地想要找把刀子捅了这家伙。但那只是随便想想而已，冯斯从来不是没有理性的人。然而眼下，不撞上去似乎又不行，因为除了这架钢铁机器，冯斯再也找不到任何可以和她对抗的方法了。他和这个女人的差距，恰如初中时代的自己和那个大块头之间的差距，而且女人比大块头还多了一个属性，那就是敢于杀人。

短暂的迟疑之后，面包车距离女人只剩下不到20米了。就在那一刹那，冯斯的脑子里忽然“嗡”的一声，仿佛有一种热流涌遍了全身。他感到一种无法遏制的凶性从心底升腾而起，脑子里似乎有一个充满诱惑的声音在对他说：撞过去吧，狠狠地撞过去！

这是一种从未体验过的感觉，即便是在被一群小混混按在地上狠揍的时候，都没有出现过的一种情绪——或许是因为那种环境还远远算不上绝境。而现在，在非生即死的困境中，在杀人与被杀的悖论中，就像是某个从来未曾打开的开关被拨动了。那仿佛并不是人的意识，而是一种来自远古的野兽的本能，一种隐藏在基因深处的杀戮的本能。肩头伤口流出的血好像也在散发出浓郁的、芬芳的气息，让他不由自主地想要追寻更多的鲜血。

不要刹车……撞过去……撞死那个女人……撞死一切拦住你的人……撞过去……

“砰”的一声巨响，车身猛烈地滑向了旁边。

爆胎了！冯斯这才从刚才那不安的幻境中清醒过来。他想要稳住方向盘，但爆胎的车已经完全失去了控制，飞速地侧滑出去，狠狠地撞到这条乡间小路旁的一棵大树上。冯斯的头重重地磕在了前侧的挡风玻璃上，眼前一黑，晕了过去。

昏迷之中，冯斯觉得自己沉入了一团混沌之中，周围全是灰蒙蒙的浓重云雾，什么都看不清楚。他尝试着向不同的方向走出去，但无论走向何方，无论走多远，都始终无法摆脱这团混沌，也没有碰到其他任何东西，仿佛天地之间只剩下他一个人。

“有人吗？”他高声喊着。但不管他怎么喊叫，能听到的只有他自己的回声。

最后他终于走累了，颓然坐在地上，身前的浓雾却在这时候逐渐消散开一块，露出了一个人的身影。他禁不住失声叫了起来：“妈妈！”

早已去世的母亲神色木然地望了他一眼，转过身走进了迷雾中。冯斯慌忙追了上去，但母亲的身影已经完全消失，再也寻觅不到。他怅怅地回过身来，却发现身后就站着父亲。父亲穿着一身杏黄色的道袍，手里拿着一把桃木剑，身前摆放着香案蜡烛，正在念念有词地作法。他不由得气不打一处来，几步跑上前去，一脚踹翻了香案。

“你为什么这么恨我？”父亲叹息一声，“虽然你母亲的死的确是因我而起，但我也并不想那样的，何况是我保护了你19年。”

“我到底是什么人？你到底是什么人？你为什么要保护我19年？”冯斯一把揪住了父亲的衣襟，“我对你有什么用？对那个女人、那些杀手有什么用？你到底是不是我的亲生父亲？”

他当然知道，他不可能得到答案。因为眼前的一切都只是他想象中的世界，这个父亲也不是真的，不过是他头脑里父亲形象的投影，不可能给出任何超出他自己认知的答案。但是这一天以来发生的各种诡异难解而又离奇凶险的事件，让他的怒气就像火山一样爆发了出来。哪怕这只是一个幻影，他也想要发泄一下。

“答案都藏在你这里，”父亲伸手指了指他的头，“能不能找到，就看你自己了。”

说完，他也缓缓地退入浓雾当中，不见了踪影。

醒过来的时候，他发现自己仍然坐在面包车里，或者说，倒在车里。这辆金杯已经侧翻，车门和车头也撞变形了。但万幸的是，车头的变形程度不算太严重，没有把他卡死在里面。尽管身上由于磕碰和玻璃的擦割增加了若干道伤口，头部更是疼得厉害，但他还活着，还能行动。

挡风玻璃已经完全碎掉了，冯斯小心地从车前方爬了出去，向四周张望。他一眼就看见了父亲和那个神秘女人，两个人都倒在地上，相隔大约两三米远。女人已经完全不动弹了，父亲的身体却还在微微颤动。

他连忙跑了过去，看清两人的情状后，不由得倒吸了一口凉气。女人已经死了，身上除了被他用匕首削断的手指外，并没有别的伤痕。但是脖子却以一种怪异的角度扭曲着，看来是被生生扭断或掰断的。她的两只眼睛骇人地凸出着，满脸难以置信的神情，令她原本漂亮的脸蛋看上去狰狞丑恶。

而冯琦州虽然还没有死，却也离死不远了。女人的匕首深深地插入了他的小腹，地上的血液流淌成河，已经凝固。可以想象到在自己昏迷之后，两人之间发生了怎样的一场恶战，而遍体鳞伤的冯琦州究竟要爆发出怎样的力量，才能杀死这个可怕的女人。

虽然和武侠小说里常见的错误知识不一样，小腹被刺并不一定会致命，但冯琦州因受伤太久、失血过多，也很难有挽救的余地了。尽管如此，冯斯还是立即掏出手机准备拨打110，却发现手机屏幕已经完全碎裂，不再显示任何信号，大概是刚才翻车的时候被撞烂了。他一把扔掉手机，扑向地上的六具死尸，一一搜身。但这些人或许是为了保密需要，没有一个人身上带着手机。他不由得暴怒起来，狠狠一脚踢在一具尸体上。

“儿子……别费力气了，”冯琦州虚弱的声音在他身后响起，“我马上就要死了，医生来了也没用。快过来，我……我有话说。”

冯斯快步奔回冯琦州身边，轻轻扶起父亲越来越冷的身体。他想起自己在过去的若干年里，曾经不止一次在心里诅咒，希望这个令他厌恶的父亲干脆早点死了算了，但现在，当父亲真的快要死去时，他却只剩下了一个念头：不要死啊，我不想你死！

“我没力气了……你……靠近点儿。”父亲低声说。冯斯连忙低下头，把耳朵贴到父亲的嘴唇边。冯琦州咳嗽了一声，用微弱的声音说：“不是我不愿告诉你，而是……关于你的很多事，我自己……也不太明白，但现在……我所知道的……都可以告诉你。你回老家……老房子……家里……地下储藏室，有一个……黑色的……木头柜子，柜子背板……有夹层，你去找来……看看。”

冯斯魂不守舍地点点头，即便是得知自己可以向着真相靠近一大步了，却仍然没有半分喜悦。父亲要死了，他想着，这个在生命中的最后几个小时才被自己真正认识的父亲，就要死了。从此以后，自己就是真正的孤儿了，无父无母，孑然一身。

“还有……你母亲的……事情，我……真的……很……抱歉，”冯琦州气息奄奄，每说一个字都似乎要拼尽最后的力气，“她和我不一样……只是……普通人。我娶她……就是为了……掩护身份……我是……不得已……我……必须……保护……”

冯琦州最终没有说完最后一句话。他的头垂了下去，眼睛慢慢闭上，不再有呼吸。冯斯紧紧抱着父亲的尸体，忽然间想到一件事：临死之前，父亲依然没有听到自己叫他一声“爸爸”。

这个想法比父亲的死亡本身更令他难以忍受。他猛然抬起头来，像受伤的野兽一样仰天号叫起来，自从母亲死后就再也没有流过的泪水顺着他的面颊倾泻而下。

远处响起了警笛声。

第二章

故乡

一

家乡留给冯斯的是一种很复杂的混合记忆。他在这里从一个小屁孩慢慢地长大，放学后和伙伴们拖着书包奔跑于街头巷陌，逃学去河边钓鱼，积攒零花钱偷偷进网吧玩游戏。在这里他第一次抽烟，第一次喝酒，第一次打架，第一次约会，第一次亲吻女孩，第一次打工赚钱……这是一座打车只需要20分钟就能逛遍的小城，每一个角落都能找到他少年时代的温暖回忆。但也是在这里，他失去了最爱的母亲，从此将父亲视为陌路人。对他而言，家乡是一个令人怀恋却又想尽早摆脱的地方，那样他就可以从父亲身边离开，再也不见他的面了。

所以在考大学的时候，冯斯果断地选择了北京，考上之后即便是春节也没有回过家。他曾经以为，他可以一辈子摆脱家乡，一辈子躲开父亲，从此开始属于自己的生活。然而命运似乎很喜欢捉弄他，大半年之后，他又回来了，背包里装着冯琦州的骨灰盒。

半个月前，在那场惊心动魄的暗夜厮杀之后，冯斯被带到了警察局里。案情是扑朔迷离的，但所有怀疑的方向都指向了冯琦州的职业。这个道号“忘虚子”的假道士，多年来通过封建迷信活动敛财，和不少有身份的人物都有接触，社会关系非常复杂。所以，无论是得罪了别人招致报复，又或者是因不小心窥探到什么机密而被灭口，都是很有可能的。

但没有人怀疑到冯斯。他只是一个清清白白的大学生，翻遍他从幼儿园到大学的履历，除了打架次数稍微多点之外，并没有其他的劣迹，而且学习成绩也一直不错，现在正就读于重点大学。冯斯虽然一向和冯琦州不和，但要说这么个不满19岁的大学生会为此买凶杀父，实在只有暗黑系的日本推理小说才能写得出来。何况他本人在这次事件中受伤也不轻，头颅在挡风玻璃上的那一次撞击尤其沉重，让他有些轻微的脑震荡。

所以警方在例行盘问了一番之后，迅速排除了冯斯的嫌疑，并没有过多地打扰他。而冯斯虽然详细描述了那一晚上他所见到的双方动手的过程，却也隐瞒了所有与他自己有关的信息。把这些告诉警方，也许能得到更好的保护，但冯斯却选择了沉默。因为他已经意识到，隐藏在自己身上的，一定是一个非同一般的秘密，让警方介入也许反而会招来麻烦。他想要凭借自己的力量先去查找真相。

冯琦州的尸身就在北京火化了。辅导员听说冯斯已经死去的父亲又死了一次，眨巴着眼睛半天没反应过来。按他的脾气，当场就要处罚冯斯，但系主任好心为他说情，最终不但没有受罚，还免除了期中考试，但计入期末总成绩时只能按60分算。一通忙乱的手续办完后，冯斯请了假，携父亲的骨灰盒回乡，名义上是安葬父亲，最主要的目的还是去找一找父亲留下的线索。

“你一个人回去，真的没事？”文潇岚问他。

冯斯乐了：“你还怕我被拐卖到山沟里当媳妇吗？”

“就你那德行，不拐别人就不错了！”文潇岚瞪了他一眼，“我是说，你现在状态很不好，看得出来心里压着很多事，回家有那么多事要处理，我怕你忙中出错。”

“放心吧，其实也没有太多事要办，”冯斯说，“我家在当地没有任何亲戚，连丧事都可以省了。我这趟回家，最主要是把我爸留下的房产和车子什么的托人处理掉，以后就再也不回去了。”

“开始……新的生活？”文潇岚努力挤出一个笑容，似乎是为了让冯斯轻松一点。

“你这话说得跟离婚分家产似的。”冯斯摇摇头。

“不过，你终于愿意叫他一声爸爸了。”文潇岚轻声说。

冯斯脸上的笑容消失了，过了好久才说：“爸爸终究是爸爸，这是什么都改变不了的。”

文潇岚说，看得出来冯斯心里压着很多事，这话没有说错。除了父亲死后留下的一大摊子琐碎事务和与他身世有关的种种谜团外，冯斯心里还有两件事。其中一件是检查脑震荡时做的CT。查完之后，医生对冯斯说："有件事情必须告诉你，不过你千万不要紧张。"

"是在我的脑子里找到了点什么东西吗？肿瘤？"冯斯的反应很快，"真像韩剧剧情，除了我还没找到女朋友……别担心，我不会紧张的，您照实说就行。"

医生点点头："没错，是发现了肿瘤，不过是良性的星形细胞瘤，属于一种常见而恶性程度很低的脑瘤，而且体积还非常小，也没有压迫到神经，短期内很难对你的健康造成影响。但你还是应该尽快复查，好确定治疗方案。"

"会需要开刀吗？"冯斯问。

"进一步检查之前，我还不能下定论，也有保守治疗就可以治愈的可能性，"医生说，"但就目前肿瘤的生长程度来看，即便需要开刀，风险也不大，你不用太担忧。"

"我明白了，谢谢您。"冯斯说。

另一件事就是父亲用冯斯的名字办的那张卡，当初在他考上大学时就给了他，但他一分钱都没用过。父亲多年来四处做法事看风水，认识了不少兜里有点钱的朋友，这些人往往会在春节时登门拜访，给冯斯派发不少压岁钱，或是在冯斯生日时给他塞红包，算是变相地讨好"忘虚子"大师。冯斯平时花钱很不在意，但还是剩下不少，于是上大学时就用它们交了学杂费和住宿费，其后的生活费基本是自己赚来的。尽管从严格意义上来说，这些压岁钱的来源也和父亲密切相关，但在他心里，还是比直接用父亲替人画符驱鬼骗来的钱要好一些。

在冯琦州遇害之前的最后那个夜晚，他告诉冯斯，又往那张卡里存了一笔钱。由于这年头的丧葬火化收费高昂，冯斯不得不动用这张卡。但是把卡插进ATM后，刚刚点击了"查询余额"的按钮，他就吓了一跳。

——现在卡里的存款数额达到了七位数，并且已经接近八位数，足够在北京城买两套房子了。这哪里是区区的"一笔钱"，恐怕是父亲把他毕生坑蒙拐骗存下来的钱全部转进了这张卡!

自己在一夜之间变成了千万富翁，这让前一天还在靠卖游戏开局号赚小钱的冯斯实在难以适应。他想了想，先提出了一笔现金用作火化费，决定其他的钱暂时不动用，弄清楚了再说。对这个满脸温和笑容、内心比驴还倔强的年轻人来说，尊严比钱更加重要。或者说，这甚至未必都涉及所谓的尊严或者荣耀之类冠冕堂皇的词汇，这只是一口气，一头犟驴子无论如何也要死咬着不松口的一口气。

而他也想到了，在那天夜里去找他之前，父亲一定就已经料到了未来的结局。所以早早地做了准备，把所有钱都留给他，又给他买好了飞机票，原意是把他送走，自己一个人去应对那六个杀手。他从中体会到了一丝久违的温情，同时又是一阵糊涂，怎么也想不通自己为什么会有那么重要。而这些答案，都需要回到老家去寻觅了。

从火车站出来，冯琦州的助手张圣垠已经在等着他了。所谓一人得道鸡犬升天，张圣垠这些年跟着冯琦州也赚了些钱，如今一身笔挺的西装人模狗样的，不知道的多半会把他当成大公司的高级白领。但冯斯始终记得此人当年在街边挥汗如雨地卖羊肉串，还用着本名张土根时的样子。不过这个人平素很守规矩，说话做事也有分寸，倒是不招冯斯讨厌。有时候他需要和父亲说事却又实在不想面对面时，也会让张圣垠帮忙传话。

“先去哪里？”张圣垠问。

“麻烦先送我回家吧，”冯斯对张圣垠一向比对父亲更有礼貌，“一路上太累了，想休息休息。”

“哪个家？老房子？”

“嗯。”

张圣垠点点头，发动了汽车。这座小城和中国大多数的小城市相类，火车站周围看起来繁华漂亮，但开不了多久就能看到农田和河流。冯琦州就在能看到农田的郊区有一独栋别墅。这栋别墅是在冯斯初三毕业那年的暑假建成的，但冯斯高中选择了一所寄宿学校，放寒暑假也经常回城区里的老房子住，所以几乎没在别墅里住过。

“你前几天打电话给我，要我帮你卖掉别墅，我已经找好了中介，”张圣垠说，“需不需要先回去清理一下物品？”

“不必了，和我有关的、和我妈有关的，都在老房子里，”冯斯说，“别墅里的你看着办，该扔的扔，值点钱的你都留下好了，他手里应该有不少珠啊串啊镯子啊什么的。家电和家具可以随房子一块儿卖，或者送。”

“那好，我把能变卖的都变卖了，回头钱全部汇给你。”张圣垠说，“这些年跟着师父……”

他从方向盘上举起右手，摆了摆没有继续说下去，但冯斯听得懂他的意思：这些年跟着师父，我已经赚了很多了，他去世了，我不能再占半点便宜。

这是张圣垠另外一点讨冯斯喜欢的地方：从来不矜夸卖好。

“那随你吧。”冯斯也不多说。

老房子位于城南，那是一个专门为国企职工修建的福利房小区，建筑质量很一般，冬冷夏热，原本是冯斯母亲的单位分给她的，后来房改掏了一笔小钱买下了。在冯琦州发达起来之前，这套两居室外带一个地下储藏室的房子就是家里的全部财产了。

冯斯跳下车，背着行李爬上七楼，掏出钥匙打开了门。大半年没有回来过，一开门就是一股呛人的尘土味儿。他咳嗽了几声，进屋放下行李，先去卫生间拿出一块抹布，细细地把客厅里挂着的母亲的遗像擦干净了。相框里的母亲沉默地微笑着，黑白凝固的青春容颜永远也不会改变了。

“妈，我回来了。”冯斯轻声说。

二

最近十年里，“忘虚子”冯琦州大师的名气越来越响，以至于大学修体育馆都要请他看风水。但在冯斯小时候，他只是一个不成器的街头小骗子，靠着街边摆摊测字问卜赚一点糊口钱，或者说，还不够糊口的钱。那时候是冯斯的母亲池莲在默默地支撑着这个家。她在县城医院里当护士，每周要上两个夜班，非常辛苦。而冯琦州几乎不会做什么家务活，她还得在上班之余打理全部的家务。

“我的爸爸是一个没用的爸爸。”这是小学一年级的时候，冯斯完成家庭作业“用一句话描绘你的爸爸”时所写的话。因为这一句话，他被老师罚站了一个下午，但在心里，他并不认为自己有什么错。

当然了，冯琦州也并非全是坏处，至少他温顺听话，在家里从来不会惹老婆生气，挣到的那一丁点儿钱也绝不私藏，一股脑儿全数上交。不过，这样的形象更加让冯斯觉得，父亲是个窝囊的男人。

在冯斯8岁时，也就是他上小学三年级那一年，这个窝囊的男人干了一件极其窝囊的事情。当时他终于积攒了点儿薄名，可以为稍微上点档次的人物服务了，有一次被人介绍去给邻县一个新开张的茶楼看风水。看风水的过程还算顺利，但当冯琦州揣着红包准备走人的时候，茶馆老板的一位朋友叫住了他。

“大师，我妈最近老是精神恍惚、茶饭不思，晚上睡觉还总是无缘无故地惊醒，非要说床底下藏着什么东西……我怀疑她是中邪了，能不能请您看一看？”这个戴着金边眼镜、看起来斯斯文文的男人说。

能多赚一份红包，冯琦州自然是满口答应，就随他去见了他的母亲，还装模作样地做了一场驱邪的法事，烧了一张符纸制成的符水给老太太喝了。当天晚上，冯琦州回到县里，拿着白天赚来的钱豪迈地带着妻儿下馆子。正在逸兴横飞的时候，手机响了，是介绍他这单风水生意的朋友打来的。他接通手机后，一下子脸色就变了。

“你说什么？老太婆死了？”他失态地喊了出来，“那不是糟糕了吗？”

“还有更糟的，”朋友在电话里唉声叹气，“她儿子是混黑道的，而且是个大哥。”

当然了，老太太的死必然有着多种复杂的原因，区区一碗符水不至于死人，至少在喝这碗符水之前，她的身体脏器一定存在着相当严重的病变了，但黑道大哥显然只会把符水作为致命的诱因。

于是冯琦州逃走了。他找不到应对黑道大哥的办法，只好一走了之，但这只是一种鸵鸟把头埋进沙子式的自欺欺人。他逃走了，他的妻子和儿子还没有逃走，还在家乡的老房子里等待着即将落到头上的悲惨命运。

黑道大哥发动手下的小弟们找了一个星期，没能找到冯琦州的踪迹，于是他来到冯斯的家乡小城，推开了冯家的房门。他带着一脸温和斯文的笑容告诉池莲，冯琦州害死了他娘，人又失踪了，他只好从冯琦州的家人身上讨回这笔债。如果池莲也不能还他一个公道的话，他只能拿冯斯开刀了。被吓得魂不附体的池莲别无选择，咬着牙答应了那笔对当时的普通百姓来说算得上是巨款的赔偿。当然，家里肯定拿不出这笔现金，唯一的选择就是卖房卖家当，可就算这样还不够，好在仁慈的黑道大哥允许池莲分期付款。

“不过分期还得加算利息，只能请你多辛苦一点了。”他彬彬有礼地说。

这以后的一段日子里，母子俩过得凄凄惶惶。池莲在医院给实习医生准备的临时宿舍里找到一个不到十平方米的空房间，带着冯斯住了进去。然后每天完成本职工作后还得想办法打工挣钱，而冯斯偏偏在这当口又生了一场病，高烧不退，令池莲不得不挤出本已经很稀少的睡眠时间去照料他。那段时间池莲劳累得天天脸色发黄，黑眼圈从未退过，整个人瘦了一圈，但却坚决制止了冯斯想要去摆摊赚点钱的想法。

“你给我老老实实读书！”她呵斥道，“钱的事情不用你操心！”

不久之后，一个下着暴雨的黄昏，在城北雇主家做完钟点工的池莲骑着自行车直奔城南，准备值夜班。也不知道是因为她太疲惫了，还是那一夜的雨实在太大道路太滑，当路过流经城区的那条河时，她被卷进了河里。

几天后，她肿胀腐烂的尸体才被人发现，而冯琦州也恰恰在这时候赶了回来，正好可以料理后事。黑道大哥发现自己逼出了人命，也怕事情闹大，于是不再追究余款，也不再找冯琦州的任何麻烦。但冯斯永远地失去了自己的母亲。

尸体火化的那一天，冯斯把母亲的遗像紧紧地抱在胸口，一滴眼泪都没有掉。当母亲的躯体终于随着烈焰化为一缕青烟时，他霍然转过头，死死盯住冯琦州，目光中的仇恨似乎能把冯琦州也火化掉。

“你记住，我永远也不会原谅你。”冯斯一字一顿地说。

冯琦州深深地低着头，不敢朝儿子看上一眼。

几年后的冯琦州发财了，重新买回了那套当年被卖出去换钱还债的老房子，想要讨好一下冯斯。但冯斯见到老房子，对冯琦州的怨憎更深。他借机搬回了老房子里住，尽量减少和冯琦州见面的机会。等到报考大学的时候，他果断地选择了离家千里之外的北京，以为以后可以彻底摆脱掉这个父亲了，却没有想到事情会有惊人的变化。

冯斯回想着那些不愉快的往事，打开所有窗户散气，然后在布满灰尘的家里一面打扫卫生，一面寻找着地下室的钥匙。但地下室原本就是用来堆放平时很少用得上的杂物的，一年不打开都很寻常，找了许久也没找到钥匙，倒是感觉又饿又困。他索性不找了，把自己的卧室草草地收拾一下，烧水泡了一碗坐火车时剩下的方便面吃掉，决定先睡一觉，第二天再慢慢找。

火车上蜷了一天，没怎么好好睡觉，这一觉睡得格外沉，几乎没有做梦。但到了半夜，一声巨响把他从梦里惊醒。打雷了，窗外瞬间暴雨如注。

冯斯从床上爬起来，伸手按向台灯，台灯却没有亮。看来这栋陈旧的老楼电路又跳闸了。他也早就习惯了，反正家里的一切都熟悉，索性手电筒也不打，摸索着去关各个房间的窗户。当他走进当年父母居住的那间卧室时，正好一道电光闪过，把整个房间照得雪亮。冯斯忽然间停住了脚步，一把从书桌上抓起一个仿古花瓶。

房间里有人！在一闪即逝的电光下，冯斯分明看到一个小小的身影一下子缩进了大衣柜里。那不像是成年人的体型，倒像是一个小孩。

“什么人？出来！”冯斯厉声喝道，身子一步一步地靠近了大衣柜。正当他准备伸手打开衣柜的时候，柜门自己从里面打开了，把他手里的花瓶撞到地上，“哗啦”一声摔得粉碎。与此同时，一个黑影猛地蹿出来，一下子撞到了冯斯身上。那个黑影虽小，这一撞却迅若闪电，而且力量十足，冯斯猝不及防，竟然被一下子撞倒在地上。

而此时，第二道电光也亮了起来，照亮了这个刚刚撞倒冯斯的小小黑影。冯斯一下子惊愕得忘了站起来——那是一只猴子！一只身上的毛像斑秃一样掉了许多、脸上有一个红色大肉瘤的丑陋之极的猴子。

猴子发出一声狰狞的嘶叫，再度向着冯斯猛扑过来，但冯斯这次早有防备，虽然还坐在地上，但手里已经顺手抓起了一块刚才撞碎的花瓶碎片。黑暗之中，他隐隐辨别着猴子的身体轮廓，自己并不发力，只是稳稳地举着碎片，等着猴子自己撞上来。

又是一下猛烈的撞击，冯斯简直怀疑自己的手腕要脱臼了，但猴子也同时惨叫了一声，几滴热乎乎的液体溅到了他手上。那团黑黢黢的影子一下子冲向窗户，随即消失在了窗外如注的雨帘中。

冯斯这才慢慢地站起来，并惊讶地发现，在遇到了这样怪异的突发事件后，自己的心脏竟然跳得不算太快。大概是经历了那个杀戮的夜晚之后，我对于这些紧急的危险状况已经有了适应力？他想着，苦笑了一声。

他从冰箱上面找到了蜡烛，点亮后细细查看。花瓶碎片上沾着血，自己手上也有一些血迹，而手上并无伤口，说明猴子确实被自己刺伤了。而父母的房间被翻得乱七八糟，书桌的抽屉倒扣在地上，衣柜里的衣服也被扔得遍地都是，无疑是那只猴子的杰作。

他一时间睡意全无，一边收拾着满地狼藉的屋子，一边猜测着猴子的来历。虽然之前也听说过有人训练猴子偷窃的传说，但自己第一次遇上，还是难免非常吃惊。他冷静地判断着：这是一个陈旧的小区里的陈旧福利房，住在这里的不会有有钱人，假如是临时起意的盗贼，不应该偷自己家；如果是听说过冯琦州的大名，想要从风水大师家里捞一笔的，理应去别墅，而不是这里。

所以，这只猴子也许是冲着自己来的，冲着自己身上所隐藏的那个秘密，甚至说不定它也和自己一样，想要找那把储藏室的钥匙。冯斯回想起父亲遇害的那个惊心动魄的夜晚，忽然间意识到：自己早已习惯的那种平静恬淡的生活，也许已经一去不复返了。未来的道路，注定充满曲折艰辛，甚至有生命危险。

他叹息一声，忽然觉得自己好像站在了篮球场上，他只想舒舒服服地在外线飘逸地投篮，却总有人对着他大吼：“大个儿！进内线！大个儿！顶人！”

“那就顶人吧，反正早就习惯了。”冯斯握紧了拳头，“我顶你个肺。”

天亮后，冯斯继续翻箱倒柜，终于在一个抽屉的角落里找出了地下储藏室的钥匙。打开储藏室的门，一股浓烈的霉臭味扑面而来。他不得不在门外站了很久，等到霉味儿散去一些，这才走了进去。

昏黄的灯光下，储藏室里更显得乱糟糟的，各种各样无用的杂物堆积其中。这里面有冯斯童年时骑过的儿童三轮车，有他看过的童书，有母亲从医院拿回来的早已过期不知多久的针管棉纱。这里本来还有父亲年轻时摆摊算卦用的小桌子之类的物品，但都被冯斯扔掉了。他总是希望从生活中抹去一切和父亲有关的痕迹。

但是现在，他却必须找出父亲给他留下的东西。

父亲所说的黑色木头柜子就在房间的角落里，上面覆盖着厚厚的蜘蛛网。打开柜子清出了里面的杂物后，果然能目测出柜子内部的厚度比外部所看要小不少，理应有一个夹层。冯斯摸索了许久，找到一块活动的木板。他把木板抽掉，从后面的洞里掉出一样东西，撞在柜子的木头底板上发出金属的颤音。

冯斯仔细一看，认出这是他小时候曾经很喜欢的一个绘有唐老鸭图案的金属饼干筒，打开筒盖，从里面取出一包一层层包裹着的文件。最上面的是两张血型化验单，看名字分别属于父亲冯琦州和母亲池莲。

“冯琦州……A型？池莲……AB型？”冯斯皱起了眉头，努力回想起自己学过的血型知识。他还担心自己记错了，打开手机上网查证了一番，然后长长地出了一口气。

冯琦州和池莲，不是自己的亲生父母，或者至少有一个不是。因为自己的血型是O型，而A型和AB型血型的父母，子女的血型可能是A型、B型、AB型，唯独不可能是O型。

那有没有可能两人中有一个和他有血缘关系呢？仔细一想，冯琦州把这两张化验单放在最上面，无疑是一种强烈的暗示，暗示他们两人都和他没有血缘关系。虽然从那天夜里的事情发生后，冯斯就已经有了这样的猜想，并且做好了心理准备，但此刻当真相确凿无疑地摆在面前时，仍然觉得心里堵得慌，总觉得自己已经被撕裂的生活又被狠狠切了一刀，好像是老天想要把一切宝贵的事物都从自己身边抢走。

他走回到地面上，狠狠地喘了两分钟的气，这才慢慢镇静下来，重新回到了地下室，继续翻看冯琦州留下的资料。接下来的是一份公安局审讯记录的复印件，嫌疑人名叫翟建国，家庭住址在东北的某座小城，而审讯的时间……正好是自己出生那一年，而且刚好是生日的第二天！

冯斯觉得心里一阵寒意上涌。毫无疑问，父亲留下这份发生在特殊时间的审讯记录，也是想要说明，这件案子和冯斯的身世有关。但是他从来不认识，也未曾听父母提起过这个名叫翟建国的人。真是奇怪了，他想着，家乡在西南，这座城市在东北，我的身世怎么会和一座东北小城以及一个我不认识的人挂上钩呢？又或者说……我本来就是从那座城市被带到这里来的？

他正准备接着往下翻要看个究竟，瞧瞧这个翟建国到底犯了什么罪，又是怎么和他关联起来的，但忽然之间，一种近乎本能的直觉让他浑身一紧，他感受到了某种危险的逼近。

背后有人！

他急忙试图转过身去，但只转到一半，刚好用眼角的余光瞥到一个人影，一个粗壮的身影，然后他的头上就挨了重重一击，被打倒在地上。但这一次，他尽管被打得眼冒金星，却并没有晕过去。倒在地上的他，隐隐看见那个袭击他的人伸手把父亲留下的那包东西一股脑全拿走了。

冯斯十分着急，一伸手抓住了那人的脚踝，但对方狠狠地一跺脚，踩中了他的手指。十指连心，他疼得不得不缩手，而那人已经飞快地跑了出去。

冯斯挣扎着从地上爬起来，也不顾脑袋像要裂开一样地疼，拖着蹒跚的脚步一摇一晃地奔出门去。上到地面时，那人早已在小区的楼群里消失得无影无踪。他颓然地一屁股坐在了单元楼门口，一阵阵怒火在心里升腾，却又不知道该向何处发泄。

父亲留下的资料很厚，除了自己已经看过的两张血型化验单，以及刚看了开头的审讯记录之外，剩下的还有一大摞，里面一定还包含着许多重要信息。虽然父亲临死前说，他对冯斯真正的身世还不是很清楚，但结合这些资料，至少能找到一个查证的方向。可现在，大部分的资料都消失了。

冯斯揉着疼痛难忍的脑袋，回想着自己刚才挨那一记重拳的情景。作为街头打架的常客，他即便没有受过专业的搏击训练，在面对危险时的反应也比一般人快，否则凌晨的时候不会那么快就解决掉那只凶猛的泼猴。而他的听力也不错，按理说不会被人欺近到身边才发现。但是刚才偷袭他的那人，从进门到一直走到背后他都完全没有捕捉到任何响动，可见对方的脚步十分轻，多半也像那天晚上的六个杀手一样，是受过特训的。

说不定这家伙和那只猴子是一拨的，冯斯想，猴子或许就是被派来找地下室钥匙的。他进一步想到，这应该和那六个杀手不是一路的，因为那六人显然是想把自己抓走，而这个人只是想要抢走资料，目的大概是……不要自己知道真相。

看来我还真是值钱啊，冯斯苦笑一声。现在已经至少有两批人盯上自己了，可这一切到底是为了什么，却还依然毫无头绪。

三

冯斯重新回到地下室，不甘心地把黑色柜子仔细翻检了一遍，结果什么都没有发现。看来父亲确实只是留下了那一包重要资料，却在顷刻间又被人抢走。

他长叹一声，正想关灯离开，兜里的钥匙不小心掉到了地上。弯下腰捡钥匙的时候，他忽然看见柜底有一张纸，可能是刚才资料被抢走时不小心掉落了的。那么厚的一沓，少一张对方也未必会注意到。

尽管只是一张纸，但总算是聊胜于无。冯斯找到一根母亲当年用过的毛线针，把那张纸扒拉出来，发现那是一封信的最后一页纸，信纸上的字数很少，但这些字所传达的内容却让冯斯惊讶不已。

“……所以，我未完成之事，只能交给你来完成了，我的儿子。记住，这并不是什么个人的事业、个人的成败荣辱，而是守望千年的家族使命，是冯家的祖辈世世代代试图完成却始终难以如愿的心结。现在我老了，把这个重担交给你，希望你能对得起列祖列宗。

父字

于病榻中

19××年×月×日”

“儿子？冯家？”冯斯皱起眉头，“这难道是……爷爷写给爸爸的？”

冯斯从来没有见过自己的祖父，甚至连他的照片都没有见过。父亲和母亲都告诉他，他们不是在这座城市出生和长大的，爷爷奶奶和姥姥姥爷已经去世，家里的亲戚也大多断了联系。所以逢年过节的时候，别人都是走亲戚，父母却只能拜会朋友。过去冯斯并没有仔细去思量这件事，如今想起来，才觉得其中有问题。

“但是爷爷奶奶为什么连照片都没有？”冯斯小时候曾经问过冯琦州，“我连他们到底长什么样都不知道。”

当时冯琦州打着哈哈搪塞过去了。而后来又有一次，在语文课上学习了“故土”的概念之后，冯斯问父亲：“你的故土到底在哪儿？我们什么时候回去看看呢？”

冯琦州沉吟了一会儿：“故土……老家……在一个很遥远的地方，那里又穷又破，不通公路，没什么好的。我都忘了该怎么回去啦！”

这当然又是搪塞，而后来因为母亲的去世，冯斯和父亲的关系很糟糕，对于父亲的一切都不想过问，自然也就没有再提起。直到现在他才意识到，自己的身世之谜，竟然很有可能和整个家族的命运联系在一起，而这个家族，用信上的语句来说，已经“守望千年”。

难道我是一具千年僵尸？冯斯气闷地想。

他郁郁地锁好地下室，爬楼回到家里，开始思考接下来该怎么办。由于遇上了意外的袭击者，剩下在他手里的线索少得可怜，但也绝非完全是两眼一抹黑。比如，那份审讯记录自己虽然只看了开头，却记住了受审者的名字和家庭住址。尽管时隔19年，这个地址或许早已失效，但毕竟还是可以想办法查问的。

另外，得知自己的身世和父亲的家族有关，也许可以去父亲的别墅里查找一下，说不定就能找到老家的所在。现在就剩这两根稻草了，无论如何也得抓一抓试试。

如果是在过去，冯琦州说要卖掉自己的别墅，恐怕会有许多有钱人来抢，以便沾上一点大师的仙气，但如今冯琦州是非正常死亡，看上去仙气也不太灵，这栋别墅就不怎么好卖了。挂牌数日无人问津，冯斯正好可以回去清理物品。

如张圣垠所言，别墅里的一应物品他都没动分毫。此外，冯琦州的卧室和书房还加上了两把锁，钥匙给了冯斯。这样正好，冯斯想，如果有什么秘密的东西，藏在卧室和书房应当是人之常情。

他先搜寻了卧室，并没有发现任何和祖父相关的物件，同时他也略有些惊讶地发现，父亲自己私藏的值钱物品少得可怜，除了平时戴出去招摇撞骗的几件饰物外，其他古玩字画、黄金珠宝一概没有。冯斯禁不住想，难道他真的是把所有钱都留给我了？

对父亲那种无法理清的复杂感情又开始在心头翻搅。他摇摇头，强迫自己暂时不要去想这些，离开卧室他打开了书房的门。冯琦州有两间书房，一间装修得富丽堂皇，专门用来见客，靠墙的三面大书柜里装满了各种书籍，既有道教经典和国学典籍，也有《时间简史》之类的正经科学书籍，甚至还有一堆纯外文的学术书籍。当然都是用来装点门面的，可以显得“忘虚子”大师学贯古今中外，在唬人的时候多添加一些筹码，实际上那里的书冯琦州基本从未读过，有些书连翻都没翻开过。至于卡尔·萨根的《魔鬼出没的世界》也混在这个书柜里，和《科学风水学》做邻居，简直滑稽。

而眼下冯斯打开的是冯琦州的私人书房，这只是一个小小的房间，里面有一张书桌、一把木椅、一个小书柜，除此之外什么也没有。这个书房连冯斯都从来没有进去过。他带着好奇之心先去查看了一下书柜，这一看让他愣住了。

书柜里满满当当，装的都是中国古代神话、志怪传奇、道教方术与道教史、西方神话、西方巫术传说之类的书，从古旧发黄的线装本到新近出版的精装英文原版，而且每本书都并不新，涉及道教史和神话巫术史的一些老书甚至已经被翻得卷边了。

他随手从其中抽出几本翻开，发现父亲十分小心，并没有在书上留下任何勾画标记，也没有任何折页或书签，让他完全无法找到父亲阅读的重点在哪里。

为什么父亲会对这些书有着那么浓厚的兴趣？冯斯心里疑云重重。作为一个崇尚科学的网络时代的大学生，冯斯一向对怪力乱神的东西嗤之以鼻，不过基本常识还是有的。道教是土生土长的中国宗教，有着自己的独特神仙体系和修炼方法，和西方神话体系与魔法体系完全是两个概念。至于很多民间志怪和地方传说，甚至连宗教的边儿都挨不上，基本只属于原始崇拜的范畴，完全是愚民们编出来自己吓唬自己的。而书柜里的《世界灾难史》《世界瘟疫史》一类书，更是匪夷所思。

这些东西杂糅在一起，到底能指向什么？冯斯眉头紧皱，心中渐渐有了一种极度不祥的预感。神话、传说、志怪、道术、巫术、魔鬼、历史、灾难、瘟疫……怎么看都不像是什么好事。他感到自己正站在一堵厚重的高墙前，努力寻找着墙上的裂缝，一旦穿越了这堵墙，呈现在自己眼前的，或许将是极致的黑暗、极致的恐怖。

冯斯一时也没有时间细看这些书，只能给张圣垠打了个电话，请他帮忙晚上把这个小书房里的书都搬运到老房子里。张圣垠也不问任何原因，爽快地答应了。

他想了想，有些不放心，又用手机把所有的书脊都拍了下来，然后拉开书桌的抽屉。抽屉里有一些零散的纸张，但上面大多只是记录了一些道教的咒语。此外还有一本记事本，里面记录的都是可以见光的受邀作法的日程，没有半个字提到儿子冯斯，似乎没有什么太大的价值。

冯斯叹了口气，正想离开，忽然眼神扫过放在书桌上的物件，不觉微微一怔。他注意到，桌上放着毛笔和砚台，但书桌里的那些纸张和记事本，上面的字迹全部都是用钢笔写的，根本没有用到毛笔的地方。

这是父亲的私人书房，完全不同于那个用于炫耀显摆的待客书房，里面应当没有什么无用的东西才对，但为什么偏偏有没用的毛笔和砚台？

冯斯想着，试探着挪开砚台，他发现砚台下方的桌面上有一个不起眼的圆洞，配在这张陈旧的老书桌上，仿佛只是一个蛀洞。但冯斯把毛笔的笔杆插进去，才发现笔杆的直径和这个“蛀洞”契合，严丝合缝，笔杆插入后，向下滑落了两厘米左右才被挡住。

他用力把笔杆下压，体会到了一种类似弹簧的阻力，像是有什么开关被压了下去。紧接着“咯噔”一声，从书柜方向传来一声轻响。冯斯抬起头，只见书柜上层的侧板处露出了一个暗藏的夹层，但这个夹层实在是太小了，从长宽来判断，即便连一张信纸也很难塞进去。他走近前去，用钥匙串上的旅行小剪刀小心地把夹层里的东西弄出来，那是两张发黄的老照片。冯斯捏紧了拳头，意识到自己找到了一些真正重要的东西。

第一张照片就让他大喜过望，照片上一个十五六岁的少年和一个微微驼背的中年人站在一起，两人的背后是一座形状有点像双峰骆驼的青山。这张照片本身没有太过特异之处，但冯斯一眼就认出来了，那个少年人正是父亲冯琦州，而中年人的相貌和冯琦州也有好几分相似，尤其是两人略带扁平的鼻梁和薄薄的上唇，就像是一个模子刻出来的。

这是我的祖父！冯斯瞬间做出判断，随即又有些自嘲地想，冯琦州和自己并无血缘关系，这位中年人当然算不得自己真正意义上的祖父。但现在找到了祖父的相片，总是一大收获，更何况照片上的两人穿着随意的背心短裤，肩膀上搭着毛巾，一看就是在家居的时候随手拍的而并非旅客在外的留影。也就是说，这张照片的背景，应该就是冯琦州的家乡。根据这张照片，完全有可能找到家乡的具体位置，找到这个背负了许多秘密的冯氏家族。

这个意外的收获让冯斯十分喜悦。他小心地收起第一张照片，然后把第二张照片拿起来。这张照片是黑白的，相纸的颜色更加古旧，而且触感明显很脆弱，显然是经受了漫长时光的无情侵蚀。而照片上的内容更是离奇，那上面有一群中国人和几个西方人，在某个庞然大物的前方合影留念。那些中国男人……一个个都梳着辫子！

这是一张清朝的照片！冯斯吃了一惊。他还记得一些历史课上的知识，黑白照相技术是在问世没过几年就传入中国的，那会儿大致是在19世纪40年代，而清朝灭亡是在1912年。也就是说，这张照片的拍摄年代也在这个区间里。

父亲为什么会如此秘藏一张清代末年的老照片？冯斯仔细地看着这张已经有些模糊的相片，辨认着人群背后的那个庞大的物体。他突然发出一声惊呼，手一抖，照片落到了地上。

冯斯并没有急于弯腰捡起这张照片，而是像木头人一样，在原地呆立了很久，足足几分钟后，才从牙缝里挤出了两个字："怪物……"

"爸爸，你为什么会留着这张照片？"他喃喃自语着，"这个怪物……和我有关吗？"

四

几天之后，冯斯已经回到了北京，回到了大学宿舍。父亲冯琦州的骨灰他委托给张圣垠代为安葬了，购买墓地的费用是从冯琦州留下的卡里提出的，除此之外，他并没有动用父亲给他的那张卡里的一分钱。这些日子里，除了把网游委托朋友代管，他仍然每天定时发送胡编乱造的语录微博，还接下了两个营销广告。对他而言，父亲在他心目中的形象虽然已不像往日那样不堪，但丧母的愤恨是无法在短时间内消弭的。不用父亲的钱，也是他维护自尊的一种方式。

在宿舍草草地洗漱了一番后，冯斯换了件干净衣服，下楼走向校园南侧的教职工宿舍楼。那是20世纪80年代修建的老楼，和冯斯家的老房子有异曲同工之妙，最近几年来拆迁的传闻不绝于耳，不过因为教师抗议的声浪比较高，一直磨蹭着没有拆。

冯斯走进一个单元楼，按响了302室的门铃。门很快开了，开门出来的赫然是文潇岚。文潇岚见到冯斯，先是露出欣喜的表情，继而脸色又转为沉重。

"是不是阿姨的身体……"冯斯察言观色。

文潇岚轻轻点点头，让到了一旁。冯斯连忙快步进屋，先走入了北面的房间，房间里一股浓烈的药味，一个头发花白的老妇人正斜靠在床上听着收音机里播放的昆曲。此时已经接近五月，气温并不低，她却还盖着厚厚的棉被，面色蜡黄，形容消瘦。床边放着一个医用氧气瓶，吸氧设备就在床头柜上。

“小冯？你回来了？”听到有人进门的声音，她转过头来，看清了冯斯的样貌，脸上浮现出一丝微笑。

“阿姨，是我！”冯斯在床边坐下，握住老妇人的手，“您的身体怎么样了？”

老妇人低叹一声：“一天不如一天了……唉，真是麻烦你和小文了。”

“别这么说，我们应该做的。”

冯斯在父亲和学院老师面前总是一脸坏笑、玩世不恭，但在这个病弱的老妇人面前却耐心而温和。他陪着她说了一会儿话，轻声说：“您休息吧，我去看看宁哥去。”

他走进了靠南面的房间，一进门就能看到一张硕大的电脑桌，桌上三台显示器通过分屏程序显示着不同的画面。一个男人正在紧张地盯着屏幕，不停地敲击键盘、点击鼠标，对身后的脚步声恍如未闻。而这个房间里除了电脑桌和床之外，其他地方堆满了书，就连床上也有一半的地方被书占据着。

“喂，我回来啦！”冯斯大大咧咧地说。

对方一下子停住了动作，站起身转了过来。这是一个二十七八岁的年轻人，面容清秀但脸色苍白，一看就是很少在户外运动的。他看见冯斯，嘴角抽动了一下，似乎是想表达出一个笑容。

“你上次要的那个新网游的外挂，我做好了，”年轻人的吐字有些僵硬，似乎是很长时间没和人说话了，“自动走位，自动补红蓝，自动捡拾装备，自动原地复活。”

“你要照看的几个手游我也每天帮你挂机，两个梅西，三个西门吹雪，两个姬野……”他把不同的游戏串在一起说，倒也丝毫不乱。

“我就知道你那么聪明，绝对没问题！我的饭碗全靠你啦！”冯斯重重一拍年轻人的肩膀。年轻人的嘴角又抽动了一下，目光中流露出欣悦和满足。

大半年之前，冯斯刚刚进入这所大学不久，有一天下午打完篮球正往宿舍走，看见主路旁边的人行道上有人摆了个旧书摊卖书。按理说这是违章占道，但几名巡逻的保安经过却也并不去管，好像是司空见惯。一旁几名校内的职工家属走过，也并不停步，眼神里既有怜悯也有嘲弄。

冯斯一时好奇，走上前去，发现书摊上摆的全都是计算机和编程方面的技术书。虽然每一本书都有些陈旧了，却保存得很好，几乎没有任何破损和脏污。摊主是一个20多岁的年轻人，身穿一件上了年纪的老头才穿的白色汗衫，坐在一张小圆凳上，目光呆滞，神游物外。

“这本多少钱？”冯斯拿起一本《Java编程实例》，向摊主发问道。

摊主瞥了一眼他拿在手里的书，想了想，摇摇头：“不卖。”

“不卖？”冯斯一愣。

“我要留着看，”摊主回答，“我舍不得。”

“你要留着看还摆摊干吗？”冯斯哭笑不得。但这时他有点明白过来了，这个摊主多半是精神有点问题，难怪保安们都不管——谁也不想去招惹一个疯子。

正在想着，远处走来一个步履蹒跚的老妇人。她满头白发，看上去甚为孱弱，满脸的皱纹却掩饰不住优雅知性的气质。她喘着气慢慢走到书摊旁，用温柔的语调说：“回去吧，儿子。”

“我不回去，”摊主说，“我要帮你赚钱，妈。”

“我们的钱够花，”老妇人依然温柔地说，“你还是安心读书最好。”

“我就是要赚钱！”摊主显得火气十足，“我要帮你！”

老妇人好说歹说，最终劝服了自己的儿子，带着他离开了。冯斯看着他们远去的背影，呆立在原地没有动弹。他虽然总是喜欢笑，平时待人也很友善，除了无法抑制的毒舌，却并不是一个心肠很软的人，他一向的认知是：人世间的苦难千千万万，与其动不动就去伤感落泪却无力改变，还不如视而不见独善其身。

但这母子俩的对话，却一下子触动了他的心事，让他想起了童年时代的那段往事。当父亲出逃而母亲一天天疲于奔命赚钱还债时，他也曾经想过要到街上摆摊帮助母亲，可她却坚决制止冯斯这样做。那时候两人的对话，和眼前这母子俩的对话几乎一模一样。那个白发苍苍的老人，让冯斯回忆起了早逝的母亲。

此时文潇岚已经混进了学生会，她生性开朗，结交了不少学长学姐，冯斯就托她帮忙打听那对母子，很快有了答案。那位老妇人叫杨绍芬，是这所大学里一位退休的老教授，名叫宁章闻的年轻人是她的独子。宁章闻两岁的时候，父亲就因车祸去世，从此杨绍芬没有再嫁，独自把儿子抚养长大。

这个过程充满了艰辛，绝不仅仅是因为单身母亲所面临的工作和生活的双重压力，还在于宁章闻一直患有轻度的自闭症。他就像人们常说的白痴天才，对于书本上的知识，尤其理工类知识有着惊人的学习能力，但在社交、生活自理等方面却一塌糊涂。而且越是不擅长和人交往，脾气就越坏，除了母亲，几乎没有人能亲近他。

十年前，宁章闻以相当高的分数考上了这所大学的计算机系。他原本可以上清华或者北大，却最终选择了低一个档次的本校，当然是杨绍芬为了方便照顾他而做出的决定。宁章闻为了让母亲高兴，使出吃奶的劲努力克制自己的脾气，一学期下来，尽管仍旧被全系的人都当作怪人，但居然没有惹出什么祸事，普通人和“怪人”之间至少相安无事。但到了期末考试的时候，意外终于发生了。

一个同班同学求宁章闻在离散数学考试时帮他作弊，宁章闻自然知道作弊不好，但想到母亲千叮咛万嘱咐的“一定要尽量和同学搞好关系，同学有找你帮忙的尽量答应”，最终还是答应了下来。但他作弊实在没什么天赋，第一张纸条传出去就被监考老师抓了个正着。

这所学校一向以学风严谨而著称，对作弊一贯从重处理，宁章闻和求他作弊的那个同学一起被记过处分，取消学位资格，而且与其他许多学校不一样，这个取消学位的处罚是不能撤销的。

上学半年就闯出这样的祸事，宁章闻遭受的打击可想而知。杨绍芬根本不敢批评他，足足劝慰了一个星期，才算勉强把他的情绪平复下来。消沉了一个寒假后，宁章闻没精打采地继续上学。有一天家里的热水器坏了，正好上完体育课浑身是汗，他便索性去了学校的澡堂。

这所学校的澡堂一向以拥挤著称，每到高峰时段，无论男女都得光着屁股排队等喷头。无巧不成书，就在等喷头的时候，宁章闻听到身后有人在聊天，声音很熟悉，那是同班的两个同学。他原本没有兴趣去听别人的谈话，但他们却提到了一个让宁章闻浑身一震的名字——那个求他作弊的同学。

“贺涛真的没事儿了？”同学甲问。

“没事儿了，他姨妈是教务处的，估计这学期过了，处分就会取消，最后还是能拿到学位的。”同学乙回答。

“有关系真好，作弊都能没事儿……那宁章闻呢，也没事儿了？”

“他姨妈也不是万能的，能把他一个人捞出来就算不错了。再说了，就算能捞，贺涛也不会帮宁章闻的。”

“为什么？宁章闻不是为了帮他才作弊的吗？”

“前两天喝酒，贺涛跟我说，宁章闻那小子太笨了，连作弊都笨手笨脚，差点连累死他。他说，要给宁章闻一个教训，就是不替他撤销处分，算那个傻子活该。”

宁章闻默默地听完，默默地退出了浴室，穿好衣服回到宿舍。当天夜里，他出现在校内的一家水吧里，那个名叫贺涛的同学正和女友在那里约会。当着水吧里几十个人的面，他抄起桌上的一个玻璃烟灰缸，狠狠地砸在贺涛的头上，一下、两下、三下……直到被人七手八脚地拉开并死死按在地上，他都没有说过一个字，脸上的表情也平静得好像什么都没发生过。

非常幸运的是，贺涛是个硬脑壳的家伙，虽然血流满面，外伤不轻，却并没有伤及大脑和神经，也没有留下任何后遗症。杨绍芬求爷爷告奶奶，又赔了一大笔钱，才换来了贺家的不予起诉，最后宁章闻被刑拘了半个月。当然，身背处分还恶意伤人，学校的开除是免不了的。

从拘留所出来的那一天，面对着杨绍芬的嘘寒问暖，宁章闻一言不发。他抬起头来，直直地盯着刺眼的太阳看了几秒钟，嘴角绽起了一个古怪的笑容，从此以后的十年中，他再也没有笑过。回到家里，他就把自己关进了房间，彻底和外面的社会断绝了联系。在外人眼里，宁章闻基本等同于一个疯子。

文潇岚把这母子俩的事情向冯斯说完后，充满同情地说：“我们帮帮他们吧。”

“帮？怎么帮？”冯斯斜眼看着她。

“现在杨教授年纪大了，浑身是病，但宁章闻完全没有生活自理能力，家里的生活很艰苦。所以我们可以先在校园内发起募捐……”文潇岚活脱脱一脸圣母的光辉。

“瞎扯淡。”冯斯只说了三个字。

“哪儿扯淡了？”文潇岚很不服气。

“首先，这个人只是自闭外加脾气古怪，并不是真正的精神分裂，更加不是白痴。”冯斯说，“他懂得摆摊卖书帮老妈赚钱，说明这是个有自尊心的人，捐款就意味着把他完全当成废物，还大张旗鼓地‘在校园内发起募捐’，当心被他砸烟灰缸。”

“说得也是。”文潇岚想了想，叹了口气。

“其次，授人以鱼不如授人以渔，说句难听点儿的，老太太迟早要归西，这位大少爷怎么办？你天天给他募捐募到他寿终正寝？还是你索性收养他当个干儿子？”

文潇岚噘起嘴：“那你说怎么办？”

“他是学计算机的，我那天看他摆的书摊上都是与计算机相关的书……”冯斯琢磨着，“我去试试吧，你就跟老太太介绍说我是学生会去帮忙的，我去试试能不能给她儿子找到一点用处，我自个儿也可以多条赚钱的路子，就不必做家教那么辛苦了。”

文潇岚警觉起来：“喂，你到底是想帮他们，还是想给自己找个廉价劳动力啊？”

“别说得那么难听，零和博弈不是这个世界的全部，我追求的是双赢。”冯斯严肃地说。

一个星期之后，文潇岚实在不放心，于是敲响了杨绍芬家的大门。进门之后她就吓了一跳：那个传说中从来不和陌生人说话的怪人宁章闻，赫然正和冯斯勾肩搭背地坐在一起。冯斯的手臂在空中乱舞，唾沫四溅地说着些什么，宁章闻则手里拿着记事本，一边听一边认真记录。

“不能修改数据封包，那样一旦被抓到铁定封号，”冯斯说，“重要的是实现不运行客户端的脱机功能，这样一台配置普通的电脑也能多开几十上百个号……一定要能识别自动捡拾的物品，可以自动丢弃没用的……能有这些功能就行了……”

“不难，几天就行。”宁章闻听完后说。他说起话来略有些口吃，应该是常年不怎么说话的缘故。

“我就知道你一定行，”冯斯拍拍他的肩膀，“靠你啦兄弟！”

好家伙，这才一星期的工夫，这俩人居然开始称兄道弟了，文潇岚呆若木鸡，却也不得不佩服冯斯，这厮平时看起来嬉皮笑脸完全不靠谱，真做起事情来的确有过人之能。而她虽然不玩网游，网络时代的年轻人没吃过猪肉也见过猪跑，从两人的对话里能判断出，冯斯大概是想走网游打钱的路子，而宁章闻已经成为他的技术支持。

倒还真是人尽其才，文潇岚呆呆地看着宁章闻略带兴奋的脸，忽然间明白了冯斯的用意。让宁章闻赚到钱倒在其次，他其实是在为这个孤僻的怪人营造一种被人需要、被人重视的心理氛围，其实也就是给了他自立的尊严。

这样的尊严，用金钱无法衡量。

此后的半年里，宁章闻利用他的计算机技术帮了冯斯不少忙，无论是网游外挂，还是微博刷粉、刷转发都手到擒来。这些事情说起来不太光彩，但由于十年前的那桩往事，宁章闻对于“规则”这种东西深恶痛绝，能够打破他人的规则，对他而言反而是充满快意的。这一次冯斯回老家料理父亲的后事，就把手里的网游都交给了他代管。

“这次回家，怎么样？”宁章闻问道。虽然问得有些生硬，但对这个自闭十年的怪人来说，已经很难得了。

“遇到了一些麻烦事需要处理，能帮得上忙的可能只有你了。”冯斯说。他很清楚和宁章闻说话的方式，越是把事件描述得复杂，越能让宁章闻感觉到自己的重要性。

果然，宁章闻眼前一亮。冯斯打开书包，抽出一本硬皮字典，从字典里拿出他在别墅里找到的两张老照片，把其中一张递给宁章闻。宁章闻拿起来一看，不由得皱起了眉头。

“这个东西……真奇怪。”宁章闻说。

他所指的“这个东西”，就是照片上人群背后那个巨大的物体。从黑白照片上来看，那似乎是一块浅色的岩石，但上面的花纹又十分古怪，看起来很像是皱纹。“岩石”上还有一个破洞，破洞里露出了一个圆溜溜的深色的球体。

“你觉得……这个东西像什么？”冯斯问，“你的直觉比一般人更加敏锐。”

宁章闻仔仔细细地审视着那块岩石状的物体，缓缓地说：“大脑。”

“果然如此。”冯斯长长地出了一口气。

“大脑上还有眼睛。”宁章闻平静地补充说。

第三章

血腥的诞辰

一

北京市区早就禁绝了街头卖艺，但因冯斯的学校所处地点相对偏僻，管制也松一点，所以现在这个小文化广场上挤了不少人，围观着一场猴戏。

表演的猴子是一只中国境内常见的猕猴，身上的毛掉了不少，脸上有一个赤红色的肉瘤，看外形十分丑陋。但它的身手异常灵活，借助着几根铁棍、铁环、儿童自行车之类的简单道具，表演出了各种匪夷所思的精彩动作，换来了围观者们的阵阵掌声。

在一口气翻了几十个跟斗之后，猴子开始喝水进食，要休息一阵子。一个十二三岁的小姑娘走到场中，捧着一个铁盘向观众要钱。这个小姑娘长得很水灵，一张圆圆的苹果般的脸上挂着天真的笑容，十分可爱，就算有不想掏钱的人，看着她可怜巴巴的眼神也会心软。

小姑娘转了一圈，铁盘里装满了零钞，其中也夹杂着几张大票子，看来收入颇丰。她正在手脚麻利地收拾钞票，人群忽然散开了，两个染着火红头发的青年人走了过来。这两人一胖一瘦，穿着印有死亡重金属图案的背心，脖子上挂着粗长的银链，右肩上都文着一只凶恶的大鹰，看来不是善茬儿，而围观的人们就像看到了信号一样，都赶紧离开了。

两个青年来到小姑娘面前，凶神恶煞地看着她。小姑娘打量了他们一下，再看看周围快速散去的人群，似乎明白了点什么。

“这一片是我们罩着的，你在这儿卖艺，就得上供，明白吗？”胖青年恶狠狠地说。

小姑娘的手依然在往钱袋里装钱，嘴里叹了口气，摇摇头说：“八十年代录像厅港片里的台词，地摊淘来的民工背心，批发市场论斤约的狗链子，街边铺子三块钱包洗剪吹的染发水平，比贴纸质量还糟糕的文身。这年头的地痞真是越来越没出息了，妈妈真的很受伤……”

胖流氓勃然大怒，伸手就是一耳光向她扇了过去。但手刚刚挥到一半，一道黑影猛然从旁边蹿出，胖青年惨叫一声，收回手来，只见上面已经多了一排血肉模糊的牙印。是那只丑陋的猴子，眼见主人受到威胁，便以迅雷不及掩耳的速度扑了过去，重重地一口咬在胖流氓的手腕上。

瘦流氓见势不妙，抬腿想要踢它，但猴子反应奇快，一下子蹿到一旁，瘦流氓踢了个空收脚不及，差点把自己的脚扭伤。他更加恼火，从腰间拔出一样东西：一把明晃晃的匕首。虽然同样是劣质货，但这毕竟还是管制刀具，危险性不小。

猴子也看出了这把刀的厉害，它小心翼翼地一点点退后，瘦流氓则和捂着手腕的胖流氓左右夹击，一步步逼了上去。小姑娘又摇了摇头：“天堂有路你们不走，我也救不了你们啦。”

她抬起头，好像是在望天，无精打采地嘟哝着：“快点动手吧，免得一会儿把警察招来……”

这句话简直是个召唤咒，两名流氓还没反应过来，忽然被人从身后抓住了脖子，一股无法抗拒的大力把他们的脑袋撞到了一起。“砰”的一声响，两人瘫软在地上，晕了过去。

小姑娘这才低下头，看着刚刚出手击倒两个流氓的人。那是一个20岁左右的年轻人，身高超过了一米九，一张脸端方忠厚，但体形魁梧得像个橄榄球运动员。他望着小姑娘，语气里充满了埋怨：“他们要钱就给他们嘛，你还真缺这点儿卖艺的钱吗？我跟你说过多少遍了，出门在外……”

“出门在外，千万不要惹是生非，能退让就尽量退让，多一事不如少一事，小心驶得万年船……”小姑娘像背书一样一口气说了下去，“行啦行啦，区区两个小地痞，不会影响世界和平的。你那么大的个子，胆子怎么比我还小呢。”

身材魁梧的年轻人宽容地一笑，并没有生气。他摸了摸小姑娘的脑袋：“好啦，收拾收拾快走吧，这两个小流氓应该是底层的小痞子，上头还有头目管着的，别把那帮人一窝蜂地都招来了。”

小姑娘这次顺从地点点头，转身招呼猴子，却突然间惊叫一声：“哎呀，伤口又流血了！”

果然，猴子的胸口渗出了一丝丝血液。小姑娘连忙给它涂药，口中抱怨连连：“都怪那个姓冯的！要我说，直接把他抓回去关起来不就了结了？干吗弄得那么复杂？”

年轻人摇摇头：“二叔既然那么吩咐了，就一定有他的用意。以二叔的脾气，这要放到以前，别说抓他回去，杀了他都有可能，但现在却非得留着他。照我看，恐怕是有什么大的危机临近了，二叔不敢扔掉这个保险。”

“就他那副样子，真能变成……保险？”小姑娘一脸不屑。她咬了咬嘴唇，忽然郑重地问，“会有那么糟糕吗？照你看，那个东西……真的会觉醒？”

“但愿不要，”年轻人说，“它已经沉睡了那么久，还是就这样永远地沉睡下去、永远不要醒来的好。否则的话……”

二

“喂！你打算睡上一年是吗？快醒醒！”文潇岚伸出手，在冯斯的耳朵上重重地拧了一下。

冯斯痛叫一声，捂着耳朵慢慢睁开了眼睛。他正躺在宁章闻的床上，看样子睡了很久了，而宁章闻则坐在电脑前，双手频繁地操作着。

“让我们俩干活，你一个人享清福，倒还真美！”文潇岚一面说着，一面替宁章闻倒了一杯水。宁章闻仍然是微微一咧嘴，表示谢意。虽然他已经渐渐能和冯斯、文潇岚二人说一些话，但是笑这个表情，却始终未能恢复。

“我那是在统筹全局，你不明白。”冯斯伸了个懒腰，脸上依旧睡意正浓。

“你上次给我的那张照片，要我帮你查出背景里那座山的名称，我已经查出来了。”文潇岚说。

冯斯一下子坐了起来：“在哪儿？”

冯斯虽然没有把父亲去世那一夜的真相告诉文潇岚，但还是把父亲与祖父的合影交给了她，托她帮忙查找那座山的名称与位置。文潇岚家境不错，从小就对旅游情有独钟，也认识不少全国各地的旅游爱好者。而对于冯斯，她似乎始终带有一种宽容，总是尽量帮他的忙，不去追问太多。

“我用马甲把这张照片传到网上，就说照片是我即将死去的患老年痴呆的爷爷一直捏在手里的，我需要找出照片的所在，为他了却心愿。”文潇岚说，“这样的故事很好编，别以为就只有你会编心灵鸡汤。”

“你办事，我放心。”冯斯十分满意。

交给宁章闻的任务则复杂多了，因为那张大脑状的怪物图片万万不能泄露出去，否则鬼知道会招来些什么。两人商量之后，决定由宁章闻利用黑客技术侵入全国各地的图书馆数据库，从中检索相关内容。这么庞大的工程量当然不可能光凭人力完成，而普通的搜索手段则会回馈大量的无效信息，所以宁章闻首先还得编写一个自动智能检索的程序。这样的挑战极大地激发了宁章闻的热情，他几乎是废寝忘食地投入到工作中去。

“我们俩都有活干，那你干什么？梦神仙姐姐？”文潇岚问。

“别说得那么庸俗，我只是在等五一长假。”冯斯说。

“五一？干什么？”文潇岚不解。

“去一趟东北。”冯斯神秘地一笑，“你们俩都有活干，我也有活干。”

“你反正天天逃课，每一天对你来说都是长假，还装模作样地等什么五一？”文潇岚十分不屑。

冯斯一脸苦相：“线性代数的老师已经放出风来，我要是再缺她一次课，她就不让我这学期及格。老处女是这个世上最大的恶，我在考虑要不要出卖色相求她饶我一命……”

现在已经是4月29日，第二天没课，相当于长假已经开始。冯斯早已买好了第二天的火车票，但没想到就在出发前一天，文潇岚居然已经找出了他的家乡所在。

“这座山叫双萍山，位于贵州西南的一个乡，风景一般，交通不便，所以去过的人很少，”文潇岚告诉冯斯，“你得先到贵阳，换汽车到晋安县，然后再换一次车……”

“够麻烦的，”冯斯琢磨着，“而且那种偏僻的山区，指不定会遇到什么事，七天时间不够，只能等到暑假再说了，我还是先去东北吧。”

“行，等你回来的时候，我大概已经把去双萍山的行程须知都帮你整理好了。”文潇岚点点头。

冯斯扭过头，看了她一眼：“这一次不管我要做什么，你都完全不问为什么，这真不像你的性格。难道你是在表达对一个丧父丧母的穷光蛋的同情？”

“我只是觉得，你这次可能真正遇到了大麻烦，”文潇岚慢悠悠地说，“你不说，并不代表不信任我，也许只是不想把我卷进去，那反而是看重……尊重我的表现。既然这样，我也只能尽力帮你，让你早点摆脱这个麻烦。”

冯斯沉默了很久，忽然笑了起来：“看来我真是垃圾小说读多了，满脑子都觉得女人就是应该寻死觅活‘你必须告诉我真相，你为什么不告诉我，你不告诉我就是你有别的女人了……’现实生活和八点档电视剧还是不一样的啊。”

文潇岚白了他一眼：“就你那副德行，还想有什么别的……”

她忽然意识到自己说错了话，脸上微微一红，连忙咳嗽一声：“我巴不得能有个女人管管你那张破嘴。说正经的，你的事情虽然你极力想要保密，但一下子死那么多人，消息不可能不传出来，所以那天晚上的情况……我也略微知道了一点。你要小心。”

“我会的。对了，给我点零钱，暴眼儿新疆大爷的羊肉串该开卖了，我去给宁哥买点串儿。”

“直接破整钱不就行了吗？”

“新疆大爷每天刚开张的时候都缺零钱，给他一百的就跟要了他的命似的，‘跟你们说了好多次了嘛，我哪有那么多零钱找嘛，要不然你就干脆烤五十串嘛……’”

文潇岚被逗乐了，伸手掏出钱包，然后一拍脑袋：“哎呀，我也没零钱了，都给猴子了。”

“猴子？什么猴子？”

“今天早上去文化广场那边买东西，路上见到一个耍猴卖艺的。那只猴子虽然丑了点，但演得特别好……”

“丑？是不是身上斑秃、脸上有一个红色的瘤子？”冯斯打断了她。

文潇岚一愣：“是啊，你怎么知道？你以前见过吗？”

“不只是见过……”冯斯沉吟着，“猴子的主人是什么人？你见到了吗？”

“见到了，是一个十来岁的小女孩，长得挺可爱的。”

“小女孩？那你有没有看到一个壮实的男人？”

“周围的观众里好像有个高个子壮汉，但我没注意，给过钱就走了。”文潇岚说。

“你去替宁哥买串儿吧，他不喜欢肉串，喜欢肉筋和板筋，再加一串肥腰。”冯斯说着，转身向门口走去。

“你是想要去找那只猴子吗？”文潇岚反应很快。

“不是我想要找那只猴子，是猴子想要找我。”

冯斯骑上自行车，把附近几个可能街头卖艺的地点都逛了一遍，却并没有发现那只猴子。不过，他在文化广场从几个跳舞的大妈嘴里打听到了白天发生的那场打斗。

“那个大个子好厉害，就跟电视里的特工一样，一下子就把那两个小流氓给整晕了。”大妈兴奋地描述着，“那帮浑小子就是不学好，成天捣蛋，这回有人能治他们了……”

冯斯耐心地听完大妈的聒噪，再一次确认了广场跳舞大妈是超越人类认知的神一样的存在。以眼前这位大妈为例，当旁人见到寻衅滋事的地痞时唯恐避之不及，她却以看谍战电视剧的心态围观了整个过程，并且牢牢记住了小女孩和大个子的长相特征。

可惜的是，大妈毕竟不是职业间谍，没有跟踪到两人一猴的去向，但冯斯倒也不着急了。很明显，这两个人的任务就是死跟着他，那么他们迟早还会再现身。他只是隐约记得在地下室打倒自己的那个人似乎不算特别高，但也可能是当时看花眼了，无论如何，猴子是肯定没错的。

“谢谢您，下次你们表演的时候，我一定来捧场。”冯斯对大妈说。

大妈满面红光：“多叫点同学来。你们年轻人就该多听点儿‘红歌’受受教育……”

第二天一早，冯斯坐上了去往沈阳的动车，然后换长途客车到达小城。他按照审讯记录上的地址去找，发现原址果然已经拆迁了，现在那里是一片商用楼。他又找到当地派出所，以他招牌式的亲切笑容和三寸不烂之舌，与极不耐烦的户籍民警磨了半天，总算磨得对方嘟嘟囔囔地帮他翻找拆迁资料。

“算啦算啦，大学生放着假期不玩出来做社会调研也不容易。”他从一个文件柜里搬出一摞布满尘土的卷宗，“都在这儿了，你自己找找看吧。快点儿啊，要下班了。”

冯斯匆匆忙忙地翻阅着资料，终于找到了那个叫翟建国的人的去向。他所在的小区居民已经整体迁移到了另一处新建的高层住宅。当然，这个所谓“新建”，也已经是十来年前的事情了。

从派出所出来打上车，花了15分钟才坐到翟建国所在的新小区，这个距离对于这座小城而言已经算远了。眼前的高层建筑外面看起来光鲜气派，走进去却看到墙皮到处都在脱落，某些墙体可以见到隐约的裂缝，甚至连电梯都坏了，建筑质量可见一斑。

这又是一个穷人住的地方，冯斯得出了结论。

他脚步轻捷地爬上十一楼，来到翟建国家，敲了敲门，但等了一分钟，门里没有任何反应。难道翟建国不在家？

他很不甘心，又继续敲了十多下，屋内终于有了响动。一阵拖沓的脚步声后，门慢慢打开了，开门出来的是一个白发稀疏的老人。他弓腰驼背，脸就像一张风干的橘皮，浑浊的眼球里充满了警惕。

“你是谁？”老人用嘶哑的嗓音问。

“我……我是来找翟建国先生的。”冯斯说。

老人眯缝着眼睛，打量了冯斯好一阵子：“我不认识你，你走吧。”

他颤巍巍地向屋内退了一步，准备关门，冯斯连忙伸手挡在了门板与门缝之间。门板狠狠地夹到了他的手，他顾不上疼痛，大声喊道：“我是为了19年前的事情来找你的！”

翟建国愣住了，手上停止了用力。冯斯接着说：“我见过一份和你有关的审讯记录，但没能看全。虽然不知道你当时为了什么被捕，但我想告诉你，我的生日就在你被审讯的前一天！”

翟建国脸色大变。他站在原地，布满皱纹的脸颊轻轻抽搐了几下，眼神里充满痛苦和惊惧，像是回忆起了一些极其不愉快的往事。冯斯不敢打扰他，静静地站在门边等候。大约过了一分钟后，翟建国突然大吼一声：“我不知道什么19年前的事，也不知道什么审讯！你快点滚！”

他双手揪住冯斯的外衣领子，用力把他往外推。这双颤抖的手并没有多大的力气，但冯斯没有办法和这样一个衰迈的老人角力，只能随着对方的推搡一步步向后退。

“翟先生，我知道那可能是一段让人不太舒服的记忆，但是我求求你帮助我，”他一面退后一面说，“这件事对我非常重要，为了它我已经……”

他没能把这段话说完，因为翟建国骤然松开了手，捂住自己的心脏，一脸的痛苦，身子已经摇摇晃晃的，眼看就要倒下。冯斯忙扶住他，把他扶进房里平放在沙发上，然后四处寻找药物。

这间房子里没有任何值钱的物品，唯一一台18英寸的彩电估计年纪比冯斯都大，正在用明显失真的色彩播放着本地新闻。低瓦数的节能灯发出惨白而黯淡的光，照亮了到处都是各种杂物和垃圾的房间，灰尘几乎铺满了每一个角落，墙角的蛛网摞得层层叠叠。但冯斯注意到，有一处地方却打扫得十分干净。

那是一个木质的佛龛。佛龛和摆放在佛龛中的观音像一起，被擦得一尘不染，面前的三炷香刚刚燃完一半。檀香味儿混杂在充斥房间的霉臭味当中，显得十分奇特。

冯斯在翻箱倒柜找药的时候，还注意到这间屋子的墙上贴着许多神像：貔貅、秦琼、尉迟恭、钟馗、西藏活佛，甚至还有我国开国领袖的画像。除此之外，道教辟邪的符纸和各种乱七八糟的护身符也随处可见，这些东西冯斯在他的骗子老爹手里早就看熟了。

这个翟建国还真是病急乱投医呢，冯斯想着，到底是什么东西让他害怕成这样，恨不能把古今中外的守护神全都堆在家里？

他终于在卧室的抽屉里找到一瓶硝酸甘油，不管三七二十一往翟建国的嘴里塞了好几片。过了一会儿，翟建国急促的呼吸渐渐平稳下来，终于睁开了眼睛。

“需不需要打120？”冯斯问。

“不必了，躺一会儿就好，”翟建国摆摆手，“120的钱我给不起。”

冯斯给他倒了一杯热水，翟建国慢慢地喝完水，脸上稍微有了点血色。他看着冯斯，嘴唇动了动，似乎想说话，却又没有说出口。

“您不必感到有什么愧疚，”冯斯说，“喂你吃药是做人的本分，拿来施恩要挟就太让人恶心了。以前的事，您实在不想提就算了，我再去想办法吧。”

他又从卧室里拿出一个枕头，给翟建国垫在背后，然后向大门走去。手刚刚放到门锁上，翟建国忽然在身后说：“等一等！”

背向翟建国的冯斯脸上露出一丝喜色，看来各种垃圾影视剧也不只是光骗人，他想，欲擒故纵这一招真的管用了。

当他走回到翟建国面前时，翟建国瞪大了眼睛，上上下下地仔细审视了他一番，忽然说出了一句令人匪夷所思的话。

“脱裤子。”翟建国总共就说了三个字。

不是吧，这么大年纪还刚犯了心脏病，居然有这种嗜好？冯斯的毒舌险些就要发动，但突然之间，脑海里灵光一闪，他明白了翟建国说这句话的用意。

“不必脱了，我知道您想要问什么，”冯斯说，“我的右腿内侧，靠近膝关节部位的大腿皮肤上，是有一个暗红色的胎记，形状有点像海星。”

翟建国长长地出了一口气，眼神里再次泛出之前那种恐惧的光芒。过了好一会儿，他扶着沙发慢慢站起身来，走到观音像前，费力地跪了下去。

“菩萨保佑……神明保佑……妖邪退散……”他嘴里喃喃地祈祷着。

三

19年前。

挂钟的指针指向了五点半的刻度，下班时间到了。

翟建国叹了口气，收拾好面前的东西，脱下穿了一天的白大褂，换上便装。窗外的雪越下越大，估计道路上已经结起了瓷实滑溜的黑冰，待会儿只能推着自行车慢慢走回家了。比灰蒙蒙的天空更加阴霾的是他的心情，连续一个月来生意惨淡，今天更是枯坐了一天没有一个病人上门。没办法，就兜里这点钱，还是舍不得买肉，只能回家把冬储的土豆、白菜乱炖一锅将就将就了。

有时候他会悄悄后悔，自己不该辞去公职而跳出来搞私人诊所，塑料厂保健站的工作固然是又苦又累又得受气装孙子，还被正经的医生瞧不起，但至少是每个月有人发工资的铁饭碗，穷也不至于饿肚子。而现在弄得表面光鲜实际却是朝不保夕，真是何苦来哉？

翟建国把诊所里的灯——其实总共也没有几盏，一一关掉，准备锁门，然后到隔壁商场的存车处去取自行车，但刚走到门口就被人拦住了。

他诧异地抬起头，看着身前这个高大的壮汉，粗略估计此人身高有一米九，一条胳膊简直比他的大腿还粗。还没等他反应过来，对方就一把把他推进诊所，随手关上了大门。

“哥们儿，你如果想打劫，恐怕是找错地方了，”翟建国并不惊慌，“我浑身上下一共有8块6毛3分钱，这个诊所里还有一堆中药材和几个听诊器、温度计、血压计，除此之外，就什么都没有了。”

大汉似乎并不在意他说了什么，像拎小鸡一样把他的身子提起来，提到诊疗室里，放在他平常坐的椅子上，随即抄着手守候在一旁一言不发，虽然并没有动手伤害他，但只要翟建国试图站起来，他就会毫不客气地一把把他按回到椅子上。翟建国心里直犯嘀咕，不明白对方想要干什么，难道是为了医疗事故来寻仇的家属？但仔细想想，自己开诊所半年以来，治疗的病人本来就不多，所患多数也是几剂药就能治好的头痛脑热的常见病，不应该有什么病人被自己耽误了然后来报复啊。

翟建国试着和大汉说话，但大汉压根儿就不理会他，眼见着天越来越黑，他十分无奈。不过当时钟指向八点钟的时候，诊所的门终于又被打开了，这次一共进来了七个人，六男一女，女的大着肚子、步履维艰，看来是个快要临盆的孕妇。

一个面容消瘦、鹰钩鼻子的中年人来到翟建国面前，用一种礼貌却又同时带有居高临下的口吻说：“翟医生，很抱歉把你留在这里，但今天晚上我需要你帮忙，希望你能配合。”

“我敢说不配合吗？”翟建国苦笑一声，“不过，我这么一个九流的小医生，不知道怎么才能帮到你。”

“我需要你替她接生。”对方回答。

“这个，不是我不愿意帮忙，而是我没有这个能力，”翟建国摇了摇头皮，“我开的只是中医诊所，条件很差，根本就没有接生的设备……”

翟建国还没说完，中年人挥了挥手，他身后一个矮壮敦实的秃头汉子走上前来，在他面前放下一个大箱子，并把箱子打开。翟建国往里面一瞧，止血钳、产钳、手术刀、针管、医用棉签、棉纱等各种器具和药品都齐备，甚至还有度冷丁、吗啡和肾上腺素。

“准备得还真是充分啊。”翟建国喃喃地说。他是一个聪明人，不必多问就能猜到，这帮人之所以不把产妇送往现代化的医院，必然是因为这次分娩不能为外人所知。而他的小诊所里只有他一个人，事后要让他保密也容易一些，甚至……

他的额头上冒出了冷汗，但面对眼前这几个凶神恶煞般的人，他既没有反抗的可能，也没有逃走的机会，只能走一步算一步。想到这里，他轻轻叹了口气：“好吧，反正也没有我说不的余地。不过我得现翻翻书，说实话，妇产科的知识我只是学过，还从没有实践过。”

“那就当是你第一次实践好了，”中年人不紧不慢地说，“不过是一次不许失败的实践。”

翟建国的冷汗一下子干了。

好在接生的过程十分顺利，翟建国甚至觉得自己压根儿就没帮上什么忙。产妇的身躯很瘦弱，却非常坚强，连叫喊声都一直死死压抑着，为他省了很多麻烦。最终脐带被剪断，孩子被平平安安地包入襁褓，翟建国却丝毫没有松一口气的感觉。他一面在厕所里洗手，一面胆战心惊地想，这帮一看就像是黑社会的陌生人，会用什么方法来让自己保密呢？

此外，那个鹰钩鼻子的男人隐隐有点面熟，应该是在什么地方见过的。刚才他全副精力都放在动手术上，无暇他顾，现在仔细回想，越想越觉得这张脸肯定是看到过的。

对了，想起来了！翟建国终于反应过来，这个男人是上过电视的。前两个月有一条挺感人的新闻，讲一个山沟里的道士收养了一个父母双亡的婴儿，悉心照料了一年多，于是电视台专门跑去拍了个专题报道，那个道士脸上的鹰钩鼻子颇为醒目。

——中年男人就是那个道士！但现在，他穿着便装，剃短了头发，浑身上下散发出一种电视剧里黑道大哥的瘆人气势，和电视里那个略带点腼腆的道士完全是两码事。

真是奇怪，放着道士不当，跑到这儿来逼我接生，这是为什么呢？翟建国想不通，也没时间去多想，现在最要紧的还是赶快想法子逃走。

厕所里的温度比诊疗室低很多，那是因为窗户有些漏风。他看着这扇小小的玻璃窗，粗略估计了一下自己的体形，觉得完全可以钻出去。问题在于，那个壮汉就守在厕所门口，自己开窗跳窗肯定会发出声响，这样肯定逃不掉。

翟建国绞尽脑汁地思考着，正不知该如何是好，诊疗室那边突然响起一阵惊慌的喊叫声。壮汉一时也顾不上监视翟建国了，转身冲了过去。翟建国竖起耳朵，隐约听到喊叫的内容大致是“怎么会这样？怎么办？”“怪物啊！”“快逃吧！”

怪物？翟建国心里“咯噔”一跳。自己的诊所里怎么会出现怪物？还没等他想清楚，诊疗室里传来几声沉闷的钝响，随即一个东西飞了出来，正落在他的脚边。他定睛一看，差点两腿一软坐在地上。

那是一条胳膊！一条粗壮的、肌肉纠结的、上面文了一个虎头的胳膊，正属于半分钟前还在监视着他的那条壮汉。而现在，这个身高一米九的大汉居然莫名其妙就遭到了毒手。

看着这条断口处还在不断涌出鲜血的断臂，翟建国实在无法忍受了，发出了歇斯底里的惊叫声。但他的惊叫并没有引来什么人，因为诊疗室里的动静比他的更大，除了人们的尖叫声和器物的碰撞声之外，他还能辨别出某种奇特的喘息声。那声音听起来就像是一只垂死的巨兽，带有一种难以言说的震慑力。但自己的诊所里充其量就有一些晒干的海马和蝉蜕罢了，哪儿来什么大型动物。

难道是婴儿在作怪？翟建国心里又是一跳，忽然产生了这个念头。这一大帮子一看就是有钱有手段的人，放着好好的大医院不去，偏偏胁迫自己这个半吊子医生为那个女人接生，难道就是因为他们知道生出来的婴儿是不同寻常的？他们刚才呼喊的“怪物”，就是指的婴儿？

我亲手接生的婴儿，竟然会是杀人的……怪物？

翟建国没有时间去多想了，更加没有胆量亲眼去看一看。诊疗室里充斥着肢体被折断撕裂的响声和人垂死时的惨呼，还有一些更加古怪的声音，就像是猛兽在……啃噬进食，浓重的血腥味已经散布开来，他哪里敢靠近？趁着无人监视，他费力地从厕所的窗口钻了出去，不顾一切地向远处跑去，一路上不断滑倒在结冰的地面上，却又每次都立刻爬起来，仿佛半秒钟也不敢多停留。在他的身后，小小的诊所里杂乱的声音听来犹如地狱之音。

四

讲述这段往事的时候，翟建国已经很平静了，或许是布满全屋的神像给了他慰藉。但说完之后，他仍然显露出十分疲累的神情，这并不仅仅是来自肉体的疲惫，或许更多地说明精神上的高度紧张。19年过去了，这件事仍然深深刻在他心里。

冯斯坐在一旁的沙发上，半天没有言语。虽然之前他也猜测到了，翟建国所牵涉进去的这起案子多半充满血腥和惊悚，但却万万没想到，其中还包含着一些超自然的事物。他不禁又想起了黑白照片上的那个像脑子一样的庞然大物。

真是他娘的活见鬼啊，冯斯觉得心里一股无名火起。虽然他过去的生活也一样充满挫折坎坷，母亲早逝，和父亲的关系很僵，但无论如何，却总还是在“正常人”的范畴里。但从父亲死亡的那一夜开始，各种各样离奇的事件开始缠绕着他了。如果是“正常的”事件，无论上课点名、缺钱花挣钱、和父亲吵架、和别人打群架，他都能从容应付，但是假如从此以后要面对的都是一些超越日常认知的东西，自己又该怎么办呢？

冯斯深吸了一口气，知道现在并不是忧愁烦恼的时候，因为忧愁烦恼从来对解决问题没有任何帮助。他在房间里踱着步，似乎是在欣赏翟建国那些体现了世界宗教大和谐主题的神仙画像，直到头脑慢慢冷静下来，才开口发问：“后来呢？”

“后来还能怎么样？我那副疯疯癫癫的德行，当然是招来了民警，”翟建国苦笑一声，“我把之前发生了什么告诉了警察，他们赶忙带着我重新回到诊所，在那里……在那里……”

冯斯看出他的情绪似乎又要激动起来，忙把热水杯子递给他，但翟建国推开水杯，从身前的茶几上抓起一个装着便宜白酒的酒瓶，“咕嘟咕嘟”猛灌了几口。冯斯并没有拦阻他。几口烈酒下去，他的呼吸才渐渐均匀，继续说下去："我们一进诊所的门，就闻到浓得让人想要吐的血腥味。走进诊疗室，那六个男人已经完全被撕成了碎块。是的，碎块，那种感觉已经不仅仅是他们被狮虎之类的猛兽吃掉了，还像……还像……"

翟建国斟酌了一会儿用词，最后咬着牙说："好像是先被猛兽撕咬，再被大象踩过一样。那会儿天很冷，但室内有暖气，血液还没有完全凝结，溅得满墙满天花板都是，地上散落着内脏和骨渣。凡是进了诊疗室的人，没有一个不呕吐的。"

冯斯想象着当时惨烈的景象，禁不住打了寒战。但他很快敏锐地意识到了什么："您刚才说，那六个男人被撕成了碎块。那么孕妇和那个婴儿呢？"

"当我们回去的时候，你和你的母亲都不见了。后来法医想办法把尸体碎块拼凑了起来，发现确实只有那六个男人，既没有婴儿的，也没有女性的，你们就在我离开的那短短几十分钟里失踪了。

"至于我，自然成了头号嫌疑犯，但是无论怎么审讯，我都一口咬定什么也没看见，我身上也确实没有沾上死者的血迹，所以到了最后，我还是被无罪释放了。然而警方最终没能找到真相，而那个可怕的凶杀现场的场景终究还是被传出去了，在这样的小城市里，这种消息就像长了翅膀，传得和飞一样。有人说我勾结黑社会，但更多的人说我用诊所的外表作掩饰，背地里偷偷搞茅山邪术害人，还说凡是到我的诊所看过病的人，都中了我的邪术。他们传得煞有介事，连我的师承来历都一条条被编得很清晰，我的诊所怎么可能还开得下去？

"想要回厂里去继续当保健站的大夫，也不可能了。那几年正在搞国企改革，厂里为了下岗名单闹得焦头烂额，三天两头有下岗职工去闹事儿，我这样自己傻了吧唧扔掉铁饭碗的，他们求之不得，当然不可能再把我弄回去。折腾到后来，我自己也心灰意冷了，偶尔打打零工，吃着低保，就这么等死吧。"

怪不得眼前的翟建国如此颓废潦倒，他所遭遇的是货真价实的无妄之灾。他并没有做错任何事，却成了这个离奇事件的牺牲品，最终变成一个颓废的糟老头子，还得依靠着各种各样的神佛来压制内心深处绵延了19年的恐惧。人生的际遇真是难以预料。

但冯斯却顾不上去为翟建国的命运而感到悲伤了，他的脑子里已经被巨大的信息量填满了，尤其是他的亲生母亲。

“我的生母，你见到了她的，能告诉我她长什么样吗？”冯斯急忙问。

“我想想啊……那个女人长相很普通，尖脸，小眼睛，鼻子有点高……”翟建国回忆着。他所描述的这张脸，和冯斯记忆里母亲的面孔几乎没有半点相似，他由此终于可以斩断内心里存留的那最后一丁点儿侥幸：妈妈果然不是我的亲生母亲。

我活了快20年，才发现自己连亲生父母都没有见过，更不知道他们到底是谁。

“那你知道她的名字吗？”冯斯又问。

翟建国摇摇头：“从头到尾，她一句话都没有说，既没有和我说话，也没有和带她来的那几个男人说话。我唯一能记得的是，她虽然瘦小，却很坚强，完全不像一般的产妇那样叫得那么厉害——产痛是很可怕的。”

冯斯随手抓起酒瓶，也往嘴里倒了一大口。劣质烧酒倒进嘴里就像是一团火，烧得口腔和喉咙火辣辣的，但这却正好是他需要的感觉。已经不必再做什么乐观的幻想了，自己绝对不是一个普通人，身世可能牵动着许多惊人的秘密。已经出现的两拨敌人只是一个开始，往后可能还会有更多更凶险的人与事等着自己，而他还必须在这些危险的夹缝中努力寻找到真相。

“对了，那个鹰钩鼻子的中年人，在哪个道观？”冯斯想起了这个问题。假如这个男人果真当过道士，或者像父亲冯琦州那样假扮过道士，总应该在道观里留下一点记录。

“就在出城往南大约四十来公里的山上，叫什么栖云观的，”翟建国回忆着，“应该是个挺小的道观，不知道现在还在不在。”

“我明白了，非常感谢您。那我就不打扰了。”冯斯说着，掏出几张钞票放在桌上，起身离去。开门出去的时候，翟建国忽然叫住了他。

“小伙子，你的生活是不是也被搅得乱七八糟？”翟建国问。

冯斯停住脚步，想了想，回答说：“不是一般的乱七八糟，或许会天翻地覆也说不定。”

“那么，记住我现在这副模样，”翟建国的言辞很诚恳，“人之将死，其言也善，希望你能始终走在你想要走的路上，不管发生什么事。”

“走在你想要走的路上……”冯斯重复了一遍，“我会记住这句话的。谢谢您！”

走出这片小区的时候，夜色已经很深。冯斯等了很久才等到一辆黑车，直奔市区找了一家便宜宾馆。躺在略带点潮气的床单上，他呆呆地看着已经脱落了不少墙皮的天花板，回想着在翟建国家里听到的一切。

自己的出生果然不同寻常，不单是有一群貌似黑道上的家伙，把生母带到私人诊所进行秘密接生，还在事后酿成了至今没有查明真相的血案。按照翟建国的形容，他听到了类似于巨型猛兽撕咬啃噬的声音，后来的现场也惨不忍睹。那么，到底是谁有那样超越常人认知的力量，造成了那样的惨案呢？

这他妈的简直就像是恐怖片里的情节，冯斯闷闷地想，生化怪兽？外星人？异形？妖怪？恶灵？这些原本是自己嗤之以鼻的东西。确切地说，他还是相信外星人的存在的，但却从来不认为外星人会主动寻求和地球人的接触，并且认为自己有生之年是没有什么机会撞上一个外星人的。但是能在那么短的时间内撕裂六个成年人，那样的力量到底该怎么解释？这已经不仅仅是查清自己身世的问题了，它还严重地牵涉到一个成年人的世界观，一个向来自信满满、绝不相信任何超自然事物的聪明人的世界观。

要不然，其实是翟建国在说谎？他掏出手机，用时间和诊所名称等关键词进行了搜索，发现这桩发生在19年前的血案，在某些网络论坛上也有被提及，关于事件真相的猜测自然是千奇百怪无所不有：有人说那是厉鬼附身在婴儿身上的复仇；有人说翟建国本来是个妖道，那起事件是他布下的血腥祭祀，用六个活人的血肉去打开妖界的大门；有人说那是当年侵华日军731部队留在东北的生物武器。但刨去这些荒谬的猜测，那些帖子对案件基本事实的描述是一致的，也和翟建国所说的相吻合。

看来我真的需要重塑一下世界观了，冯斯在睡意蒙胧中无限郁闷地想着，马大胡子骗人。

第二天，他乘坐一辆破破烂烂的“旅游专线”车找到了那座名叫栖云观的道观。这座道观规模很小，也几乎没有什么香火，整体显得破败凋零。现在整个道观里只剩下了三个道士，老观主已经接近80岁了，一个中年道士是个独眼龙，另外有一个看起来十三四岁的小道士，满脸脏污，还瘸了一条腿。

就凭这老弱病残的组合，就算想要把道观重新修葺一下，也注定是有心无力。冯斯给了两百块钱的香火钱，这对于那些大道观来说根本就是毛毛雨，但这座小道观却似乎很久没有见过这样的巨款了。老观主也显得颇为热情，颤巍巍地拄着拐杖出来，吩咐中年独眼道士去做饭招待客人。

“不必了，我一会儿还得赶时间，”冯斯谢过观主的盛情，“我来这里，其实是想找您打听一个人。”

观主的脸色微微一变：“这位贵客，是想要打听玄和子吧？”

“没错，就是那位曾经收养过弃婴的玄和子道长。”冯斯说。

“请你马上离开！”观主猛一摆手，拄着拐杖转身就走。冯斯想要跟上去，却被独眼道士拦住了。这个道士力道不小，冯斯伸手推了一把，居然没有推开。

“您为什么不能告诉我？”冯斯大喊，“我只是想知道他究竟是什么人，对其他的并不感兴趣！”

“过去种种，早已烟消云散，”观主说，“道家清修之地，请不要再用俗事来搅扰了！”

“清修你大爷！”冯斯破口大骂起来，“你以为我不能猜到发生了些什么吗？那个玄和子根本就不是道士，只不过是假装成道士而已。你虽然知道这一点，却还是收留了他，因为他许诺给你好处！”

观主浑身一颤，停住了脚步，冯斯知道自己猜中了，索性接着说下去：“他只是需要一个身份，以便长期待在这里，寻找他想要找的东西。而穷山沟里的人受限于教育水平，往往比较迷信，假扮成道士更容易骗取他人的信任。而你，就做了他的帮凶！你是他的帮凶，所以你不敢回答我！”

观主站在原地，沉默了许久，最后终于转回身来。他打了个手势，独眼道士离开冯斯，拖了一把椅子过来。观主坐了下来，嗓音低沉地说：“玄和子所收养的孩子，就在那边。小心别吓着他，他很怕生人。”

观主伸手指向那个瘸腿的小道士。冯斯心里一动，看向小道士，这才发现他不只是腿瘸，脸上的表情也有些痴痴呆呆的，似乎是有先天的智力缺陷。小道士似乎对冯斯有些兴趣，凑得很近，但看到冯斯望向他，他立马显得很是畏惧，一下子缩到了一根柱子后面，露在柱子外的道袍袖口显出和他的身材不相符的宽大，还打着补丁，显然是用成人的旧道袍改的。

这个小道士其实年纪比我还大一丁点儿，冯斯想，可是看起来还完全是个孩子。

“当初玄和子收养他的时候，我们其实早知道他不怀好意，因为他根本就不是我们道观的道士。”观主说，“就在那件事之前的半年，他来到我们道观，许诺每个月给我们一笔钱，要我们让他以道士的身份生活在观里。他不但当场支付了一年的钱，还答应离开之前再给我们一笔额外的谢礼。你也看到了，栖云观又穷又破，从我师父那时候开始就想要修缮，但就是凑不出钱来。所以我……没怎么考虑，就答应了他。”

“倒也不能怪你，世道艰难，求生不易，换了谁都会动心。”冯斯捧着独眼道士送上来的热茶，说话倒也客气了不少。

“我当然也问过他，到底为什么要生活在我们这个贫困艰苦的地方，而且还是长期生活。他告诉我，他只是需要在附近寻找一些东西。”观主说，“大概是担心我们也起不必要的贪念，他多说了几句，说他要找的并不是什么值钱的宝物，而是为了寻找一个人或者一些人。我们不需要做什么，只需要掩护他的身份就行了。”

“寻找一个人，或者一些人……”冯斯忽然灵光一现，“他要找的，其实是婴儿对不对？他在观里，一定经常到附近的山村里去，了解哪里有女人怀孕，对吗？”

“你是怎么知道的？”观主十分诧异，“难道你……难道你……”

“我猜，我可能就是他真正想要找的人。”冯斯微微一笑。

观主瞠目结舌，下意识地想要站起来，冯斯摆了摆手：“别费劲了，您那副身子骨，动一动够累的。放心吧，他要找的人未必就是食人魔王，食人魔王也未必乐意吃你这么老的肉，对吗？”

“这……说得也是，”观主搔搔头皮，“你好歹还捐了香火钱呢，给钱的都是好人……我还是接着说吧——我说到哪儿了？”

“我正在问您，他是不是很在意附近那些怀孕的女人？”冯斯说。

“没错，他假扮成一个有善心的道士，到处寻访孕妇，给她们送安胎的符咒，所以附近的村民都很尊敬他。”观主说，“我一度怀疑他是个拐卖人口的罪犯，但村子里生下的几个孩子都并没有任何危险，相反他还去送过药，所以我们也就慢慢放下了疑心。直到他收养了慧心……”

“他是怎么收养这个孩子的？捡到的？”冯斯问。

观主摇头：“不，孩子是个遗腹子，母亲是山村里的普通农妇，怀孕六个月的时候，丈夫在城里的建筑工地打工，因为建筑事故身亡。据说，当时他身上的伤口很是奇怪，并不像是意外造成的，似乎有谋杀的可能性。不过，那样一个外地民工死了，本来就没人特别关注，建筑公司和开发商更是全力息事宁人，所以最后还是按照意外事故处理掉了。”

“我没有猜错的话，这个孩子出生之后，他的母亲也因为意外而去世了，对吧？”冯斯目光炯炯。

“嗯，半个月之后，一场看起来并不严重的感冒，转化成了急性肺炎，或者只是看上去像急性肺炎，”观主叹了口气，“而那一家人在当地的亲戚也都很穷，没人愿意多养一个孩子，所以玄和子顺理成章地把他抱回来了。他应该是对慧心抱有很大的期望，甚至连慧心睡觉的时候都守在身旁，后来慧明——就是我这个独眼徒弟，还曾经发现，玄和子和几位上山来的香客偷偷交谈，那些人其实应该是他的同党，大概是来打探慧心的情况的。

“但是随着慧心渐渐长大，我们发现他的智力明显有些不正常，一条腿也逐渐失去功能，看得出来是先天的缺陷。这让玄和子十分失望，他开始变得脾气很暴躁，动不动就对我和慧明恶语相向。只是他答应给的钱一直都在付，我也就一直容忍着他，贪欲作祟啊，唉！

“后来就到了发生那桩血案的日子……对，就是市里私人诊所发生的那件案子。那起案子发生之前的半个月，有一个同伙到山上来找玄和子，玄和子和他交谈完之后显得很是激动。此后的几天里，他频繁下山，最后一次下山是在血案发生五天之前。在此之后，我们再也没见过他，也没有向任何外人提及过此事，本来以为这件事就会这么过去。唉，都是那个姓翟的多嘴……”

冯斯渐渐理出了一些头绪，看起来，在这起暂时找不到起源的离奇事件中，自己并不是唯一被圈定的目标。那个假道士玄和子，显然掌握了某种筛选甄别的方法和标准，所以他会定位到栖云观附近的山区，在这里寻找他想要寻找的那个婴儿。另外，这种方法并不完善，不能百分之百地替他锁定，因此他才会在有先天智力缺陷的慧心身上浪费了一两年的光阴。不过最终，他还是找到了自己的生母，并且在分娩之夜酿成惨案。

到底什么样的婴儿，才是这群人所需要的？

“玄和子的真名到底是什么？”冯斯问，“他走的时候有没有留下什么东西？”

“从头到尾他就没有提到过他的名字，所以我也只能用那个虚假的道号去称呼他。至于东西，他很谨慎，什么都没留下来。”

老道士看起来应该没有说谎，冯斯谢过了他，告辞离去。走出两步后，他忽然站住，犹豫了一下，张口问道：“观主，我想问您一下，您觉得……世上存在鬼神吗？您可千万别用‘鬼神只在人心中’这种扯淡的台词来忽悠我。我想听实话。”

“我过去曾经看过一张盗版光盘，台湾的电影，恐怖片，叫《双瞳》，”观主悠然一笑，露出残缺不全的黄板门牙，“片子里有一句台词，我觉得挺有意思的。”

“什么台词？”

“如果你问我是相信神仙还是相信外星人，我绝对不会选择后者。”

“这比我刚才说的还扯淡……”

第四章

太岁

一

漆黑一片的会议室里，只有巨大的屏幕在闪光，上面播放着一段效果很糟糕，一看就是用家用级别DV拍摄出来的录像。抖动的画面里出现的是一群看起来风华正茂的年轻男女，每一个人脸上都带着某种快乐的期待，正在一所大学的门口集结。一个女声的画外音说："第一次野外实习，即将展开！"

接下来的镜头混乱而零散，大致记录了这帮考古系的大四学生，跟随导师进行田野实习的沿路行程，从内地城市一直延伸到中国西南的某处深山。这是一群典型的新新人类，爱玩爱闹，沿途上除了两位带队的老师显得正经严肃之外，学生们看上去更像是在玩背包游顺道发展暧昧关系。当那个嗲声嗲气的画外音开始不厌其烦地介绍当地的烤黄羊有多么好吃时，屏幕前的一名观众终于忍不住了。

"我们不是要连这帮狗男女躲在帐篷里野合的镜头也一块儿看了吧？"一个清脆爽利的女人声音很不耐烦地说，"直接快进到我们真正想看的内容吧。"

"别这么说，姐姐，"一个柔和纤细的男声搭腔说，"这些人的生活状态多有意思啊。很多时候我都挺羡慕这样的生活的。一群人聚在一起，快快乐乐，无忧无虑，什么都不知道的人是最幸福的。"

"但是既然你已经知道了，也就应该清楚，幸福这种东西，永远和我们没有关系。"女人说。

"那也不一定，幸福这种玩意儿，永远是自己争取来的。"男人的声音懒洋洋的，“姐姐你就是思虑得太多、担忧得太多，那样会老得很快的。我还是更喜欢那句话：我死后，哪管洪水滔天？我们尽到自己的责任就够了，未来会怎么样，看天意吧，自己活得快活一点才是正道。”

“如果这世上真的存在天意这种东西，我也不必发愁得长皱纹啦。”女人虽然耐性不够好，对她的弟弟却似乎很宽容，“嗯？好像到重点了？”

镜头上此刻出现了一个阴暗的山沟。学生们终于完成了跟随正规考古队毫不自由的实习过程，进入了此次实习最让他们激动的环节——在老师的带领下，脱离考古队，进行独立田野实习考察。他们正在观摩领队的老师用洛阳铲探古墓，DV还拍到两个学生的小声对话。

“可惜这次没能申请下来超声波探测仪，这样多麻烦！”

“我倒是挺喜欢洛阳铲的，有点儿盗墓小说的味道。”

当然了，这样的野外实习，是不可能像盗墓小说那样探出真正值钱的宝贝的。洛阳铲所探出的，本身就是一个没有多大价值的普通墓葬，还已经被盗墓贼光顾过了，连墓主的尸骨都被搅得乱七八糟的，散落在棺木之外的土层里。但是打开棺木后，所有人都愣住了。

“天哪！我们看到了什么？”画外音也显得十分惊诧。

镜头拉近了，可以勉强看到棺材里的景象。在墓主人残缺不全的白骨中，赫然长出了一朵花，一朵黑色的花。这朵花的形状十分古怪，由好几十片厚实的花瓣构成，整体近似于一个圆盘。镜头再拉近，才看出它其实并不是真正的黑色，而是呈一种暗红的色调。

“很奇怪，棺材里没有臭味，反倒是有一种香气，”画外音嘟哝着，“不是花香，是另外一种古怪的香气，有点像……肉香。”

“快看！那朵花，好像在动！”已经有几名学生一齐发出了惊叫。

果然，镜头里的黑色花朵竟然像虫子一样缓缓地蠕动起来，花瓣也一点一点地张开。带队的老师喊了一声：“都别碰！赶紧离开！王蜀、陈伟良，把棺材盖子重新盖上。”

学生们匆匆忙忙地盖棺材、填土后，连忙离开了。此时DV似乎快要没电了，被主人关闭了。下一段视频出现时，已经是夜晚，大学生们也已经坐在了露营地的帐篷里。实习即将结束，大家难免有些伤感，所有人都围着篝火坐成一圈，喝啤酒唱歌，有的女生喝得眼泪汪汪的，也不知佯醉还是真醉，直接靠到了男生怀里。

“黎老师，今天看到那朵黑色的花，您为什么那么紧张啊？”一个学生忽然问，“难道是它散发出来的那股味儿，那股肉香味儿，有毒？”

镜头随着这句问话转向了黎老师。这是一个50多岁的干瘦老头儿，如果不是鼻梁上架着的黑框眼镜还带点书卷气，看上去就像个乡间老农。这一晚上，所有的学生和另一个带队的老师都情绪高涨，只有他一个人静静地坐在一旁，手里捧着老式军用水壶喝着白开水。

“其实我并不知道那朵黑色的花到底能做什么，”黎老师说，“只是我上一次见到它的时候，它带来了让我十分不愉快的记忆，或者说，一场灾祸。所以，我希望大家都能远离它。”

“什么样的灾祸？能讲讲吗，黎老师？”学生们十分好奇。

黎老师许久没有说话。过了好一会儿，他忽然放下水壶，随手抓起一个被学生喝掉一半的啤酒瓶，一口气喝光，然后长长地喘了口气。

“把那个关了吧，”黎老师的脸转向了DV镜头，“这些话，讲给你们听听也就是了，别录下来。”

DV的主人“哦”了一声，在DV上按了一下，把它放进了套子里。屏幕上顿时漆黑一片，但声音却并没有停止。看来她只是假装按了一下按钮，实际上并未关机。

“聪明的姑娘。”大屏幕前的男人赞赏说。

“‘文革’开始的时候，我还只是个10岁出头的小孩，在村里认识了一个被下放到那里的老知识分子。他叫袁川江，是省社科院研究中国古代神话的，一辈子钻在书堆里与世无争，却仍然逃不脱劫难。不过他倒是无所谓，只要允许他带着正在研究的资料，住哪里吃什么睡什么床似乎都无所谓。

“他住在村里，属于被监视的臭老九，不仅被公社干部呼来喝去，还经常被小孩儿欺负。但我的父亲，当时村里唯一的乡村教师，却让我一定要尊重他。他告诉我说，现在的这种状况，只是时代发疯了，但我们不能跟着发疯。我听了父亲的话，给他送过吃的，也帮他驱赶过追着他扔泥巴的小孩儿，慢慢地我和他成了朋友。那时候学校也不上课，我除了帮家里干点活，就是窝在他的茅草屋里，读他的那些书。那些远古神话所展现出来的多姿多彩的世界，深深吸引了我，后来我之所以选择考古作为专业，和那段经历有很大的关系。

“那时我曾经问过他，我们现在信仰的是无神论，是不是意味着他所研究的那些神话传说全都是胡编乱造的呢？这个问题问得其实挺无理的，他却丝毫不生气，还耐心地向我解答说，无神论也不过是世界观的一种，并不是颠扑不破的真理。这番话在当时算得上是反动至极，我听了都吓一跳，但他接下来的一番话更加惊人。

“他说，所谓的‘神’，只不过是一种代称，大可不必把这种概念绝对化。假如一个拿着火焰喷射器的人回到远古时代，他或许就是祝融；假如一个开着消防车的人回到远古时代，他或许就是共工，没有必要为了几个词大惊小怪。

“我忍不住问他，那在你的心目中，神仙什么的到底存不存在呢？他没有明确回答，摸着我的头把话题岔开了。不过我注意到，他平时除了看书之外，最喜欢干的事情就是捧着一个木头盒子发呆。那个木头盒子陈旧褪色，上面的漆画已经不可分辨，但却有几行雕刻出来的古怪符号。他告诉我，这个木盒是他偶尔得来的，里面也许藏着足以破解中国古代神话的惊人秘密。他这辈子最大的心愿，就是破解出盒子上的符号，然后打开木盒。他说那些符号并不是自然形成的通用文字，而是某个古代组织的暗语，但他尝试了所有的破解方法，都无法拼凑出通顺的语句。

“其实盒子上只有一把锈得快要断掉的锁，压根儿不需要钥匙就能拧开。但他却坚决不让我打开它，说是盒子里装的东西未知吉凶，一定要破译出外面的暗语才能决定。我有时候真想趁他不注意把那个木盒打开看看，但又想到老头儿一定会很生气，于是就打消念头了。

“日子就这样平静地过去，但一年之后，一场巨变发生了，村里忽然来了一群从城里来的红卫兵，说是要‘破四旧’。他们捣毁了附近的一座小庙，又捣毁了村里的宗祠，村民们都不敢阻拦。干完这一切之后，他们还意犹未尽，不知道是谁告诉了他们，村里有个臭老九叫袁川江，一直在捣鼓一些‘统治阶级胡编乱造出来欺骗愚弄百姓’的封建迷信的东西，他们立刻扑向袁川江住的茅屋。

“我连忙赶在他们之前去通知了袁川江，要他赶紧把重要的东西藏起来。在我的预想里，他那样嗜书如命的人，肯定会抓起这本放下那本，到头来一本都舍不得。但是出乎预料的，他没有丝毫的犹豫，从书桌上抓起一沓纸塞到我怀里要我收藏好，然后抱起木盒就往外跑。

“红卫兵们把他的所有书籍全都堆在空地上付之一炬，却仍然不过瘾，开始全村搜寻他。他毕竟只是个书呆子，哪儿有什么躲藏的经验，很快就被发现了。红卫兵们追着他来到了村后的山上，终于把他逼到了一个悬崖边。我跟在红卫兵旁边，装作是看热闹的无知小孩，心里充满了恐惧，不知道接下来会发生什么。

“红卫兵头领念了几段语录，说了一大串慷慨激昂的宣判词，然后红卫兵们开始一起高呼口号。袁川江好像什么都没听到，只是死死地抱着手里的木盒，这个动作无疑引起了红卫兵的注意。他们使了个眼色，忽然一拥而上制伏了那个瘦弱的老人，硬生生从他怀里抢走了木盒。红卫兵头领一口咬定盒子里装着袁川江和国外‘反革命’势力联络的间谍工具，不顾袁川江声嘶力竭地劝阻，一把拧断了那把生锈的铁锁，打开了盒子。我虽然很痛恨那些人的野蛮，但心里却也隐隐有一些期待，想要看看木盒里到底装着什么。

“盒子打开之后，所有人都愣住了。那里面并没有所谓的通信工具，也不像我猜测的那样装着值钱的财宝，盒子里装着的……是一朵黑色的花。是的，你们白天在那个棺材里见到的那朵黑色的花，和我40年前所见的是一模一样的。

“我一下子想起之前问过袁川江的问题：那个木盒到底有多古老？当时他告诉我，他也不知道这个木盒具体的制作年代，但可以肯定的是，这个木盒经过了某种特殊的防腐处理，竟然像金属器具一样可以保持千年不腐。而经过他的研究，能够确信的木盒最远的存在年代，可以一直上溯到公元3世纪。如果他的说法确切的话，这个木盒至少有1800年的历史了，里面的花怎么可能还是活的？

“我悄悄走近两步，看了一眼，木盒里并不是只有那朵黑色的花朵，下面还有一层厚厚的胶状物。我猜测，那层胶状物大概就相当于泥土，一直供养着黑色的花朵。但还没能细看下去，红卫兵头领就已经高声下了结论。

“‘这是帝国主义的生化武器！’他宣布说，‘丧心病狂的反动分子袁川江，在帮敌人培育生化武器，用来向人民反攻倒算！’紧跟着，他把木盒扔到地上，浇上早已准备好的煤油，点燃了火柴。

“眼看着火光升腾而起，袁川江蓦然发出一声撕心裂肺的惨叫，那声号叫简直不像是人类的嗓子能发出来的，抓住他的两名红卫兵吓得手一松，让他挣脱开来。之前被打得满脸鲜血的他，此刻露出极度狰狞的面容，吓得其他的红卫兵都禁不住向后退，不敢阻挡他。他猛扑到火堆前，不顾火焰的灼烧，一把将正在燃烧的木盒抓了起来。紧接着，他脸上的怒容消失了，目光里流露出来的，是极度的惊诧。

“我顺着他的目光看过去，发现燃烧的木盒上有一些微微的闪光，我猛然意识到，那可能就是破解暗语的关键。雕刻的木纹只是暗语的一部分，剩下的一部分却隐藏在木料里，只有用火焚烧才能发光并显露出来。那些闪光和木纹组合在一起，才是真正可供解读的完整暗语。

“木盒上的火焰迅速烧坏了袁川江手上的皮肤，但他就像是一个完全没有知觉的人，根本不知道疼痛，只是死死盯着那个埋藏了千年才刚刚出现，却又很快会消失在烈焰中的暗语。他的嘴里念念有词，似乎是在破译，那是因为经过几十年的研究，所有的密码他都已经背得滚瓜烂熟，不需要再对照了。想到这里，我忽然明白了他塞到我怀里的是什么。

“‘原来是这么回事，’袁川江喉咙里挤出的声音听起来分外凶狠，‘我终于明白了，原来是这么回事！’说完之后，他捧着木盒，突然间转身冲向身后的悬崖，纵身跳了下去。

“红卫兵没想到会闹出人命。虽然在那个时期，武斗弄死一个人并不是什么特别的大事，但可能是袁川江跳崖之前的神态让他们感受到了恐怖，所以他们悻悻地离开了。我和其他村民绕山路费力地攀到崖底，发现他竟然还没有断气，只是身边散落着一些断裂的树枝。村民们纷纷猜测，他大概是落下来的途中不断撞到树枝，减缓了下坠的力道，这才侥幸没有当场摔死。尽管如此，他也已经奄奄一息，只有出的气没有进的气了。而那朵黑色的花，也早已化为灰烬，连片花瓣也没有留下来。

“村民们围在一旁，叽叽喳喳地议论着，他们的情绪基本只有惊奇和些微的畏惧，而只有我跪在他身前，为失去一个朋友而哭泣。就在这时候，袁川江注意到了我的存在，他拼尽最后的力气，在我耳边念出了一串数字：‘3405，36194122，3330……’

“我并没有那些天才过目不忘的本领，但我的身上随身带着一支圆珠笔，那是袁川江送给我的礼物。我随身携带它倒不是因为有多么看重它，而是可以随时在小伙伴们面前炫耀。当时我灵机一动，掏出圆珠笔，把他所说的所有数字都写在了自己的胳膊上。说完那些数字，袁川江就断气了。他的尸体后来是我父亲埋葬的，就葬在村外的一处荒地，连墓碑都没有。

“回到家里，我找了一张纸把那些数字誊写下来，开始猜测他的用意。后来我突然想起他留给我的那些纸张，连忙掏了出来，一对比就明白了。那些纸张，是木盒上那套暗语的对应解码方式，前32页是具体的破译方法与技巧，32页之后是一些他已经整理出来的字词表。他所念的那串数字，前两位是页数，后两位是代码，就是字词表上对应的那些词。毫无疑问，这些让他到临死还念念不忘的词句，一定就是木盒上的最终解码。

“我一个字一个字地把这些密码拼了出来，最终构成了一句话。我读完这句话，一方面是百思不得其解，另一方面却也在心里生出了深深的惧意。如果这句话是真的，那我们将会面临什么样的遭遇呢？”

黎老师说到这里，发出一声长叹。学生们却都被吊起了好奇心，纷纷追问那句话到底是什么。黎老师苦笑一声：“其实我到现在也不明白它的确指。那句话说……”

话音未落，现场忽然响起一声惨叫，叫声中饱含着痛苦。紧跟着，尖叫声响成了一片。

“那是什么东西？”“快逃！”“救命啊！”学生们乱糟糟地喊成一团，通过这间会议室的高级音响系统释放出来。在那些惨叫中，夹杂着一种很奇怪的声音，像是有无数的利爪在地面上擦刮，而另外一些声音倒是很好判断——人体被锐器穿透所发出的闷响。

过了好久，声音才渐渐平息下来，会议室里一片死寂，直到那个嗓音纤细的男人重新开口：“全死光了？”

“是的，没有一个活口。”会议室的角落里，另一个女声回答，“幸好我们发现得及时，拿走DV并对现场做了处理。他们现在都是失踪人口。”

“那就好，”男人说，“不过这已经是最近十年来的第六起事件了。平均不到两年就发生一起，这个数字高得惊人啊。”

“看来觉醒在加速，我们需要尽快搞定那个姓冯的小子了。”男人的姐姐说，“不过我现在觉得，杀死他或者把他禁锢起来，都不是好主意。”

“没错，假如觉醒已经不可逆转，就不能杀了他，我们一定会有需要用到他的力量的时候，”男人说，“倒是对另外的那几群人，需要加倍提防。”

“他们已经开始行动了，而且似乎已经和那个姓冯的有了一些小小的接触，现在就看谁能真正控制他了。”男人姐姐的语气里流露出一丝残酷的杀意，“不过，终归我们的力量是最强的，谁敢阻拦我们，只有杀无赦。”

男人叹了口气：“姐姐啊姐姐，我早说了你应该学着温柔点，那样才好嫁人，哪儿有动不动就喊打喊杀的……说起来，我对那个黎老师所说的袁川江很感兴趣，他似乎是在完全不知情的状态下摸到了一点门道，不知道他在被下放之前有没有什么学生或者助手之类的。我希望去探查一下他所在的研究院，看一看他们是否掌握了一些不该掌握的东西。”

“还说我呢，你动起杀意来，一向下手比我狠。”姐姐嗔怪地说，但语气依然温柔爱护。

“所以我们才是姐弟嘛。”男人笑了起来。

姐弟俩的对话告一段落，那个角落里的女声忽然插嘴：“你所说的‘不该掌握的东西’，是不是指……历史上消失的那一支？”

“我是这么猜想的，”男人说，“事实上，我想要追查袁川江，不仅仅是消除隐患，最重要的还是想找到历史上消失的那一支线索。只有找到他们，那些无法解释的谜团才可能有突破口，而我们才可能……获得希望。”

三人陷入了沉默中。半分钟后，男人忽然说：“我想起了小时候长辈们老是逼着我们念诵的那句话。那时候只觉得就像是和尚念经，可笑之至，许多年后回头想想，那句话，其实是真的啊。”

他轻声地用一种难以解释的古怪语气念出了八个字：“觉醒之日，万物俱灭。”

二

长假结束后，大学校园的气氛渐渐趋于沉闷，因为马上到来的六月将进入考试的季节。每到这个时候，学霸们安之若素，处变不惊，学渣们却惶惶不可终日，唯恐一不小心挂科。而即便是心里揣着这样的“唯恐”，不到最后两星期他们也不会开始看书。

冯斯则连“唯恐”二字也扔到一边，照旧逃课，照旧网游挣钱，照旧经营营销微博。只是他的生活中多了两件事：一件是经常往杨绍芬家跑，询问宁章闻查找的进度；另一件则是在学校附近乱逛，试图寻找到那只猴子和它的主人。

第一件事并没有什么特别的进展，因为涉及神话志怪的资料过多，大多数都只是讲述视肉的传说而已。但冯斯可以肯定，照片上的东西不可能只是普普通通的视肉，因为这种传说中延年益寿的肉灵芝，还不值得那么多股不同的势力兴师动众。尤其是发生在翟建国诊所里的血案，是无论如何都无法用视肉的特性去解释的，好在他的心态摆得比较正。

“这种埋藏了千百年的秘密，要真能一下子就挖出来，那不跟游戏开挂一样吗？”冯斯对宁章闻说，“现实生活中是没有外挂这种东西的，慢慢来吧。”

第二件事也一无所获。自从被文潇岚目击到一次之后，那只猴子就再也没有在附近亮过相，也没有再像在老家时那样来对冯斯进行袭扰。冯斯仔细想想，觉得这帮人不可能穷到需要卖艺赚钱的份儿上，那一次街头卖艺，其实应该理解为一种发给他的信号：“我们来了，你悠着点，不该打听的不要去打听，我们随时都盯着你。”

因此冯斯可以肯定，猴子、少女和那个大个子一定离他很近，还无时无刻不在监视着他。

除此之外，他还在担心着那六个杀手所从属的势力。按理说，这起杀人案虽然出于社会和谐的考虑一直被遮遮掩掩，但还是有消息放出去，网络上更是有很多传言，对方能找到他，就不可能不注意到这六人的死，但奇怪的是，从那一夜之后，除去猴子及其主人，再也没有其他人来找他麻烦。

他不禁又想起了那天晚上父亲说的话：“他根本不是你们有能力掌控的，不如顺其自然的好。”

难道这帮人改变主意，打算“顺其自然”了？

此外，生活中还发生了一个乍看似乎无关紧要的变化：学校来了一个新老师。冯斯在这学期选修了学校的特色选修课：外教口语。这门课颇为热门，每次都是选课系统刚一放出课程就被选个精光，他不得不依靠万能的宁章闻侵入系统来加上自己的名字。

“你这样做是挤掉了别人的公平机会！”文潇岚十分生气。

“人生就是不公平的，得让他们从起跑线就开始受教育。”冯斯振振有词，“要不要也帮你选上？”

“我才不像你那样拿无耻当饭吃！”文潇岚大声说，接着声音忽然变得很小，“要不然……让宁哥帮我选一下古代诗词鉴赏？这门课最好过……”

外教口语受欢迎不是没有原因的，毕竟在这个全球化时代，精通外语的人才更容易找工作，大学生们也都不笨。系里流传着一位学长的传奇，此人号九门提督，原因是上学时一共挂了九科，差一点儿就没法毕业和拿到学位证。但这厮别无所长，独擅英语，尤其口语十分出色，大学四年跟随赏识他的外教，在若干北京举办的国际性会议里捞到接待工作。这份履历往简历上一放，再在面试时秀一秀口语，居然成为全系第一个签约的人。这样的故事一传开，谁不心动？

然而本学期选课的学生却十分失望。外教口语是一个教师人员流动性很大的课程，基本每学期都换老师。这学期来上课的是一个古板的英国老女人，满脸严肃，看见女生穿露腰的吊带背心，眼睛里都要飞出不屑与批判。她上课也按部就班，无比乏味，听得大家昏昏欲睡。更重要的在于，贵族味儿十足的牛津腔是有钱有身份的人才去追求的，对于广大在盗版美剧熏陶下成长起来的大学生们来说，还是更加喜欢活泼而流行的美式英语。

冯斯照例上完前两节课后就开始逃课，不过五一之后传来消息，英国老女人因故提前回国了，但这学期还剩了三堂课，得临时找人来顶一顶——这也是这门外教课时常发生的幺蛾子。他倒是来了兴趣，想要看看这位新来的老师是什么样的。

不过这一天他还是睡过头了，醒来的时候已经接近晚上6点。他骑着自行车飞速冲到教学楼下，刚刚锁好车，上课铃声已经响起。好在教室就在一楼，他三步并作两步跑进教室，铃声才刚刚止息。

他喘着粗气找到个空位坐下，这才顾得上抬头看向讲台，那里站着一个年轻女性，应该就是新来的外教。但她并不是金发碧眼，也不是卷发黑肤，竟然是一个黄皮肤黑头发的亚洲人。

长得真不错，这是冯斯的第一反应。她的面容有一种颇具东方韵味的古典之美，一头乌黑的长发随意地披在肩上，仿佛刚刚从画卷上走下来一般。此外，她还很年轻，看起来也不过二十出头，与其说她是老师，不如说更像一个学生。

怪不得教室里的一众男生都带有一点莫名的兴奋。在这所男女比例七比一的学校里，漂亮姑娘就像藏羚羊一样珍稀，至于身份到底是老师还是学生，反而不重要了。

“为什么这学期只剩下三节课了……”冯斯身边一个满脸青春痘的男生低声抱怨着。

“那么，我们开始上课吧。”女外教用标准的美式英语说道。她的声音听起来也十分柔和动听，让坐在讲台下的男生们好感倍增。

女外教简单地介绍了一下自己。她名叫索尼娅·林，是一个美籍华裔，祖上移民美国已经许多辈，却始终固执地只和华人通婚。所以她虽在美国文化中长大，却有着纯正的华人血统，是一个标准的“香蕉人”。

“当然，我的中文也说得不错，”她换成字正腔圆的播音腔普通话说，“你们也可以叫我的中文名字：林静橦。橦字在古书上是木棉树的意思。”

“我知道，按照惯例，应该到你们做自我介绍的时间了，所有的外教课都喜欢这样，不过我决定略去这个环节，”林静橦说，“我们只有三节课而已，我不认为我有可能通过这三节课就记住你们，与其这样，不如抓紧时间让你们练习一些有趣的东西。所以这堂课的主题是：我最喜欢的美剧和美剧角色，英剧也可以。假如有完全没看过英美剧的，不妨讲讲你为什么不爱看。大家分组讨论，我会分别参与每一组。”

如前所述，这个年代的大学生，基本是看着各种网络盗版影视剧长大的，这个话题立刻引起了广泛的共鸣，课堂里讨论得热火朝天。林静橦则走到每一个组里，倾听学生们的讨论，她走到哪一个组，组里男生的声音都会提高十分贝。

而冯斯则是“基本”之外的人，他偏偏就不喜欢看电视剧，总觉得天下的电视剧无非是又臭又长拖时间，狗血桥段翻过来覆过去地编，而且属于被动式的低级娱乐，爱看电视剧的人大抵智商都有点问题。但这些话又不能直说出来，不然全教室智商有问题的同学们，大概会把他撕成碎片。所以轮到他发言的时候，他只能根据平时网上看到的文字信息信口胡诌几句，想来猥琐男们见到漂亮女教师都会很亢奋，就让他们多说好了。

但没想到，林静橦静静地听完他说的“我最喜欢《越狱》，因为剧情很紧凑，人物很有魅力”之后，居然向他发问：“你最喜欢里面的哪个角色？”

冯斯愣了愣：“那个……弟弟。”他还略微记得里面的一点点人物关系，似乎是一个弟弟舍命救哥哥的故事。

“那你觉得他好在哪儿呢？”林静橦继续问，“你最欣赏的关于他的剧情是哪一段？”

冯斯觉得自己额头的汗珠滚滚而下，就好像小学三年级偷偷跑进电子游戏室被老师抓住时那样。

林静橦笑了笑，也不再追问，只是拍拍他的肩膀，转身走向另一组。但和他擦肩而过的时候，她以旁人听不见的声音悄悄说了一句话，这句话让冯斯好似监狱里的哥哥乍见到弟弟时那样，陷入了一种不可名状的恐惧。

“冯琦州。”林静橦只说了这三个字。

在男生们遗憾的叹息中，这堂课飞快地结束了，紧接着他们的眼神由遗憾转为嫉妒：冯斯居然和林静橦一起并肩走出了教室，就像是两个老熟人。还有人隐隐记得，这厮似乎就是常和某个漂亮的长腿妹子在一起吃饭的那个家伙。

“好白菜都让猪拱了……”他们恨恨地自言自语。

与此同时，猪跟在这棵好白菜身边，脑子里乱哄哄的，一时理不出头绪。之前他已经遭遇了两拨冲着他来的人，这个美籍华裔到底是这两拨之一呢，还是新出现的第三股势力?

最糟糕的是，倘若是那一夜见到的那个故作妖媚的女人，他是不会有丝毫怜香惜玉之情的，但林静橦偏偏看起来温婉文静，对这样的年轻姑娘，他很难下得去狠手。

“你在想什么？是不是在想怎么和我动手？”林静橦忽然问。

“还没想到那么远，”冯斯也跟着一笑，“我现在想的是，我还没吃晚饭呢，就算要死也得做个饱鬼吧？”

林静橦嫣然一笑：“放心，你一时半会儿还死不了。既然是我打上门来的，那就我请客吧。大爷烤串？南门鸡公煲？傻子肥肠粉？”

林静橦所说的，是校园里几处著名的价廉物美的小饭馆或者小摊，冯斯时常去光顾。他很快领会到了这位美女教师的意思：你身边的一切，我都了如指掌，所以别试图耍花招。

不过，最后两人没有去那些地方，林静橦带着冯斯去了一家校外著名的连锁比萨店，这里多年前曾经是低收入阶层的小白领们表现逼格的好去处，而现在连低收入阶层都嫌弃它了，只好成天在电视上和网络上做一些“我们好便宜快来我家吃，不想出门我们还管送外卖”的毫无节操的广告。林静橦选择这里的原因只有一个，她吃不惯中餐。

冯斯足足吃下了三盘肉酱意面外加两碟鸡翅，这才算吃饱。看着林静橦切割比萨的优雅姿态，他不由得叹了口气：“看起来，至少你是在外国长大的这一点是真的——蛮夷不懂我天朝上国的精致饮食。”

“我的名字也是真的，”林静橦说，“而且我确实是美籍华裔，只不过我的血统并没有那么纯。往上数个三四百年，我的某位不知道得加几个曾的祖母是德国人。”

“完全看不出来，”冯斯盯着林静橦的眼睛，“连小清新最爱的‘眸子里一丝若有若无的湛蓝’都看不出来。”

“混血太多代了，又一直都是和华人通婚，要是还能剩下那么一丁点儿白种人的影子，而倒是奇怪了。你就把我当成一个纯粹的中国人好了。”林静橦倒是毫不避讳。

“你那位不知道多少个曾的祖母是德国人，为什么会嫁给中国人呢？”冯斯问。他知道，此刻的局势由对方掌控，既然对方不着急进入正题，那就索性东拉西扯闲聊一会儿，没准能有些意外的收获。

“我的这位先辈，是个女巫。”林静橦说。

“女巫？”冯斯先是一呆，继而反应过来。林静橦所说的，不是《哈利·波特》中骑着扫帚乱飞的美女，而应该是指欧洲中世纪的女巫迫害。在那个黑暗的年代，无数普通女性在酷刑的折磨下被迫承认自己是会巫术的女巫，然后被活活烧死。

“一位来自中国的道士救了她，后来他们就成婚了，并且为了逃避抓捕，躲到了美洲，再后来世世代代留在了那里。”林静橦说。

“还是道士好啊，”冯斯感慨着，“出家了也能结婚。这要是和尚，搞不好你就不存在了。”

“我真想回答你一句‘命运安排我存在，我就一定会存在’，”林静橦一笑，“但我知道你不会相信这些话，命运什么的玩意儿，在你眼里都是骗人的鬼话，唯一的作用就是在微博上替你增加转发率。”

“看来我的底都被你摸透了，”冯斯叹了口气，“而且除了你，还有很多人也很了解我，甚至比我自己还了解。如果命运就是那么奇怪，我还真是不甘心呢。”

“如果你不怕被我肢解了做成人肉包子的话，就到我家去一趟？”林静橦看着他，目光中闪过一丝狡黠，“只需要五秒钟，我就能让你明白命运究竟是什么，当然也可能让你更加糊涂。”

冯斯毫不躲闪地和她对视：“无所谓，我已经足够糊涂了。”

林静橦就住在学校附近的一个小区里，走路只需要五六分钟。她走在路上时告诉冯斯，房子是她买下的。冯斯估算了一下，成本不小，即便这里并不是黄金地段，但帝都房价高昂，这里的房价也并不便宜。不过，冯斯已经习惯了这些与他作对的人的排场。为了接近他，在寸土寸金的北京买下一套房，乍一看太过夸张，但想想为了这件事连人命都已经付出了那么多，似乎人民币也就不算什么了。

“来点咖啡吗？”林静橦问，“我这儿有不少好咖啡。”

“白水就行了，别糟践东西，极品蓝山喝到我嘴里也就是巧克力汤加白糖。”冯斯打量着这套四室两厅的大房子，发现不只是装修精致，各种各样的家具、电器甚至装饰物也都齐备，实在不像是临时居所。

“买的时候太仓促了，没太多选择余地，也没有多余的时间留给房主搬家，所以干脆把房里的一切一块儿都买下了，省得麻烦。”林静橦看出了冯斯的心思。

冯斯自嘲地一笑：“如果我告诉我的朋友们，有一个漂亮女人为了接近我，不惜在我身边买下一套房，还是北京的房，他们一定会取笑我小说读多了。现实永远比小说更加富有戏剧性啊。”

“戏剧性？”林静橦倒了一杯冰水给冯斯，“我让你看看真正的戏剧性吧。”

她转身走进厨房，出来时手里拿着一把雪亮的长柄剔肉刀。这种刀虽然是厨具，但是三十多厘米长的刀刃薄而锋利，完全可以用作凶器。

冯斯站在原地，并没有动，但林静橦已经注意到了他的目光：“别看了，那个花瓶不是仿古的，是真货，用它来打架敲碎了的话，你得卖几千个网游账号才赔得起。何况你不用担心，这把刀不是用来对付你的。”

“那这个屋子里除了我，还有什么玩意儿值得劳动他老人家的大驾？”冯斯被看穿了心事，只能耸耸肩。

“还有一个，”林静橦的笑容妩媚温柔，令人心动，“那就是我。”

她双手握着刀，高高地把刀举在半空中，然后突然之间，她仿佛用尽了最大的力气，双臂下落，把这把尖刀狠狠捅进了自己的小腹。

三

文潇岚的心情略微有些烦躁。前一天晚上，她去上自习时，居然见到了万年不进教学区的冯斯。冯斯并没有注意到她的存在，因为这厮正在和一个年轻貌美的女性谈笑风生。两个人肩并肩地走出教学楼，走向教学区大门，看上去甚是亲密。

那个女人长得比我还漂亮，文潇岚不知怎么的就冒出这么一个念头。而这个念头一旦冒出来，就像一根扎在肉里的刺，怎么也拔不出去了。

她不断地对自己说，你在莫名其妙地烦躁些什么？他不是你的什么人，你们只是普通朋友，并没有什么多余的关系。这个浑蛋如果能找到一个女人管管他，可以省掉你许多麻烦，你应该高兴才对……

但这些劝慰的话似乎没有太大的效果。刺还在，刺得心里不停地隐隐作痛，还有一些奇怪的酸楚。

她在自习室枯坐了一个钟头，心绪烦乱，放在面前的书本上印的好像都是外星文字。这时候手机开始震动。

“今晚花姐的生日，大家临时决定出去K歌，你来吗？”发短信的是同宿舍的室友。

文潇岚在同学中算是较为活泼的，人缘很好，但对成绩一向十分重视，通常临近考试时就会推掉各种聚会活动。不过反正此刻状态不佳，不如出去开开心换换脑子，于是她同意了。

学校附近有不少便宜练歌房，设备一般但价格低廉，专为学生服务。一群大学生很快坐到了包房里，鬼哭狼嚎的歌声此起彼伏。这个年龄的年轻人喜欢无病呻吟装苦情，即便是热恋中的人，也喜欢点一堆伤感的情歌做西子捧心状，所以文潇岚一口气唱了好几首与失恋相关的歌曲，也并没有引起其他人的格外留意。

霸占了一阵麦克风，她觉得心情好多了，也开始觉得自己为了一些有的没的而烦恼，似乎有点愚蠢，正想溜回去继续上自习，忽然发现手机上有十多个未接来电。她自习时把手机调成了震动，去练歌房忘了把声音调回来，再加上包房里群魔乱舞充满噪音，自然注意不到有电话打进来。

点开一看，这十多个电话都是冯斯一个人打来的。她不太明白，这个浑蛋不去好好享受温柔乡，给她乱打什么电话。想了想，还是来到走廊里，给冯斯拨了回去。

“我在你们宿舍楼底下，”冯斯的口气很是奇怪，就像是喝醉了酒，“能下来见我一面吗？”

这是怎么了？文潇岚很奇怪，怎么一副交代后事的口吻？她没有犹豫：“我没在宿舍。你等一会儿，我马上回来。”

她找了个借口离开，匆匆赶回宿舍。这所大学男多女少，仅有的两座女生宿舍楼，楼下总是站满了男生，等待约会的焦躁不安好似饿了几天的狼，结束约会的满脸生离死别，就好像两人再也看不见第二天的太阳了。

冯斯在这群人中显得十分扎眼。他手里拎着一个空了一大半的红酒瓶，歪歪斜斜地站着，脸上的表情十分奇怪，给人一种错觉，似乎“地球明天就要毁灭了，你们尽情欢乐吧！凡人们！”

“这一瓶都是你喝的？”文潇岚走到他身边，微微皱眉。她闻到一股扑鼻而来的酒气。

这并不像冯斯的风格。他平时不管再怎么狗嘴里吐不出象牙，自己的衣着却总是弄得整洁得体，虽然没有任何名牌加身，但因搭配得当，让人看了很舒服，经常自我吹嘘“老子穿班尼路，也能穿出阿玛尼的范儿”。而现在，他的衬衫扣子松开了好几颗，下摆直接拖到裤腰之外，头发也乱糟糟的没有梳理，活脱脱一副醉汉嘴脸。

难道是他和那位漂亮姑娘一起去约会，然后表白失败了，于是借酒消愁？

文潇岚不知怎么的冒出这样的猜想，或者说期许，这种猜想让她的心情一下子好了起来。但接下来发生的就更加诡异了。

冯斯伸出空闲的右手，握住了她的手。

“陪我走走吧，”冯斯很难得地用正经的语调说，“就一会儿，陪我走走。”

文潇岚沉默了一阵子，忽然展颜一笑：“我陪你。需要多久就陪多久。”

她始终任由冯斯牵着她的手，并没有挣开。

两人默默地走了20分钟，最后来到一片坐着不少成双成对的情侣的草坪，找到一块空地，也坐了下来。冯斯把酒瓶扔到一边，右手还是始终握着文潇岚的手。他的手心冰凉。

“对不起，我往常不是这么失态的，”冯斯说，“我只是……现在很需要有一个人在身边。”

“失恋这种小事儿，谁都会遇到的，慢慢就放下了。”文潇岚柔声说。

冯斯像被火烫了一样一下子收回了手：“失恋？你瞎说什么呢？”

文潇岚也愣了：“不是吗？”

冯斯忽然哈哈大笑起来，笑得上气不接下气的，似乎连眼泪都要笑出来了。过了好久他才停住笑，叹了口气：“你饶了我吧。你是不是看到我和那个漂亮的女老师走在一起了？联想能力太丰富会死人的。”

文潇岚脸上一红：“我这是……照常理推测。再说，我也不知道她是老师……”

“她如果真是个普通老师就好了，”不笑了的冯斯，脸上又现出那种好像世界快要毁灭了的表情，“但是她……今晚真是把我十几年塑造出来的世界观，一下子打得粉碎。有那么一会儿，我甚至以为我其实是在睡觉，周围的一切不过是一场梦，梦醒之后都会还原。但我知道这不是梦，我仍然处在真实的世界里，但是真实的世界却比虚假的更恐怖。”

文潇岚感觉莫名其妙：“你到底在说些什么？我完全听不明白。”

冯斯踌躇了一会儿，好像是正在做出什么艰难的决定。最后他轻笑一声：“我一直不想让你卷进这件事，但是我有点憋不住了。有些事情，一个人来扛的话，兴许会被压垮的。我需要有人倾听。”

“那我听，我陪你扛好了，”文潇岚没有丝毫犹豫，忽然伸出手来，重新握住了冯斯的手，另一只手敲敲他的脑袋，“姐姐在这儿，别怕，乖！”

“你倒是学得挺快，现世报啊……”冯斯咕哝一句，然后从父亲死亡的那个夜晚开始，把之前经历的一切原原本本地告诉了她。文潇岚听完之后，好半天合不拢嘴：“这……这些都是真的？确定你不是在实验什么新的骗钱的段子？”

“你先别摆出这副表情，太浪费了，”冯斯说，“一会儿等你听我说完今天晚上的遭遇，你就只能把下巴拧下来了。”

“那么夸张？总不能她是个女鬼吧？”

“女鬼都没她狠。”

几个小时前。

冯斯完全没有料到林静橦会做出那样的举动，根本来不及阻止，只能眼睁睁地看着她把剔骨刀直直地刺入了小腹。在一瞬间的震惊之后，他发现林静橦的脸上并没有任何痛楚的表情。再仔细看看，虽然刀已经插入了身体里，一直没到柄，却没有一滴血流出来。

他松了一口气：“魔术刀啊，害得我差点以为这世界要损失掉一个美女了。不过，这把刀做得很精致，完全看不出折叠的痕迹。”

林静橦慢慢走上前：“你再仔细看看，这是不是魔术道具？”

冯斯一怔，低头细看，这一眼看过去，他有一种被天雷劈中的感觉。刀刃并没有像常见的魔术刀那样缩回去，事实上，林静橦穿着的T恤被刺穿了，而刀刃看上去……的确像是插进了肚腹里。

可是没有血，刀刃插入的地方几乎看不出伤口，就像是刀和肉体合二为一了。

“这是……障眼法的干活？”冯斯有点语无伦次了。

“障眼法能有这样的效果？那你再试试吧，”林静橦敲了敲刀柄，“你可以替我把这把刀拔出来，再另外找一个部位刺进去。”

冯斯想了想，伸手握住刀柄，慢慢地往外抽。错不了，这把刀真的刺穿了皮肉，刺进了身体里面，往外拔刀时的阻力证明了这一点。可是为什么她能一点也不受伤、不流血？

刀完全拔出来了。林静橦把T恤往上卷了一点，完全露出了腰部，这原本是一个充满诱惑的动作，但冯斯却只顾得上看清一个事实：平坦洁白的小腹上，皮肤细腻光滑，并没有一丁点儿伤痕。

“我说了，你可以再刺我一刀。”林静橦摊开手，摆出一副任君蹂躏的姿态。

“别以为我会怜香惜玉。”冯斯哼了一声，但手里捏着刀，还是不敢刺下去。毕竟“有人被刀刺了却丝毫不受伤”这种事，实在和自己的日常认知相悖，万一自己判断错了呢？万一林静橦其实是一个高明的魔术师，施展了什么连他都看不穿的魔术手法呢？要是那样的话，自己这一刀下去，可就麻烦了。

“一个大男人，刺一刀的勇气都没有吗？”林静橦像是在故意撩拨他。

冯斯反而笑了起来：“忘了告诉你，我什么都吃，就是不吃激将法这一套。”

他举着刀，来到客厅的一侧，对着书柜猛地一刀刺了过去。“咔嚓”一声，剔骨刀刺穿了书柜，书柜上留下一个丑陋的圆洞。

“的确是真刀无疑，”他叹了口气，“看来党考验我的时刻真的来了。作为一个坚定的共产主义战士，我绝不能向敌人妥协……”

冯斯嘴里胡言乱语着，似乎是以此来消解内心的混乱与紧张。但这显然是一个有效的方式，他看起来不停地唠唠叨叨就像是发了神经，双手却越来越稳。他来到林静橦身边，抓起了她的右手。

“你的手真是漂亮，以后我的营销微博越做越大之后，可以考虑开店卖开运物骗钱，到时候一定请你当手模……”冯斯说着，深吸了一口气，忽然间大吼一声，“为了部落！”

他一把把林静橦的右手按在旁边的立式音箱上，一刀扎了下去。

刀尖穿过了林静橦的掌心，冯斯百分之百地能确定这一手感，事实上，他还能清晰地感受到刀尖扎进了手掌之下的实木音箱的木板里。毫无疑问，没有任何魔术能做到这一点，这一刀确实刺穿了林静橦的手掌，确凿无疑。

但仍然没有流血，林静橦也并没有喊痛，只是静静地望着他，目光里仿佛是在说：“这下子你终于肯相信了吧？”

冯斯慢慢地拔出刀，眼看着林静橦手上出现一个小小的、光滑的圆洞，然后在半秒钟之内完全愈合。手背上的肌肤依旧白皙如凝脂，没有留下丝毫痕迹。

他扔下刀，一屁股在沙发上坐下，半天没有说话，心里忽然回想起幼时的往事。那时候母亲还没有死，父亲在他心目中的形象固然窝囊，但父子之爱仍然是存在的。有时候母亲就会逗他：“以后你长大了，可一定要好好读书上大学，找个正经工作，别跟你爸爸一样去做道士啊。”

“道士有什么不好的？反正能娶媳妇，不做和尚就行了嘛……”冯琦州灰溜溜地说。

“我才不要做道士！”冯斯奶声奶气地说，“我也不做和尚！老师说和尚道士都是骗人的！”

那时候他还很小，并不懂什么哲学，但是天性中隐藏的某种自信，或者说傲慢让他从不相信任何怪力乱神。可是现在，某些超越自然常识的东西出现了，活生生地出现在他眼前，让他无法怀疑、无法推翻。

“怎么样？有什么想说的吗？”林静橦问。

“想说的太多了，不知道从何说起，”冯斯慢吞吞地说，“但是我有一条人生箴言：宁可骗尽天下人，也绝不能欺骗自己，欺骗自己的都是傻逼。这一切，我就算再不愿意相信，也非得强迫自己相信，不然我就成傻逼了。”

林静橦鼓起掌来：“非常好，你和我想象中的一样，聪明、倔强却绝不固执。”

“你们显然都是属于这样的特殊群体了，而且还分化成不同的派别，”冯斯斟酌着字句，“称之为超能力也好，异能也好，魔法也好，妖怪也好，总之就是个名词，无关紧要。那么，我也是和你同样的人吗？你们都想接近我，是不是因为我身上蕴藏着比你们更加强大的……这种异能？

“而这些异能、魔法、超能力，到底有多少种表现形式？肉体不被伤害应该只是其中的一种，其他的又是什么样的？我呢？到现在为止，我并没有发现我身上有任何特异之处。我的力气不比别人大，速度和反应不比别人快，我挨打也会疼，不必动刀子，拳头就能把我打得头破血流。”

“看来我要推翻刚才说的话了，”林静橦叹了口气，“你的反应比我想象中还要快。可惜的是，你问的这些问题，我现在都还不能告诉你答案。”

“那你为什么要向我演示这一切？寻开心吗？”冯斯问。

“只是因为我们认为，需要先让你有一点心理准备，”林静橦说，“如果你能一直蒙在鼓里什么都不知道，那是最好的，但是不幸的是，在不同的‘派别’——用你的话来说——的搅和下，尤其是你那位了不起的父亲的保护下，你已经发现了世界的异常。而根据你的性格，你会不断地调查下去，不断地主动寻求一个又一个新的危险，而我们没有办法每一秒钟都保护着你。”

“所以你演示这一切，是想要……让我知难而退？”冯斯顺着她的思路猜测下去，“你是想告诉我，我所想要挑战的力量，不是这个平凡的世界所能控制的，所以最好是忘掉这一切，安安心心地过我的寻常生活。如果你们需要我，我就能被你们抓出来效力；如果不需要，我干脆一辈子做傻子。”

“所以我最喜欢和聪明人说话，”林静橦向前走了两步，脸几乎要贴到冯斯的面颊，一股淡雅的幽香直扑入他的鼻端，“和聪明人说话最省力气，有时候他们能直接替你把你的想法说出来。你答应吗？”

“我要是答应的话，以你们的实力，大概还能给我不少好处吧？”冯斯和她对视着。

“那是当然了，”林静橦甜甜地一笑，“比方说，这套房子的房产证立马就能换成你的名字。如果你看上什么车，无论哪一款，无论中国大陆是否有售……”

“如果我看上你了呢？”冯斯打断她，“如果我看上你了，会怎么样？”

林静橦的脸色微变，自从冯斯和她认识以来，她的脸上几乎一直都带着那种温柔而迷人的微笑，但在这一刻，她的眼神里透出一丝厌恶。当这一丝厌恶流露出来的时候，她的整个人好像完全改换了气质，呈现出一种冰山般的冷酷。不过很快地，她收敛了这种刀锋般的气场，眼神里也不再有情绪，就像是黑色的深潭。

冯斯笑了起来：“看，我这句话触犯到你的底线了，对吧？那么你应该明白，你有底线，我也会有的。我的底线就是，我是一个人，不是一头猪，不会过那种张着嘴等饲料、吃完倒头就睡的猪一般的日子。”

“下堂课见，老师。”他摆摆手，向门口走去。林静橦已经恢复常态，但并没有阻拦他。走到门口的时候，冯斯又站住了，“对了，我能问一问你那位老祖宗的事情吗？”

“你想问什么？”林静橦冷淡地问。

“她是怎么被一个中国道士救走的呢？在宗教法庭的重重看守之下，救走一个女巫其实挺不容易的，”冯斯悠悠地说，“所以我冒昧地猜一猜，她其实经受了火刑，只不过火烧不死她，就像刀子杀不死你一样，是吗？”

“也许吧。”林静橦神情漠然。

四

“也就是说，那个姓林的……老师，肉体不会受到伤害？”文潇岚下意识地摸着自己的下巴，似乎真的害怕像冯斯所说的那样，下巴由于吃惊而脱臼，“你确定你不是在耍我？”

“我如果要耍你，也不会拿我爸的死来寻开心。”冯斯说。

文潇岚点点头：“说的也是。可是，这些玩意儿听起来也太玄幻了，我简直觉得像是在看漫画。”

“要真是漫画就好了……”冯斯躺在草坪上，看着阴沉沉没有星月的夜空，“漫画的主人公都有主角光环的，要死也得撑到最后，我还真不知道自己哪天就稀里糊涂挂掉了。对了，林静橦并不是完全不会受到伤害。按我的观察，她应该只是不会被金属所伤。”

“金属？”

“离开之前，我注意到一点，她的手背虽然完好，手掌心却隐隐有点很微小的伤口。我思考了一下，可能是因为刀子扎下去之后刺破了音箱的实木面板，翘起的木刺扎伤了她。也就是说，金属的刀子伤不了她，木头却可以，其他材质估计也行。

“然后，我还问了她关于她那位老祖宗的情况，和我猜想的差不多。她那位女巫的老祖宗很可能是被宗教法庭执行了火刑，然后又活了下来。她不能被金属损伤，她的祖宗不会被火烧死，你能想到点儿什么？”

文潇岚想了一会儿，犹犹豫豫地说：“金属和火焰，难道是……五行？金木水火土？”

“没错！”冯斯点点头，“当然也可能未必是道家，也可能是西方的风土水火四元素。也就是说，我遭遇到的这些怪事，多半还是和我们已有的神话体系有关，我爸的书柜上也有很多神话方面的书籍，这是一个重要的暗示，关键是要找出其中的规律。”

“已有的神话体系……那可不好找，”文潇岚说，“这方面的资料用浩如烟海来形容都不夸张。”

文潇岚没有说错。即便猜到了事件可能与神话有关，一时半会儿也根本找不到下手的方向，单是中国流传的神话就足够让人挠头了：道教神话、佛教神话、民间神话、民族神话……而且冯斯并没有多余的时间去琢磨，学期渐渐走向尾声，考试也逐步开始。

林静橦的外教口语考试给了冯斯90分，不知道是某种鼓励还是别的什么，但她再也没有单独和冯斯谈过话。或许是如她所言，冯斯是个聪明人，有些话说一遍就行了。

考一门副科的前一天夜里，杨绍芬忽然急症发作。她长期患有哮喘和慢性阻塞性肺炎，还有支气管炎导致的心室肥大，那一夜忽然间就哮喘发作喘不上气。宁章闻赶忙给冯斯打电话，冯斯第一时间叫了救护车，但杨绍芬的身体实在太虚弱了，同时并发心室衰竭，最终没能抢救过来，在凌晨时分去世。

这种走过场的课都是开卷考试，难度很小，冯斯草草抄完了书，急忙赶往医院帮助宁章闻料理他母亲的后事——这一套流程他刚刚走过，已经很熟了。几天之后，杨绍芬的遗体被火化了，骨灰暂时寄存在殡仪馆。

“我们两个，都没有爹妈了。”宁章闻红着眼圈对冯斯说。

这之后，宁章闻更加疯狂地沉浸在工作中，几乎每天只睡四小时。他不局限于网络，还经常坐公车去国家图书馆翻找古籍。文潇岚有些担心，冯斯却摆摆手：“他本来就是不擅长宣泄情绪的那种人，不找点事情把思考的空闲占满，搞不好要疯掉的。让他忙一阵子吧，过段时间慢慢就好了。再说了，去图书馆也不错，至少是出门呼吸呼吸新鲜空气，换个环境。”

“现在的空气质量，恐怕不出去更好点吧……”文潇岚嘀咕着，但也承认冯斯说得有点道理。

除此之外，这段时间倒是风平浪静，没有其他的敌人出现，猴子也没有再现身。至于林静橦，结束了学期的课程后就再也没有在学校出现，尽管据说她在本学期仅有的三节课上获得了学生的广泛赞誉，下学期的外教口语还是由她来上。

因此，冯斯好歹是顺顺当当混完了这个学期，已经出了成绩的科目全部及格，剩下的按他的自我判断也应该没问题。最后一门考试是大学英语，对他而言小菜一碟，一个小时就考完交卷。走出教室打开手机，他看到宁章闻发给他的短信：“我找到了，快来国图。”

他连书包都顾不上回宿舍放下，急匆匆跳上公交车赶往国家图书馆。白石桥附近一如既往地堵得一塌糊涂，他索性提前一站下车，一路小跑来到国图门口。但这时候拨打宁章闻的手机，却死活无人接听。他猜测或许是宁章闻把手机调成了震动，打算过一会儿再拨，这时候身后传来了警笛声。

回头一看，来的果然是一辆110的巡逻警车，他的心里陡然间升起了某种不祥的预感。这时候国图里开始有大量的人流涌出，和往日陆陆续续有出有进的景象全然不同。冯斯赶忙拦住一个戴着眼镜的中年人："叔叔，请问发生了什么事？"

"出事了，阅览室里有一个看书的人被捅了，一地的血，不知道死没死。"中年人说。

"那个年轻人长什么样您知道吗？"冯斯急忙问。

"长相不清楚，穿着一件黑黄相间的风衣……"

冯斯的心沉了下去。宁章闻的确有一件黑黄相间颜色的风衣，那是文潇岚替他挑的。冯斯和文潇岚都夸他穿上这件衣服显得青春帅气，他也很高兴，在家都经常穿着这一件，弄得两人哭笑不得。

想到这里，他大步向着馆内跑去，门口的工作人员拦住他，他喊了起来："被刺的那个人是我的朋友！请让我进去！"

"那也不行。"工作人员摇了摇头，一副拒绝通融的姿态。冯斯怒从心头起，差点就要一拳头打过去，但立刻反应过来这样只会更误事，于是强压住火气，缠住工作人员软磨硬泡。两人正在纠缠，忽然一个声音响起来。

"让他进来吧！"离馆门不远一个40来岁的便装男人一边说着，一边亮出了他的警官证。看来这应该是个来此借阅的警察，没想到会刚好碰上突发事件。

被刺的果然是宁章闻，他的腰部有一个深深的伤口，早已昏迷不醒，图书馆的工作人员们把他平放在地上，都不敢挪动。120倒是早就打过了，但此刻国图附近仍然在大塞车，救护车一时半会儿也进不来，倒是110巡逻车离得近，第一时间就到了。仍然是先前放冯斯进来的那个穿着便衣的警察当机立断："等不及了，马上用警车送他去医院！"

"你也跟着来吧。"警察冲着冯斯一指。

冯斯点点头，忽然想到些什么，扑到宁章闻之前坐着的桌子前，看清了上面放着的书的封皮。这本书的名字叫《空斋笔录》，作者名叫“空斋无名生”。

他牢牢地记住了书名和作者名，然后跟在警察们身后离开了图书馆。

还好警察决断得快，宁章闻并无生命危险，但仍旧昏迷不醒，还得留在医院ICU病房监护观察。坐在ICU病房外的长椅上，冯斯脸色铁青，文潇岚禁不住十分担心。

“这又不是你的错，别想太多了。”文潇岚小心翼翼地说。

“不是我的错，还能是谁的错？”冯斯轻声说，“我爸的死怪不得我，因为他本身就是知情人和参与者，可是宁哥……他什么也没做错。而现在宁哥被人刺了一刀，你呢？”

“我不会有事的，”文潇岚拍拍他的手背，“我可是练过跆拳道的！”

冯斯轻轻一笑，没有回答。过了好久，他忽然说：“我一直有一个问题想问你。我们虽然是初中同学，但当年的关系也就是一般般，只不过就是不至于吵架打架而已，高中更是好几年没联系。但上大学重新碰头之后，我一直觉得，你对我简直就像是多年来一起逃课玩游戏的老朋友，什么事都愿意帮我，甚至经常会压着自己的脾气来安慰我，就像你刚才说话时那样，小心、谨慎。我不是一个喜欢自我陶醉的自恋狂，很清楚我有几斤几两，不会觉得自己魅力超群，能够从初中吸引你一直到现在，更不会觉得我比现在在追你的那个大三学长更优秀……”

文潇岚脸一红：“你怎么什么都知道的样子……”

“所以，到底是为了什么？”冯斯说，“请接住我这句一切恶俗言情片里都必备的恶心台词，并且给我一个答案：你为什么会对我那么好？”

文潇岚轻轻咬了咬嘴唇，冲着冯斯轻轻一笑：“那我也送一句必备台词给你：这是个秘密，就不告诉你。”

原来文潇岚笑起来也这么好看，冯斯呆呆地想。比起林静橦如明月一般神秘莫测的迷人笑容，文潇岚的笑就像是金色的阳光。

他还想要继续追问下去，走廊的另一头走过来一个人。这个人一身警察制服，但冯斯上次见到他的时候，他还是一身便衣。这正是那个放冯斯进图书馆，又果断用警车送宁章闻到医院的警察。这个人长着一张很和善的脸，眼睛很小，乍一看像是没睡醒。

“坐，坐，就是过来随便找你聊聊。”看出冯斯想站起来，他很随意地冲冯斯摆摆手。

“还没来得及谢谢您呢。”冯斯说。

“小事，不值一提。”警察冲文潇岚点点头，在冯斯身边一屁股坐下来，“分局刑侦大队，曾炜。”

“凶手有线索了吗？”冯斯问。

曾炜侧过头，颇有深意地看了他一眼：“你这句话问得很随意，在朋友受重伤的情况下也几乎没有任何感情色彩，像是例行公事的问话，你早猜到凶手不好抓了？”

冯斯嘿嘿一笑：“您这是打算扮演福尔摩斯呢?”

曾炜也跟着笑笑，没有继续这个话题，而是突然问了另外一句：“你当时还没有进馆，没有看到伤者的相貌，为什么那么肯定受伤的是你的朋友？”

“我在外面听一个路人讲了讲他的外貌和衣着，这才知道是他受伤。”冯斯面不改色心不跳。

“哦，是这么回事。”曾炜淡淡地一笑，依然没有再追问，好像他提的每一个问题就只是为了试探冯斯的反应，浅尝辄止。他打量了一下冯斯，又接着说：“我记得你的脸。两个月之前，你的父亲被人谋杀了，这个案子归我们分局经办，不过不归我管。”

冯斯一下子僵住了。曾炜从身上掏出一包烟，想起这是在医院，只好又塞了回去：“你的运气好像不是太好。先是你父亲遇害，然后又是你的朋友。”

冯斯沉默了一会儿，谨慎地选择着措辞：“这大概就是人生吧，天有不测风云。”

“是啊，人生！天有不测风云！”曾炜拍拍他的肩膀，“你也多小心点儿。回头再有什么情况需要了解，我再来找你。”

“没问题，随时欢迎。”冯斯点点头。

曾炜站起身，不紧不慢地离开了。冯斯看着他的背影，眉毛绞成一团，发觉自己又遇上了一个难缠的对手。

“你先回去休息吧，”文潇岚说，“这里我盯着。”

“都回去。”冯斯说，“我们在这儿帮不上任何忙，交给医生和护士吧。我得早点睡觉，明天再去国图。”

“你就不担心……”

“缩头也是一刀，”冯斯说，“再说了，不管是哪一方的对头，对我好像都还有点顾忌，趁着他们还有这样的顾忌，我得多干点儿活。”

国图当天下午被迫闭馆，第二天早上重新开放时，冯斯几乎是第一个进入的人。

他很顺利地借到了那本《空斋笔录》。这是一本明末清初的志怪故事集，作者名叫空斋无名生，大概是那个年代的一个无名读书人，所谓“空斋”，估计就是他读书的破茅草房的雅号。这本书里记录了许多光怪陆离的乡野传说，但作者的文字粗糙乏味，还夹杂着许多别字和错误的文法，难怪后世基本没人听说过，只剩下在国图影印存档的价值。

冯斯仔细审视着目录，突然之间，两个大字跃入眼帘：太岁。他禁不住心里“咯噔”一跳。所谓太岁，就是视肉的另一种称谓。他明白，宁章闻一定是读到了这则故事，并且从中找到了一些不一样的信息。他深吸了一口气，开始细细地读这个故事。他发现，作者其实是以《太岁》为标题，搜罗了八个不同的和视肉有关的传说。其中的六个都是寻常的吃了太岁延年益寿的故事，或者寻常百姓为了得到太岁相互争斗导致惨死反而折寿的寓言，但另外两个却颇有些与众不同，和他所想要查找的方向不谋而合。

五

第一个故事发生在元成祖元贞年间。这一年夏天，河南的一个农民在打井的时候，挖出了一个太岁，一时间乡民啧啧称奇，都涌到他家围观这个稀罕物。一个青年人看过之后，回家把此事告诉了他的祖父，祖父却不以为然，摇着头说：“太岁这样的东西，所谓食之能益寿延年，其实不过是世人以讹传讹，是否可靠很难说。有道之士却未必会认为太岁是好东西，他们或许反而认为太岁不吉。”

青年很奇怪，追问祖父为什么会这么说，祖父沉吟许久，讲述了一段往事。原来他年轻时曾经身入道门，在大都白云观做过道童。那时候，白云观最德高望重的道士是冲虚大师于志可。于志可是得道仙人长春子丘处机的徒弟，曾随丘处机远赴西域接受成吉思汗的召见。他一生简朴自律，后来去世下葬时，除了随身的一衲一袍，任何随葬品都没有，因此深得白云观道士和大都百姓的景仰。

于志可七十大寿时，大都城内的王公贵族纷纷赠送厚礼，都被他婉言谢绝，但蒙哥皇帝的礼物是无从拒绝的。所以在做寿那一天，全观的道士都在山门前恭迎钦差的到来。青年的祖父也在队列中，他眼看着钦差宣读完蒙哥的圣旨后，从身后随从举着的托盘上揭下了黄色的绸布，露出其中的御赐寿礼：一块珍贵的太岁。

在一刹那发生的事情震惊了所有人。于志可的视线刚刚接触到这块太岁，忽然间十分惊惶，大叫一声，踉踉跄跄地退出好几步，脸上的神情显得非常恐惧。弟子们慌忙扶住他，一名弟子小声在他耳边说："师父，钦差面前，不可太失态。"

于志可喘了几口粗气，这才慢慢镇定下来，并向钦差赔礼。钦差当然知道于志可是皇帝器重的有道高人，以他的身份还没有资格为难对方，因此哈哈一笑，反而温言安慰，并没有什么责备。

由于发生了这个奇怪的小插曲，这一天的整个寿礼都笼罩在一种抑郁的氛围里。当天夜里，于志可发起了高烧，年轻人的祖父被派在于志可身边随侍。于志可年老体衰，在病中更是神志不清，整个晚上都在不断地说着胡话。年轻人的祖父听到他反反复复地提及几个词：邪米思干大城、视肉、妖道、怪物、妖邪、两丈高。

足足十天之后，于志可的病才慢慢痊愈。他并没有做出任何解释，全观上下也都对此事绝口不提，皇帝御赐的视肉也被收藏起来，并没有交给于志可服用。

一年之后，于志可溘然长逝，年轻人的祖父也选择了还俗，离开白云观回到河南老家，娶妻生子，那段短暂的道士生涯在记忆里也渐渐变得模糊。但他永远都记得那一次事件，记得于志可仿佛魂飞魄散一般的惊恐表情。他对自己的孙子说，太岁恐怕绝非人们印象中的好东西，于志可一定是在当年随丘处机西行时，在邪米思干大城遇到了什么和太岁有关的灾难，可见太岁此物多半不吉。他又说，那家挖到太岁的人家，恐怕也会有难。

几天之后，祖父的话真的应验了。那家人将太岁分而食之，结果全家十一口人全部暴毙。

第二个故事的年代要久远得多，发生于西汉元狩元年。当时有一个名叫王直的小偷，家住寿春，看中了城里的一户杨姓富商，想要潜入盗窃。他挑了一个月黑风高的夜晚，从狗洞钻进杨家后院。刚刚溜进事先打探好选定的房间，他就听见外面传来一阵杂乱的脚步声，像是有很多人进来。他从窗缝往外一看，大吃一惊：名叫杨麓的富商果然迎来了一位带着很多从人的访客，这位访客不是别人，正是寿春的主人——淮南王刘安！

而且刘安与杨麓一同向着他藏身的这个房间走来，他才意识到自己犯了个大错误。他搞错了方向，竟然钻进了杨麓平时用来接待重要客人的书房。此时无法可想，他只能藏身于书房一角，把身体尽量缩在一个大花瓶后面，祈祷自己别被人发现。

所有的从人都留在了屋外，只有主客二人走进了书房，接下来的一幕又让躲在屋角的王直瞠目结舌：主客二人一个坐了下来，另一个站立在一旁。然而，和两人的身份不相称的是，坐在榻上的是富商杨麓，而堂堂淮南王竟然恭恭敬敬地垂手而立！

“你倒还有脸来见我！”杨麓哼了一声。他平时是一个奸猾而表面和善的人，脸上总是挂着虚伪的笑容，说话声音尖声尖气。但此刻，他的声音低沉喑哑，每说一个字都好像是用刀刻出来的一样。

“主上，我、我也不想这样的！”高贵的淮南王大为慌张，一下子跪在了地上，“我只是顺道、顺道、顺道……”

他结结巴巴地说不下去了，杨麓冷笑一声：“我赐予了你神力，难道是为了让你满足自己私欲的吗？”

刘安满头大汗：“我这其实也是……也是为了主上的大业着想。淮南国毕竟实力有限，如果我能夺取天下……夺取天下的话，那么……”

“如果能有夺取天下的实力，我又何必来养你这条狗？”杨麓拂袖而起，“难道我的头脑还不如你这个猪脑子够用！我既然允诺了传授你长生成仙之术，以后篡权夺位不过是迟早的事，到时候你我各取所需，你以万世之寿永葆基业，哪点不好？你这个蠢货非要现在就开始谋逆，如今计划败露，朝廷的人马上就要赶到，我手里的事还没有完成，一切都被你毁了！”

刘安浑身颤抖，把头深埋下去，不敢抬起头来。杨麓则慢慢恢复平静，重新坐了回去，再开口的时候，声音变得淡漠：“我将离开这里。”

“您……离开？”刘安大为惶急，“您如果离开了，那我该怎么办？主上，您不能丢下我不管！”

“自己种下的苦果，自己承受。”被淮南王称为“主上”的杨麓淡淡地说。

刘安缓缓从地上爬起，站直了身体，手握住了悬在腰间的剑柄。躲在暗处的王直虽然看不见他的表情，但也可以想象，此刻的刘安必然是目露凶光，满身杀气。

杨麓却稳稳地坐着不动，好像刘安在他面前只是一个色厉内荏的空架子。他像是无意地用右手拿起了放在身旁桌上的油灯，然后把左手的手掌放在了正在燃烧的火苗上。王直很是吃惊，但过了好一会儿，他都没有闻到意料之中的焦煳味儿，而杨麓的身形岿然不动，并没有丝毫痛楚的显现。

“你真觉得你有能力伤到我吗？”杨麓的声线平稳，果然是半点没有被火焰所伤。

刘安一瞬间崩溃了。他跌坐在地上，声音里已经带着哭腔：“求主上救我一命！求主上救我一命！”

“救你一命？”杨麓的语气充满了嘲讽，“事到如今，你还有什么价值让我救你一命？”

刘安跪伏在地上，以爬行的丑陋姿态爬到杨麓面前，低声说了几句话。杨麓沉吟了一阵子，缓缓地说：“试试吧。能不能救下你的命，看天意。”

刘安千恩万谢，伏地不起。杨麓不知扳动了什么机关，坐榻旁的地面上露出一个大洞，洞里传出一阵奇怪的声响，像是有什么大型野兽在呼吸。过了一会儿，一个物体从地洞里慢慢地爬了出来。

王直拼命用手捂住嘴，以免自己发出惊叫：地洞里爬出了一个可怕的妖怪！它大概有一匹小马的大小，浑身上下光秃秃的没有四肢，全靠身体的蠕动向前行进。他在远处看不清细节，但看那个东西的轮廓，有些接近民间传说中的宝物太岁。但他自己也没有亲眼见过太岁，因此只能是瞎猜而已。

刘安像是见过这个怪物，并没有显得惊奇。他挪动着双膝，虔诚地向着这个菜青虫一样蠕动着的令人毛骨悚然的怪物磕头，仿佛是在祈求神兽庇佑。杨麓的嘴里发出一阵刺耳的怪音，不似人声，像是对怪物发出了什么命令。怪物听到声音后，加快速度爬到了刘安身前，身体靠在了刘安的肩膀上。

刘安痛叫一声，似乎是被咬住了，但还是极力忍住痛，身体因为极度的痛楚而不停颤抖。过了好久，怪物才离开他，又发出那种“呼噜呼噜”的喘息声。王直猜想，它应该是累坏了。

“剩下的，就看你的造化了。你走吧。”杨麓说。

怪物缩回了地洞。刘安在地上恭恭敬敬地对杨麓磕了一个响头，这才爬起，捂着肩膀走出门去，肩头有一个血肉模糊的伤口，看来是刚才那个怪物送给他的礼物。

王直又等了很久，直到杨麓重新关好地洞离开后，才敢偷偷翻窗出去，然后火速逃离这个隐藏了无穷秘密的主宅，再也不敢打杨麓财产的主意了。

不久，武帝的特使在寿春找到了刘安谋反的确凿证据，淮南王被逼自杀。但是民间却有传言，说淮南王的自杀只是假象，就在武帝派兵抓捕他的时候，他吞下了事先炼制好的仙丹，与身边号称“八公”的八位一同修道的幕宾一起升仙飞走了。

第五章

狭路相逢

一

两天后，宁章闻终于苏醒过来。他叙述说，当时他看书看得太专注，完全没有留意到有人靠近，只是突然一下脖子被人勒住，叫都叫不出来，然后腰间一痛，很快就意识模糊了。

“那个人显然手法非常熟练，经验老到，”冯斯说，“警察告诉我，现场没有任何人注意到那个人是怎么下手的，他们只是听到你从椅子上摔到地上，然后看到地上开始流淌鲜血，才知道你被刺了。更可恶的是，恰恰是你坐的那个区域的监控探头被弄坏了，对方肯定是有备而来。所以，到现在警方也没有锁定嫌疑人。”

他顿了顿，又说：“宁哥，都怪我，害得你弄成这样。以后……”

“该做的还要做，”宁章闻的脸上毫无表情，“你再说，我就不高兴了！”

宁章闻是个固执的人，他说出来的话就不容更改，冯斯不敢多说。何况此刻也不宜惹他发火，宁章闻不只是腹部被刺，伤及大网膜、小肠和胃壁，摔下去时头也在地板上狠狠磕了一下，颅腔内有轻微血肿。虽然血肿不太严重，保守治疗就能慢慢自我吸收消散，但头部的疼痛让他的脾气更加容易被点着。所以，这几天里冯斯和文潇岚凡事都顺着他。

“不能干躺着，”宁章闻用力拍打着床单，“脑子不动，反而头疼。快讲讲那本书，我的古文不太好，没看太细。”

冯斯无奈，只能把那两条故事细细地向宁章闻复述了一遍。宁章闻把头靠在枕头上，仔细思索着，似乎这样真能让他把注意力从头疼上转移开：“于志可发高烧的时候，说了很多话。邪米思干大城，是什么地方？”

“就是撒马尔罕城，以前花剌子模帝国的首都，现在属于乌兹别克斯坦。”冯斯说，“丘处机的弟子李志常在《长春真人西游记》里把它称作邪米思干大城。”

“是不是郭靖背着降落伞打掉的那座城？”文潇岚插嘴问。

冯斯“扑哧”一乐：“没错，就是那座城，那当然是金老爷子杜撰的了。老爷子写的是小说，不必一定依循真实历史。在《射雕英雄传》里，成吉思汗刚刚打下撒马尔罕，全真教的牛鼻子道士们就到了。事实上，成吉思汗是1220年打下撒马尔罕的，丘处机1221年冬天才到撒马尔罕，并且在那里过冬。”

“也就是说，这群道士在撒马尔罕城过冬的时候，于志可见到了类似视肉的怪物。两丈高是多高？”宁章闻问。

“我查过了。宋代官方定的一尺约合三十一厘米，但民间所形容的一丈，一般还是按照一尺二十三厘米来算的。比如身高八尺的人大约一米八四高，算是当时的魁梧大汉。如果按三十一厘米，那就一堆人比姚明都高了。不过即便往小了算，一丈大概是两米三，两丈高的话，也得有四米六，比普通的非洲象还要高。而在淮南王的那个故事里，小偷见到的怪物只有小马大小，显然是还没有长大，也正好印证了杨麓说的话：时机未到。”

“按理说，如果于志可见到了什么怪物，肯定是会告诉师父的，为什么《长春真人西游记》里完全没有提到过？”文潇岚又问。

“大概是丘处机不愿意提及吧。”冯斯说，“丘处机是有道高人，不愿意把这些过于污秽邪恶的怪力乱神公之于世，更何况，这件事说不定还和道教的名声有所牵扯。不管怎么样，收获已经很大了，我们现在基本上可以确认，黑白照片上的那种怪物，是由人工驯养的，可能具备着某些惊人的力量，也可以长到身躯很庞大，但是豢养它的过程十分漫长。邪米思干大城里养怪物的人，和那个名叫杨麓的富商，一定有着某种联系。”

“甚至可能是同一个人。”宁章闻的声音有些阴沉。

“同一个人？”文潇岚很吃惊，“那怎么可能？从西汉到南宋，一千多年啊！”

“我们现在面临的事情，可能用常理解释吗？”宁章闻反问道。

病房里的气氛忽然间变得沉闷起来。过了一会儿，宁章闻先打破了沉默：

“我还想到了点别的。”

“什么？”冯斯问。

“从概率上来说，没有那么凑巧。我找了那么多古书，什么都没有，偏偏这一个人的一本书，一本书里的一个篇章就提供了两条线索。要知道，我国现存的古籍超过八万种。”

“那你的意思是……”冯斯皱起眉头。

“不是巧合，一定是有意的。”

“什么是有意的？”文潇岚问。宁章闻虽然在两人面前话比较多了，但总体而言说起话来还是言简意赅，甚至有时候让人难以明白。

“作者，那个作者，一定是有意把这两则故事凑在一起的，甚至可能写这书的目的就是为了保存这两条线索。”

“那他为什么要这么做？”

宁章闻还没说话，冯斯已经插嘴了：“我想大概是因为……在历史上也有一些像我们这样的人，想要和这些神秘的存在相对抗。至少从这本书来看，那种长得像大脑或者巨大视肉的怪物，在西汉时代就已经存在了。但我猜测，没有文字记录的年代可能更加久远，甚至可能追溯到史前。”

“那这种怪物岂不是一直都和人类共存？”文潇岚身子微微一抖。

“不知道，我需要更多的资料。”宁章闻说。

“更多的资料……就需要我去找了。”冯斯说，“这学期的考试已经全部结束，你的伤也没有大碍了。我打算请一个钟点工照顾你，然后就去我祖父的老家看看。”

“不必请钟点工的，我这个暑假可以不回家，我原本就打算留在北京找个实习机会。”文潇岚说。

“不需要钟点工，也不必你留下。”宁章闻平静地说，“我妈已经死了，我想，我也需要学会自己活着了。”

“我们都需要学会自己活着。”他又补充说。

冯斯犹豫了一下，最后点点头：“说得也是。”

期末考试全面结束，暑假开始了。

大学生们在中学时代抱怨如山的暑假作业时，总会收到老师们画出的馅饼："赶紧考上大学，大学的暑假就是真正自由的暑假了。"但事实上，大学生的暑假也并不完全自由，虽然没有一堆堆的作业，却有着各种各样的实习和社会实践要求，冯斯所在的专业就安排了实习任务。

当然了，这一类社会实践，大多就是走走过场，最后无非就是求一个实习单位的红章——实习单位对这些四体不勤五谷不分的大学生也足够头疼。作为一个能够靠各种歪门邪道完全养活自己的能人，冯斯对此类走形式的实习嗤之以鼻，早早就和张圣垠说好了，到时候到他那里去讨个章。冯琦州毕竟是高端大气上档次的骗子，有了一定积蓄之后，就为自己注册了一个文化公司——基本上天底下的骗子公司，都会用科技、文化、投资之类的外皮来包装自己，这样看起来就更体面了。他去世后，公司一直是张圣垠在打理，虽然失去了台柱"忘虚子"大师，但张圣垠通过自己的努力网罗了一群和冯琦州一样靠着阴阳风水骗钱的高人，并且和冯斯一样，努力开拓网络渠道，公司运营得还挺不错。

"怎么样，我让张圣垠也给你盖个章？"冯斯对文潇岚说。

文潇岚白了他一眼："我不像你坑蒙拐骗无所不能，实习对我来说还是挺重要的。"

"这年头的大学生，个个是理论的巨人行动的矮子，实习无非就是端茶倒水打字跑腿，人家还嫌你们添麻烦兼浪费午餐券。"冯斯一脸的神气活现，就好像他自己不是大学生一样，"说真的，你去跟张圣垠手底下的'大师'们多聊聊天，了解一下他们是怎么脸上闪耀着国粹的光辉，把别人的钱骗到自己腰包里来的，绝对比你端茶倒水一个月长见识多了。"

"你这话说得我真想去了……"文潇岚噘着嘴，"但是我已经联系好公司了，是一家知名外企，以后写到简历上，比那个骗子文化公司漂亮多了。"

"妇人之见……"冯斯摆摆手，"随你吧。我已经买好票了，今晚就出发。"

"你多小心，那地方穷山恶水的，什么事情都有可能发生。"

冯斯笑了笑："还是那句话，反正我又不会被拐去当媳妇儿，怕什么？我倒是不放心宁哥，你有空多去看看他。"

"我已经教会他用洗衣机啦，"文潇岚也笑了起来，"就是他始终掌握不了放洗衣粉的量，洗出来一缸全是沫。今天早上他还自己煮了个鸡蛋，虽然煮爆了，总算还能吃，而且并没有把房子点着。"

"不积跬步，无以至千里，善哉善哉。"冯斯作势抚摸着颌下并不存在的长须。

这时候距离发车时间还有若干个小时，天色尚早，冯斯优哉游哉地到小吃店吃了一份桂林米粉，吃完想起还没买路上吃的方便面。虽然手里握着父亲留下的千万身家，但他的心结一天打不开，这几百万大洋他就死活不会去动用，只能继续过着穷人的日子，连火车上的盒饭都舍不得吃，得靠泡面充饥。

他嫌校内的品牌超市排队太长，于是来到一家空间狭小的私人小超市，结果碗装方便面架子前一字排开三个女生，絮絮叨叨地以银行对账般的精细挑选着方便面。他抄着手在一旁足足等了有两三分钟，真希望手里有把榔头把这三个鸡婆的女人一一敲死。就在这时候，方便面架子背面装矿泉水的货架旁传来两个人的脚步声，一男一女说着话走近。他们的声音很陌生，但说出来的话却让冯斯浑身一震。

“不就是死了一只猴子吗，你已经发了三天脾气了，至于吗？”说话的是一个男人。

女人的话音就像机关枪一样紧跟着喷射而出：“一只猴子？驯养它花了多少心血，你又不是不知道！你再上哪儿去找一只这么能干的猴子？”

“好吧好吧，就算它无可取代，反正都死了，你又何必老是惦记着？”男人说。

女人似乎更加恼火：“还不是因为你的疏忽才让它跑出去的！不然它怎么会被害死？”

两人好像是随手拿了水，脚步声开始向超市门口移去。冯斯心里一动，从货架一侧探出头，正好看见那一男一女结账的背影。女的身材娇小，看来还是个没有成年的小姑娘；男的却异常高大，比他还要高出一个头。

错不了！和广场红歌大妈的描述完全相符，这就是他一直在苦苦寻找的猴子的主人！实在没想到，踏破铁鞋无觅处，却在这样一个意外的场合发现了他们。

三个女生依然犹豫不决，到底是买老坛酸菜牛肉面，还是买私房牛肉面，冯斯恨不得抱住她们一人亲一口。如果不是这三个大姐耽误了他的时间，他很有可能买好方便面之后正好和这两位猴子的主人狭路相逢。而自己不认识他们，他们却认识自己，肯定会选择避开。

上帝保佑方便面，上帝保佑选择障碍症的娘们儿，冯斯暗自庆幸。

二

冯斯一路远远地跟着两人，脑子里也没闲着。猴子死了，而且按照那个小女孩的说法，是“被人害死”的，这是个意外的状况。他曾经在深夜被这只猴子偷袭过，知道猴子的厉害，假如有人能杀死这只猴子，那这个人的水准绝对不一般。那会是谁呢？难道……

他看着前方道路的去向，忽然间有些明白了。那一男一女离开学校，径直走向了附近的一个小区：林静橦所居住的小区。

狗咬狗什么的，真是太让人喜出望外了，冯斯心里一阵快慰。

他跟在两人身后，发现他们果然走进了林静橦所居住的那个小区。只是这是个高档小区，楼门口全天都有保安执勤，两人想要偷偷溜进去应该不容易。

他正在想着，发现两人竟然大模大样地走到了电子门通话器前面，按动了数字键。很快地，保安就打开门，让两人进去了。那无疑是得到了通话器那一头的业主的同意。

原来还是老相识啊，冯斯有些意外，然后又觉得应当是在情理之中。视肉一样的怪物从西汉时代就已经存在，而且很可能出现的年代比西汉还要早得多，那么和怪物相关的不同组织派别，也一定存在许许多多个世代了。这些人在历史上一定是少不了各种激烈的交锋，甚至血腥的杀戮的。而眼下，不过是两股势力之间的又一次正面碰撞而已。

他抬头仰视着三楼上林静橦家的窗户，揣测着其中可能的动向，却忽然注意到有人在向他靠近。他一回头，不觉愣住了：正在向他走来的，赫然是之前刚刚走进楼里的那个小女孩。

“一点儿障眼法而已，我进去之后就从后门溜出来啦。”小女孩像老熟人一样冲冯斯灿烂地笑着，“跟踪这种事可没有电影里演得那么简单。”

“初次见面，我叫何一帆。”她大大方方地向冯斯伸出了手。

这个小区的绿化做得很好，虽然已经是六月底了，坐在树荫下面的长椅上仍然能感受到阴凉。何一帆手里捧着一个盒装冰淇淋，用小勺慢慢挖着。

“要吗？”她冲着冯斯晃了晃手里的盒子。

“最怕吃抹茶口味的冰淇淋了，”冯斯摆摆手，“我更喜欢吃巧克力的。”

“我也更喜欢巧克力，但是巧克力容易长胖啊，”何一帆幽怨地说，“而且二呆也喜欢巧克力，我每次买了巧克力味儿的它都要抢，只有抹茶味儿的它才不抢。”

“二呆……是那只猴子吗？”冯斯问，“它到底是怎么死的？”

“偷听别人说话耳朵要生疮的哦！”何一帆扮个鬼脸，“死了……就是死了呗。”

“那你怎么能确定是林静橦干的？”冯斯问。

“没确定，所以才要去问问啊。”何一帆说，“放心吧，只是问问而已，我们两家有好几年没动过刀子了——你是在心疼那个制服诱惑的美女教师吗？”

“你从哪儿学来的名词，我们学校又没有统一的教师制服，你以为看日本爱情动作片呢……”冯斯苦笑一声，“你能不能告诉我，‘你们两家’到底是干什么的？”

“美女教师告诉你了吗？”

“没有。”

“那我也不能告诉你。”何一帆扮了个鬼脸。

“其实，我对你们两家想要干什么、争夺什么丝毫也不感兴趣，”冯斯说，“我只是想弄明白我到底是谁。有人敲了我的脑袋，抢走了我一堆东西；美女教师为了监视我专门买了套房子；还有一群应该不属于你们这两家的第三家人杀死了我爸。另外，前几天，我的兄弟被人捅了一刀，差点没命，不知道下手的属于你们这三家，还是别的第四家、第五家。发生了这么多事，出现了这么多对头敌人，我却连为什么都还不知道，是不是太不公平了？”

何一帆叹了口气，低下头去，再抬起头时，先前那副嬉皮笑脸的天真模样消失了，虽然脸上还是带着少女的稚嫩，目光里却有着一种和她的年龄不相称的成熟与沧桑：“其实我很同情你，真的。但是要说公平，这个世界根本就不存在公平。如果公平的话，我现在应该坐在学校的教室里，上课，做作业，给老师取外号，在课桌上画小人，和同学争执谁的偶像更帅，偷偷看自己喜欢的男孩，收到情书之后激动得一整晚睡不着觉……可是这些我都得不到，也永远不可能得到了。”

“我们都在承受着自己的命运，但是，有一句话请你一定要相信我——什么都不知道的人是最幸福的。”

“你和她说话的语气如出一辙啊，”冯斯哼了一声，“而我的回答也一样，人之所以成为人，而不是成为猪，不过是因为人知道，猪不知道。”

“你真的以为人和猪之间有那么大的差距？”何一帆反问，“你以为你是作为人而活着的吗？”

这句话似乎别有深意，冯斯微微一怔，正在想该怎么回答，不远处的单元门开了，那个高大的青年人走了出来。他的步履微微有些蹒跚，脸上的表情也不太对劲，一直走到两人跟前才发现冯斯的存在，不由得也是一愣。

“俞翰！你怎么了？”何一帆看出对方神情有异，连忙上前扶住了他。刚刚扶住，俞翰庞大的身躯就软软地向下倒，连带着她也站立不稳。冯斯抢上一步搀住了两人。

俞翰向他微微点头致谢，嘴唇嚅动了一下，却已经说不出话来。冯斯用力扶着他慢慢地在长椅上坐下，让他把身躯靠在椅背上。

“谢谢……”俞翰总算略微恢复了一点精神，向冯斯说道。冯斯点点头：“不用客气。你怎么样？是不是受伤了？”

“很难用‘受伤’这两个字来形容，”俞翰轻声说，“你刚才扶着我的时候，没有感觉到吗？”

冯斯一惊，伸手按在俞翰的手臂上。刚才扶人的时候的确没有留意，此时他才注意到，俞翰的皮肤温度十分奇特，忽而热忽而凉，而且冷热的范围都大大超出了人体的正常温度变化值。

“要是有人发烧成这样，早就烧傻了，或者直接死掉了吧？”冯斯喃喃自语。而俞翰的肤色也开始越来越不正常，忽而青忽而红，身体也间歇性地出现轻微的痉挛。

“我的身体……和正常人不大一样，所以暂时死不了。”俞翰勉强一笑。

“需要去医院吗？”冯斯问。

“医院没用的！”何一帆急得眼泪都出来了，“他们直接攻击了俞翰的附脑，普通人的医院完全没办法！而且，他们一体检就可能露馅……”

“附脑？”冯斯想了想，“这是什么器官？人类有这种器官吗？”

“没空解释了，我可以试着治疗他，但必须就近找个安静不受打扰的地方。”何一帆睁大了眼睛，可怜巴巴地看着冯斯。

冯斯稍微犹豫了一下，叹了口气：“我这算是把毒蛇放到怀里的农夫吗……帮我扶着他，跟我来吧。”

“你是说，那个大个子就是之前偷袭你的人？”文潇岚问。

“我怀疑是，但他们坚决不承认。”冯斯说。

“他们养的猴子还半夜潜入你家想偷东西？”

“这倒是坐实了。”

“他们俩其实一直都在学校附近监视着你？”

“也没错。”

“那你还把他们带到宁哥家里来？”

“没错。”

“我为什么想起了冬眠的蛇和农夫的故事……”

“这句台词我刚才已经说过啦！”

两人说话的时候，俞翰已经躺在了宁章闻的床上。他已经完全失去了意识，身体仍然在间歇性地痉挛，而且间隔时间越来越短。而他裸露在衣服外的皮肤，已经渐渐转化为类似发绀的青紫色。

更加不妙的是，皮肤下的血管开始渐渐凸出，一根根青紫色的血管就像拱出泥土的蚯蚓一样布满体表，看起来非常恐怖。

“不能再看了，”文潇岚扭过头去，“我有密集恐惧症。”

“所以你还得多锤炼，你看看人家宁哥。”

已经伤愈归家的宁章闻站在床边，细细地观察着俞翰，似乎这一幕新奇的图景又激发了他的研究兴趣。而文潇岚也能看出来，他对于在自己家里帮助这两个素不相识的人，半点也不别扭反感，相反似乎还有点乐在其中。这当然不是因为他天生就有什么悲天悯人的情怀或者雷锋精神上脑，依然是冯斯早就做出的精准判断：宁章闻喜欢那种被人需要的感觉。此刻救助一个危在旦夕的人，让这种感觉更加强烈了。

“我去帮帮那个小姑娘吧。”文潇岚转身走进客厅。客厅的桌上摆放着各种各样的容器，以及冯斯跑腿买回来的两大瓶医用酒精。何一帆正在取出她随身携带的一些用精致的小瓶装好的粉末，小心翼翼地往不同的容器里撒入不同的分量，然后搅拌调配。这些粉末呈现出各种各样的颜色，散发出或香或臭或刺鼻的气味。

“家里有医用注射器吗？”何一帆问。

“有，我去帮你拿。”文潇岚说。杨绍芬生前百病缠身，除了心脑血管和呼吸系统的一系列疾病之外，还有糖尿病，必须终生注射胰岛素。宁章闻别的事不能干，帮母亲注射胰岛素倒是手脚麻利。现在虽然杨绍芬已经去世，家里仍然留有不少一次性的针管。

“这些药为什么不事先调配好呢？”文潇岚找出针管后问。

“首先，这不是药，如果一定要给它找出一个合适的称谓的话，也许应该是……酒。”何一帆小心地摇晃着手里的玻璃杯，杯中浅绿色的液体正在剧烈地冒着泡沫。

“酒？”

“是的，酒，用来麻醉附脑的，”何一帆说，“俞翰并不是受伤，而是被对方刺激了附脑。附脑一旦觉醒，就会把他整个人都吞食掉，只有这种‘酒’能让它平静下来。”

“听起来，有点像是被什么东西寄生在大脑里的感觉。”文潇岚想起自己看过的科幻电影。

“也可以这么理解，”何一帆点点头，“但是‘酒’的化学性状十分不稳定，不但容易挥发和变质，剧烈震荡甚至会爆炸，所以只能把原材料带在身边，如果发现附脑有不安分的迹象，就现调配然后补充注射。但是像今天这样，被人为的方式强烈刺激，我都不敢肯定‘酒’会管用。”

说话间，杯子里的“酒”终于停止了剧烈反应，泡沫消失了，整杯液体的颜色变得碧绿通透。何一帆吸满了两针管的“酒”，走进房内，文潇岚也顾不得什么密集恐惧症了，忙跟在她身后。

何一帆以熟练的动作从颈动脉把这两管绿色的液体注射进去。这两管“酒”似乎起效很快，俞翰两分钟后就安静下来，皮肤上蚯蚓般暴起的血管开始消退，肤色也一点点恢复了正常。但何一帆脸上的担忧反而更浓了。

“他的状况不是变好了吗？你还在担心些什么？”文潇岚不解。

“他的眼睛……”何一帆只说了四个字。

果然，俞翰的眼睛很不正常。他的眼睛此刻半开半闭，眼睑呈现出一种奇异的淡绿，眼白也隐隐染上了一些绿色。

“他的眼睛变绿了，这是什么意思？”文潇岚问。

“这说明，附脑正在一点点醒过来。”何一帆低声说，“先前你们见到他身体出现异状，是因为附脑受到刺激却又并没有苏醒，因此产生本能的应激反应。而现在，附脑已经在有意识地控制，因为它知道，毁坏了这具身体它也活不了。”

“那如果附脑完全苏醒会是什么样？”

何一帆还没来得及说话，仿佛是为了回答文潇岚的这个问题，俞翰的眼睛蓦然完全睁开。他的瞳仁已经开始泛出绿光，眼神变得狰狞凶悍，蠕动的喉咙里也传出一阵类似野兽的咆哮声。

“小心！快闪开！”何一帆急忙喊道。

冯斯等人连忙退后。刚刚退开，俞翰就发出一声怒吼，猛地跳了起来。他狠狠挥出一拳，砸在墙上，坚硬的墙壁上被砸出了一个浅坑。他赤着脚踩到地上，随手一挥，宁章闻房间里的衣柜门被“砰”的一声打成两半。

冯斯扑了上去，趁着俞翰神志还不是很清醒，很轻松地靠近他，右膝用力顶在俞翰的小腹上。这一招在街头打架中屡试不爽，但这一下明明正中小腹，俞翰却好像半点痛觉也没有，伸手揪住冯斯的衣领，一把把他向远处推去。冯斯虽然比俞翰矮，站在人群中也算是大个儿，这一下却好似完全没有分量的纸人，被推得飞了出去，重重撞在电脑桌上。一阵“噼里啪啦”人仰马翻的巨响后，液晶显示器掉在地上砸了个粉碎，电脑主机机箱也被撞倒。

“宁哥！快把主机抱出去！”冯斯大急，连浑身散架一般的疼痛都顾不上了。这个电脑机箱的硬盘里不但有宁章闻帮他做好的各种外挂程序，还有许多最近搜索找到的资料，要是硬盘受损，那可是重大损失。

“别担心。”宁章闻冲他摆摆手，顺手抄起键盘。冯斯恍悟，宁章闻这样的技术天才怎么会不懂得保护数据，肯定都有备份了。

他心里略微一宽，这才感觉到全身上下都火辣辣地疼，差点呻吟出声。不过他还是强行忍住，爬起身来，示意两位女性先出去，但何一帆和文潇岚都固执地摇头，不肯出去。

“俞翰！快醒醒啊！别被附脑控制了！”何一帆大声喊着。

这一声喊倒是有点作用，捏紧了拳头的俞翰动作有些停滞，脸上现出了痛苦挣扎的神情。

“是不是他的意识还在和附脑争斗？现在还不完全是附脑说了算？”冯斯问。

“对，就看他能不能压倒附脑了，”何一帆说，“趁着‘酒’的效用还在，如果能靠意志压倒附脑，附脑又会继续沉睡下去。”

“我觉得……不是太乐观。”冯斯揉着仿佛摔成了四瓣的屁股，看着双眼越来越绿、神情越来越狂暴狰狞的俞翰。

三

林静橦脸色煞白地坐在客厅沙发上，呼吸急促，神情委顿。在她的身边，一个头发花白的中年男人正在调配着一种绿色的液体。

“你不该和他动手的，小姐，”中年男人说，“这违背了两家的约定，我必须向上汇报。”

“随便吧，无所谓了，”林静橦疲惫不堪地摆摆手，“其实我原本没有打算伤他的，只是想要试试他到底有多大能力。但是没想到，我们两个人的附脑……好像都控制不住了。”

“最近20年来，这样的问题出现得越来越多，”中年男人说，“最大的两次甚至造成了不必要的重大伤亡。我猜想，或许是附脑也感受到了觉醒的步伐。”

“那样的话，我们更应该把那个姓冯的小子干掉才行。”林静橦咬着牙说，“我实在不明白为什么家里要反复强调顺其自然，甚至尽量不让他知道真相。如果觉醒的日子真的因为他而到来的话，凭我们的力量能顶得住吗？”

“因为杀死了他，新的天选者还是会出现。”中年男人说，“最重要的在于，就最近若干年的态势来看，即便没有天选者，它大概也会醒。反倒是天选者本身也许蕴藏着可以打败它的力量。把这样的力量毁掉，谁也不敢冒这个险。”

“谁说没有谁敢冒险？”林静橦“哧”了一声，“杀死冯三的那几个杀手怎么算？他们难道不是想把姓冯的小子绑回去强行唤醒吗？”

“穆家的人脑子总是缺根弦，你又不是不知道，”中年男人说，“何况现在，穆家也许已经不存在了。”

“你的意思是说，我们已经把他们……”林静橦眉头微皱，“好久没有下手那么狠了吧？”

“上面的意思，就是要确保不出岔子。”中年男人说，“对天选者贸然出手，成功概率太低，倒可能惊醒它，穆家这样行事莽撞的，会成为巨大隐患。”

“也就是说，姓冯的如果自己死掉，反而无足轻重，是吗？”林静橦问。

“无足轻重倒也不至于，但如果他真的自寻死路，我们也许最好看着他去死。”中年男人说，“反正如果不能找到办法自行觉醒，他就只是这世上亿万废人中的一个，死了又有什么关系呢？”

就在这段对话发生的同时，在学校内的某间职工宿舍里，冯斯脑子里正在想着：今天不会死在这儿了吧？

他原本打架的能力不弱，但眼前这个一米九几的壮汉本身力量就强过他不少，在那个鬼知道是什么玩意儿的附脑的刺激下，似乎力量比正常时还要大得多，反应速度也丝毫不慢。他已经几次尝试近身制服俞翰，但都被对手像扔猫一样扔了出去，换回身上一片片青肿。幸好真正的俞翰的精神还没有完全被压倒，每当这具铁塔般的身躯试图做出具有伤害性的攻击动作时，身形都会强迫性地停滞一下，显然是附脑受到了俞翰自主意识的干扰。

宁章闻倒是有一股不怕死的武勇之气，也试图协助冯斯，但他没有冯斯那样久经锤炼的扛打的身子骨，被俞翰一脚踹到一边，伤口差点迸裂，“哼唧”半天爬不起来。至于这个房间，已经千疮百孔一片狼藉了。

“喂，实在不行的话，我们只能撤出去不管他了。”冯斯对何一帆说，“留下他也就死他一个，我们一起待在这儿，那就全死绝。”

“我懂的，但是附脑如果完全觉醒，事情就闹大了，死的绝不会只有我们几个！而且……”何一帆一脸的焦急与不甘，“而且我相信俞翰，他是个很坚强的人，很有毅力，没理由那么容易就被附脑完全控制。”

“相不相信都得赶紧撤，”冯斯一把抓过她，另一只手拉过文潇岚，“我他妈还相信世界和平呢！”

他拽着两个姑娘，正准备把她们都推出房去，忽然手上一松。回头一看，俞翰竟然已经发力把文潇岚拉到了他身边。俞翰的眼睛里闪动着惨绿的光芒，他右手捏住了文潇岚的脖子，只要稍稍加力，以他那可怕的力量，文潇岚多半就会活活被勒死。

冯斯一把抓起掉在地上的水果刀，也不顾及会不会伤害到俞翰的性命了，再度扑了上去。但他投鼠忌器，还得防着伤到文潇岚，反而被俞翰一脚踢到腰间。这一脚不是一般的重，他疼得眼前一片昏花，五脏六腑都仿佛移位了，一时半会儿也无力再战。

他勉强支撑着抬起头来，看见何一帆站立在原地不动，目光中露出了某种坚毅。她把右手食指放到嘴里，用力咬破，食指上顿时鲜血长流。

“原谅我，爷爷……”何一帆低声说着。

冯斯虽然不明白她具体要做什么，但立马就猜出来，何一帆大概是想要动用一些非常规的手段了。即便他不爱看电视剧，小说电影总还是看过不少，这类场景在小说或者影视动漫里很常见，什么咬一下手变成巨人啦，什么自残肢体后内力大增的天魔解体大法啦，总之就是那么个意思，体现出作者们贫乏的想象力。

那么何一帆咬破手指会有什么样的效用呢？会“呼啦”一声变成一个女巨人吗？那样的话，这栋小小的宿舍楼，怕是要帮国家节省很多拆迁费了……冯斯胡思乱想着，但此时也无法可想，或许真的只能依靠这臆想中的女巨人来救命也说不定。他的视线紧紧盯着何一帆流血的食指，但却很快发现，何一帆的动作停顿了。她呆呆地看着前方，眼神里充满了疑惑。

冯斯顺着她的目光看过去，不由得吓了一大跳。被捏住脖颈的文潇岚伸手抓住了俞翰的手臂，正用力把他的手臂硬生生地掰开。

“你放手！”她用一种命令的口吻怒喝道。

我去，这是怎么回事儿？冯斯傻眼了，咬破手指头的是何一帆，怎么变身成了那边那位了？

不过他也很快看出来，文潇岚身上并不存在什么“变身”。她的力量仍然远远不如俞翰，能够掰开后者强壮的手臂，更多的似乎是俞翰主动放松了。此时的俞翰，眼瞳里的绿光竟然比先前黯淡了许多。

“把手放开！”文潇岚的语气十分强硬，“你是个男人，就这么容易被附脑压制下去吗？拿出点勇气来！”

俞翰的手慢慢松开，冯斯大喜，低声叫道：“快点跑！快跑……我靠，你就那么恨这个社会吗？”

冯斯只能借这一声响亮的粗口来表达心情了，因为出乎所有人意料，文潇岚非但没有趁此机会赶紧跑开，反而迎着俞翰又向前走出一步。俞翰握紧了拳头，似乎随时都可能一拳把她的脑袋打扁，但她偏偏就是不退开。

俞翰脸上的神情异常痛苦，忽而咬牙切齿，忽而肌肉放松，像是内心在不断地挣扎。他的嘴唇嚅动，喃喃地说着些什么。

“我……我顶不住了……”俞翰用嘶哑的嗓音艰难地挤出这几个字，“太难了，这么多年，我实在是撑不下去了……”

“为什么撑不下去？”文潇岚冷冰冰地问。

“我本来就不适合，”俞翰的眼眶里涌出了泪水，“我根本就是一个懦弱的人，我害怕被植入附脑，害怕自己的人生被改变。我只想做一个普通人，我……根本就不可能压倒附脑……

“我根本就不想……是他们逼我的……是他们逼我的……”

这个身材高大的年轻人泪流满面，身子不住地颤抖，看上去不像一条彪形大汉，倒像是一个柔弱无助的小姑娘。何一帆看着他，眼神里充满了无奈。

“这就是你所说的坚强、有毅力？”冯斯斜了她一眼，“兔子被吃之前还会踹踹腿儿呢。”

“这和我说的不矛盾，”何一帆叹了口气，“他只是缺乏自信而已……他一向都不是很有自信的那种人，别看块头能吓跑藏獒……”

两人正在忙里偷闲说着话，身前忽然传来“啪”的一声脆响，一抬眼，赫然是文潇岚举起手来，重重地给了能把藏獒都吓跑的俞翰一记响亮的耳光。

“对世界厌倦了也不必这样吧，大姐？”冯斯完全看傻了，甚至忘了上去救人。好不容易现在俞翰的本脑和附脑之间正处于争夺对抗状态，正是她逃走的大好机会，她不逃也就罢了，还要主动去刺激对方，真是有些活腻了的味道。

俞翰似乎也被这一巴掌打得有点蒙，愣愣地说不出话来。文潇岚一边揉着疼痛的巴掌，一边恶狠狠地说：“放你妈的屁！”

果然没白跟着我混那么久，粗口都说得那么浑然天成，冯斯欣慰地想。

“我不管这个附脑究竟是什么玩意儿，我也不管你当年到底有多惨，是不是被人打了麻药捆住手脚，往你心爱的玩具上浇上汽油，然后硬逼你植入附脑……”文潇岚死死盯住俞翰惨绿色的眼睛，“我只知道一件事——附脑已经在你的脑袋里面了，这是一个不容更改的事实！”

俞翰浑身一震，脸上的神情渐渐有些迷惘。奇怪的是，听了这段话，冯斯的身体也微微抖了一下。

“指天咒日呼天抢地，痛哭流涕怨恨命运不公，这些谁都会——但是有用吗？”文潇岚像个男人婆一样一把揪住俞翰的衬衣胸口，“你不想，你是被逼的，你懦弱、你胆怯，这些就能让附脑消失掉？你在我面前叽叽歪歪几句你忍受不了了，附脑就会同情你？”

“我……我……”俞翰嗫嚅着，眼瞳里的绿光忽而亮到极致，又忽而黯淡下来。他的拳头依然悬在半空中，随时可以一拳把文潇岚打死，但他肌肉纠结的胳膊只是不停地颤抖着，始终没能打下去。

“要么就去死好了，”文潇岚的语气忽然间变得淡然，虽然用语仍旧尖刻，“死了最好，什么都不知道了。不想死，就像个男人一样挺起胸来，懦弱也好，厌倦也好，都可以改变，但是死亡永远不能改变。”

“死……亡……”俞翰重复了一遍，目光中的迷惘更甚。

文潇岚扭过头，冲着冯斯挥了挥手，示意他把握在手里的水果刀递给她。冯斯想了想，把刀递了过去。文潇岚把刀塞到俞翰的手里：“这只是把水果刀，我拿着杀人可能费点劲，但是以你的力气，朝着颈动脉一切，轻松随意啊。来吧，反正你也不想和附脑作战了，干脆结束自己的生命，一了百了。”

“那怎么行？”何一帆急忙要制止，却被冯斯拉住了。冯斯在她耳边轻声说：“他不会自杀的，相信我。”

俞翰握着刀，缓缓地把刀举起，贴在脖子上。何一帆双手捂着嘴，目不转睛地看着他，手指仍在流着血。

“自己选吧，你的死活，你自己做主。”文潇岚一脸的漠然。尽管此刻俞翰一旦失控，一刀就能扎到她身上，她仍然稳稳地站在俞翰面前，和他对面而立，没有半步后退。

突然之间，俞翰怒吼一声，手起刀落。

“噗”的一声，血光飞溅。

——他把刀刺进了自己的左腿。

“不要！”何一帆试图扑过去阻止，冯斯用了一个近乎擒拿的动作抱住了她。他用力勒住何一帆，在她耳边低声说：“让他刺！疼痛是最好的清醒剂！”

何一帆似有所悟，不再挣扎。俞翰已经拔出了刀，虽然腿上的伤口汩汩地流着鲜血，他脸上的表情却反而轻松多了，一直紧皱的眉头略微舒展开，嘴角有了一丝笑意。

“你说得对，”俞翰哑着嗓子说，“不能认输。”

他拔出刀来，腿上的伤口并不算浅，血却很快止住了，并且伤口竟然开始以肉眼分辨得出的速度愈合，似乎是附脑在发挥着某些作用。

“我已经开始习惯看这些反人类的场景了。”冯斯叹了口气。

俞翰低下头，看着这个逐渐愈合的伤口，嘴角的笑意更浓——一种充满嘲讽的笑容。他重新举起刀，从刚才的伤口处又戳了下去。

“还是疼好啊，疼一点，真好，”俞翰的嗓音也恢复了正常，不再像之前那样犹疑痛苦，“能感觉到疼，总比死了好。”

伤口仍旧在快速愈合，但俞翰毫不犹豫地一刀又一刀地刺向同样的部位，随着鲜血的不断涌出，他的浑身上下越来越放松，眼神里的绿光也越来越淡。

最后一刀刺到腿上之后，绿光消散了，俞翰的身体摇摇晃晃地向后倒去，冯斯抢上前扶住他。

“好疼啊……”俞翰身上的衣服已经被汗水浸透了，脸上却依然带着笑容，真正开心的笑容，“好久都没有这么疼了，但是我赢了。”

然后他就晕了过去。

几个人合力把俞翰重新放回床上，到了这个时候，所有人才稍稍松一口气。文潇岚腿一软，直接坐在了地上。

“吓死我了……”她擦着额头上的汗水，“我的心都快跳出来了。”

“听好了，你今天很了不起，是条汉子！”冯斯很难得地话里不含讥嘲的语气，“不过你和他所说的那几句话……当时你在场？”

“当时你在场？”这五个字问得没头没脑，但文潇岚却明白他的意思：“对，我在场，那时候我不放心我弟弟，悄悄跟着他，就听到了你们说的话。现在你明白上次你问我那个问题的答案了吧？”

冯斯点点头：“明白了。我这辈子难得有几次高光时刻，恰恰就被你撞上了，也真是凑巧。”

宁章闻也终于从地上爬了起来，文潇岚检查了他和冯斯身上的伤，都是一些碰撞造成的瘀伤和擦伤，并无大碍，宁章闻的旧伤也并未迸裂。只是整个房间一片狼藉，已经找不出几样完整的东西了。

"对不起，这里的一切损失我都会赔偿的。"何一帆说。

"你当然得赔，"冯斯揉着腰，"还得带精神损失费以及出台费。"

"出台费？"何一帆愣住了，"这里和出台费有什么关系？"

"你这位金刚兄弟闹出这么大的动静，附近十里八乡都听到了，总得有一个诚实无欺的人配上一套诚恳可靠的说辞搪塞一下小脚老太太们吧？"冯斯说，"我以著名营销微博的名誉向你保证，一定滴水不漏。"

"如果无耻可以做成勋章，你那块一定比郭德纲的脸还大……"文潇岚嘀咕着。

四

北京城的火车站无论什么时候都有很多人，而火车站外的道路无论什么时候都很堵，假如你赶火车不多计算点提前量，一不小心就可能悲剧。眼下的冯斯就正堵在半道上，看着出租车外蜗牛一般爬行的车流，无聊地发着呆。在发生了下午的事情之后，文潇岚有些担心冯斯的身体，原本劝他退了票改天再走，冯斯摇头拒绝了。

"我不是跟你说过了嘛，你的那一番话，让我想起了我的高光时光。"冯斯往腰上涂着红花油，"气可鼓不可泄，我得趁着有这股劲儿，赶紧出发。"

"所以你也明白了，为什么我对你……那么好，"文潇岚的脸上微微一红，"你当时说的话，我到现在都没有忘记。其实那时候我也很迷惘，难保不会生起一些自暴自弃的想法，你不单是帮助了我弟弟，也帮助了我。"

"所以说，有时候认识一个爱打架的朋友也不是坏事儿，"冯斯笑了起来，"关键时刻还能给你们灌点心灵鸡汤呢。"

此刻他坐在车上，又回想起了那段几年前的事。

当时他还在家乡读高中，正是和父亲关系最紧张的时候。他早就做好了将来自己养活自己、脱离家庭的打算，读书丝毫也不放松。但在读书之外，肚子里郁积的种种负面情绪总是难以发泄。所以偶尔，他会和人找碴儿打架，甚至参与一些街头群架。在这种小县城，中学生之间的群架并不少见，大多发生在不同学校的学生之间。一般而言，当地警方也不愿意去管，因为这些半大小子打架通常都是动拳头，最多也就解个皮带挥一挥自行车链锁，弄出点轻伤，和流氓地痞间动不动就抄起铁棍动刀子的阵仗不能比。小地方警力有限，不闹出大事来，也就睁一只眼闭一只眼了。

高二结束后的那个暑假，冯斯的一位同学在篮球场上和一个外校学生发生了冲突，两边一共有十来个人卷入混战，好几个人被打得头破血流。两所学校的学生关系素来紧张，这一下算得上是积蓄许久的怨气来了一次总爆发，双方约了一场大架，三天后在郊区一个废弃的烂尾工地开打。

这样的场合，原本少不了擅长打架并且乐于打架的冯斯，但就在约架的前一天，他在别墅里和冯琦州又吵了起来。假如冯琦州扯开嗓子和他对骂反而好点，但父亲在他面前那一副唯唯诺诺的样子，实在让他无名火起。他狠狠一拳砸碎了摆在客厅里的一件瓷器，手上割出了一条深深的伤口，差点要去医院才能止住血，所以这一架他是没法参加了。

不能亲自动手的冯斯，也不愿意错过这样的热闹，于是决定去旁观。约架那天的晚饭后，他骑着自行车慢悠悠地骑向郊区。经过一条小巷的时候，眼睛无意中一瞥，发现有两个人正从巷口走进去，背影都很熟：一个是敌对中学一个刚刚毕业的高三学生，打架异常凶悍，并且时常使出阴毒的手段，有个外号叫“黑夹子”——黑夹子是当地一种昆虫的土名，这种虫尾部有一个大夹子，一旦夹住猎物或者敌人就死活不松开，其中还含有毒液，能让人的手肿起来；另一个是那所中学的高一学生，名叫文鑫睿，是他的初中同学文潇岚的弟弟。文鑫睿和冯斯偶尔都会在街边台球馆打打台球，一次文潇岚去台球馆叫弟弟回家，碰巧冯斯也在，两人算是认识了。

冯斯和文潇岚并不是太熟，但对这个姑娘印象挺好。虽然她家庭条件不错，相貌、学习、体育运动各方面俱佳，却既没有富家子弟的骄矜，也没有优秀学生的傲气。此时看到文鑫睿竟然会和黑夹子混在一起，他心里“咯噔”了一下，稍一犹豫，决定去看看。

他从另一个方向绕进了那条小巷，小巷另一头正好有几个臭气熏天的垃圾桶，挡住了他的身形。捏住鼻子缩到垃圾桶后面，他看见黑夹子正在把一样东西递给文鑫睿：一把长柄的折叠刀。这把刀打开后刀身长大概有二十厘米，已经属于管制刀具的范畴，足够给人带来致命的伤害。黑夹子平时在街头鬼混的时候，就时常把这把刀甩来甩去地扮酷。

但现在，他把刀给了文鑫睿。

“你真的想好了？”黑夹子问。

文鑫睿重重地点点头：“想好了，我一定要做。”

“那好吧，”黑夹子阴阴地一笑，“打起来的时候，我会让人尽量把顾枫隔出来，让他落单。你看准机会，朝他的肚子上狠狠来一刀。”

顾枫是冯斯所在学校打群架的头儿，是一个高三复读生，身强力壮而又敢玩命，一向是黑夹子的死对头，黑夹子没少在他手里吃亏。

“没问题，交给我了。”文鑫睿的声音在发抖，显然心里十分害怕，但嘴上却还在逞强。

黑夹子拍拍文鑫睿的肩膀，满意地走开。文鑫睿站在原地，呆了足足有三分钟，然后狠狠地一跺脚，把折叠刀塞到牛仔裤裤兜里，准备离开这条小巷。但刚刚走出两步，他的脖子忽然被人紧紧勒住，然后一把按在地上。还没等他做出任何反应，他已经被按住双手，死死压在了地上，裤兜里的刀子也被人掏走了。

“是谁？”文鑫睿又惊又怒，拼命挣扎，但双手被牢牢按着，无法发力。倒是对方毫不客气地在他的腰间用力顶了一下，疼得他倒吸一口凉气，只好乖乖地不动了。

过了一分钟，对方才放开了他。文鑫睿从地上弹起来，转身准备拼命，等看清对方后，硬生生收住了拳头：“冯哥，怎么是你？你捉弄我干什么？”

冯斯手里把玩着那把折叠刀，反问他：“你今年16岁了吧？”

文鑫睿摸不着头脑，但还是点点头。冯斯冷笑一声：“16岁的人了，一脑子豆腐渣。这一刀捅下去，你知道后果是什么吗？”

“我自己的选择，我自己承担一切后果。”文鑫睿倔强地说。

“哟，还真是了不起呢。”冯斯点着头，忽然一拳击出。文鑫睿躲闪不及，这一拳正打在脸上，打得他再次摔在地上，满眼金星。

“顾枫是什么人？成年的流氓都不敢和他单挑，就凭你这反应，连我的拳头都躲不开，还想伤到顾枫？”冯斯蹲了下来，一把揪住文鑫睿的衣领，“黑夹子如果真想干掉顾枫，第一不会选这种打群架的公开场合，第二不会找你这种毛都没长齐的菜鸟。你被他耍了，知道吗？”

“我……我被耍了？为什么？”文鑫睿一脸茫然。

“我他妈哪儿知道为什么？”冯斯把文鑫睿拽起来，两人一起坐在小巷肮脏的地面上，“你现在有女朋友吗？”

“本来有，前些日子掰了。”文鑫睿说。

“那就不应该是你的原因了，照我看，凭你的斤两，还不至于让人动用黑夹子去想办法坑你——除非因为女人。”冯斯思索着，“没记错的话，你妈是做房地产的吧？好像我爸的那栋别墅就是你妈他们公司的项目。”

“没错。”文鑫睿点点头。文家的财富基本都来自文潇岚姐弟的女强人母亲，父亲只是县政府里一个普通的公务员。

“你妈最近生意上有没有惹到什么人？竞争对手、政府官员什么的。”

“我平时不太关心她的生意……”文鑫睿苦思冥想，“啊对了，前几天吃饭的时候，她的确抱怨过，好像是为了什么拿地的事儿，在和一个竞争对手竞价吧，对方逼得很紧，毫不退让。”

“那就是了，”冯斯站了起来，“回头群架打起来的时候，在那个废弃工地的暗处，肯定藏着带了相机的人。只要你掏出刀子来，不管伤没伤到顾枫，你的英姿都会被记录下来，作为你母亲的家庭丑闻，到时候是公开还是让你母亲私下让步，都是他们占主动了。”

文鑫睿也站了起来，脸色阴晴不定，冯斯继续说：“这还算是轻的，到时候在混战中，他们很有可能会制造机会，甚至强逼你伤害顾枫，弄死他都有可能——那就不是几张照片的问题了。”

文鑫睿沉默了许久，最后开口说：“你说得对，不过我还是要去。”

“明知道是陷阱，还要往里面跳？”冯斯饶有兴味地看着他，“怎么了，对这个世界感到厌倦了？”

“如果我真的被人拍到行凶的照片，或者真的伤到了顾枫甚至杀了他，也没什么不好的。”文鑫睿两眼望天，“能给我妈光辉的声誉上添点污点，我挺高兴的。”

“哦？那就更有意思了……”冯斯脸上兴趣更浓，“说说看，你妈怎么就那么招你恨了？”

“她和我爸上个月办了离婚，我爸已经搬出去了，”文鑫睿说，“她嫌我爸胆小懦弱没本事，当了那么多年公务员也爬不上高位，又不敢帮她去找领导通关系，对她的生意完全帮不上忙。”

“可以想象，标准的国产黄金档家庭剧情节，”冯斯煞有介事地点点头，“你姐姐和我同一年级，明年该高考了，你也马上上高二了，正是文理分科的关键时候。真可怜啊！”

“我妈根本就没有把我们俩放在心上！”文鑫睿咬牙切齿地说，“姐姐哭着跪在地上求她不要离婚，还是半点用都没有。我要报复她！怎么能让她难过，我就要怎么做！”

“胸怀大志！”冯斯跷起大拇指，“来，你看这是什么？”

他向文鑫睿伸出手，文鑫睿定睛看去，忽然“啪”的一声，脸上火辣辣地疼，竟然是冯斯重重给了他一记耳光。刚才那一拳也就罢了，现在又来一耳光，文鑫睿火冒三丈，抬拳就要反击。但冯斯的打架经验比他丰富太多，抢先一拳打在他胸口的隔膜肌上，痛得他一下子连气都喘不过来，被冯斯轻松地绊倒在地上。

他痛苦地捂着胸口，耳中听到冯斯冷酷的声音：“报复？放你妈的屁！你这样报复到谁了？

“我不管你妈是怎样一个冷血、硬心肠的人，我也不管你爸有多可怜，你和你姐有多惨，我只知道一件事：他们离婚了，你们的家庭破裂了，这是个事实，你崩了自己的脑袋也改变不了的事实！

“报复？你的命是你的，你的生活是你的，你未来的前程也是你的，牺牲掉这一切换你妈一张哭脸，你他妈的这是什么猪都不如的智商？你去监狱里捡肥皂，你妈活生生被气死，你圆满的家庭就回来了？回得来吗？”

文鑫睿慢慢坐直身体，无言以对。冯斯在他面前蹲下，语气稍微温和了一些：“动动脑筋吧，自暴自弃从来都是猪脑子才会做的事情，因为它最终只会伤害你。那只是一种‘我伤害了自己，所以这个世界一定会为我难过吧’的幻觉。事实上，世界是绝不会为你难过的——人家都懒得看你一眼。你要是始终放不下过去，干脆去死吧，死了一了百了，不死就得忍受。来，这把刀子给你，也让我现场观摩一次抹脖子。”

“死……”文鑫睿目光黯淡，垂下头去，似乎看都不敢看被冯斯抢去的那把折叠刀。冯斯拍拍他的肩膀：“不想死？不想死就好好活着吧，像个男人一样好好活着。当年我妈死的时候，我也觉得我找到了放纵自己的理由，后来一想，这样做能改变什么？唯一能改变的是以后吃牛肉面连多加一个蛋都加不起，亏的还不是自己？人生就是这种东西，不能改变过去，但还有机会改变将来。”

文鑫睿沉默了许久，过了好一会儿才说：“你说得对，我妈是我妈，我是我。我不能对不起自己。”

“再送你一句言情小说的台词：越是没人爱，就越要爱自己。再说了，你至少还有个愿意管教你的姐姐，就别让她心焦了，回家去吧，没准她又在到处找你了。”冯斯把文鑫睿拉起来，“打群架这种事儿，你真是不适合，以后也别掺和了——水平太差，只能拖后腿。”

他一边说着，一边看着自己正在流血的右手：“妈的，为了教育你这个二货，老子的手又破了……”

几年后回想起来，冯斯忍不住嘴角浮现出一丝微笑，原来那个时候文潇岚也躲在一边，听到了他所说的话。现在想想，虽然粗口连篇，自己那番话居然也堪称义正词严，有点心灵鸡汤的味道。这一锅心灵鸡汤，不只给文鑫睿灌下去了，似乎连带让他的姐姐也对自己另眼相看了。

他忽然有些隐约的想法，自己也许可以在北京多待一段时间，和文潇岚多一些相处的机会，说不定两人的关系能有一些诡异的变化……可惜这个想法连存活的时间都很短。以他现在的处境，和女孩子谈恋爱无异于拖人下水，何况他还有很多问题亟待解决，当前的首要任务就是直接杀回老家。而这一趟，原本是可以避免的。

“我好歹算是救了你们一命，你直接把事情的真相告诉我不就完了吗？”一个小时前，他这样对何一帆说，“你们不杀我、不抓我，偏偏就这么晾着我，让我像没头苍蝇一样四处乱转，很有快感是吗？”

“我们现在是朋友了，你是一个好人，站在我个人的角度上，我十分愿意把我所知道的都告诉你。”何一帆郑重地说。

“但是，对吧？”冯斯哼了一声，“‘但是’是全天下最混蛋的两个字。还有，我还没认你们当朋友，我们之间是赤裸裸的金钱关系……”

“没错，我要接的就是‘但是’，我家的长辈严禁我向你透露任何信息，而且原因绝不是为了耍你。这么说吧，正因为你太重要了，所以这一切必须留给你自己去查找和发掘，目的只有一个：不能给你留下任何先入为主的印象。”

“留个印象至于那么碍事儿吗？就算是相亲也得先看看照片吧？”冯斯相当恼火。

“非常碍事，你的精神状态每一丝最细微的变化，都可能会影响到你的将来……所以，这些东西不能由我们亲口告诉你。这一点其实我自己也不太明白，但我家的长辈交代得非常郑重，我没有办法违抗。”

何一帆深吸了一口气，在脸上故意装出一种老成的威严，粗着嗓子说：“你们都是年轻人，年轻人之间会发生什么事谁也不知道，或许你们就会产生友谊成为朋友。那你一定要记住了，如果你真的珍惜这个朋友，就必须要让他自己去寻根溯源，这个过程中包含着一些生死攸关的抉择元素，一步踏错就可能带来灾难性的后果。”

“什么抉择啊！”冯斯暴跳如雷，“这些老梆子不那么扭捏装逼会死吗？”

“会死的。”何一帆给出了肯定的答复。

所以冯斯只能郁闷地去赶火车。总算运气没有坏到顶点，惊惊险险地赶在最后五分钟挤上了车。此时正是大学生暑假回家的高峰，火车上满眼都是年轻鲜活的面孔，看着那些同龄人无忧无虑的神情，冯斯忽然间好生羡慕。

其实我也应该和他们一样，花着父母的血汗钱吃喝玩乐，逃课玩网游而不是把网游当成赚钱工具，冯斯想。我也应该花钱买最时新的iPhone送给女朋友，每天在宿舍楼下和她做难舍难分依依惜别状；我也应该没事儿做就去泡吧K歌，然后在把醉意蒙胧的女孩扶回去的时候趁机揩油；我也应该假期凑一堆人出去旅游，男男女女在一起游山玩水，再找机会发展点更深入的关系……

有很多事情似乎都适合这个年龄的年轻人去做，却唯独和自己无缘。在营销微博慢慢经营起来，以及找到宁章闻这个技术型帮手之前，他除了在网游里赚辛苦钱之外，还兼职了几份家教。大学里倒是不乏需要打工挣生活费的贫困生，但冯斯不是贫困生，他的父亲很有钱，可他偏偏以比贫困生还苛刻的标准来压榨自己。

至于现在，摆在面前的问题就不只是钱了。他的手机里有一份加密文档，上面记录整理了从父亲去世的那天夜里开始出现在生活中的种种谜团，光是看一眼都足以让人眼花缭乱：

我的亲生父母是谁？我的生母后来到了哪里？

我到底是什么人？有何德何能受到那么多人的青睐？

我的父亲为什么要收养我？祖父在信里所说的“家族使命”又是什么？

我出生的夜里到底发生了些什么？

“玄和子”四处寻找未出生的小孩，是遵循什么标准？

清代照片上的怪物、于志可在撒马尔罕城所见到过的“视肉”和淮南王刘安所见到的“视肉”，是否属于同一物种？它到底是什么？化名杨麓的富商又是什么人？

林静橦和俞翰身上所展现出来的怪异功能从何而来？他们背后所代表的势力到底是什么？

俞翰体内的“附脑”究竟是什么？

…………

此外，还有另外一个谜团，那就是当初在家里的储藏室里击倒他，抢走了冯琦州所留下的重要资料的人是谁。认识何一帆和俞翰之后，他立马认定那是俞翰干的，何一帆却矢口否认。

“前一天晚上派出猴子钻进你家里的的确是我，但猴子受伤之后，我忙着给它治伤，第二天并没有让俞翰去找过你。这件事我没有必要骗你的。”何一帆说得很肯定。

冯斯琢磨了一下，何一帆的确没必要在这件事上骗他。再仔细想想，当天用余光扫到的那个打了他头的身影，虽然很粗壮，却似乎并不很高，至少不是俞翰这种醒目的铁塔一样的体形。那么会是谁呢？难道是林静橦的同伴，又或者是别的什么家族的？

这些问题到现在一个答案都没有，那一个个问号就像一个个尖锐的钩子，钩得他一阵阵头疼，当然还有全身各处瘀伤的疼痛。最后他只能收起手机，靠在座位上渐渐沉入梦乡，下午的那一番折腾实在是太累了。

但他睡得并不踏实，发生了下午的事件后，他总觉得记忆里还有点什么玩意儿被触动了，但一时又想不起来到底是什么，这种猫爪挠心般的感觉总是让他痛苦不堪。到底是什么东西让我产生了某些联想？我到底遗忘了什么重要的细节？

冯斯在半梦半醒之间一直执着地想着，于是在浅层梦境里，俞翰一次又一次地把宁章闻的房间砸成蜂窝，一次又一次地眼睛里闪着危险的绿光，痛苦地说他撑不下去了，附脑太强大了，而文潇岚则一次又一次地大耳光扇到俞翰脸上，直到他慢慢清醒。

这一段情节里一定蕴含着什么，冯斯在梦境中挣扎着、寻觅着，不停地重复着那些片段，突然之间，似乎是由于紧急停车，他的脑袋撞到了桌子之类硬邦邦的东西，一下子把他疼醒了。而这一撞，让他瞬间开了窍。

原来我所需要的关键词就是"脑袋"和"疼"啊，冯斯连眼睛都懒得睁开，一边揉着额头被磕到的部位，一边兴奋地想着。我终于明白令我一直感到不安的究竟是什么了，那是当俞翰和何一帆不停地重复着"附脑"这个新名词的时候，提醒了我一件事。

——我颅腔里的肿瘤！

这些日子发生的事情太多，冯斯差点把这件事给忘掉了。在父亲去世的夜里，他的头部也受到了撞击，因此在医院做了CT，结果医生在他的颅腔里发现了一个很微小的良性肿瘤。当时医生说这个肿瘤短期内没什么大碍，甚至保守治疗就可能治好，他就没有太放在心上。此时此刻重新想起，他忽然间意识到了点什么：如果这并不是什么肿瘤呢？

会不会和俞翰一样，我的脑袋里面也被植入了一个附脑？

这个附脑会在什么时候"觉醒"，开始和我的精神世界产生冲突？

它的觉醒会带来什么样的后果？

这些想法在脑海里搅作一团，就像是被缠在渔网里挣扎的海龟，简直要让人透不过气来。冯斯烦闷地抓着头发，发现自己再也睡不着了。

在胡思乱想中熬过了一个白天，当火车上的第二个夜晚来临时，困倦终于主宰了他的身体。天亮之后，火车就将抵达贵阳，应该好好养精蓄锐一下了。冯斯把头靠在座椅上，身子随着火车的行进一摇一晃，再度进入了梦乡。梦里似乎又发生了许多事，但过后即忘，没有留下任何痕迹。

也不知经过了多少个不同的梦境，在最后一个梦里，他爬上了一座直耸入云的高塔，然后一不小心手滑了，整个人从塔上摔了下去，强烈的失重感让他一下子醒来。他睁开眼睛，当眼前的视线由模糊转为清晰后，他完全呆住了。

如果不是我还在梦里，那就一定是我见了鬼了，冯斯扶着身前的小桌，慢慢站了起来。他狠狠地掐了一下自己的左手手腕，指甲把皮肤掐破了，火辣辣地疼。他很快就判断出来，这不是梦，而是现实，眼前的这一幕令人难以置信的场景并不是梦。

在此之前，他并不是没有见到过，也不是没有听说过一些超越日常认知的事物，比如翟建国所描述的他出生时的血腥场景，比如父亲留下的清代老照片上的怪物，比如不会被金属刀刃伤害的林静橦，比如眼睛会变成奇怪的惨绿色、皮肤上血管暴起、发起狂来力大无穷的俞翰。但描述毕竟不是亲历，照片可能作假，不被刀伤和眼睛变绿固然很离奇，但从视觉效果上来说，一个街头魔术师就能做到。总而言之就是四个字：不够震撼。

“但是现在震撼得过头了吧？”冯斯喃喃自语，“大场面这种东西，随时可能要命的啊……”

——他发现火车上的一切全都陷入了一种停滞状态，绝对的停滞状态，就好像时间被完全冻结了，在这列火车上停止了运行。

火车上的每一个人都仿佛变成了泥塑，再没有丝毫动弹。冯斯对面坐着的一对中年夫妇，此刻正相互倚靠着处于睡眠中，丈夫正在打呼噜，嘴张到一半，就此定格。妻子则似乎是在睡梦中无意识地伸手捋自己的头发，她的手指搭在额头的发梢上，也没有下一个动作了。

坐在冯斯身边的年轻人并未睡觉，正在聚精会神地读着一本字体很密集的大部头书，应该是那种盗版的网络小说合集。他的指头正捻起一张书页，准备翻页，但只翻到一半就停下了。

这些人不会是在我睡觉的时候被换成了蜡像吧？冯斯冒出这样一个古怪的念头。他伸出手，参着胆子轻轻碰了一下身边这个年轻人的皮肤，柔软而温暖，这是个活人，绝不是什么蜡像。

冯斯举目四望，发现整个车厢里都是同样的境况。一个黑脸膛的父亲正在怒目圆睁训斥他调皮的儿子，那对瞪大的眼睛甚至能看清其中的血丝，而他的儿子正在咧嘴大哭，一滴泪珠刚好从下巴上滴落，就那样悬在空中，晶莹透亮。一个黄皮寡瘦的老女人站在过道里吸烟，烟雾凝聚成一团凝固的朦胧，竟然让她的脸看来有了几分诗意。几个通宵不睡的民工模样的男人在打牌，正好到了洗牌的时候，那一张张扑克牌在空气里呈现出规整而又充满动感的排列。

冯斯尝试着翻动身边年轻人手里的书页，发现他碰一下，纸张就轻微地动一下，随即继续静止，仿佛是完全失去了惯性，也失去了地心引力。除了这些冰冻一般的场景之外，他还发现，连一切声音也消失了，车轮和铁轨接头处的撞击声都完全听不见了。

想到这里，他拉开窗帘，想要看看火车现在行进在什么地方。但刚一拉开窗帘，他就吓了一大跳。

火车竟然悬浮在半空中！

此时的火车，就像飞机一样，正在半空悬浮，周围是一片灰暗浓重的雾气，什么都看不清楚。

这种感觉，就好像是空气变成了透明的冰块，而火车与火车里的人则是被冻在冰块里的游鱼，冯斯产生了这样的古怪联想。最为古怪的是，在这个巨大的“冰块”之中，居然还有一条鱼并没有被冻住，还能活蹦乱跳地四处乱游。在整个时间都停止了的时候，这条鱼成了脱离时间而单独存在的怪物。

那就是他自己。

第六章

你终于来了

一

刚一睁开眼睛，强烈的疼痛就再次袭来，从肝区开始，呈放射状扩散开来。汤素静长叹一声，知道美妙的睡眠已经结束，又一个漫长而充满痛苦的白昼来临，尽管临近天亮时她才刚刚睡着。作为一个晚期肝癌患者，汤素静的生命中只剩下一件事可做，那就是祈祷自己快点死去，除了等死，她别无选择。

门铃响了，保姆去开了门，然后来到汤素静的房门外，轻轻敲了敲门："汤教授，有一位客人想要见您。"

大概又是某个老同事或者学生吧，汤素静想。她其实很不愿意接待来访者了，无非就是一些小心翼翼强装出来的笑容，和一堆"保重身体""放宽心"之类的车轱辘话，而对她自己来说，每说一句话都会感到精力的消耗。但人生在世，就不得不应付无穷无尽的人情世故，即便到了临死的时候也无法免俗。

"请他进来吧。"汤素静用虚弱的语调说。

门被轻轻推开，一个身材瘦削的男人走了进来。他环顾了一下四周，说出了第一句话："这屋里很黑啊。"

奇怪，这个声音我好像从没听到过。汤素静一边想着，一边说："你可以把窗帘拉开。"

男人拉开了窗帘，耀眼的阳光从窗外涌了进来，铺满了整个房间，那些久违的亮光让汤素静一阵阵眼花。过了好一会儿，她才逐渐适应了这种光亮，一点点看清了男人的脸。这是一个很年轻的男人，有着一张俊美到几乎有些像女人的脸。他脸上带着一丝含义不明的微笑，静静地站在阳光里，就像一幅精致的油画。

然而，这是一个陌生人。汤素静最年轻的学生也得比他大上十岁。

“你是谁？”汤素静问。

“我叫路晗衣。”年轻人说，“开门见山吧，我是为了您的导师袁川江来的。”

汤素静沉默了几秒钟，慢慢开口说：“你不是为了袁川江，你是为了袁川江的研究成果。”

“没错。”

今天不是周末，夏天的阳光也日渐毒辣，所以附近社区公园里的人并不多。路晗衣推着轮椅，在阳光下缓缓地兜着圈子。他似乎一点也不怕热，而汤素静更是在炎热的夏季里依旧穿着长衣。

“好久没有晒太阳了，真是舒服，”汤素静眯缝着眼睛，“人到了要死的时候，一点儿小事都会变成奢侈了。当然也得谢谢你，如果不是你帮忙，我的肝区疼痛连吗啡都压不住，只顾着痛了，也就感觉不到晒太阳的温暖了。”

“乐意效劳。”路晗衣说。

“不必注射，也不必吃药，只是轻轻触碰一下，就止住了痛……看来你真的是袁老师一直在寻找的那群人，是吗？”

“这样的止痛不是什么好事，会对神经系统有严重损害的，当然对你来说，显然不必在乎了。”

“你还没有回答我的第二句话。你就是他一直在寻找的那群人中的一个，是吗？”

路晗衣把轮椅推到树荫下的一张长椅旁，锁住轮子，自己在长椅上坐了下来。他随意地扫视着附近散步的老人和玩闹的孩童，目光中似乎带着一种难以言说的伤感和怜悯。

“人，活着的时候被分为无数的群体，但死后都是一样的，都会腐烂，都会变成枯骨，都会化为尘埃。”路晗衣轻轻叹了口气，“所以无论什么样的人，都会为了活着而拼命挣扎。我们这群人，已经挣扎了上千年。”

“这么说来，老师从远古神话里找到的那些线索，以及在川东的那些可怕的发现……都是真的？”汤素静感慨不已，“可惜的是，没有人理解他，包括我这个得意弟子在内。我那时候一直觉得，神话这种东西太过虚幻，想要从里面找出现实的痕迹，实在有些穿凿附会。所以他去世后，我就转而研究民俗学了，这门学问倒是和神话有很多共通之处。”

“人类生存的历史本来就是一部神话，可惜的是，很少有人能理解这一点。”路晗衣凝望着身边花丛中一只五彩斑斓的蝴蝶。

“我不太明白，如果说老师真的发现了你们这群人，那他只是一个发现者，对你们能有什么用处？”汤素静问，“还是说……其实你是来杀人灭口的？”

“如果我真的是来杀人灭口的，对你而言，难道不是一种解脱吗？”路晗衣微微一笑，伸手敏捷地抓住了那只蝴蝶。他的动作快而轻柔，只是夹住了蝴蝶的一只翅膀，并没有伤及躯体。但蝴蝶在他的指缝间挣扎了一阵子之后，慢慢地不再动弹了。路晗衣松开手指，蝴蝶就像一片彩色的纸片，飘落到地上。

“中国的现行法律还不支持安乐死，但是我……是一个法律管不着的人。我可以帮你的，毫无疼痛，没有半点难受，就像是睡着了一样。”路晗衣谈及生死的时候，脸上的笑容依旧温暖，“当然，我也需要你帮我一个忙。”

“我明白了，”汤素静看着路晗衣，“老师一定发现了一些你们也很感兴趣的东西，对吗？我没有猜错的话，是和川东的那座道观有关。”

“我不必否认，所以这是一个公平交易。”路晗衣说。

汤素静低头沉吟了片刻，似乎是有些犹豫，等她重新抬起头时，脸上有了一些微微的痛楚神色。

“这么快就又开始疼了？看来你的病情比我想象的还要重，这样活着还有什么意思？”路晗衣的声音里似乎含有某种诱惑。

汤素静没有回答，揣在衣兜里的双手隔着布料交握在一起，依旧踌躇不决。她微微扬起头，看着从树荫间漏下来的灿烂温暖的阳光，终于长长地出了一口气：“老师去世的时候，带到乡下的资料也都被毁掉了，但我整理了他留在研究所的所有资料，里面或许有一些重要的东西。不过，那些资料已经不在我的手里了，现在是否还存在，我也不敢确定。”

“是被别人拿走了吗？”路晗衣问。

汤素静点点头：“是的。我可以告诉你那个人是谁，但我有一个条件。”

“什么条件？”

“我已经是将死之人了，多年前就离了婚，子女早随父亲迁居国外，在这个世界上再也没有任何挂念，”汤素静说，“但是今天你来找我，却激发了我的好奇心。我希望你能明确地告诉我，你们究竟是什么人，老师所追寻的和恐惧的事物到底是什么。听完之后，你就可以……让我陷入永恒的安眠，而不必担心我把这件事说出去。”

“这个倒是可以满足你，”路晗衣很痛快，“我对将死之人总是很慷慨的。”

半小时之后。

路晗衣再次帮助汤素静麻痹了痛觉神经，让她暂时感受不到痛楚，但她的神色依旧怪异。那张脸上先是带有一种深沉的恐惧和绝望，但很快地，恐惧与绝望消失了，取而代之的是一种讥嘲的笑容。

“我死后，哪管洪水滔天……反正我马上就要离开这个世界了，又何必去担心旁人的命运呢？”汤素静微笑着说，“不过这个秘密，真是足够可怕。怪不得老师当年放弃掉那些可以帮助他晋升的课题，把全部的生命都投入其中。希望你能找到那个人，让老师的心血不至于白费。”

“我会的，当然不是为了袁川江。”路晗衣说。

“那么，再见吧，”汤素静饱受疾病折磨的苍老面容上浮现出一种清风般和煦安逸的宁静，“我在这个世上已经了无遗憾了。”

路晗衣一脸肃穆地点点头，左手轻轻按住自己的心脏部位，似乎是为了体现某种庄重，然后把右手放在了汤素静的肩头。

当他离开这座公园时，已经是正午时分，暴烈的阳光让人们都躲回了自己的家里。只有汤素静的轮椅还停在树荫下，枯瘦的老人垂着头坐在轮椅上，就像是睡着了一样，嘴角仿佛还带着一丝平静的笑容。

二

火车上的时间停止了。

火车悬浮在了半空中，悬浮在一片神秘莫测的云雾中。

我是火车上唯一还能动的人。

后来冯斯这样定义“循序渐进”这个词：刚开始的时候，你见到什么玩意儿都一惊一乍的，等到见惯了，再来大场面也就扛得住了。在林静橦一刀刺破了他对于“超自然”这三个字的绝对抗拒后，他觉得自己逐渐找到了一种宽广情怀。

所以眼下的大场面虽然确实够大，他稍微惊慌了那么一小会儿，还是很快镇定下来。他在火车里左右查看，连续走了好几节车厢，确认每节车厢里的情况都相同。的确，火车里的一切事物都不再沿着时间轴向前运行了，而是完全凝固住，除了——他自己。这样的场景，倒是很适合小偷或者公交色狼……

在检查车厢的同时，他在每一节车厢都会看一看窗户外面，但无论哪里都只能见到雾气。似乎是这列几百米长的火车被整个抬升到了半空，或者转移到了某个未知的领域里。

该怎么打破这种莫名其妙的囚禁，回到正常的世界里去呢？冯斯回到自己的座椅上，一屁股坐下，无奈地发着呆。

他倒也想过打破密封的玻璃窗探头出去，但仔细一想，连那些云雾的成分性质都不知道，还是不要随便冒险的好，万一有毒就糟糕了。

他忽然想起了身上还有手机，但是掏出来一看，没有丝毫侥幸发生，已经不仅仅是没信号的问题了，手机好像变成了砖块，连屏幕都无法点亮。他沮丧地把手机装回去，一不小心手滑了，手机摔到了地上。弯腰捡手机的时候，他听到了有人说话。

“别费力气了，手机在这里没用的。”一个男人的声音响起，在寂静的火车里显得十分响亮。

冯斯悚然回头，看见从车厢的另一头走过来一个高瘦的男人。这个人看年纪有30多岁，一张冷硬瘦削的脸上没有丝毫表情，再加上矫健的身形步伐，带给冯斯一种似曾相识的感觉。然而仔细想想，自己又好像并不认识类似身材的人。

“你是谁？是你把火车带到这里来的吗？”冯斯发问说。

“不是。”对方简单地说了两个字。

“但是这列车里只有你我能动弹，而且你好像还知道一点原因，能告诉我吗？”冯斯接着问。

“简单地说，这里是一个全新的空间，不同于你所处的世界的空间。”男人说，“火车被卷入了这个空间，包括车上的所有人和物，包括你我。”

“那为什么其他的东西都凝固了，而我们俩还能动呢？”冯斯抛出了这个关键的问题。

“空间法则不一样，他们当然失去了活力，”男人说，“但是你我的确是不受影响的。不过我无法向你详细解释。”

“这有什么难猜的？”冯斯哼了一声，“过去几个月里，这句话一直在我眼皮子底下跳：我他妈的和别人不一样，但是你们这帮王八蛋就是不肯告诉我，我他妈到底哪一点和别人不一样。”

“这就对了，”男人点点头，似乎一点也不为被冯斯骂作“王八蛋”而生气，“省了我很多口舌。再见。”

“等等，再见？”冯斯一愣，“你去哪儿？”

“当然是回我的座位上去坐着了——不然还能去哪儿？”男人好像很惊奇冯斯会问出这样愚蠢的问题，不过那张刷了糨糊一样的脸上，还是没有什么表情。

冯斯觉得自己面对林静橦和何一帆时还能保持心态平和，在这个奇怪的男人面前却忍不住有股无名火起：“你好像一点也不紧张现在的处境，你就不怕在这里慢慢饿死？”

“不会的，一会儿就结束了。”男人说完这句话，真的转身走回去了。

一会儿就结束了，男人如是说。虽然还是没有半点解释，但不知道为什么，他的话语里有一种让人信服的力量，让冯斯心里微微一松。他想了想，又喊了一声：“还有一个问题，你和我同时出现在火车上，是一个巧合吗？”

“当然不是。”男人又是那种令人噌噌上火的“大哥，你怎么会问出这种愚蠢的问题”的口吻。

冯斯呆了一呆，意识到这次自己果真是问了一个蠢问题。臭狗屎也好，香饽饽也罢，自己早就被无数人盯上了，这个男人自然是跟踪自己上的火车。

“那你打算跟我一起进山吗？”冯斯又问，“就当是搭个伴做驴友？”

“不必了，我喜欢独来独往。”男人摆摆手，“反正你也应该清楚，在这个世界上，已经有很多人的目光聚焦在你身上了，不多我一个。”

他停顿了一下，想了想，又补充说："对了，等一会儿你说不定会有点难受。做好准备吧。"

说完这句没头没脑的话之后，男人果然走了。冯斯想要追上去，却又知道追上他也没有任何意义，只能重新坐下。窗外的迷雾依然浓重，遮挡住所有的视线，让人无法看到周围。

冯斯把脸贴到窗玻璃上，一面无聊地盯着浓雾发呆，一面揣摩着男人的话。按照他的解释，现在火车被整个转移到了一个异度空间之中，这个空间中的自然法则似乎与日常空间是完全不同的，所以火车上的人们变成了泥塑，所以正在滴落的眼泪也能悬停在半空中。可是偏偏自己和那个不知名的男人就能行动自如。

难道是因为我脑子里的那个良性肿瘤？它真的是附脑吗？冯斯下意识地敲了敲自己的脑门。他发现自己好像是在一步步地逼近真相，却又不停地遇到更多的谜团。

他不知不觉有些走神，过了好一会儿，才忽然发现眼前的浓雾好像起了一些变化。那些氤氲的云气不再是无规则地弥漫，而是慢慢地排列成了某种形状。

冯斯一下子站了起来，死死盯住窗外那团诡异难测的云雾。没错，雾气开始了有规则的运动，某些部分消散开形成空间，另外一些则聚合在一起，逐渐在他的视线中组合出了一个立体的巨大图案。

冯斯看着这个雕塑一般的立体图案，觉得自己的血液都快要凝固了——那是一颗放大了上百倍的头颅，人类的头颅。

他自己的头颅!

他眨了眨眼，仔细地辨认着，没有看错，这确实是他的脸形、他的五官和他的头形。现在这颗硕大的头颅，就飘浮在火车的车窗外，两只比人的身体还大的眼珠和他沉默地对视着，除了颜色不对之外，其他的各处细节真的惟妙惟肖，连最近两天额头上因上火长出的痘痘都在，和他完全一致。

它是在观察我吗？冯斯产生了这个奇怪的念头。自己和自己对视，本来已经足够滑稽了，偏偏两者之间好像互相都不认识，都在互相试探打量。

双方就这样隔着玻璃窗对峙着，大约过了两分钟，窗外云雾组成的人头开始出现了表情变化。它的嘴咧开了，嘴角上翘，眼睛微微眯起——

它做出了一个笑脸！

随着这个令人恐怖的笑脸的出现，冯斯突然感到一阵仿佛撕裂一般的头痛。这疼痛直接来自头颅的深处，真的就像是有一双尖利的爪子把他的大脑撕开了。当然，这只是一种错觉，因为大脑本身无法感受到痛觉，但眼下的疼痛是如此强烈，实在让他很难不做出这样的联想。

好疼啊。冯斯捧着头，整个身体在座椅上蜷缩成一团，再也无暇去观察窗外人头的变化了。他从来没想过，会有这样剧烈的头痛，仿佛有一把生锈的钝刀插进了颅腔，然后慢慢地搅动，把脑子里所有的血肉、神经、脑组织全部绞成碎末。

“等一会儿你说不定会有点难受。”这是刚才那个神秘男人所说的话。现在看来，他说的是假话——这根本不是“有点”难受，而是难受到让人想要一头撞死，撞碎自己的头颅，把头颅里的痛连同自己的生命一起杀死。

在剧烈的痛楚中，耳朵里突然响起了一个声音，一个细若游丝、不聚精会神都很难听清楚的声音，像是有人在对他说话。冯斯咬紧牙关，努力捕捉着这个声音，它重复了好几遍之后，终于听清楚了。

“你终于来了。”这个声音仿佛十分遥远，又仿佛就贴在耳边。

“是谁？谁在说话？”冯斯大吼起来，用这种大吼也可以稍微压制一下头疼。

“我等了你很久了。”那声音又说。这次冯斯能听得略微清晰一些，这个声音尖锐飘忽，咬字的节奏和腔调都很怪异，简直有点类似电脑合成音。

“你到底是谁？等我做什么？”冯斯继续吼叫着。

“你已经……不认识我了吗？”声音发出一阵诡谲的怪笑，“看来，你需要恢复一点点记忆才行。”

这句话说完之后，刚才那刀绞一样的剧烈头痛骤然消失。他正在疑惑，猛然间眼前一花，身边的乘客们连同火车一起消失了。他的脚下一空，开始不由自主地往下急速坠落。

冯斯大叫一声，失重的感觉似乎都要把心脏从胸腔里挤压出来了。正当他担心自己可能会摔成肉饼时，“扑通”一声巨响，身畔水花飞溅，竟然是掉进了水里。

好臭。这是他的第一反应。

在最初的慌乱之后，他睁开了眼睛，一边调整着姿态上浮，一边注意到，周围的水都是极深的血红色，已经接近于黑色了，带有一种呛人的浓烈腥臭。

浮出水面后，他伸手抹去脸上的水，想要看清周围的状况。视线刚刚清晰，他就吓了一大跳，身前漂浮着一具肿胀的死尸，还没有完全腐烂的脸上，圆睁的双眼死死盯着天空。

冯斯下意识地伸手推开尸体，继续看向四周。这一看之下，他觉得自己简直快要窒息了。如果这是一场噩梦的话，那他妈的一定是他这辈子做过的最恐怖的噩梦。

他正处在一片广阔的水域里，从水的流动性来看，似乎是一条大河，但整条河的水都已经被染成了血红色。河面上密密麻麻地漂浮着无数的死尸，有的看上去新死不久，有的则早已腐烂肿胀。冯斯注意到，这些人身上大多穿着兽皮。

但比起人类的腐尸，还有许多更加令人惊惧的尸体。那些尸体乍一看像是野兽，但仔细一看，似乎又不是历史上曾经和人类共存过的任何一种动物。它们大多有着巨大的身体，奇形怪状的头颅、鳞甲和肢体，有的有不止一个头或尾，有些背后还带着宽大的翅膀。

冯斯身边就慢慢漂过来一个这样的怪物，形状有些像马，却比寻常的马高出一倍，背后有一对蝙蝠一般的黑翼。它的嘴里布满锋利的獠牙，獠牙中还卡着一支人的断臂。

除此之外，还有异形的人。在那个马匹状的怪物身畔，还漂浮着一具人尸，背面朝上看不清形貌，但可以很清楚地看到，他的背后有两个凸出的隆起，隆起上面各有一支短粗的手臂，手臂尽头是两只锋锐的利爪。

冯斯一阵恶心，把视线移开，望向远方。天空一片昏暗，被黑色的浓云完全笼罩，却隐隐泛出血色的红光，那是由于地面的火光。远处烈焰熊熊，一阵阵战鼓声、厮杀声、呼号声和垂死的哀鸣声不断传来。在遮天蔽日的雾气中，他只能隐隐看到，有许多模模糊糊的手持兵器的人影在河岸上奔走，在他们的身边，有着许多更加庞大的身影，或许就是死在河里的这些怪兽的同类。隔着浓雾，他可以看到，那些奔走的人影不断被撞倒、踩扁或是被吞噬，而怪兽们也在一只接一只地倒下，巨大的身体撞在地面上，发出沉重的钝响。天空中，还有许多飞翔着的怪鸟，不时俯冲而下，把一个个人抓到半空中，再扔下去摔得粉碎。

这条河，就是被人和妖兽的血所染红的吗？冯斯呆呆地想，这简直就是地狱一样的场景。天昏地暗，毒雾弥漫，烈焰冲天，战鼓声声，人类和妖兽拼死混战在一起，断肢残骸染红了河水。这一幕不应该存在于任何时代、任何民族的正史中，它只应该存在于神话时代，存在于远古洪荒的传说中，存在于最原始、最古老的梦魇之中。

——这会是我的记忆？我应该找回的记忆？

——那我成什么鬼东西了？

冯斯开始奋力向着岸边游去。他想要突破这些浓雾去到河岸上，好近距离地看清楚这一切。但刚刚游出去不足百米，眼前又是一黑，身边河水的浮力瞬间消失，鼻端的焦臭味和血腥味也消失了。他发现自己又坐在了火车上。

车轮与铁轨撞击的声音又开始有节律地响起，车厢内充满了深夜里的呼噜声、呼吸声、小声说话声，与其他杂音混杂在一起的“嗡嗡”声响。睡着了的人们靠在座椅上东倒西歪，打着呼噜流着口水，没有睡的人玩着牌聊着天或者划着手机。一切又都恢复了活力，时间开始运行。

冯斯惊魂未定地喘了口气，先摸了摸衣服和头发，有一些冷汗带来的潮湿，但并没有多余的水分，更没有沾染上污渍血迹，这说明刚才那一幕血与火的宏大杀场只是一场幻觉而已。

他不禁有些糊涂了：难道之前列车进入异域空间和时间停止也只是幻觉吗？他一面想着，一面掏出手机来查看，手机壳上有新磕出来的痕迹。那是他刚才试图用手机录像时，不小心摔到地上造成的。

这说明，至少时间停滞那一段的经历是真实的。

冯斯掏出纸巾，擦了擦头颈上的汗水，慢慢平静下来。刚才发生的一切太有冲击力了，他需要一点时间好好消化一下。几个月以来，他终于第一次实质性地接触到了那个隐藏在各个家族背后的神秘力量，而这第一次，就让他感受到了对方到底有多强大，而这样的强大很可能只是冰山一角。

把一整列火车和火车里的上千人在一瞬间全部移入另一个空间，然后又全部移回来，还不露丝毫破绽，这的确是骇人听闻的。如果一定要用最简单的字词来概括这样的力量的话，那就是两个被用烂了的字：

神，或者魔。

“不要这样毁我的三观啊……”冯斯喃喃自语，“当一个好孩子不容易的。”

在冯斯的身边，那个一直读盗版网络小说的年轻人终于熬不住了，趴在桌上睡着了。他手里那本板砖一样的盗版书落在地上，封面上衣着暴露的巨乳女郎正在恶魔的手中绝望挣扎。

三

列车准点到达贵阳。冯斯直接在车站休息室租了个床位，睡了几个小时，然后换车向着西南山区进发。之所以不在去往双萍山的长途车上补觉，是因为他想要清醒地观察一下，看看身边是否还有其他人跟着。或者说，他几乎能肯定自己身边有人跟着，只是想要揪出那么一两个来。

遗憾的是，从火车站到长途汽车站，从长途汽车站到晋安县，再到第二辆发往双萍山的长途车，他一路上瞪大了牛眼，却始终一无所获。身边的人要么看起来太正常了，要么太猥琐了，一看就是小偷，始终没有他想要找的那种“看上去不太对劲”的人。

可见侦探小说都是骗人的，冯斯气闷地想着，放弃了努力。去往双萍山的公路前半段还好，越往后面越是坑坑洼洼，颠得他再也不能睡，只能靠在座椅上胡思乱想了。

他又想起了死去的父亲。在过去的几个月里，他很多情况下不愿意想到父亲，因为父亲留给他的印记实在是太复杂、太难以形容，一想起来就百味杂陈。但是眼下，很快就要到达父亲真正的家乡了，他没有办法不去想。

在将近20年的时间里，冯琦州在冯斯的心目中等同于窝囊的废物和没有责任心的混蛋。他是一个遇到危险就把自己的老婆孩子抛到一边的王八蛋，是一个假装道士四处骗钱的大骗子，是一个自己一辈子都不想见到的人。冯斯努力地考上重点高中，努力地考上名牌大学，想方设法自己赚钱养活自己，就是为了有朝一日彻底地和这个人划清界限，永远不再和他有任何牵连。

直到他临死那一夜，冯斯才发现了父亲的另一面。在那天晚上，冯琦州就像是换了一个人，浑身上下散发出截然不同的气场：冷静、果决、凶狠，以及对自己不惜性命的保护。这也让冯斯产生了新的困惑：父亲是那样厉害的一个格斗高手，在自己面前唯唯诺诺也就罢了，为什么当年会被一个小县城里的黑社会老大吓得离家逃跑，以至于葬送了母亲的性命。

而在家乡找到的那些零散的证物，更加让冯斯感到困惑，因为那些东西让原本几乎没有存在感的祖父以及父亲的整个家族浮出水面。他并不是父母亲生的，但父亲却养育了他19年，为了他隐姓埋名乔装改扮，把自己变成一个猥琐的江湖骗子。更加蹊跷的是，从祖父留下的书信残章来判断，这一切并不是冯琦州的个人选择，而是从属于某种家族意志。

而除去冯琦州，从那一夜的杀手们到何一帆，再到林静橦，再到火车上遇到的神秘男人，他已经遇到了四股不同的势力，如果再加上把他的生母带到小诊所、强迫翟建国为她接生的“玄和子”，就一共出现了五家人。这些人之间可能是敌人，却有着一种共性，那就是都对他十分感兴趣。从只言片语中分析，甚至这些人的存在都是为了他，但他却死活闹不清楚这些家伙到底图的是什么。

“你到底图的是什么啊，爸爸？”冯斯低声自语着。他的心里其实还藏着一个疑惑，一直不敢去仔细想：父亲临死前对自己的拼死保护，究竟仅仅是出于家族因素而对他十分重视，还是稍稍包含了那么一点父子亲情呢？虽然并非亲生，但冯琦州好歹养育了自己十多年，会不会生出一些真感情呢？

他忍不住又掏出那张已经反反复复看过不知多少次的父亲和祖父合影的老照片，照片上的少年看上去朴实而快乐。而旁边的中年人，也就是冯斯的祖父，有着一双猎鹰般犀利的眼睛。虽然素未谋面，甚至都没有听冯琦州正经提到过他，冯斯却有一种强烈的感觉，这个人绝非善类。自己奇怪而坎坷的命运，说不定就和这个老家伙的操纵有关。

这个冯氏家族，到底是怎么一回事呢？尽管和自己并无血缘关系，冯斯还是禁不住分外好奇。他不止一次在心里勾勒这个家族的情况，那大概是一个名门望族，搞不好一个家族就填满了一个村庄。这个家族有一个严厉的大家长，有一堆有威望的长辈，有许多能干的青壮年骨干。他们就像蚂蚁社群一样紧密运作，一切听从家长的指示，冷酷而高效，必要时不惜采取一切破坏法律、超越人伦、灭绝人性的手段……

所有小说或影视剧里的神秘家族似乎都是这个路数。

要是能和这样的家族打交道，倒也挺有意思的，冯斯心里居然隐隐有些期待，但这样的期待在到达目的地村庄后被迅速打得粉碎。

“姓冯的？”被他拦住问路的老农把一颗头摇得好似拨浪鼓，“我们四合村就没有姓冯的。”

“没有姓冯的？”冯斯一怔，“那么……会不会是迁走了？20年前呢？20年前有姓冯的吗？”

“我在这个山头住了60多年了，村里从来没有姓冯的人！”老农很不耐烦地转身要走。

“那村里有什么人特别多的大家族吗？”冯斯慌忙拦住他，想了想，从身上掏出十块钱递到他手里。其实我应该想得到的，冯琦州很有可能是假名，冯这个姓可能都是假的。

老农把钞票揣进兜里，脸上的表情缓和了一些：“哪儿来啥家族啊？这个地方穷成这样，以前闹饥荒的时候，经常一个村死掉一大半的人……都是些零零散散的人家，能活下来凑成户就不容易啦，还家族呢，你怕是电视剧看多了吧。”

“谢谢您了，”冯斯点点头，“你们不是穷吗？还有电视看？”

老农咧嘴一乐：“一个村还是有那么一两台的，一到晚上全村人都上他们家去挤着看。”

老农离开后，冯斯侧头看着身边的大山，从身上再次取出那张照片，对照了一下。

“没错啊，就是这儿嘛……”他困惑地挠挠头皮，“看来老头子信里写的‘家族’另有文章啊，还是先找个地方住下来吧。妈的，屁股疼死了……”

进山的最后一条路坑坑洼洼的，他是坐一辆手扶拖拉机慢慢颠进来的。

太阳正在缓缓西沉。如血的余晖下，这座小山村显得黯淡而破败，仿佛笼罩在一层不祥的阴云之下。

双萍山不是什么旅游热点，按照文潇岚找到的背包攻略里的说法，这里山路崎岖难行，景致一般，物产贫瘠，也没有任何历史文化热点可供挖掘，所以旅游业一直很冷清，一年能来上几个背包客就算不错了。从县城开往山区的客车一天只有一趟，冯斯算是运气不错正好赶上了。

所以，这里也压根儿没有什么专门接待游客的旅馆，村长家里算是条件最好的，也就是多几间空房，平时可以腾出来接待一下偶尔的散客。冯斯没有费什么唇舌，五十块钱一晚得到了一个阴暗的小房间，被褥湿得能滴出水来，蚊虫与肥大的飞蛾围着昏黄的电灯飞来飞去，墙上时不时能见到壁虎、蜘蛛，或是蚰蜒之类友好的生物。

冯斯吃了一碗卧了个鸡蛋的素面条，然后欣喜地发现此地手机还有信号，只是房间里除了那盏电灯外，连个可供充电的插头都没有，手机电量不多了，只能到村长家的堂屋里去充。刚一下楼，就听到堂屋里热闹无比，原来是不少村民聚在这里看电视。他环视一圈，发现他问路的那个老头儿，也搬了个小马扎坐在那里。老头儿瞧见他，冲他招招手，他也挥了挥手，无声地笑了。

看来老头儿说的是真的，还真是全村人都聚到有电视的人家里来了。村长家不但有一台29英寸的彩电，可以用锅盖天线接收信号，还有一台国产山寨DVD机，此刻正在播放一部古老的好莱坞大片：动作明星施瓦辛格主演的《真实的谎言》。衣着简朴到近乎破烂的村民们，坐在从自家带来的小板凳或小马扎上，聚精会神地看着这部老电影，忽而为了惊险劲爆的动作场面欢呼惊叫，忽而为了女主角那段性感至极的脱衣舞表演而嘿嘿傻笑。最为有趣的是，这些村民应该是文化程度太低，看简单的字幕都费劲，因此电视机旁还站着一个戴眼镜的老头儿作解说，给村民们念一念关键对白。

冯斯靠在楼梯口，看着这些贫穷的人的简单娱乐，不知怎么有点羡慕。他当然不是羡慕那种连电视机都买不起的生活，而是羡慕那种简单纯朴的心态。这种羡慕并不少见，随便点开一个旅游论坛，满世界的男男女女都在向往原始的纯净，鞭挞工业文明的罪恶，每到一个青山绿水的地方就要“嗷嗷”叫两声“好想一辈子住在这里劈柴喂马”。这种论调原本被他不分青红皂白地一律斥为“矫情型弱智小清新的无病呻吟”，每次见到都要毫不留情地挖苦一番，但此时此刻，他却怎么也无法抑制那种被他鄙夷嘲笑的感受。在这个天翻地覆的年代里，他忽然间认识到，所谓的简单纯朴，真的不一定完全是小清新们的装逼矫情，某些时候，知道得越多的人越痛苦，越复杂丰富的人生越让人无奈。

而这部《真实的谎言》也让他想到一些和父母有关的往事。这部片子是我国20世纪90年代中期最早以分账方式引进的商业大片之一，在国内上映的时候引发了观影热潮。不过冯斯当时还是个小小的婴儿，对此不可能有任何记忆。据后来冯琦州说，那一年夫妻俩确实很想去看这部片子，但那段时间恰好冯斯生病了，持续高烧不退，因为两人没什么亲戚，找不到人帮忙照顾冯斯，最终也没有挤出那几个小时去看一场电影。好在就在那两年，VCD开始风行，第二年冯琦州咬咬牙买了一台，和池莲一起在家里看完了《真实的谎言》的盗版碟，总算是弥补了一点缺憾。

“那会儿我和你妈看碟，你就在沙发上爬来爬去，”冯琦州说，“后来女主角开始跳脱衣舞的时候——听说那一段只有盗版影碟才有，电影院给剪了——你妈还要我把你抱开，说小孩子看了不好，差点儿把我笑岔气。那么小的小屁孩，能看明白个屁……”

现在回想起来，那也算得上这个三口之家的生活中难得的温馨片段了。在那段时间里，纵然冯琦州也有着各种各样的毛病，但总体而言还算得上是个好父亲，直到池莲的去世毁掉了所有的一切。冯斯禁不住要猜测，父亲为什么会娶母亲，真如他临终所言，就是为了用家庭来作为掩护，方便他一直把自己带在身边吗？自己对于冯琦州而言，到底算是什么：一样工具？一个人质？一件实验品？或者是——儿子？

我的生活，乃至于整个生命，其实都是一种真实的谎言而已，冯斯想。

此时此刻，他有无数个问题想要追问冯琦州，但冯琦州已死，已经化为骨灰，再也不可能和他说一句话了。

冯斯正在出神地想着心事，人群里忽然传来一阵喧哗。他转头一看，原来是一个十六七岁的少女不知什么时候也来到了村长家，躲在堂屋门口偷偷看着电视，却被一个又黑又胖的中年男人发现了。中年男人站起身来，大步走到门口，揪过少女来，劈面就是一耳光。

“叫你不许出来，在家里看着弟弟，怎么就是不听话？记性被狗吃了？”男人打完耳光还不过瘾，一脚把少女踢倒在地上。这个少女瘦骨嶙峋，被踢了一脚后，疼得爬不起来。她的双眼里流下了眼泪，嘴巴一张一张的，却既没有发出哭声，也没有说话。她的脸上脏兮兮的，身上的衣服不但破旧，而且完全不合身。

“你他妈是个哑巴，又不是聋子，听不懂人话是不是？”男人似乎是越说越上火，对着少女拳打脚踢，嘴里不断喷出各种污言秽语，大意是说这个少女简直是他的家门之大不幸，生而为女不能传宗接代，还是个哑巴，想要嫁出去都没人要，只能放家里浪费粮食。而她的交了超生罚款才生下来的弟弟，一出生就呆呆傻傻的，快10岁了还读不过一年级，也一定是被她这个丧门星给克的。

这一幕对于村里的其他村民来说好像司空见惯，人们只是默默地注视着这一切，没有任何人上前阻止。少女是个哑巴，无法发出任何声音，只能用瘦弱的胳膊护住头和脸，把身子蜷作一团，任由自己的父亲殴打辱骂。

男人打得兴起，从腰间抽出皮带，抡在了半空中，正准备用力抽下去，他的手腕却一下子被人死死攥住了。

“谁？”男人恼怒地一扭头，看到一张陌生的面孔。再看看衣着，也不是乡民的打扮，仔细一想，似乎是今天到村长家里投宿的那个外地游客。

“差不多就行了吧。”冯斯抓着男人的手腕，平静地说，“你用皮带的金属头打下去，可能会出人命的。”

“我生的种，打死也活该，关你什么事！”男人手上用力，但冯斯力气也不小，他抖了几下没有甩开冯斯的手，一时气急，举起还空闲着的左手就要向冯斯打过去。冯斯并没有躲闪，目光里却隐隐有了一种凛冽的杀意。

“住手！”一声高喝响起来，那是村长的声音。村长在村里威望很高，男人愣了愣，虽然不甘心，却也不敢打下去，悻悻收回了拳头。冯斯这才放开手，走上前几步，把在地上滚得满身污秽的少女扶了起来。他注意到，这个哑巴姑娘虽然脸上沾满了尘土，但目光却很清澈。她望了冯斯一眼，嘴唇动了动，好像是在致谢，然后挣脱冯斯的手，转身跑出了大门。

“好啦好啦，没事儿了，接着看接着看！”村长大声说。没有人忤逆村长的话，人们乖乖地重新坐下，继续看浑身肌肉的施瓦辛格以一当百血洗恐怖分子的秘密基地，似乎刚才那一场风波完全没有发生过。男人狠狠地瞪了冯斯一眼，也不看碟了，系好裤子，抄起自己的板凳大踏步离去。

村长这才走到冯斯身边，意味深长地说：“小伙子，来玩就好好玩，我们乡下不比你们城里头，有些东西你看不惯，在我们这儿和吃饭喝水一样寻常。少管点闲事吧。”

冯斯笑了笑：“明白了，麻烦您了。”

他缩到角落里，等手机充完电就重新回到楼上，躺在床上，心里倒也有些隐隐后悔。此地人生地不熟，想要打探消息的话，原本应该藏起锋芒才对，但看着那个粗鲁的中年男人殴打自己的哑巴女儿，他实在是忍不住要去干涉。幸好村长及时制止了，不然要是真和这个男人打起来，麻烦说不定就大了。

这其实还是拜冯琦州所赐，他想着，从当初帮助宁章闻，到现在帮助这个哑巴女孩，似乎是一遇到涉及父子母子的事情，一向冷静的他就会头脑发热。

这算是童年阴影的一种表现方式吗？冯斯苦笑一声。

耳边噪音不断，那是楼下影碟放完之后，电视里开始播放新闻。依然不肯散去的村民们，边看边议论着每一条新闻：国足又输球了，“这一群人抢一个皮球有啥好玩的？”；某影星出轨找小三儿了，“把那个烂货抓起来沉塘！”；日本某知名企业家到省里考察投资环境了，“咱们得几辈子才能挣到人家那么多钱啊？”

在这些吵吵嚷嚷的声响中，冯斯渐渐睡去。

第二天醒来时，天已经大亮。村长家熬了玉米粥，他喝了一碗，带上照片出门。这一带山区的主要农作物是玉米和土豆，七月阳光毒辣，村民们仍旧早早下田喷洒农药，以防治近期传播得较凶的玉米螟。

冯斯转了一圈，惊奇地发现在田地里劳作的居然大多是青壮年劳力，这在如今的贫困山区十分少见。贫困山区往往是越种地越穷，有把力气的年轻人一般都会外出打工寻求机会，以至于留守的全是妇孺老人。但在这个村子里，年轻人却好像更情愿守着贫瘠的土地过穷日子。

好容易见到一个看起来有40多岁的中年农民，刚刚在地里喷完农药，坐在树荫下休息。冯斯走上前，和他打了个招呼，取出身上的照片，指着照片上的祖父问：“大叔，您见过这个人吗？”

中年农民瞥了一眼照片，面色一变，开口时声音略显慌张：“你问这个人干什么？”

“没什么，就是问问。您知道他吗？”

“不知道，不认识，没见过。”

中年农民连连摆手，但他实在不是一个擅长说谎的人，表情和眼神都已经出卖了内心。冯斯不动声色地走开，又问了几个上年纪的人，得到的回应差不多。

奇怪了，这些人明明就认识祖父，却偏偏要假装不认识，这是为什么呢？难道祖父在当地是一个连谈及都不能的禁忌人物吗？

看来需要改变策略了，冯斯想，继续拿着照片追问祖父是得不到答案的了。但是接下来能够采取什么策略，却实在让他有些茫然无措。他只能继续在村子里闲逛，无论怎样，观察一下地形也好。

这一逛，他又产生了新的困惑。按照网络上找到的旅游攻略，双萍山的景致一般，并没有太多值得一看的东西。但他走了这一圈，却发现附近的山山水水都别具风味，山峰虽然不高，但山势陡峭雄奇，而几条河流与山涧也是清澈透亮，沁人心脾，尤其是一个阳光下呈现出碧蓝色的深潭，隐隐有几分九寨沟五彩池的味道。

站在这个位于半山腰的蓝色深潭旁边，冯斯有些纳闷，这里的风景明明不错，所欠缺的无非是开发和包装。如果能把道路修整一下，好好开发旅游资源，这里的经济条件能改善很多，只是这些纯净无污染的自然风光，就足够让小清新们捧着自拍神器趋之若鹜了。但偏偏四合村的村民们没有任何动作，既不开发风景区，也不外出打工，就好像是非常适应这种贫困而半封闭的生活，甘心每天日出而作日落而息，过着全村只有两台电视机的日子，甚至连通车的公路都不修。那些低矮破旧的泥砖房，那些远离现代化的耕牛和农具，那些从几十年前遗留到现在的过时的标语，都在分明地诉说着时间的凝滞。仿佛和他在火车上的遭遇一样，时间在这个遥远的小山村也停滞了。

冯斯的身体忽然微微一颤，有些想通了其中的关窍。这个村子的麻木和封闭，或许是出自某种人为的安排，目的很有可能是掩藏某些东西。为了这些东西，他们不惜过着贫困的生活，可见所守护的东西有多么重要。假如他们想要掩盖的恰恰就是冯斯所寻找的，那么，联想到过去这些日子所遇到的那些狠角色……冷汗一下子冒了出来。

就在这时候，不远处的山道上传来石子儿滑落的声音，应该是有人朝这边走来了。一种奇特的预感，或者说直觉出现在脑海中，冯斯犹豫了一下，闪身躲到了潭边不远处的一块山石后面。

事实证明，这个英明的举动救了他的命。刚刚在岩石后面藏好，脚步声就已经靠近了，听声音有十个人左右。这一片杂乱的脚步声一直来到水潭边才停下来，接着一个有些耳熟的说话声响起来。

“刘老四不是说看到他朝这个方向走过来了吗？怎么不见了？”这个人说。

“鬼知道，刘老四眼睛生得斜，搞不好看错了。”另一个人搭腔说。

一行人在潭边转了一圈后，骂骂咧咧地离开了。冯斯从石头后面探出一点头来，看清楚了那个背影。没错，就是昨天晚上殴打哑巴女儿，而差点和他起冲突的那个中年男人，他的身边跟着八九个村民。这些人手里都拿着铁棍锄头之类的东西，多半不是为了跑到半山腰上来勤劳耕地的。

——十条大汉如果只是为了抓住冯斯一个人，是没有必要动用锄头铁棍的。他们显然连把冯斯抓起来的念头都没有，而是打算直接把他弄死！

虽然早就听说某些边远山区民风彪悍，把杀人不当回事，但如今亲身经历一回，冯斯还是禁不住一头的冷汗，心脏“怦怦”狂跳。等到那群人走远了，他慢慢挪出来，心里渐渐有了些眉目。

这些人如此穷凶极恶地扛起凶器就来找他，肯定不会是因为昨晚那场冲突，否则趁着月黑风高搞定他不是更方便？事实上，一直到今天自己来到田里晃悠的时候，都还没有人对他太在意，但几个小时之后就风云突变。

在此期间，自己只干了一件可能招致麻烦的事情：打听自己的祖父。

结论已经很清晰了：冯斯的祖父，在四合村里是一个不能提起的禁忌。这些人甚至连冯斯到底是什么人都不知道，也根本不想知道，发现他在询问这个人，立即不分青红皂白地准备对他痛下杀手。

现在该怎么办？冯斯刹那感受到了一种孤立无援的惶恐。他不能再回村子了，只要出现在任何一个村民的视线里，都会遭遇灭顶之灾，但是出村只有一条路，大白天肯定是没法躲开旁人溜出去的。而他的衣服都还在村长家里，好在出门时把随身用品都背在了书包里，有一瓶水，一点儿零食，还有一个移动电源，能供手机多支撑几天。

想到这里，他连忙把手机掏出来，打算打110求助，但这个村子里手机信号很弱，在这一带找不到信号。冯斯骂了一句娘，重新回到岩石后面，靠着石壁开始思索对策。

到了这种时候，他忽然巴不得自己脑子里的肿瘤真的是一个附脑，自己能够像林静橦那样刀枪不入，或者能像俞翰那样力大无穷。但是被那么多人关注重视的自己，到现在还没有发现身上存在哪怕是一丁点儿与众不同的能力。他虽然有一些打架的经验，但要单枪匹马对付这一村里上百个青壮劳力，无异于飞蛾扑火。

从某种程度上说，他陷入了绝境，在这个半文明半野蛮的遥远山村里。他不是电影里左手刀右手枪的铁血英雄，也不是能飞天遁地的超人，他只是一个普通的大学生。

这样的绝境，基本上就意味着死。

四

贵州西南，通往双萍山的公路。

前方出现了塌方，道路暂时中断，不过塌方并不严重，估计到第二天一早就能修通，所以被堵在路上的司机们也就只能骂上两句娘，然后凑在一起打牌打发时间。路边的乡民们倒是热情高涨，纷纷以高价兜售着开水、方便面、饼干等饮食，把趁火打劫的高贵品质发扬得淋漓尽致。

冯斯在时间停止时遇到的那个高瘦精干的男人，此刻就坐在一辆陈旧肮脏的北京吉普里，被堵在了路上。他似乎不太合群，没有下车四处乱转或是凑人玩牌，只是一个人靠在车窗上，半眯着眼睛，听着音乐。

“我愿逆流而上，依偎在她身旁……”邓丽君甜美婉转的嗓音从车窗里一直扩散出去，配合着身边乱糟糟尘土飞扬的场景，真是一幅典型的乡村公路图景。

“方便面要吗？”有人轻轻敲了敲车顶。

男人头也不抬地挥挥手示意不要，但紧跟着，大概是意识到这个卖方便面的人操的不是本地方言，而是纯正的普通话，他有些诧异地抬起头来。这一抬头，他陡然间目露凶光，就像是一头猎豹见到了狮子。但紧跟着，凶光隐去，他又恢复了常态。

“路晗衣，我们俩有日子没见了。”男人淡淡地说。

“梁野兄，你每次见到我就不能稍微亲热一点吗？”名叫路晗衣的俊美青年叹了一口气，“反正你杀不了我，我也杀不了你，不如开开心心地做朋友。”

“朋友？”梁野的眉毛微微一挑，“我没有朋友。”

他看了一眼路晗衣，又补充说：“即便有朋友，也不会是你。”

“你这么说真是让人伤心，”路晗衣微笑着，“我们俩打架打得你死我活是为了家族，但是在家族事务之外，未必不能做朋友嘛。”

梁野哼了一声，根本都懒得回答了。过了一会儿，他开口问道：“你到这里来，也是为了那个姓冯的小子吧？”

“还能为了什么？”路晗衣并不否认，“说起来，这个小子胆量倒是不小啊。身边的人随便哪个动一动手指头就能让他死一百次，他却偏偏一次次地削尖了脑袋非要往死路里钻。”

“他要是死了，你们是高兴呢，还是不高兴？”梁野问。

“说不上来，我相信你们也一样，”路晗衣说，“谁都知道这小子奇货可居，谁都想要得到他，但是同样的，谁都知道凭自己的能力可能根本无法驾驭他。他带来的，或许是前进的一大步，却也有可能是……毁灭性的灾难。”

“所以你这次来，是打算杀了他？”梁野问。

“不，我暂时不打算动他，我是来阻止你的。”路晗衣说。

“阻止我？”梁野的眉头微微一皱，“你觉得我想杀他？”

路晗衣摇摇头：“不，你想救他，事实上我也想。你我都清楚，他敢闯进这个村子，基本上是有去无回。但后来我改变了主意，想要把生和死的抉择留给他自己。”

梁野的眉头皱得更紧：“不会是为了那个虚无缥缈的命运之咒吧？你应该知道，我从来不相信什么天命。”

“命运这种东西，或许真的不存在，但披着命运旗号的理论却未必都是骗人的。”路晗衣说，“我一直在想，命运之咒的背后，可能掩藏着一些什么。对于天选者‘绝不干涉’的说法，或许理论是错误的，实质上却有潜在的正确性。”

“理论是错误的……实质上却有潜在的正确性……”梁野微微一怔。

“比如现代科学早就证实感冒无药可治，只能等待自愈，但为什么那么多人喝了根本不对症的草药之后，会觉得病况好转？”路晗衣敲敲自己的额头，“除了安慰剂效应之外，还因为他们喝汤药时就等于喝下去了大量的水。多喝水、多休息，都是有助于调动人体免疫力去对抗感冒病毒的。”

“你的意思是说，所谓命运之咒的说法其实是虚妄的，但对天选者绝不干涉，却可能暗合某些真正存在的规律？”梁野问。

“正解。”路晗衣打了个响指。

“为了这一丝潜在的正确性，你就宁可冒险吗？”梁野说，“如果他真的死了……”

“死了就死了呗，一定很重要吗？”路晗衣的笑容有些冷酷，“这么多个世代，每一个家族都在寻找天选者，为此耗费了那么多的资源和精力，也空耗了无穷的时间，真的值得吗？几千年前并没有天选者的存在，它还是被打败了，几千年后为什么不能重新再来一次？为什么要把希望寄托在一个浑浑噩噩的外人身上？”

“大概是因为，仅凭我们自己，或许真的没有希望吧。”梁野回答。他有意无意地解开了衬衫的两颗扣子，衬衫下厚实的胸肌上隐约可见一道长长的锯齿状伤口，呈现出令人触目惊心的深红色。

“这是那些玩意儿……给你留下的纪念？”路晗衣有些意外地看着这道伤口。

“17年前，我第一次执行压制任务的时候，”梁野说，“那时候你还是个小孩子吧。”

路晗衣笑了笑：“别倚老卖老了，那时候年纪小不代表我现在还不知道。17年前，最大的一次压制战役发生在青海吧？那一次你们家族距离最近。怎么样？和它交手有什么感觉？”

“你和我大大小小打过十多场，你应该知道，当我的狂暴之焰释放出来的时候，杀伤力有多大，”梁野双手交叉放在后脑勺上，似乎这样的姿势能让他回忆得更清楚，“但是我根本伤不到它的表皮。无须自夸，虽然我没有血统，是你们嘴里的……猴子，但却比这个时代的绝大多数遗民都强，如果我和它这样一个小小的奴仆相比都是天差地远，其他人加在一起又有什么用呢？”

“我不喜欢猴子这个称呼，附脑究竟是由血统带来的，还是后天移植的，其实根本不重要。”路晗衣从鼻子里“哧”了一声。

“可惜的是，没有天选者，我们都只是三脚猫。”梁野说。

“既然这样，就更加不要冒险挑战命运之咒了。”路晗衣说，“别忘了，天选者只代表先天素质，并不能保证最终的结局。如果他变成一根废材，你再把他当宝贝也无济于事。”

梁野没有说话，目光中有些犹豫。路晗衣又说：“你见过那个姓冯的小子了吗？”

“算是见过一面，”梁野含含糊糊地说，似乎是不想把火车上的惊变讲出来，“胆子不小，头脑还将就，体魄在一般人里算好的，但不能和你我相比。总体而言，算是个比较优秀的普通人吧。真是挺奇怪的，历史上出现过的天选者，很少有他这样快20岁了附脑还没有发挥丝毫功用的。”

“所以，这不是更加说明了他的与众不同吗？”路晗衣趁热打铁，“用常规的方法去扶持他，或许是走不通的，过去的失败经验也说明了这一点，还不如让他自己去决定自己的生死。如果他死在这里，或许就说明他注定不是那个我们所期待的人，不如早早抛弃幻想。”

“你说的……也有点儿道理。”梁野终于点了点头。

第七章

坟

一

果然，全村的人都在寻找冯斯。

冯斯从山崖上望下去，村里人像分工默契的蚁群一样，开始分批搜寻他的下落。而唯一通往村外的路上，站了七八个人专门把守，他根本不可能从他们的眼皮子底下溜出去。山间虽然广大，要藏起来不是难事，但就凭身上这瓶喝了一半的矿泉水和一丁点儿零食，能撑几天？更别提山区夜间骤降的温度了。

难道真要死在这儿？冯斯心里一阵阵发紧。他迅速地判断形势，发现自己只有两个办法可以试试：第一个法子是从山上翻越出去，这当然是极冒险的一个方法。此处山势陡峭，自己又没有专业的登山工具，一不小心就会掉下去摔得粉身碎骨，然后在新闻里留下只言片语《北京一大学生违规穿越景区不慎坠崖身亡》，供网民们嘲笑鞭挞“又死了一个傻逼”。第二个法子是投降，赶在对方杀死自己之前，大声说出自己的身份。虽然这个模糊不清的身份很难用三言两语说清楚，毕竟连他自己都不知道真相，但一旦说明了，村民们的态度很有可能发生转变。到现在为止，自己已经遭遇了好几拨不同的人群，这些人都对自己感兴趣，但没有任何人试图杀他，这说明他大概是有点用的。

但是这个办法也没有退路可言了。这些村民会因为觉得他有用而饶过他的命，这只是一种推测，万一这帮人和之前那些截然相反，反而觉得必须将他除之而后快该怎么办？

想来想去，突然第三种方法从脑子里蹦了出来。坐以待毙不是办法，要不然——主动出击？这帮人一味地在山野里搜寻，那是断定自己一定会躲得离他们远远的。假如反其道而行之，想法子找到一个落单的村民，袭击并胁迫他，先在他家里躲起来，说不定反倒可行。一来解决了最要紧的生存问题，二来所谓灯下黑就是这个道理，村民们大肆搜索之余，却未必会想到要找的人就躲在他们内部。

那就当一个犯罪分子吧，冯斯捏紧了拳头，下定了决心。

他耐心地躲藏在半山腰，其间机敏地躲过了两拨搜查，也吃光了剩余的食物，好在本地的山泉水清澈干净，喝下去暂时没有拉肚子的迹象。太阳慢慢西沉后，借着夜色的掩护，他开始小心翼翼地往山下走。然而走出去没有多远，他就发现有一个黑影朝着山上摸索过来。

这是一个落单的村民吗？冯斯心里暗喜。他自忖以自己的打架本领，制伏一个人应该不难，何况这个黑影看上去身量不大。他慢慢缩身在一棵大树后面，手里握住一块鹅卵石，准备等这个黑影靠近后就猛冲上去偷袭。但天不遂人愿，眼看来人就要靠近了，竟然停住了脚步。

活见鬼！冯斯在心里骂了一句娘。大哥，拜托你再往前走十米好不好？只需要多走十米，我就能跳出来一个大步跑到你身边，赏你一记鹅卵石。但现在这个距离实在太远，肯定会被发现的，到时候他只需要及时地大叫一声，冯斯就完蛋了。

正在心焦时，那个黑影却做出了一个让他意想不到的举动。他忽然发出了一阵奇怪的声响，就像是在吹笛子，但又比笛子粗糙得多；像是在吹哨，但声音远不如哨子尖锐。

这应该是在吹草叶，冯斯判断着。他上小学时，班上有一个乡下转学来的孩子，曾教过他们吹草叶的技巧。据说有些牛人能用一片普通的草叶吹出婉转动听的曲调。眼前这个黑影虽然吹得不成调，声音倒还蛮响的。

奇怪了，在这样的一个全村动员的夜晚，怎么会有人脱离大部队，独自一人跑到山上来吹草叶呢？冯斯想着，冒险探出一点脑袋，想要看看这到底是谁。借着月光，他勉强看清了对方的身形相貌，不由得大为吃惊。

——这赫然是那个前一天夜里被父亲殴打的哑巴女孩！此时她一边吹着草叶，一边焦急地四处张望，像是在盼望着什么人出现。

冯斯忽然明白过来：这个女孩是在召唤他！她是个哑巴，不会说话，只能用吹草叶的方式发声。她想要见的人，就是自己。

他回想了一下前天夜里发生的事情，眼前的一切不难猜测。那个粗暴的中年男人即将动用皮带的金属头抽打她——也就和凶器没什么区别了——那时候，他制止了男人，帮助了她，大概是她心存感恩想要来报答自己吧。虽然她只是一个瘦骨伶仃饱受欺凌的寻常乡村女孩，但毕竟是本地土生土长的，总能想到办法帮自己躲藏，给自己找来食品和御寒物品，那就是巨大的帮助了。

问题就在于，这个女孩是否值得信任？

她完全可能是受村长等人胁迫，故意跑到这里来欺骗自己的。他们也能推测出，这个姑娘既然受了冯斯的恩惠，很可能成为他在这个村子里唯一值得信任的人。那么，用她来欺骗自己现身，倒也是一个可行的手段。

那么，要不要相信她呢？

冯斯犹豫着，但渐渐深下去的夜色和越来越冷的山风，对他而言实在是一种无形的警告，也是一种反面的诱惑。在这样的山区里忍饥挨饿过上一夜，确实太难熬了，跟着这个哑巴女孩，也许就能得到被褥，得到热水，得到吃的……

一想到吃的，冯斯空瘪的肚子里忍不住发出了一声响亮的“咕噜”。当然，只是他自己听来响亮，在山风和草哨的掩盖下，几步之外的人应该就听不清楚了。但冯斯却发现，正在吹着草叶的哑女孩身子轻轻颤动了一下，然后朝自己所在的方向小小地侧了一下身。

她听到了这点微弱的声音！冯斯在心里叹了口气，都说盲人的耳朵特别灵，倒是没想到哑巴的听力也这么好。既然被发现了，也没什么好藏的了，无论她是好意歹意，总之先和她见了面再谈吧。

冯斯回忆着自己在各种影视作品里所见到过的一些最简单的哑语，正准备钻出来，却猛然间发现女孩用右手捏着草叶放在唇边吹响，左手却悬在她自己的胸前。她的胳膊肘保持不动，只是用手腕带动着左掌轻轻摇动。

这只摇动的手掌，无疑也是在传递信息，而这个信息的解读并不难，那就是四个字：不要出来。

冯斯当然不会出去了。他也理清了事实：这个女孩确实是被村里人强迫来诱骗他的，但她却并没有完全按照指令行事，而是选择在最紧要的关头给了冯斯救命的信号，警告他不要上当。

在被这个世界愚弄了许久之后，冯斯终于发现，原来偶尔扮演一下好人，还是能得到好报的。

这下子不能出去了。又过了两分钟，下方的山道上传来几声呼喝，哑女孩停止了吹草叶，转身走了回去。下面果然埋伏着前来抓捕的村民，假如冯斯真的现身，大概很快就会变成一团肉泥。

等到女孩走远了，冯斯才敢嘘一口气。他意识到，这帮奇奇怪怪的村民对他是志在必得，如果贸然闯入村中，多半还得成为肉泥。想要摆脱沦为肉泥的悲惨命运，唯一的希望就在哑女孩身上了。从刚才的举动来看，这个姑娘头脑还挺灵活的，也许她还会回头来找冯斯。或者说，他有一种强烈的预感，这个姑娘一定会回来找他的。

他下定决心，就把赌注押在这一把了。

山里夜间的温度下降很快，冯斯裹紧了外套，把身子缩成一个球，只觉得身体冷得像冰块，肠胃却由于饥饿而感到一阵阵火烧火燎。这种感觉倒是不太陌生。许多年前，母亲的尸体被火化后，他为了和父亲赌气，接连两天没有吃东西，直到饿晕过去被抱到医院去打点滴。

但是现在，自己非但不能晕，连稍微合一合眼都不敢，着实有点难熬。他又不敢随便浪费手机的电量，无聊之下，居然开始背英语单词。他禁不住想，要是把天底下的大学生都放到这样的困境中背单词，搞不好四六级就不会那么像拦路虎了。

就这样过了几个小时，眼皮子变得像铅一样沉重，视线里也模模糊糊出现了一些幻觉，正当他渐渐觉得自己有些支撑不住了的时候，吹草叶的声音再度响起。他连忙看出去，果然是那个哑巴女孩又来了，但这一次，她的手势是一个上翘的大拇指。

冯斯疲惫不堪地站了起来，活动着麻木的手脚，勉强挤出一个笑脸："你好。"

女孩静静地望着他，忽然之间，也展露出一个纯真的笑容。她的脸已经洗干净了，也不再是一天前那副惶恐无助的神情，到这时冯斯才注意到，这个女孩其实长得很秀气，一双灵动的眼睛就好像能说话一样。

女孩冲他招了招手，发出无声的召唤示意"跟我来"。冯斯乖乖地跟在她身后，费力地爬过一条几乎不能算路的狭窄山道，来到一片灌木植物前。女孩伸手拨开外面遮挡的草木，露出一个小小的黑黢黢的洞口。她弯下腰，朝洞里钻了进去，冯斯紧跟在后面也钻了进去。他发现这个洞异常狭窄，刚好能容纳一个成人，他块头不小，钻起来颇为吃力，甚至担心像武侠小说里描绘的场面那样，被卡在里面进退不得。

好在这种衰到家的事情终究没有发生，他还是顺利地挤了进去。钻过大约20米长的窄洞后，里面有一个相对宽敞的空间，大约有半间大学宿舍那么大。地上已经铺好了一堆旧衣服，衣服上放着一床被子，还有一个塑料袋，袋子里散发出一阵米饭的香气。

冯斯几乎是连滚带爬地扑了过去，打开塑料袋。塑料袋里套着一个小袋子，里面装的是一块还稍微带点热气的米饭，米饭上有一些泡菜。此外，大袋子里还装了一双木头筷子。他抄起筷子，三下五除二就着泡菜把米饭吃了个干净，只觉得这辈子都没吃过那么香的东西。

哑女孩坐在一旁，看着冯斯狼吞虎咽的吃相，禁不住微微笑了笑。冯斯吃完，正在拍着肚子，看到女孩略带点顽皮的目光，也有点不好意思："民以食为天……见笑见笑。对了，还没认识一下呢，我叫冯斯，你叫什么名字？"

问完这句话，他才意识到对方不会说话。但这个女孩却手脚麻利地从身上掏出一本破旧的学生作业本和一支铅笔，在本子上写下了三个字：关雪樱。

冯斯微微一怔。这是三个简单的汉字，但是组合在一起并不俗气，不太像是那个粗鲁村汉能起得出来的名字。在他的想象中，这个姑娘似乎应该叫招娣、二丫之类的名字，更加贴合她的现状。他所不知道的是，"关雪樱"这三个字其实是一个日本的特有名词，指的是一种樱花。大正十年，知名画家桥本关雪的夫人在京都哲学之道旁种植了这种美丽的樱树，因而得名，成为京都著名的观赏景点。如果知道这一点，他或许会想得更多一些。

关雪樱像是看出了他的心思，又写了几个字："妈妈取的。妈妈死了。"

冯斯"哦"了一声，低声咕哝了一句"抱歉"，关雪樱摆摆手表示不介意。冯斯仔细看了看她写的字，虽说显然没有经过书法训练，一看就是小学生的字体，但每一个字都写得端正工整。这应该是一个很渴求知识的女孩子，冯斯心里微微一颤。

"那你知不知道，村子里的人为什么要抓我？"他又问。

关雪樱摇摇头，在纸上又写了几行字："不知道，我帮你打听，你先休息，我要赶快回去，明天给你送吃的。”

“谢谢你。”冯斯点点头。他想了想，从书包里摸出了一支签字笔和一个还没开封的小巧的记事本，递给关雪樱：“抱歉，我身上只带了这两样小玩意儿，送给你吧。”

关雪樱推辞了一下，最后还是犹犹豫豫地收下了，眼瞳里闪烁着喜悦的光芒。

关雪樱离开后，冯斯裹紧了被子，很快睡着了。虽然仍旧身处险境，不知道明天还会发生些什么凶险难测的事情，但能够找到一个真心愿意帮助他的人，已经足够让他心里生起一种难得的安宁感。

此后的几天里，关雪樱用冯斯给她的钱在村里的杂货店买了一些面包和方便面给冯斯送来，还偷偷给他煮了几个鸡蛋。尽管还没能偷听到村民们如此如临大敌的真正原因，但关雪樱还是通过笔谈，尽可能地让冯斯了解了一些这个村子的状况。

按照关雪樱的说法，这座山村的确是足够奇怪。从她记事起，村里就没有任何人外出打工赚钱，无论男人还是女人，也从来没有人迁居。这并不是一条明文规定，甚至不是口头上的禁令，但村里的成人们却似乎都知道并一直遵守着它。除此之外，四合村并没有限制外人到这里旅行，但他们对外来游客的态度并不好，好像压根儿不想从旅游业上面赚钱，也多次拒绝了从政府到投资者的协助旅游开发的意愿。

除此之外，四合村已经几十年没有一个高中生了，所有的孩子要么提前辍学，要么最多按照义务教育规定的底线读完初中。至于上了年纪的人，更是有很多人完全不识字，以至于看盗版影碟都得有专人负责讲解字幕。并且，没有一个孩子是在有“外人”的学校里上学的，村里有一所学校，小学和初中混在一起，总共只有一个老师负责教授，就是解说字幕的那个老人。

看来我之前的判断是正确的，冯斯想，这个村子是故意把自己推入半封闭的境地的。如果他们不全都是遗传性精神病，那就是一定有什么特殊的目的。比如说，为了尽量减少村子被外部打扰的频率，以便保守某些代代相传的秘密……

祖父那封信里的内容又浮现在脑海里：“记住，这并不是什么个人的事业、个人的成败荣辱，而是守望千年的家族使命，是冯家的祖辈世世代代试图完成却始终难以如愿的心结。”如今看起来，所谓的“守望千年”，还真不是夸张。

现在只能把一切委托给关雪樱了。这个女孩看似柔弱，却十分有主见，身上有一股男人身上都少见的坚韧。她每天忙忙碌碌地包干家里的一切杂活儿，再趁着夜间溜到山上来找冯斯，给他送来食物。两人在手电筒的亮光下笔谈，同时冯斯也教会她一些新的生字生词。

关雪樱17岁的人生，基本可以用之前她父亲辱骂她时的那几句话来概括。她是家里的头胎，父亲关锁对于生下一个女儿极度失望，所以对她动辄打骂，并且把第二胎生下的儿子智商偏低也归咎于她。勉强让她读了三年小学后，母亲去世了，关锁就不许她再读书了。她只能趁着父亲不注意的时候，偷偷对着一本破旧的新华字典和从邻居那里要来的旧教材自己琢磨。

这个隐蔽的山洞，则是一次她被父亲打得太狠了，忍受不住从家里逃出去时，无意间发现的。从此，这里成了只属于她的一片小天地，在这里看书习字就不会被发现了，却没有想到，这个山洞竟意外地救了冯斯一命。

“原来你妈妈也是在你三年级的时候去世的，我们一样啊。”冯斯油然生起一种同病相怜的亲切感，“是生病吗？”

“有人抢节（劫）。用刀杀。”关雪樱低头写下这几个字。

“都是死于非命……”冯斯叹了口气，觉得自己和关雪樱的命运里又有了一个共同点。

又过了两天，冯斯如惯常那样在深夜里等待着关雪樱的到来。关雪樱一般会在半夜一点左右来到山洞里，但这天夜里，她却并没有准时到达。过了半个小时，过了一个小时……正当冯斯逐渐感到心焦，担心是否出了什么事的时候，洞外传来了“窸窸窣窣”的爬行声。关雪樱急急忙忙地通过狭窄的洞口钻了进来，甚至顾不得向他打个招呼，就忙不迭地掏出作业本——冯斯送的笔和本她暂时还不敢用，以免被发现——开始在上面写字。借助手电筒的亮光，冯斯看清楚了她写的字。

分。

分？分离的分？一分钱两分钱的分？分子的分？

冯斯莫名其妙，不明白关雪樱到底想要说什么。关雪樱也有些着急，冲他比画了一阵后，索性在本子上画了一个有点像包子形状的半圆形，然后在下面又写了几个字："死人住的地方。"

冯斯一下子明白过来。她所想要写的，并不是"分"字，而是"坟"。

坟墓的坟。

二

冯斯已经有差不多一个星期的时间失去联系了。文潇岚一遍又一遍地拨打冯斯的手机，听筒里传来的始终是冰冷冷的"您所拨打的用户暂时无法接通"。她想要用山区里信号不好来解释，但仔细想想，以冯斯表面上嘻嘻哈哈，实则细心谨慎的性子，怎么也得每隔一两天出村找个有信号的地方给她报报平安。

这么一想，心里就难免有些焦虑，再加上硬着头皮帮冯斯照管微博账号也实在恶心，她很想让冯斯快点回来，至少是快点有消息。于是这一天从实习单位回来后，她开始在网上大范围搜索与双萍山有关的一切信息。上一次，她在为冯斯查找出了地名和线路之后，就没有再过问，但现在看来，这座不知名的远山似乎还藏着一些什么。

这一搜不打紧，倒还真找出来不少相关的帖子，不过一页页地翻下去，基本都是一些普普通通的游记或者旅游贴士，其中夹杂着大量的吐槽，指责当地山民毫无发展旅游业的观念，对游客冷淡，山村条件差。

"这个白痴……不会是拳头痒痒和当地人打架，然后被剁成肉酱了吧？"文潇岚嘟哝着。她想到何一帆肯定应当知道一些，但那个死丫头脸上天真无邪，其实守口如瓶，多半不会告诉她。

忽然之间，一个帖子的标题映入眼帘：《朋友在双萍山四合村遇害，警方定性为意外死亡，求法律援助》。

遇害？文潇岚心里一紧，连忙点开这个帖子，却发现这个帖子早已被删除。诡异的是，连搜索引擎的快照也被删除了。好在和技术青年宁章闻混得久了，她也知道几个存储历史旧网页的国外网站，总算在其中一个网站里找到了这个网页。那是一个长帖，发帖人对当时发生的一切，以及她自己的心理变化描述得十分详尽。一行一行地看下去之后，她忽然忍不住站起身来，关掉了宿舍的空调。

太冷了。冷得人浑身汗毛倒竖。

事情发生在十年前，按照那位发帖人在帖子里的描述，前往双萍山旅游的是两个女性驴友。她们的职业是自由插画师，不必每天坐班，所以空闲的时候时常搭伴出去旅游，只要背着电脑和画板就能干活。这一次，她们的目的地是双萍山。

由于事先查找好了攻略，知道此地并非旅游热点，因此两人并不需要事先预订房间，到了那里再现找就行了。而事实上两人也没的挑，只有村长家里有多余的空房接待旅客。

村长态度不冷不热，食宿条件很糟糕，其余村民也显得不太友好，好在附近的风景确实不错。两人住了三天，把周边的山水看了一圈，准备按计划先回县城，再去往贵州的其他景区。她们搭上了每天只有一班的长途车，回到了县里。然而当天中午，回到县城里之后，发帖人的朋友发现自己离开时忘了一样东西——随身的一块移动硬盘。这块硬盘里存储了大量的画稿和重要资料，是万万不可丢失的。

于是她立即决定，马上回村里去找。要是晚了的话，指不定就变成小孩子放在地上踢来踢去的玩具了。只是当天已经没有公车可以搭，她在宾馆附近转悠了一阵，找到一辆黑车，好说歹说许以高价，才说动了司机带她回去。

“要不要我陪你一起去？”发帖人问。

“不必了，就是去取个东西而已，晚上就能回来。”她的朋友说。

然后她就再也没有回来。发帖人拨了一晚上的电话，对方的电话却始终关机。而她当时并没有陪她的朋友一起去叫黑车，所以非但不知道车牌号，连到底是哪种车都不知道。无奈之下，第二天上午她报了警。

警察的行动非常迅速，当天下午就给了她回应，让她完全不知所措的回应：她的朋友死了，死在那个村子里，原因是从悬崖上摔了下去。事后的官方验尸也得出了同样的结论，死者身上并无其他死因。

但她却敏感地意识到这其中大有文章，因为她的朋友只是回村里取一下移动硬盘，不可能再去闲逛两人早就看过了的风景，更何况她到达村里时应该接近天黑了。

更让人疑惑的是，清点遗物的时候，她发现一切贵重物品都没有丢失，包括随身的现金、手机和那块移动硬盘。但朋友数码相机里的存储卡却不见了，询问警察，得到的答复是一概不知。她忽然间明白过来，朋友的出事，很可能和那张存储卡有关，而存储卡能给人造成威胁的可能性，大概只有一个：照片或者是录像。

朋友说不定是拍到了什么危险的东西，因而被灭口了！这位发帖人得出了这样的推论。她不动声色地接受了警察的解释，拿回了朋友的遗物，在宾馆里等待着死者的父母到来。但警察离开后，她立即打开了朋友的手机后盖，取出其中的存储卡，放到读卡器里。

——十年前的时候，拍照手机刚刚发明出来不久，在中国大陆根本就没有风行开，甚至那会儿使用数码相机的人都并不多。但很凑巧的是，她的这位朋友偏好赶时髦，托人从香港代购了一个。所以村里人即便知道把数码相机里的存储卡取走，却也料想不到，用来打电话的手机竟然也能拍照。

她用颤抖的手点开了存储卡，里面存放着上百张低像素的手机照片。前面几十张都是一些寻常的随拍风景图，但再往后，却突然出现了一张异乎寻常的照片。

这张照片的角度是俯拍，大概是从悬崖上拍的，画面上可以看到村中的一片空地，空地上站满了村民，基本都是成年人。但有几个妇女的手上各自抱着一个婴儿。看上去，这是这座村子的某种集体活动。

第二张照片则显示出村民们已经转移到了另外一个位置，看样子像是一处小山坳，但她们在旅游时并没有留意到村子附近有这样一个地方，她猜测大概是此地的入口被村民们隐蔽起来了。村民们此时站在一片密密的树林前，有序地排列成了几行，前方的似乎都是年纪大的，应该是按照辈分地位来站的。但在这张照片上，却见不到那些抱婴儿的妇女了。

第三张照片仍然在同样的位置，只是所有人都换成了跪姿，而这张照片上终于能见到先前那些妇女了，原来她们一直被其余村民们围在正中间。从按照尊卑次序站位，到跪地匍匐，似乎是在说明着，这几张照片所记录的，是一种十分庄重的仪式。

当然了，这前三张照片虽然有些不同寻常，却也说不上有多么不对劲儿。在我国的边远山村，各种各样古老而奇特的风俗并不罕见，理解成祭祖或者祭拜山神什么的，都无不妥。但接下来的第四张照片就有些骇人了。

从周围的景观和人员的站立方位来判断，这第四张照片和第三张照片应该处于完全一样的位置，然而两张照片相比，却发生了一个巨大的变化：照片上那片密林莫名其妙地消失了一大片，露出了隐藏在密林之后的一样东西。

一座坟墓。一座巨大的、小山一般的坟墓。由于照片像素太低，背景光线也很暗淡，基本看不清多余的细节，但隐约可以看到入口处摆放着几尊奇形怪状的雕像，至少有两人高。

在这个看起来乏味无趣的小山村里，竟然会藏着这么一座庞大的墓葬。发帖人到这时候开始明白过来，这个村子绝对不简单，这座坟墓可能就是他们需要守护的秘密。她也猜到了，朋友一定就是因为目睹了这一场诡异的仪式，才招来了不幸。

她定了定神，接下来看第五张照片。此时光线已经很昏暗，再加上不敢开闪光灯，照片上基本就是一团团模糊的黑影。她把照片放大，瞪大了眼睛努力辨别着，勉强可以看出人群散到了一旁，坟墓入口外成了一片空地，空地上摆放了几团小小的东西，这些东西是——婴儿！先前被女人们抱在怀里的婴儿，此刻都被放在了地上，而墓穴的入口处则多出了一团庞大的黑影。

那团黑影到底是什么？这张照片实在看不清，于是她跳到了下一张。

第六张照片的拍摄角度发生了改变，似乎是拍照人被什么东西所吸引了，于是冒险在悬崖上向前攀爬了一段，或者是爬到了一棵树上，总之距离现场近了不少。于是这张照片上，上一张照片中的庞大黑影略微清晰一点了。虽然还是黑乎乎的一团，但却已经勉强可以看出一些轮廓了。此外，和第五张进行对比的话，这个黑影的位置也有所改变，先前还在墓穴的入口处，现在却已经移到了靠婴儿们更近的位置。

那是一个近似于椭圆形的物体，但并非规则的椭圆，看上去有些扁。如果不留意的话，可能会把它当成一块岩石，毕竟一张照片上是看不出任何动态的。然而，如果细看的话，会发现这个椭圆形物体的前端有什么东西在隐隐闪烁着亮光。她把照片放到最大，仔细看着那一点亮光，然后她就一把捂住自己的嘴，避免自己尖叫出声。

——那是一只眼睛！一只闪烁着绿莹莹的光芒的眼睛！

全部的照片就只有这六张。再往后，既没有照片，也没有拍照人的任何音讯了。发帖人说，她装作什么都不知道，赶紧回到了大城市。她认为，如果两人不是分头行动，而是都回到了村里，说不定两个人都会被杀死。

她还觉得当地警方很可能和村民们沆瀣一气，而且除了那几张模糊的照片外，自己也没有任何证据，只好先发帖求助，征询一下网友的意见。有意思的是，和当初的冯斯一样，尽管见到了常识难以解释的怪象，她仍然拒绝相信任何怪力乱神，而是认定那个照片上露出眼睛的怪物是村民们装扮的。

“那个村子里很可能藏着一个邪教，”她在帖子里说，“那些村民受到了邪教的控制，举行那样装神弄鬼的恐怖祭祀。”

太天真了，文潇岚看到这里禁不住叹了一口气。这位可怜的插画师，大概怎么也想不到她所遇到的到底是怎样的危险事物。不过，现在文潇岚没有多余的工夫去为旁人的命运嗟叹了，她首先担忧的是冯斯。从这个帖子的描述来看，那一团模糊不清的东西，很有可能就是冯斯一直在追查的那种和视肉比较相似的怪物，而且是一个形态相当庞大的个体。

她进一步想到，如果那个村子里真的存在着这样一个怪物，而且是全村人膜拜的对象，那么，很可能那个山村里的所有人都是一伙的。冯斯这样大大咧咧地跑到村子里去，基本上就是羊入虎口。

文潇岚慌忙在搜索引擎里输入地名，想要查找当地区号拨打110，但马上又想到了，这个村子那么多年都没有任何负面消息传出来，想来也有对付警方的办法，搞不好还有内应，那样的话，报警可能更危险。也就是说，无论遭遇什么，现在都只能靠冯斯自己去解决问题了。

她又想到了点什么，打开聊天工具，找到一个自己认识的业余画插画的驴友，报上了那位发帖人的网名：“你听说过这个人吗？”

“我知道这个名字，是一位还不错的插画家，但是已经死了，死了很久了。十年前，她出了车祸，被当场撞死，肇事者至今没有找到。”对方很快回答说。

这个回答并没有出乎文潇岚的意料。她看着屏幕上那个似乎带有一只眼睛的诡异黑影，忽然间叹了口气。

“自求多福吧，但愿你总能走狗屎运……”文潇岚喃喃地自言自语。

三

关雪樱一会儿写着汉字，一会儿写着拼音，偶尔还要画一幅简单的图画，或者用手势比画一下，总算是把她想要解释的东西向冯斯说清楚了。

“村子里有一座大坟，爸爸从来不准我接近。但是村里的大人每年都会去。”关雪樱说，“那座坟好像是一个秘密，平时是藏起来的，没有外人能看到。我偷听到他们说话，说你是来找那座坟的，所以一定不能让你活着出去。”

“你有没有听说过，坟里到底有什么？”冯斯问。

“我偷偷听到别人说起过一点，”关雪樱“说”，“那里面好像是埋着一个……老祖宗。”

“老祖宗？”冯斯有些意外，“一个老祖宗的坟至于保密到这样吗？”

“老祖宗好像没死，还活着。”关雪樱“说”。

“僵尸？”冯斯的眉头微微一皱，居然没有感到太吃惊。在经历了过去几个月的种种奇遇后，这个村子里假如藏的是什么比较寻常的事物，反而会让他觉得不可信。当然了，这也绝不会是什么普普通通的僵尸，不是跳出个林正英撒点糯米、贴张符就能解决的。何况冯斯还远不如林正英，连把木剑都掏不出来。

但他别无选择。已经到了这一步，别说区区僵尸，就算是一个奥特曼横在那里，他也必须去扮演怪兽。

“能不能告诉我那座墓该怎么靠近？”冯斯问。

“你应该先逃跑，”关雪樱“说”，“太危险了。”

冯斯摇摇头：“我好不容易才来到这里，他们已经记住我的脸了。如果这一次不把事情弄清楚，以后也就再也没机会了。”

“有那么重要？比命还重要？”关雪樱“问”。

冯斯笑了笑：“我倒是很想充满豪情地回答你一句‘很多东西都比命更重要’，但是事实并不是那样的。和所有人一样，我也怕死，一点都不想死。但是这件事如果不查清，我真的不知道我到底还能活多久，搞不好最后还是死得不明不白。与其那样，还不如拼一把呢。”

关雪樱咬了咬嘴唇，犹豫了一下，接着开始写字。似乎是心情有点激动，她用力很猛，冯斯听到了纸页被划破的声音。

“好，我带你去。但我也想请你帮我。”关雪樱写道。

“你要我帮你什么？”冯斯问。

“带我离开这里。”

这又是个难题。冯斯当然对关雪樱的处境充满同情，也愿意帮助她，但拦住殴打她的父亲是一回事，把她带离这个山村带回城市又是另一回事——那岂不成了拐卖人口？别说保护未成年人不受家暴的相关法律还不完善，就算真的依法剥夺了关雪樱那个浑蛋父亲的监护权，她的去向也绝不应该是跟着冯斯这样不靠谱的大学生。

他想要拒绝，但在昏黄的烛光下见到关雪樱的眼神，不知怎么心头一震。这是个冰雪聪明的姑娘，从冯斯的犹豫里已经看出了答案，所以目光中充满了失望和伤心，但却没有丝毫怨怼。

“不用了，我还是会帮你。”关雪樱划掉了上一句话，写下了这一句，然后她默默地开始收拾火柴、蜡烛、手电筒和食品等物品，似乎一秒钟也不想耽搁。

这个姑娘就将一直这样在这个山村里直到老死吗？几年之后，她会被嫁给一个山村里的粗鲁汉子，遭受着和父亲相同的殴打和虐待，生养孩子，做牛做马伺候丈夫全家，很快变成毫无神采的衰老妇人，最终无声无息地死去。没有人会记得她曾经来过这个世界，没有人会记得她偷偷用来习字的铅笔和作业本，没有谁会记得她也曾经有过一双清澈而渴求知识的眼睛。

冯斯深吸了一口气，慢慢地说：“我答应你，我带你走。”

关雪樱身子微微一震，冯斯接着说：“当然，前提是这一次我们能活着逃出村子。”

不管这么多了，他想，趁着头脑发热，赶紧答应下来吧。冰冷的理智往往容易让人犯错，某些时候，还是得遵循自己的本心。

关雪樱伸出手，装作不经意地擦去了眼角的一滴泪水，然后无声地一笑，冲冯斯竖起大拇指，意思是“我们一定能活下来”。

然而，半小时之后，两人刚刚燃起的豪情消失了，好似一堆燃烧的木柴上被浇了一桶冰水。

“怎么会有那么多人守在那儿？”冯斯满脸苦相，“我还以为你们村的男人都跑去找我了呢。”

“不只我们四合村，还有邻近两个村的人，”关雪樱写道，“三个村，一家人。”

“规模够庞大啊……”冯斯叹了口气，“就算是007，想要接近也不容易。”

关雪樱似乎对“007”没什么概念，没有接茬。两人躲在暗处，看着那片浓密的树林前方站着的二十多条大汉，有些一筹莫展。关雪樱之前告诉了冯斯，被叫作“祖坟”的大坟就藏在树林后面。那似乎是一个很古老的机关，一旦发动，树丛会自动移走。

“能想办法绕路吗？”冯斯问。

关雪樱摇摇头，连字都懒得写了，伸手向远处一指，然后比画了一个山的形状。那意思是说，坟墓背后靠着的是悬崖，无处攀爬，根本不可能绕路。眼前的这片密林，就是唯一通往墓穴的道路。

秘密就藏在那里，也许是和自己切身相关的绝大秘密，但却无法再前进半步，这样的境遇实在让人心急如焚。冯斯甚至想到，要是俞翰那个傻大个在就好了，以他附脑觉醒时的力量，一个打这20个应该不成问题吧？

正在无可奈何地胡思乱想，突然，他感到脑子里微微一痛。这个痛感转瞬即逝，他并没有留意，但半分钟之后，又痛了一下。这之后，每隔几十秒钟，脑袋里就会间歇性地抽痛。

不会那么巧吧？在这个最关键的时刻，自己居然犯起了头痛，又或者是那个“暂时没有危害”的良性肿瘤发作了？但很快地，他意识到事情绝没有那么简单，因为就在这时候，几十米之外的树林里忽然传来一阵轰响，随即那些高大的树木像是被装上了轮子一样，向着两边滑开，露出了树林后面的一座坟冢。

关雪樱没有说错，这的确是一座大坟，半球形的坟体几乎有两层楼那么高，坟前的石门已经打开，从石门里跑出来一个村民，脚步踉跄地奔向他那些在外看守的同伴。

“张年顺，你他妈的疯了？让你在里面轮值，谁叫你出来的？”一个首领模样的村民很是生气。

“我听到点儿声音！”名叫张年顺的村民急急忙忙地喊道，“从祖坟里传出来的，就好像是……有什么牛在叫。”

“牛叫？”领头的村民一把揪住了他的衣领，“你没听错？”

“老子又不是聋子！”张年顺恼火地甩开对方的手，“第一声我还以为是听错了，但是接着又叫了两三声。”

“那他妈的可不是什么牛叫！”领头的村民一跺脚，“搞不好是老祖宗要醒了！”

老祖宗要醒了。这六个字一说出口，这帮村民就像炸了锅，七嘴八舌地议论起来。冯斯勉强能听清楚其中的几句：“不是还没到时间吗？”“这次怎么会这么快？”“祭品还没准备好呢，老祖宗没东西吃要发火的吧？”

“都给老子闭嘴！”领头的村民一声暴喝，人们安静了下来，他果断地挥了挥手，“老祖宗要是没到时间就醒了，那可是大事，走，赶紧看看去。”

他当先向着那座坟墓跑去，但跑出十来步后，他发现身后的脚步声不大对劲。回头一看，只有八九个人跟在他身后，剩下十余人畏畏缩缩地站在原地纹丝不动。即便是隔得很远看不到表情，冯斯也能猜到，这些人的脸上一定充满了胆怯。

“于叔，现在村长不在，要是老祖宗发起疯来，可没人能制得住啊！”一个留在原地未动的村民对领头者说。

被称为于叔的领头人想了想，哼了一声：“说得倒也是。那这样吧，有胆子的跟我进去看看，其他人赶紧回去叫人去。”

村民们巴不得他这么说，开始一溜烟地往回跑。于叔骂了一句什么，带着剩下的九个人一起走向坟墓，很快消失在门洞里。

“运气好，”关雪樱在纸上写道，“没人了。”

冯斯微微一笑，点了点头，心里却在想：这可不是什么运气。刚刚好我靠近了这里，刚刚好我犯了一下头疼，然后老祖宗就开始牛叫了，没那么巧的事儿。恐怕是老祖宗嗅到了我的味道吧，他想，甭管那是发现食物靠近的渴望，还是发现同类靠近的欣喜，抑或是感受到敌人靠近的恐惧，总而言之，多半是我冯某人唤醒了老祖宗。

难道在火车上的那次奇遇，也是因为我“唤醒”了某个怪物的缘故？

他心里微微一颤，不过此刻没有时间多想了。等到跑向两个方向的两拨人都消失在视线外，他拉着关雪樱蹑手蹑脚地来到了坟墓前。靠近了之后，他发现这座墓地上的土堆由棕黑的夯土筑成，看起来黑黢黢的并不起眼，但坟前的几尊石雕像却引起了他的注意。

“嗨，又见面了。”冯斯带着嘲弄的神情举起手来，居然向其中一尊雕像打起了招呼。他看得很分明，这几尊充满邪恶意味的雕像，雕塑的都是一些世间并不存在的畸形怪兽，雕工并不精致，但配合着此地那令人毛骨悚然的氛围，倒也别有一番气势。

而其中的一尊雕像，赫然是他曾经见到过的。若干天前，在前来此地的火车上，在那个血流成河的幻境中，他曾经见到过这样一只怪兽。一只形状似马，却比普通的马匹更加高大，嘴里布满獠牙，背后还有一对蝙蝠一般的黑翼的马。

果然那场幻觉并不只是个噩梦，冯斯想，鼻端似乎又闻到了那股腥臭的气息。

关雪樱拉了拉冯斯的衣袖，意似询问，好像是被他怪异的表情吓住了。冯斯拍拍她的肩膀：“没事儿，咱们进去吧。我只是在想，不是我疯了，就是这个世界疯了。”

于叔等人进去得太匆忙，甚至没顾得上关好石门，冯斯和关雪樱顺利地溜了进去。通过一段几十米长的墓道后，眼前豁然开朗，出现了一个宽敞的大厅。大厅里出乎意料地明亮，那是因为四壁固定了不少老式的油灯，每一盏灯都在燃烧着。借助这些油灯的照耀，冯斯看清了这个大厅里的一切。

“电视剧里见过。”关雪樱写下这几个字。

“没错，的确是电视剧里常见的玩意儿。”冯斯说，“没想到啊，原来你们的老祖宗是个道士，我爸要是见到他，一定很亲切……”

眼前是一座大殿，道观的大殿。

这座山村大墓里，居然藏着一座道观。此刻冯斯的对面就立着一尊威猛的灵官像，正圆睁着三只眼睛瞪着他。殿里有着浓浓的香烛味，说明这里的香火一直没有断绝过。

一个麻木、愚昧、封闭的山村，在村子的深处建了一座坟墓，坟墓里藏着一座道观。这会意味着什么呢？

“难道是什么邪教？”冯斯自言自语着，两条眉毛绞到了一起。这样的事例或者说故事，实在是太多了。荒僻的山村，邪恶的神明，愚昧的村民，总是能演变出许许多多的惊悚故事。只不过，那些惊悚故事被披上了一层神秘的外衣，再怎么千回百转，到最后都会落到人的阴谋和人的诡诈上。但是现在，自己所面对着的可远远没有那么简单……

刚想到这里，脑袋里又是一痛。这一次痛得十分剧烈，隐隐有点在火车上时的那种仿佛被刀切般的感觉，让他禁不住轻轻呻吟了一声。但关雪樱并没有注意到他这一声呻吟，因为这声音被另一连串巨大的声响掩盖了。

那是从道观深处传来的惨叫声，那十位村民的惨叫声。

冯斯顾不上头疼，一把拉过关雪樱退到灵官殿外，藏身在门边。里面的叫喊声听起来惨痛无比，关雪樱的身子禁不住簌簌发抖，即便是冯斯，也禁不住心头发毛。

掺杂在那些惨叫中的，是一阵阵若有若无的低沉的轰鸣，有点类似于动物的鸣叫。冯斯一下子想到之前从墓中跑出来的村民张年顺所说的话：“好像是有什么牛在叫。”

倒还真的有点像牛叫呢，他想，这就是老祖宗所发出的声音吗?

过了一会儿，惨叫声渐渐平息，但老祖宗也再没有发出其他的声音。那牛一样的喘息声顷刻间消失无踪，墓穴里似乎除了冯斯与关雪樱的呼吸声和灯芯燃烧的“嗞嗞”声之外，再也没有其他声音了，甚至连之前不断出现的剧烈头痛也停止了。

这是怎么回事?难道是老祖宗吃饱后睡着了?冯斯一阵疑惑。关雪樱扯扯他的袖子，向前指了指，意思是去看看。冯斯犹豫了一下，一想老躲在外面也不是办法，何况那些搬救兵的村民随时可能带着上百条大汉扛着锄头杀回来，既然没有退路，不如冒险前行吧。

这么想着，他和关雪樱一同重新走进了灵官殿，刚走出几步就闻到一阵阵的血腥味扑鼻而来。在火车上的时候，他也曾在幻觉中浸入一条被鲜血染红的河流，但那毕竟是幻觉，即便腥臭，也还在肉体可以承受的范围内。而现在，在真实的世界中闻到这样的味道，他差一点就吐出来了。回头看看关雪樱，虽然也是面色苍白，但状况却比他更好一些，实在让他感觉有些没面子。

两人穿过灵官殿，一路来到了通常位于道观中心的三清殿。刚一走进去，关雪樱就紧张地躲到了冯斯背后。这个举动并不奇怪，冯斯也看得很清楚，这里的地上有一道长长的血迹，一直通往三清殿后方的门，好像是有什么带血的巨大物体被一路拖拽过去了一样。但除了这一道诡异的血迹之外，这里再也见不到其他的任何东西。十个大男人就这么消失了。

难道是他们被捆在一起，然后就这么像拖一大捆稻草一样被拖了进去？十个身强力壮的山民是怎么被迅速制伏的？冯斯满腹狐疑，在关雪樱耳边说："你先待在外面，我进去看看。"

关雪樱摇摇头，比画了几下手势，表明她绝不离开。冯斯生性爽快，也不勉强："好吧，一起去吧，就算挂了也有个伴。"

他走在前面，带着关雪樱走进那道门，门里是另外一个大殿，但里面供奉的，却并非寻常道观里所能见到的玉帝、三官、真武大帝等，甚至也不是地方小庙里常见的关公、财神、城隍。那里摆着的，是一尊形状奇特的恶魔雕像。

恶魔，这是冯斯脑子里的第一反应。这尊雕像并非中国传统的泥塑雕像，而是呈现出青铜的质地。它的形态近似于牛头人身，有着魁梧的身躯和尖鼻大嘴带有两只长角的头颅，背后伸展着两只宽阔的羽翼。这个形若恶魔的雕像坐在一个石墩上，双膝向外张开，双手摊开，头颅的角度微微向上，张着血盆大口，仿佛正在发出狰狞的啸叫。

关雪樱在纸上"唰唰"写了几个字，递到冯斯眼前："外国的？"

这正是冯斯所想的。这尊恶魔像，或者说邪神像，带有浓郁的西方特色。虽然冯斯对雕塑艺术所知甚浅，但也能一眼看出这尊雕像不属于中华文化。他掏出手机，把这尊雕像拍了下来，然后注意到地上的那道血迹正好延伸到雕像的脚下。

他想也没想，便跟随着血迹来到青铜像身前，发现铜像的胸腹处有一块活动的铜板，似乎是一块门板。他伸出手，正想触碰这块铜板，忽然腰间一紧，没等他做出任何反应，身体已经悬空而起，一股不容抗拒的巨大力量把他带到了半空中。身后的关雪樱也发出了极力挣扎的声音，虽然她无法叫出声，但从急促的呼吸仍旧可以听出她内心的恐慌。

"这就是你的真面目吗？"冯斯低下头，轻声说道。在他的身下，他苦苦追寻数月之久的怪物，终于清晰地出现在了他的视线中。

四

村长万东峰这些天来一直心神不宁。他有一种说不清道不明的预感，一场巨大的危机正在临近。

带来这场危机的是那个名叫冯斯的年轻人。起初的时候，万东峰以为这就是个附庸风雅的普通驴友，并没有太在意，没想到这家伙到村里来的第二天，就拿着一张照片开始寻人。而那张照片上的两个人，赫然是最让他头疼，也最让他畏惧的那父子俩。

“这里留给你了，”那个人临走之前说，“如果它死了也不要紧，用你们全村人的性命来赔就行了。”

这可绝不是说出来吓唬人的，万东峰太知道那个人的手段了。如果有必要的话，他可以把自己的亲儿子炖成汤喝掉。没有办法，可怜的村长只能苦苦支撑着，维系着那个已经流传了千年的谎言。好在这个村子在先辈们的刻意安排下，始终都处在一种半开化的愚昧状态，倒也好糊弄。只要熬到自己这把老骨头有一天闭眼蹬腿了，后面的事就交给别人去烦心吧。

但是冯斯的到来有可能改变这一切。他不清楚这个人怎么会有那父子俩的照片的，但由此可以判断，这个小子一定是知道了很多他不该知道的事情。

他第一时间就做出了灭口的命令，但是很奇怪，这个大活人居然莫名其妙地消失了，村民们怎么搜索都不见踪影。人们有些怀疑他其实是在逃跑的过程中滑落到山崖下摔死了，但是没有找到尸体，谁也不能百分之百地确认。更何况，一个大活人来到村子里失踪了，搞不好家人会跟着线索找过来。

更糟糕的是，这几天万东峰为了这件事还没烦心够，新的麻烦又来了，而且是更加恐怖的大麻烦。

“村长！出事了！”半夜响起的敲门声把万东峰从睡梦中惊醒，“老祖宗好像醒了！”

万东峰一句脏话已经到了嘴边，生生又憋了回去，一下子从床上跳了起来，鞋也顾不上穿就跌跌撞撞地扑出去开了门：“你说什么？”

“祖坟出事了！老祖宗好像醒了！”门外的人大声重复了一遍，打破了万东峰最后的一丝侥幸。

20分钟之后，万东峰带着人来到了祖坟。他表面镇定，心里却完全没有底气。离开的那个人，只告诉过他在常规状态下如何保持老祖宗的沉睡，但眼下是非常时段，在时间根本没到也完全没有任何预兆的情况下，老祖宗突然醒了过来。

该怎么办？万东峰心里七上八下，表面上却必须强作镇定，不让村民们看出来。来到祖坟外，他先在外面喊了几声，但于叔等人没有丝毫回应。

“是祸躲不过……”万东峰长叹一声。他回过身，对着跟在身边的村民们挥挥手，“你们守在外面，如果我没有招呼你们，不管听到什么声音，都别进来。”

村民们巴不得万东峰这么说，都忙不迭地点头。万东峰又叹了口气，迈步走了进去，然后用力把墓穴的石门关死，发动了藏在门内的暗锁。这一道机关只有他知道，一旦发动，将会有几块厚重的石板封住墓门，墓穴的门就没有办法从外面打开了。

“实在不行的话，我就陪你一起死在这里面吧。”万东峰嘀咕了一声，迈着略带蹒跚的步伐向前走去，同样跟着血迹来到了三清殿后方的那个大殿。在那里，老祖宗的确已经醒了。

乍一看，老祖宗的形态有些近似于深海里的大王乌贼，有着庞大的椭圆形身躯和许多长而粗的触手。但仔细一看，就会发现这样的外形有一些不协调。那些长长的触手虽然是从躯干里钻出来的，颜色却和躯干迥然不同。老祖宗的躯干是深灰色的，触手却是赤红色，两种色调的对比颇为鲜明，打一个比方，那些触手就好像是一棵大树上缠绕着的藤蔓，而不像是同根同源。

假如去掉这些触手，老祖宗所剩下的巨大躯干，看上去更加近似于一个放大了数百倍的大脑，布满皱褶。在这个“大脑”的前端，一只绿莹莹的眼睛正在闪烁着邪恶的光芒。这是一只并不存在于人们常识中的怪物，但它就在那里，带着令人战栗的恐怖气息，真实得不容置疑。

听到万东峰的靠近，老祖宗似乎有些兴奋，触手开始在半空中缓缓舞动。但它又很快停住了动作，慢慢把触手收了回去。

“您还认得我啊，老祖宗。”万东峰苦笑一声，“这还没到日子呢，您怎么就醒了呢？刚才跑进来看您的那几个小辈，又到哪儿去了？”

当然，老祖宗是没法开口回答这些问题的。它只是慢慢地把身体往后缩了一缩，好像是有些不满于来的是它的“子孙”，而不是别的什么东西。万东峰也不再多说，开始在这间神殿里寻找失踪者的下落。他走到青铜像跟前，用力拉开了那道活门。刚把门拉开，他的眼前一花，脸上突然遭到重重一击。这一拳打得他眼冒金星，立即栽倒在地上，仿佛四肢百骸都失去了知觉。过了好一阵子，他才能感受到剧烈的痛楚从脸上升起，手脚也恢复了知觉，却无法动弹了，像是被什么东西捆住了。

万东峰勉强睁开肿胀的眼皮，看清了身前的一切。他已经被绳子捆住了手脚，身前站着两个人，一个是村民们一直苦苦寻找的冯斯，另一个居然是村民关锁的哑巴女儿关雪樱。他稍微一想就明白了这是怎么回事，不由得长叹一声。

“家贼难防啊，”万东峰摇着头，“没想到漏子会出在你那里。”

关雪樱在村长面前很是胆怯，不敢稍有表示，只是把身体缩到冯斯背后。万东峰又把视线转向冯斯：“有人帮忙，所以你能躲过我们的搜寻，这没有什么奇怪的。但是我不太明白，你为什么能和老祖宗在一起那么久都平安无事。”

“老实说，我比你还奇怪这一点。”冯斯说着，靠到了老祖宗的身边。这个巨怪不但没有做出攻击的动作，反而把身体向后费劲地挪动了两米，那些张牙舞爪的触手也紧贴着身体收好。

冯斯却不依不饶，大步追了过去，一把揪住了其中一根触手。老祖宗不再动弹，但整个身体竟然开始微微地颤抖。

“我也不太明白这究竟是怎么回事，但是很显然，它害怕我。”冯斯一摊手。

半个小时之前。

一股无法抗拒的巨大力道把冯斯卷到了半空中。他回过身，终于见到了这个被称为“老祖宗”的怪物的真面目。在此之前，结合那张模糊的老照片和所听所读到的各种描述，他曾经无数次地想象过这种怪物的形态，如今亲眼见到了，他发现其实和他想象的差不多。当然也有那么一点点偏差，那就是那些挥舞的触手。

——所有的描述里都只提到一团状如视肉，或者说大脑的椭圆形物体，却从来没有说过，它的主体之外还有附着物。照片上的怪物也没有。

“这算是什么？进化？”冯斯嘲弄地说。其实他心里也足够紧张，尤其在老祖宗还没有现身之前。但不知道为什么，落入这个怪物的触手之后，他反倒不害怕了，从心底还隐隐生起某种……亲切感。这种亲切感十分诡异，却又无法抹杀，就像是从陈旧的玩具箱里掏出一个破烂的布偶，尽管已经完全不记得自己幼时是否曾经和它一起玩耍过，但那种难以名状的熟悉感觉，却会从内心深处悄悄泛起。

“我说，我不会真的和你是亲戚吧？”冯斯盯着老祖宗碧绿的眼睛。老祖宗似乎从来没有遇见过这样一个敢和它对视的猎物，眼神里流露出一丝意外和犹豫，完全就像人一样，但紧跟着，杀意流露出来。它猛地发力，触手回收，把冯斯拉到身边，然后身体表面裂开了一个大口子，就像是一张怒张的血盆大口，要把冯斯吞下去。

关雪樱大张着嘴，惊恐到了极点，喉咙抽搐般地蠕动着，发出一阵喑哑的嘶叫，这已经是她能发出的最大的声音。接下来的一幕令她闭上了眼睛不敢再看：老祖宗把冯斯的身躯塞到了“嘴”里，她觉得自己简直能在想象中听见冯斯的身体被撕裂，血肉被吞噬和骨骼被挤压成碎渣的声音。

但这终究只是想象，她闭着眼睛等待了很久，却没有听到多余的声音，整个神殿里一片寂静，仿佛只剩下了她紧张的呼吸声。过了好一阵子，她实在无法忍受这种让人压抑的寂静，终于硬着头皮睁开了眼睛，这一看之下，她惊呆了。

明明已经被吞噬的冯斯，居然完好无损地站在地面上，缠绕着他的触手也已经松开了。看上去，冯斯也不明白到底发生了些什么，他同样满脸疑惑，死盯着不知为何大发善心的老祖宗。但很快地，两个人都看懂了。

“你怕我？”冯斯搔了搔头皮，向前跨出两步，站到了老祖宗的身前。在他的视线里，老祖宗已经把所有触手都收了回去，整个身体似乎缩小了很多，趴在地上一动也不动。如果仔细观察的话，可以看出，它的身体竟然有些轻微的颤抖。冯斯没有说错，老祖宗竟然在害怕。

关雪樱也爹着胆子靠近，老祖宗仍然没有动弹。她望向冯斯，目光里充满了困惑，冯斯摇摇头：“我也不明白发生了什么，我明明已经被它吞进去了，但不知道怎么回事，它很快又把我吐了出来。”

“它为什么会怕你？”关雪樱写道。

冯斯一摊手：“鬼知道为什么。不过既然它不敢伤害我，我倒是想要和它来点儿亲密接触。”

关雪樱捂住嘴，无声地笑了，冯斯也跟着坏笑一声，伸出手来，触摸到了老祖宗的表皮。手感有些奇特，就像是黏稠结实的胶状果冻，并且还带着不低的体温，比正常人的体温略微高一点。这一碰，老祖宗的身体猛地抖了一下，就像是一只肥大的菜青虫被顽童用树枝戳了一样。

它真的在害怕。

与此同时，那种忽而出现忽而消失的颅内痛感又回来了。随着怪物的颤抖，那种疼痛也变得越来越清晰、越来越强烈，似乎是在暗示着冯斯和老祖宗之间的诡异联系。

"你到底是什么人？"关雪樱忍不住写了一句。冯斯苦笑一声："这个问题问得实在是好，我真希望能有人马上给我答案……嘘！有人来了！"

这一下"嘘"着实有些多余，因为关雪樱原本没法说话。两人情急之下只好躲进了那尊邪神像的体内，很快地，来人进入了神殿，开始和老祖宗说话。两人这才听出来，来的竟然是村长。

"老祖宗居然怕你？"万东峰喃喃地说，"这是怎么回事？"

"你没有说出来的半句话是不是'老祖宗居然没有吃掉你？'"冯斯问。

万东峰翻了翻白眼，摆出一副死硬到底的架势，看来是打算向关雪樱学习，坚决不开口说话了。冯斯也并没有逼迫他，而是从身上掏出一样东西举到他眼前。万东峰看了一眼，身子禁不住颤抖了一下，脸上的表情显得既害怕又厌恶。

这是一张老照片，但照片上的中年人和少年的脸都很清晰。就是为了这张照片，冯斯险些被锄头、铁棍打成肉酱，但也正是因为这张照片，他机缘巧合地来到了这座墓穴，见识到了这座山村世代守护的真相。

"这个村子里的一切，都是这个家伙安排的吧？"冯斯指着祖父的脸，"为了藏好这个怪物，你把整个村子全部封闭起来，这些年里不知道杀害了多少无辜的外人。我不想扯什么良心之类的废话，我只想问你，这个老东西到底用了什么办法威胁你？你难道就没有一丁点儿反抗的念头？"

万东峰低下头去，神色间隐隐有一些惭愧，但更多的是无奈和悲伤。过了许久，他重新抬起头来，皱纹密布的苍老面容上已经是老泪纵横。

"你以为我们不想？我的祖祖辈辈都想要摆脱这样的命运，但任何的抗争最后带来的不过都是死亡，他们根本就不是人……我已经老了，无所谓死不死的，只是想让村里的孩子们都活下去。”万东峰声音低沉地说。

冯斯看着他：“我相信你说的是真话。但是这样一代又一代地在愚昧和恐惧里活一辈子，大部分人甚至都不识字，和养在圈里的猪有什么分别？”

“你到底是什么人？为什么会来到这里？”万东峰反问道。

冯斯扬起手里的照片：“虽然没有血缘关系，但按照户口来算的话，照片上的这两个人，应该是我的祖父和父亲。”

万东峰霍然变色，身子扭动了一下，像是想要站起来。但是他被捆得很结实，这个徒劳的动作不但没有让他站立起来，反而失去平衡摔倒在地。他顾不得疼痛，双目死死盯着冯斯，看样子如果没有被捆住的话，恐怕就要把冯斯的皮剥下来细细地看。

“看样子……你也知道我的存在啊。”冯斯轻声说。

“我知道，”万东峰颓然长叹，“我当然知道。当我得知你在拿着这张照片四处打听的时候，我已经开始怀疑了，可惜我最后还是没能阻止你。”

“那你能不能告诉我——我到底是谁？”冯斯的声音很平静，但心跳得格外快。眼前不只有活生生的怪物，还有一个可能知道事情来龙去脉的人，对他这几个月的苦苦搜寻来说，实在是一个了不起的突破。现在看起来，在知悉了冯斯的真实身份后，万东峰的意志似乎有些动摇，也许他会成为第一个愿意对自己吐露实情的人。

“这件事说来话长，”万东峰咳嗽了一声，“我只是个身体衰弱的老头子，身上也没有武器，不信你可以搜。可不可以先把绳子解开，让我稍微轻松一点？”

冯斯想了想，冲关雪樱点点头，关雪樱会意，伸手解开了万东峰身上的绳子。万东峰慢慢站起身来，活动了一下筋骨，慢慢地说：“你也听到了，你眼前这个怪物，被我们称为老祖宗。它当然并不是我们这些村民真正的祖先，‘老祖宗’这三个字，只是说明它的存在时间很长。从我出生后开始，就听到老人们谈及它。有人说它已经存在了几百年，还有人说它已经存在了上千年。几百年也好，上千年也罢，总而言之，它就是这个村子永远无法摆脱的噩梦，是一道无论怎么用力也挣脱不开的枷锁。”

“看它这个样子，虽然凶恶，却并不一定就没办法杀伤吧，更何况它还得靠你们供养才能生存，为什么就没法摆脱呢？”冯斯不解。

“老祖宗不是关键，关键的是人，老祖宗背后的人。”万东峰凄然一笑，伸手指了指照片上冯斯的祖父，“这个人，和他的祖祖辈辈，我不知道应该把他们称为老祖宗的仆人还是守护者。他们世代相传，阴魂不散，控制着村里的人，逼迫我们豢养这只怪物。那些人……用古老的说法，叫作会妖术；用你们文明世界里现代人的说法，叫作掌握了一些用科学无法解释的力量，总而言之，没有人能和他们抗衡。在白白付出了许多条人命之后，我的祖先们妥协了，忍气吞声地接过了这一副枷锁，成为老祖宗的奴隶。”

原来和我想的不一样啊，冯斯有些意外地想。他原本以为照片上的山村就是父亲和祖父的故乡，但现在看来，他们俩并非本乡本土的人，而是属于某个外来的势力。祖父在信里所说的“守望千年的家族使命”“冯家的祖辈世世代代试图完成却始终难以如愿的心结”，其中所言的家族、祖辈，其实都和这个山村无关。

他们只是一群监视者。

而同样的，还可以推断出，这一群被禁锢在山村里的村民，可能也并不知晓所谓的真相。老祖宗对他们而言，是妖，是魔，是鬼，是地狱使者，是生化怪兽，根本就是一码事。这个推论让冯斯再度陷入了失望。

“也就是说，其实你也并不清楚老祖宗究竟是什么？”虽然有些失望，冯斯还是向万东峰发问了。于他而言，能多了解一些细节也是好的。

“不是很清楚，但我可以尽可能多地告诉你和它有关的一切。”犹豫了一会儿，万东峰终于斩钉截铁地说，“我想了很久，不能再这样继续下去了。需要有人来帮助我们，如果不行的话……不行的话……”

“那就宁可玉石俱焚，也胜过这样在痛苦和愚昧里一遍又一遍地循环。”冯斯替他说下去。

万东峰低低叹了口气。过了一阵子，他清了清嗓子，开始诉说：“因为文字资料都被刻意地抹杀，我无法说清楚我们村起源的时间，但可以肯定的是，起初的时候，这里只是一个普通的山村。但不知道从哪个年代开始，有一群异乡客来到了这里……”

冯斯和关雪樱聚精会神地倾听着，突然之间，“噗”的一声闷响，村长的胸口陡然出现了一个大洞，从洞里钻出一截带血的触手。没等两人反应过来，村长的身体已经离地而起，被触手带到了半空中。

“混账！”冯斯惊怒交加，忍不住破口大骂。他已经看清楚了，偷袭村长的正是之前畏缩到一旁，让人几乎忽略它存在的老祖宗。他一下子明白过来：这个怪物能听懂人话！出于暂时不明的原因，它害怕冯斯，但当有可能威胁到自身安全的秘密即将被泄露时，它还是忍不住露出了极度凶残的一面。它那长长的触手在冯斯接触时显得很柔软，似乎没有太大的杀伤力，但此刻却坚硬如铁，一下子洞穿了村长的身体。虽然这一下并没有对准心脏，但村长老迈的身躯显然难以承受这样的重击，此刻紧闭双眼，也不知道是昏迷过去还是已经死了，鲜血从右胸顺着他的身体和老祖宗的触手滴滴答答地流到地上。

老祖宗触手一抖，村长的身子软软地摔在地上，一动也不动。关雪樱连忙上前扶住他，伸手探了探鼻息，冲冯斯点点头，示意还有呼吸。冯斯稍微宽心，咬着牙大步冲向老祖宗，虽然对方依旧显得很害怕，他却不禁有些茫然，因为连这个怪物到底为什么怕他都不知道。如今无论比较体形还是力量，自己明显都是吃亏的一方，该怎么收拾怪物呢？总不能扑上去用牙咬吧？

他就像武侠小说里空负一身内力却不懂如何施展的段公子，站在老祖宗面前，脸上威风凛凛杀气十足，心里却一片空白。此时此刻，哪怕有一根木棒，或者一块石头握在手里也好啊，冯斯想着。

然而即便他此刻像段公子一样手足无措，对面的老祖宗却像一只见到老鼠的猫，明明稍微挥一下触手，就能像先前洞穿万东峰那样轻松地杀死冯斯，但它偏偏就是不动弹。它那只绿幽幽的眼睛里放射着恐惧和胆怯的光芒，仿佛冯斯才是真正的妖魔。

冯斯索性紧紧地盯住那只绿色的眼睛，和老祖宗对视着。这只眼睛阴森恐怖，甚至让人觉得有点恶心，但当视线和它接触的时候，冯斯仍旧感到了那种无法解释的熟悉感。既然这样，就让我们来眼神交流吧，他恶狠狠地想。

老祖宗避无可避，索性合上了“眼皮”——其实也就是把那只眼睛藏进了皮肤的皱褶里，但过了几秒钟，它又重新睁开眼，像是豁出去了一样，也盯着冯斯的眼睛。冯斯禁不住心里一颤，因为这个怪物的眼神实在是和人的眼神没有任何差别，其中流露出的重重复杂的情绪和思想，充分说明了它有着高度的智慧。

“你到底是什么东西？”冯斯轻声发问。

老祖宗当然不会回答，它只是用一种难以解释的目光看着冯斯，忽然间，目光中出现了一丝邪恶的嘲弄。冯斯猛然意识到不对，但却也没有任何对策可以采取。几秒钟之后，老祖宗的体内响起了一阵怪异的声响，整个身体开始剧烈地颤动起来。那并不像之前的由于恐惧而颤抖，反倒是类似于一部开足马力运转的机器。不过那样的震动，似乎光用“运转”已经不足以解释了，倒更像是……解体。

那一瞬间，某种直觉的亮光从眼前闪过，冯斯下意识地向后退出好几步。刚刚退开，怪物身上发出一种撕裂般的声响，然后庞大的身躯突然裂开。

第八章

魔仆

一

按照村长的指令，村民们守在墓穴外，谁也不敢进去。当然了，即便没有村长下令，他们也巴不得离这座墓穴越远越好。

等了许久，村长始终没有出来，倒是从里面隐隐约约传出一些声响。他们无从判断这些声响究竟意味着什么，但都能从村长的毫无音信中猜测到可能事情不妙。

“于叔没出来，村长也没出来……”一个村民终于忍不住说，“会不会是他们已经……已经被老祖宗……”

“老祖宗不会吃我们自己人的吧？”一个年轻人很是惊奇，“我们不是它的子孙吗？”

“是不是子孙说不准，但就算是子孙，老祖宗恐怕也不会在乎……”第一个说话的村民嘟哝着，但声音很小，似乎是怕被老祖宗听到。

“别瞎说！”旁边一个上了年纪的村民恼火地推了他一把。他不敢还手，只能在嘴里骂骂咧咧。其他人则默不作声，但一个个脸上都写满了惶恐不安。

“那么多人守在这里，看来真的出事了啊。”一个陌生的声音忽然响起。这个人的嗓音村民们从没有听到过，更何况他也并没有操本地口音。

村民们急忙回头，发现身后不知道什么时候多了两个人，两个外人：其中一个是30来岁的精瘦汉子，一边走一边随意地打量着周围，似乎对这些村民视若无睹，另外一个是个微笑着的英俊的年轻人，看面相和善亲切，刚才说话的就是他。

但是冷峻也好，和善也罢，这两个陌生人的出现着实诡异。这座村子的入口已经被封闭起来了，为了搜寻冯斯，也有不少人在各处巡逻，但这两个家伙居然不声不响地绕开了所有的守卫，轻松地出现在山村的核心位置。

“你们是什么人？”先前发火的那个老村民厉声喝问。看来在村长和于叔都不在的情况下，此人的资历最高。他一面问，一面发出手势，其余人立即围成一个圈，把两人围在中央。

“我不想伤人，所以还是请你们让开吧，”长相英俊的年轻人微笑着说，“生命来之不易。”

他说话的时候也显得和和气气的，看起来真是满脸的人畜无害。这些村民虽然长年来守卫着老祖宗的坟墓，但也并非全无见识，从这两人如此轻松的潜入，也能猜到他们的背景不一般。此刻虽然围住了敌人，村民们却并不敢轻举妄动。

“你们到底是谁？”老村民也有些忌惮，迟迟不敢发出进攻的命令。

“说了也没用，你们还是快点让开吧，”带着和蔼笑容的年轻人说，“再晚就来不及了。你们的老祖宗可能会把这一带所有的活物全部杀死。”

“你……你胡说些什么？”老村民脸色一变，下意识地向后退了一步。

“老祖宗到底是个什么样的玩意儿，我想你们心里应该很清楚，骗外人还可以，骗自己这种事儿就别做了。”年轻人摇晃着食指，“现在只有我们两个人能阻止它，不然你们全村人都死定了。”

头发斑白的老人犹豫了一阵子，嘴角有些轻微的颤抖，显然被年轻人说动了。但半分钟后，他还是狠狠一跺脚，暴喝一声：“不要听他们胡说八道！快把这两个外人抓起来！”

村民们你看看我、我看看你，目光里都有着稍许的畏惧，但还是不敢违抗老人的命令，慢慢地向前缩小包围圈。刚开始，他们的步调充满谨慎，但似乎是为了冲淡内心的紧张，终于有一个年轻的村民忍耐不住这压抑的气氛，发出了一声怒吼。这声怒吼刺激了所有同伴的神经，他们也都发出同样的吼叫，挥舞着手里的家伙，向着两人冲了过去。

包围圈中的两个人纹丝不动，显得很是悠闲。冲在最前面的村民更是心里惴惴不安，他一面用近乎疯狂的嘶吼掩饰内心的不安，一面高高举起手里的镰刀，向着那个神色始终冷冰冰的男人当头砍下去。看样子，他打算直接要了敌人的命。

“下手好狠……”一直微笑的年轻人禁不住微微皱眉，“这下子谁也救不了你了。”

随着他的这句嘟哝，那个村民已经冲到男人身前半米处，手中的镰刀也开始下落，眼看就要把男人的脑袋一刀劈成两半。但就在这时候，仿佛是突然遭受到了电击，他的动作一下子僵硬了，手臂硬生生地悬停在半空中，整个身体开始剧烈地抖动。他的脸上现出了极度痛苦的神情，嘴巴微张，似乎是想要继续喊叫，却已经来不及发声了。与此同时，他的衣服开始起皱变形，冒出青烟，裸露在衣服之外的皮肤迅速变成了赤红色，然后呈现出焦炭一般深黑的色泽。

他开始燃烧起来。

半秒钟之后，他已经被一团红得耀眼的火焰裹挟在其中，又过了半秒钟，这团火焰消失了，和火焰一起消失的还有他的躯体。

——他已经化为一团灰烬。

而两个外来的陌生人始终站在原地，没有动弹分毫。

其他围上来的村民也都遭受到了类似的伤害，但程度比起那个化作灰烬的青年要轻上许多。他们只是皮肤发红起泡，像是轻度的灼伤。尽管如此，那样突如其来的剧烈痛苦，也足以让他们一个个倒在地上痛苦呻吟，失去了战斗的能力。

“你还是没有变啊，梁野，”年轻人笑着摇摇头，“对敢于冒犯你的人不惜使用任何辣手，但对其他所谓‘无辜’的人，却总还会有点恻隐之心。所以我一向都夸你虽然看起来像把刀，其实是个好人。”

这两个陌生人，当然就是早先一直停留在村外的梁野和路晗衣，不知道出于何种目的，他们改变了之前“绝不干涉”的计划，还是进入了村子，来到了老祖宗的坟墓前。

梁野似乎早就习惯了路晗衣对他的调侃，甚至懒得哼一声。他只是大步上前，跨过那些在地上痛苦挣扎的伤者，走到已经吓呆了的发号施令的老村民面前。

“不想死的话，赶快回去疏散所有人。”梁野抛下这句话，然后越过老村民，走向了封闭的墓门。老村民浑身颤抖着，难以置信地看着眼前的惨状，丝毫也不敢阻拦他。过了好久，他才用嘶哑的嗓音开口说：“你们……你们和老祖宗……是一样的吗？”

“你希望我们一样吗？”梁野停住脚步。

老村民神色木然，缓缓地说：“有一个难道还不够吗？”

“那么，如你所愿，我们就不一样吧。”梁野挥挥手，继续向着墓穴的石门走去。但没走出几步，他又停下了。

因为他已经感受到了身后传来的异样变化。在对话结束后，那位老村民原本已经向着村庄的方向走去，打算如梁野所说的去让全村老少赶快逃走。然而没走出两步，他忽然身子一软，连哼都没有哼一声就倒在了地上，再也不动了。这个原本看起来50多岁头发花白的老人，此刻全身的皮肤皱得像风干的橘皮，头发掉了大半，剩下的头发全部变成刺目的白色。好像是有一种未知的力量，在短短的几秒钟之内让他苍老了好几十岁，然后用衰老本身夺去了他的生命。

其他那些先前还在地上痛苦呻吟的村民，也都以同样的方式停止了挣扎。他们都死了。

“何必呢？”梁野头也不回地说了三个字。

“凭他的只言片语，未必能说服全村所有人离开，”路晗衣说，“万一有人不放心，决定先到这里来看看，说不定就会给我们添麻烦。我的原则你是知道的。”

“随便。”这次梁野只说了两个字，随即大步来到了墓穴门口。他伸手推了一下墓门，发现推不开，于是站立在原地不动，似乎是在用某种特殊的能力感应墓门背后的状况。半分钟之后，梁野开口了：“里面用机关封死了，都是厚重的石条石板，以你我的能力，恐怕短时间内没办法打开。”

“哎呀，那就麻烦大了。”路晗衣虽然嘴上这么说，脸上的神态却依旧轻松。他走上前，也用和梁野类似的方法探测了一番，接着摇摇头：“古西川派的技术，机关一旦发动，整个墓穴的入口就被重石锁死了，除非动用爆破手段或者地下挖掘，否则不可能弄开。”

“也就是说，我们还是来晚了一步。”梁野一摊手，但看上去，他也并不是十分焦急。路晗衣瞥了他一眼，无声地笑了：“其实这个结果也是你心里隐隐有点期待的，是吗？”

“大概是属于某种……乱中求生的心态吧，”梁野摇摇头，“形势那么严峻，有些时候，难免会觉得希望渺茫，或许只能寄托于奇迹。只不过眼下……

眼下……”

“眼下这个‘奇迹’的形势更严峻，”路晗衣替他接了下去，“他所要面对的，是一只可能已经存活了上千年的魔仆，而且这只魔仆一直被本地愚民当成神物来供养，很难预计它可能产生怎样的突变。”

“其实，就在刚才我们待在山外的时候，你已经通过你的信息渠道查清楚了这只魔仆的底细，所以才会改变主意硬拉着我进山来，对吗？”梁野不紧不慢地说，“它到底有什么特异的地方？”

路晗衣笑了笑，正准备说话，却忽然收起笑容，脸上第一次出现了严峻肃杀的神情。几乎是在同一时刻，梁野的身体也像一张拉开的硬弓一样绷紧了。紧跟着，两人身畔的空间起了一些极其细微而又奇特的变化，就仿佛是空气如固体般产生了抖动，尽管这抖动转瞬即逝，四围的一切却立即显得与众不同。

这个时候，如果有一个视力足够好的人站在远处，就会发现，以梁野和路晗衣各自为中心，在这两人身畔半径数米的范围内，空气的颜色有一些微微的改变。这些色调发生改变的空间，近乎于两个半球形的罩子，把两人笼罩在其中。

最为有趣的要数两个“罩子”的交汇处，半空中竟然有细密的水状波纹闪过，呈现出某种激烈对抗、互不相让的势态。不过看得出来，此刻彼此间的对抗并不是主题，梁野和路晗衣的注意力都集中在另一个方向，禁林入口处的方向。

一个人影正在缓缓地向着两人走来。

虽然还离得很远，但两人似乎已经判断出了对方的身份，并且迅速表现出了强烈的敌意。空气中隐约的异色越来越浓重，甚至隐隐有火花闪现，令那两层半球状的“罩子”界线越发清晰。

“何必那么大敌意呢，两位哥哥？”人影开口说话，居然是悦耳的女声，“这一次我不是来找你们打架的。”

虽然她的话语里表明没有敌意，但梁野和路晗衣却并没有丝毫放松。两人挪动着步子，各自占据墓穴前的一角，有意无意地和这位新来的女性形成近似等边三角形的站位。

来人慢慢走近了。虽然带着手电的村民们要么逃走了，要么受伤倒在地上，但借助月光还是可以依稀看清此人的样貌，果然是一个20岁出头的年轻女人。和她温柔动听的嗓音差距略大，这个姑娘生得圆滚滚胖乎乎，戴副墨镜就能去演功夫熊猫，不过一张肉肉的圆脸倒是蛮可爱的。和路晗衣一样，她也是满脸笑容，但两人的笑却有很大的区别。路晗衣笑起来的时候，给人以温暖和可以信赖的感觉，这个胖姑娘笑起来却是憨态可掬，甚至带着几分傻气。在如今这个假纯满天飞的年头，年轻女性管没有血缘关系的男性叫“哥哥”，往往有让人汗毛倒竖的恐怖效果，但从这位胖姑娘嘴里说出来，却显得自然而亲切，能让人在不知不觉间对她亲近起来。

只是两位“哥哥”似乎并不觉得她有什么可亲。路晗衣尽管没有什么特殊的表情，身边的空气波动却丝毫不减，梁野则毫不掩饰地皱起了眉头。

“很久不见了，璐璐。”路晗衣挥着手，好像是在亲热地打招呼。但随着这个挥手的动作，名叫璐璐的胖女孩身体微微一颤，头顶上出现了清晰的波纹。

那是两人的力量产生了碰撞。这一次碰撞之后，璐璐身边的异界也已经清晰可辨，看上去她和路晗衣谁也没有占到便宜。

“喂喂，路哥哥，你干什么每次一见到我就那么不客气啊！”璐璐很委屈地说，“还有你，梁野哥哥，见到我笑一笑会死吗？”

“如果你死了，我会笑的，王璐。”梁野淡淡地说。

王璐噘起嘴：“算啦，反正你们俩都是大坏蛋，我大人有大量不和你们计较。”

“今天来这里干什么呢，璐璐大人？”路晗衣问。

“还不是来帮你们这两个笨蛋的忙的！”王璐哼了一声，“我就猜到你们肯定不知道这座坟墓的机关，万一墓穴被从内部关闭，你们就只能在外面干瞪眼了。”

“听上去不错，但除此之外，你还有什么阴谋？”梁野向前跨出两步，笼罩在身畔的那一层异界随之移动，和王璐的异界产生了碰撞。两条边界接触的地方骤然闪过一道紫色的光芒，仿佛是什么东西爆裂了，刺耳的尖啸声随之传来。这阵令人难以忍受的尖啸声消失后，梁野和王璐的脸色都有些不大好看，王璐更是苦笑连连。

“给点信任啊，哥哥，”王璐的语气里充满了委屈，“这次我真的是来帮你们的。”

“我也很想信任你，但那样做成本太高，”梁野说，“高到让我承受不起。”

“好啦好啦，我知道我以前给你们小小地捣过一点乱，所以让你们很不爽……”王璐瘪着嘴说。

“‘小小地捣过一点乱’，你这话说得真是轻巧。”路晗衣摇摇头，“不过以往的账也就罢了，今天事关重大，绝不能让你靠近。”

“但是不让我靠近，你们又能有什么办法呢？”王璐甜甜地一笑，“两位哥哥的附脑的确很强大，但是很碰巧地，似乎对这种纯粹野蛮封锁的机关没有办法啊。反倒是我这个没用的妹妹，此时此刻是唯一能解决问题的人。”

两人还没来得及答话，不远处忽然又响起了一个声音：“唯一吗？不一定吧？”

这次是一个男人的声音，声线尖厉，近乎刺耳，腔调也显得阴阳怪气。

如果说王璐的出现是让梁野和路晗衣感到不愉快与厌弃的话，这个男人的出现则是让三个人同时进入高度紧张与全神戒备的状态。王璐收起了那一脸纯真的笑容，抿着嘴唇，悄悄地退到了两位男士的身后。梁野对她这个小动作有些不屑，却并没有制止她，目光紧紧地盯着禁林的入口处。笼罩在三人身边的异界都大大收缩了范围，只留下大约一两米的半径，似乎这样可以更加凝聚力量。

来人慢慢地靠近了。从他的身形可以判断出，这个人的腿脚有点毛病，走起路来步履蹒跚歪歪斜斜，而且他的体形相当古怪，就像是得了大脖子病一样，脖子很粗，以至于脑袋都歪向一侧，另一侧则挂了一个不小的瘤子。

等走到视线范围内之后，才能够看清他那可怖的形貌，任何一个人在第一次见到他时都会大吃一惊：他的脖子并非又粗又歪，也并没有长什么瘤子，而是脖颈上多长出了一个头颅。

这是一个罕见的双头畸形者。

这个双头的畸形者一瘸一拐地走到了三人身前。他的两颗头颅中，较小的那颗位于脖颈左侧，大约只有一个椰子大小，垂在一旁双目紧闭动也不动，看上去像是被食人族砍下风干的装饰用人头，右边的那颗则是正常人大小，由于被另一颗挤压，不得不向右侧歪斜。这颗头颅上是一张粗鲁而丑陋的大脸，看起来有40来岁，半边面颊僵硬无表情，半边则带着扭曲狰狞的怪笑，再配上布满疤痕的光头和拖在地上的伤残左腿，看起来就像是造物主随手抓了一把泥土揉捏出来的失败产物。

他咧着嘴，露出一口白森森的牙齿，一双毒蛇一样的三角眼里放射出锐利而残忍的光芒，像打量猎物一样看着身前的三个人。三人都紧绷着脸，全神贯注地和他对视，仿佛有丝毫的疏忽都可能被他的毒牙乘虚而入。

“瞧你们把蠹痕收得那么紧……”就这样沉默了许久之后，他终于开口说道，“别那么紧张，放松点儿，今天我不是来杀你们的。”

说完，他慢吞吞地拖着左腿挪到了墓穴门口。王璐立即胆怯地躲开，梁野和路晗衣虽然并没有移步，但目光始终紧随着对方的身形移动，身上所笼罩的那一层被双头人称为“蠹痕”的奇光也并没有变化。双头人毫不在意，把手贴在石门上，嘴里似乎在随意地哼着什么歌曲。一分钟之后，他回过身来，脸上的笑意更浓：“现在在这座坟墓里发生的事情，好玩极了，真是好玩极了。”

“里面到底怎么样了啊？”王璐忍不住小声问。

“进去就知道了，干活吧，小璐。”双头人冲着王璐勾了勾手指。

“干什么活？”王璐一呆。

“那两个废物顶不上用，得靠你和我快点把这些破石头砸开。”双头人摇摇晃晃地冲着石门踢了一脚，“不然的话，天选者就要挂了。”

二

冯斯当然还不知道，他现在已经被很多人当成了“天选者”。就算知道，他也只能愤怒地吐槽：天选者是什么玩意儿？天选的来送死者吗？

就在几秒钟之前，老祖宗在他的面前突然炸裂开来。说炸裂其实不太确切，因为这一过程并没有寻常爆炸所具备的冲击力和爆发力，更精确的用词应该是：解体。

老祖宗解体了，庞大的身躯在一瞬间化为无数的碎块。这些闪烁着惨白光芒的肉块都有着不规则的形状，每一块大概和一个核桃差不多大小，落在地上后还在不断地弹跳和蠕动，就像是一群丑陋的小爬虫。

这一幕让人看了禁不住恶心，何况也无法判断这些碎块的危险性，冯斯连忙拉着关雪樱退出了这间神殿。

“你在外面待着，千万别进去。”他一面说着，一面重新进入，打算把重伤昏迷的老村长也扶出去。这时候他才发现，那些碎块起了一些诡异的变化。

碎块们最初只是在混乱无序地蠕动着，但就在短短不到一分钟之后，它们开始就近地汇聚在一起。零散的小碎块聚集在一起，彼此粘着，像水滴一样融合在一起，渐渐形成更大的碎块，而这些大一些的碎块也继续和其他大碎块进行粘连，成千上万的小碎块慢慢变成了几十个大小不等的中型碎块，大的有一只小型家禽的体积，小的相当于一个足球或者一块砖头。

接下来的一幕更加奇特。这些中型碎块的活动开始产生了差异性，仿佛是各自做出了不同的选择：一些碎块继续和周围的碎块彼此粘着，但由于体形变大了，融合的过程明显变慢；而剩下的一些不再与其他碎块融合，却自己开始了变形。它们忽而膨胀忽而收缩，形状发生着急剧的改变，并且这样的改变也丝毫没有共性可言，有的逐渐变成浑圆，有的却展现出尖锐的棱角，有的拼命把自己拉成长条状。

冯斯被这怪诞的一幕莫名地吸引了。他先把万东峰拖了出去交给关雪樱，随即再度回到神殿里，细细观察着这些碎块的变化，心情不知道是紧张还是有些隐隐的兴奋。这些碎块由最初看似混沌无序的蠕动粘连，好像渐渐作为一个个独立的个体开始找到特定的方向，这短短数分钟的惊人变化，让冯斯想起了某些延续亿万年的进程。

那就是进化。

“你到底是什么玩意儿？你们又到底是什么玩意儿？”冯斯的口气里充满了困惑。他回想着老祖宗的身躯，再看着眼前这解体之后的无数分身，实在难以揣摩它的本质到底是什么。在一小会儿的分神之后，他的视线重新聚焦到那些变化中的碎块上，才发现其中几块又产生了新的变异。

那是几块之前一直在努力融合的中型碎块，此刻终于完全粘连汇聚成一体，形成一个全新的形状。而这个新的融合物，赫然和之前老祖宗的形态几乎一模一样，仍然是近似巨型大脑，只不过小了许多而已。

看到这个新的“大脑”诞生，冯斯才猛地意识到有些不对劲。他的鼻端闻到了一些奇异的味道，虽然隐隐夹杂着一些腥臭，但总体而言却接近于——肉香。这种不可思议的肉香味掺杂在仍然没有消退的血腥之中，让他感到危险正在迅速临近。

想到这里，他赶忙转身准备跑出去，却已经太晚了。他刚刚迈出两步，就感到脚底被什么东西拉扯住了。低头一看，赫然是一只手。

由老祖宗解体后的小碎块形成的手，没有手腕手臂更没有躯干，单独存在的一只手。这只手像虫子一样贴着地面爬行过来，抓住了冯斯的脚踝。

冯斯朝着这只手狠狠地踢了一脚，但它仿佛丝毫没有痛觉，无论冯斯怎么踩踏，都死抓着不松手。并且这只手的力气比一般人的手掌力气更大，只是小小的一只手，就让冯斯近八十公斤体重的身体难以迈步。

接下来发生的事更加惊悚。那个大脑状的合体出现后，有一部分小型碎块也开始了快速地结合，它们把“大脑”包裹于其间，体积飞速膨胀，逐渐形成一个人体的形状。它的肤色不断变化调整，由开始的灰色忽而转为赤红，忽而转为惨绿，忽而转为深紫，最后慢慢呈现出正常人类的肤色，烂泥一般的肤质也一点点有了活人皮肤的质感。

——它们在变成一个人！

尽管这个所谓的“人”或许只是徒有其形，就像塑料模特一样，冯斯还是为这样的变化而深深震撼。这个“人”就像画家笔下勾勒的线条，或者雕塑家手里的泥坯，从粗糙到精细，越来越像一个真正的人。它有了皮肤，有了流畅的线条，有了肌肉的轮廓和毛发，有了脸形，而这个“人”的脸形，冯斯从一开始就隐隐预料到了。

“第二次了……我就真的那么受欢迎吗？而且您能不能好歹多变一条裤子？”他自嘲地笑了笑，看着对面赤身裸体的“自己”。这个人形的碎块聚合物完全和自己一模一样，连额头上打架时留下的浅浅疤痕都没有遗漏。

现在两个冯斯面对面地站立着，一个穿着有些肮脏的外套，另一个赤身裸体。除此之外，他们有着一样的体形和一样的容貌，如果不是衣物的差别，活像是在照镜子。

但冯斯有些不解。如果说在火车上陷入异域的那一次，那个未知的敌人是用形成他的人头形状的云块来向他示威，眼前的这些碎块却又为什么非要组成他的样貌不可？它们完全可以变化成一些更加强大的形态，比如老祖宗解体前那种挥舞着触手的巨怪。难道仅仅是为了弄出一个裸体的冯斯来羞辱他本人，减轻他的气势？

对面的化身就像是有读心术，看穿了冯斯在想些什么，喉咙里发出一阵“咕噜咕噜”的怪响，忽然转化为语音：“我只是按照离我最近的模板，选择最方便的方式组合成人形，以便拥有人类的发音器官来和你对话。人体是一个复杂的结构，单独模拟发音器官有些困难。”

“果然你不只能听懂人话，自己还会说，倒是蛮符合千年老妖怪的身份。”冯斯点了点头，“那么，现在你显然是打算和我进行对话了，是吗？”

对面的化身深沉地点点头，冯斯长出了一口气：“这样也好，不管怎样，你总算是我遇到的第一个愿意告诉我一些事情的‘人’……不过，你最好先做一件事。”

他从随身的背包里拿出一条打着补丁的旧款军裤，那是他躲在山洞里的时候，关雪樱悄悄从家里偷出来供他换洗用的。他把军裤递给化身，伸手指了指正在神殿门口朝着这边探头探脑的关雪樱：“在女士面前要注意文明礼貌。”

“让我想想从哪儿开始说……”穿着军裤、赤裸上身的化身席地而坐，那张脸的确和冯斯一模一样，但脸上冰雕一样刻板的表情，又显得欠缺几分活气，说话的腔调也像是电子合成音一般毫无抑扬顿挫。冯斯努力压下这种熟悉而又陌生的古怪感觉，注视着对方的一举一动，同时也注意着其他那些碎块。它们在这个人形聚合成之后，就暂时停止了活动，但冯斯不能确定它们一会儿会不会突然暴起。

“要不然我来发问吧：你，或者你们，到底是什么东西？”这是他提出的第一个问题，也是最要紧的问题。在他身上所发生的这一切的一切，都缘起于此。

“我们是一群仆人，一群苦苦寻找自己主人的仆人。”化身回答得十分痛快。但这句话拆开来每一个词冯斯都明白，组合在一起却跟什么都没说一样。

“仆人？寻找主人？你们被主人抛弃了吗？”冯斯问。

“也许未必是主动的抛弃，也可能是迫不得已。”化身的眼神里竟然现出了一丝迷惘的神色，这个表情让它终于有点像是个真人了，“我在这个小山村里困居了上千年，主人始终没有出现召唤。”

“你的主人是谁？”

“是一个被从一切历史书里抹去，却存在于每一段历史里的……魔王。”

“魔王？”

“魔王或魔鬼，是借用你们人类文化的称谓，事实上，我并不知道该怎么去给它定性。它可以被称作魔鬼，可以被称作妖怪，可以被称作异族或异种。它诞生的年代比人类更早，在很长一段时期内和人类共存，却又和人类拼斗得你死我活。有趣的是，尽管如此，却从来没有人见到过主人的真面目，人们所与之战斗的，都是主人所统率的仆从和奴隶而已。”

魔王。

这原本是一个有些空泛的名词，让人听了也不容易想明白，但冯斯却能一下子抓住其中的关键，因为他猛然间回想起了火车上的那场幻觉。

那些席卷一切的烈焰，那些纵横流淌的血之河，那些殊死搏杀在一起的人类和妖兽……之前他一直不明白这样的场面到底想说明什么，现在他终于明白了，那幻觉所描述的，就是这个魔鬼的部下和人类进行战争的场面。那是一场不容丝毫怯懦退让的战争，因为失败的结果或许就是灭族。

那会是怎样的一段历史啊？冯斯禁不住想。穿着兽皮挥舞着石斧的原始人，甚至连自己狩猎都还存在困难，却不得不和那样强大的妖兽军团进行殊死的搏杀，任何一次失败，带来的都有可能是种族的灭绝。从远古的类人猿到文明时代，从西亚到南亚次大陆，从美洲到非洲，到底有多少不同时期、不同发源地的人类，曾经和这个魔鬼的奴仆们进行过惨烈的搏杀？为什么这样一段可歌可泣荡气回肠的历史，竟然完全没有流传下来？而那些形状怪异狰狞的妖兽，甚至从来不曾被发现过化石残骸？

“可是这段历史我却闻所未闻，为什么它会被从历史里抹去？”冯斯问，“如果真的是那么严重的事件，或多或少都会留下痕迹的吧？”

“当然会有痕迹留下，不然你是怎么找到这里的？”化身反问。

真够聪明的，就这样回避掉了我的第一个问题，冯斯气闷地想。他顿了顿，又问：“照你这么说，你的主人的目的就是要消灭掉人类？这也太俗套了吧？”

“和人类的战争只是一个表象，我并不知道主人的终极目的究竟是什么。”化身说，“据我所知，从八百万年前南方古猿出现开始，主人有无数次机会可以把这种代表着人与动物分界的物种消灭干净，但它并没有那么做。”

“你是它的仆人，也不知道它想要做什么？”冯斯有些奇怪。

“坦白地说，从来没有任何魔仆见到过主人的真面目，甚至没有和主人进行过交谈，主人的指令全部是单方面向我们下达的。但是在冥冥之中，我的头脑里始终保有这样不可动摇的信念：我是主人的仆从，我要永远等待主人的召唤。”

这就像是一种隐藏的基因开关，冯斯想，或许这位主人所有的仆从都受到这种无形的控制。无论怎样，这总算是事件发生以来最重要的收获，因为大方向终于找到了。自己所卷进的这一场劫难，看来比之前想象的还要大。

“与人类共存的恶魔……与人类发生战争的异族……”冯斯喃喃自语着，“倒的确是要命的大事，可是，这一切到底和我有什么关系呢？为什么有人想要控制我、有人想要杀我？”

“因为你很有可能是人们寻觅了几千年之久的天选者。”化身回答。

天选者。这是一个陌生的词，听上去还蛮霸气的，有点天之骄子的感觉。但回想前尘，从杀害父亲的杀手再到这座山村里的村民，自己所遇到的形形色色的敌人，似乎并没有对自己这个天选者表达出足够的尊重。他没有被人黄袍加身，没有被人顶礼膜拜，相反倒是一路被人冒犯，弄得狼狈不堪。

“天选者是干什么的？什么人要找天选者？”

“这要从和主人作战的人群说起，”化身说，“一直以来，主人的存在都是一个秘密，只有极少数的人知道主人的存在，并且掌握了和主人作战的方法。他们一面要想办法消灭主人，一面也要对其他人保守这个秘密，这些人……想来你已经遇到过了。”

“是的，我遇到了，而且还遇到了好几拨。”冯斯点点头，“不过我不太明白，你的主人一直在向人类开战，那这一小撮人干吗要保密呢？公布出来，集合更多的力量岂不是……”

说到这里，他忽然住口不说，过去的许多细节一刹那串联在了一起。不会被金属刀伤害的林静橦……被附脑控制的俞翰……在火车上能和他一样摆脱时间桎梏的怪人……

“因为他们自己也是异类，对吗？”冯斯大声问，“他们是通过某种叫作‘附脑’的东西，才能拥有特殊的能力，所以他们不能把秘密公布出去。因为即便借助世界的力量干掉了你的主人，他们自己也会被视为最危险的敌人！这根本不是什么保卫人类的战争，而是异族和异族的战争！”

化身轻轻摆了摆手：“你前半部分猜得很对，后半部分说错了。这些和主人对抗的人，虽然从立场上来说是我的敌人，但我其实很佩服他们。他们最初也不过是普通人，在主人面前像蝼蚁一样弱小，直到发现了附脑的功用之后——你能够找到这里来，想必已经知道附脑了吧？”

冯斯点点头，化身接着说：“如你所见，附脑能让人类超越体力和脑力的桎梏，展现出超越常态的力量，这样的力量对于普通人类而言，当然是充满了无穷诱惑的。所以他们才要保密，不是因为害怕被当成敌人，而是害怕这样的诱惑会比主人更加危险。”

“这样的诱惑会比主人更加危险……”冯斯不自觉地重复了一遍，随即叹息一声，“你说得对。照这么说起来，这倒是一帮伟大的人了？”

“倒也不一定，他们同样有私心，同样有分歧，这一点你也应该能体会到，”化身说，“而且他们恐怕也不希望有太多人掌握附脑的力量——人总是喜欢寻求优越感的。何况这种力量绝不仅仅是心理上的优越感，它会让掌握了它的人们在人类社会里更容易取得实质上的优势。”

“是啊，即便是面对着人类毁灭的威胁，他们还是更在乎自己是不是能站得高一点……”冯斯“哧”了一声，“还是接着说说天选者的问题吧。”

此刻在他的心里，也有些猜到了为什么这样毁天灭地的大事，竟然在历史里没有任何记录了。很显然，这一小部分与化身的主人进行交战的反抗者，在历史的轨迹里扮演了消除者的角色。他们用尽一切手段，让那些骇人听闻的战争与罪恶没有在普通人群中形成文字记录。这当中固然有防止恐慌扩散的原因，但最主要的理由可能正如化身所说：他们想要成为更加占据优势的群体。

“太符合人类的天性了……”冯斯低声咕哝着，忽然对何一帆、俞翰等人生起了深深的鄙夷。至于林静橦，因为实在长得太漂亮，他内心的谴责不知不觉地就稍微放轻了一些。

他定了定神，又问：“那么你们这些仆人，对魔王又有什么用？是帮助它作战吗？但在我所看到过的幻境里，和人类战斗的似乎长得和你不大一样。”

“那些用来战斗的，都只是牲畜和奴隶而已，”化身的话语里隐隐有一点骄傲，“魔仆是不一样的，我们的作用，不是战斗。”

冯斯很希望听它具体解释到底哪一点不一样，但化身已经岔开了话题，看来是不愿意透露这个关键信息，他只能一边在心里骂娘，一边继续听下去。

“在距今最近的一次战争中，主人战败了，从此再也没有出现过。”化身一直死板如电子合成音的嗓音里，居然有了一点儿悲哀意味，“但是所有敌人和所有主人的仆从都知道，它并没有死，它还活着，只是暂时隐藏起来。那是因为，附脑的力量和仆人的力量都来自主人，所以和主人的精神之间，有着某些微妙的联系。我们无法找到主人具体的藏身之所，但是却都有这种直觉：它一定还活着，就藏在地球上的某处。只是往日那种令人震颤的力量消失了，说明它受到了很重的伤害，所以收起了一切可能引人发现的能力，躲藏了起来……”

“我明白了！”冯斯大喊一声，“要唤醒你的主人，需要找到天选者，对不对？”

他在自己脑门上拍了一下：“什么天选者地选者的，说白了不就是一具闹钟嘛。真是屌丝的命……”

“没有那么简单。你想想，如果仅仅是唤醒就算了，那些人对待你的态度为什么会那么复杂？为什么他们自己之间都矛盾重重，无法形成统一的观点？”化身死鱼一般的眼睛盯着冯斯，目光空洞得犹如黑色深潭，反倒是让冯斯产生一种“这家伙很有智慧”的错觉。

冯斯似有所悟，又想起了这次离开北京之前何一帆和他说的那番奇怪的话：“不能给你留下任何先入为主的印象。”“你的精神状态每一丝最细微的变化，都可能会影响到你的将来。”“必须要让他自己去寻根溯源，这个过程中包含着一些生死攸关的抉择元素，一步踏错就可能带来灾难性的后果。”

“也就是说，所谓的天选者和你的主人之间，还存在着某些微妙的联系，可能会对战争的局势产生影响，对吗？”冯斯斟酌着词句，“天选者的能力从何而来？难道我天生就有附脑？”

“是的，的确存在着相当紧密的联系……”化身刚刚说到这里，忽然住口不说了，耳朵微微动了一下，就像是一只猫在捕捉某些细微的声响。冯斯立刻明白，有其他人进入了这个墓穴。

他正想叫关雪樱赶紧躲起来，身前的化身突然双手齐出，抓住了他的肩膀，紧跟着把他的身体猛地一扭。这个化身虽然外形和冯斯一样，力量和速度却远超常人，这一下冯斯完全做不出任何反应，双手已经被化身扭到了背后，一把按在地上动弹不得。

他妈的！冯斯心里一阵悲愤，老子好歹也是一代打架高手，怎么遇到这帮孙子就根本没点还手的力气。

关雪樱看到原本好好交谈着的两人忽然翻脸，愣了一愣，随即跑过来，抬脚就向化身踹了过去。这个举动倒是很勇敢，可惜结果无异于飞蛾扑火。半分钟之后，她和冯斯被结结实实地捆在了一起，好似两只大肉粽。而捆住两人的“绳子”，是先前解体产生的碎块组合成的长长的触手。

“下次记住了，打不过的时候得跑，这种时候光顾着讲义气是半点用也没有的。”冯斯闷闷地说。

关雪樱低着头表示惭愧。冯斯又转向化身：“我还以为刚才我们聊得很愉快呢，怎么说翻脸就翻脸呢？”

“因为到时候了，”化身依旧面无表情，“而且我这样其实是在保护你，我不能确定进来的人的目的是否是杀死你。”

“那我到底是应该盼望着你被打败呢，还是盼望你获胜呢？”冯斯摇摇头。

三

“一共有三块石板层叠在一起，厚度大概有两米。”双头怪人通过特殊的感知能力已经摸索清楚了封住墓穴的机关，“没办法，这样的厚度，小璐只能做辅助，还得靠我。”

王璐怯生生地点点头：“范哥哥，你说了算，我听你指挥。”

“不对吧，两米的厚度，以王璐现有的能力，完全可以制造两秒左右的单人体积大小的蠹痕，足够我们四个穿过去了，为什么只要她做辅助？”梁野插口问。

“这是显而易见的。”双头怪人咧嘴一笑，路晗衣也跟着笑了笑。

梁野皱了皱眉头，随即又舒展开了：“我明白了。因为在我们面前，尤其是在范量宇面前，王璐绝对不敢使出全力。别说全力，三成的力她都不敢用。”

“而范兄是不会介意在我们面前全力发挥的，”路晗衣说，“说到底，我们三个无论怎么钩心斗角互相制衡，终归还是人，而范兄……根本就不是人，而是个怪物。”

双头人范量宇哈哈大笑：“多谢夸奖。我最喜欢听你们这么夸我。”

他扭过那颗充满邪恶的大头，冲王璐勾了一下手指：“干活吧，小璐。只需要半秒钟，制造一个三十厘米见方的空域，就足够我的蠹痕侵入了。”

王璐“嗯”了一声，双目半闭，低垂着头，似乎是在积蓄力量。很快地，笼罩在她身畔的蠹痕开始扩张，从其中透出一丝清晰可见的紫色光线，照射到墓穴的石门上，并且迅速地穿透而入。在那短短的几秒钟时间里，石门被紫光照射的一部分忽然间变得如玻璃般透明，紫光在这一块透明的空间中聚集散射，紧跟着消失。就在紫光消失的一刹那，这一块透明的石壁也消失了——就好像厚重的石门上被硬生生挖去了一块，变成了真空。

范量宇抓住了这一刹那的时机，自身也扩展出一片蠹痕。他的蠹痕带有一点淡淡的灰色，放射出肉眼难以分辨的微光，恍如一道青烟一般侵入了那片被王璐扩张出来的“真空”。一阵细微的声音从石壁内部响起，就像是有什么小型的机械在轻轻震动。这震动的声音始终没有变大，反而越来越细微，近似于静夜里白蚁啃噬木料的沙沙声。然而，就在这看似平静的表面之下，一些惊人的变化正在产生。

当震动的声音完全停止时，毫无任何征兆地，石门上突然塌陷了一大片，一块两米见方的大石块竟然无声无息地碎成了粉尘，甚至无法找出一块有棱角的小碎渣。透过这个空洞可以看见，厚厚的石门已经被打穿。

“你又变强了，”梁野伸手抓了一把那些粉尘，放在眼前看了看，“要杀你更不容易了。”

“那当然了，”范量宇阴阴地一笑，“不越变越强，怎么能让你们害怕呢？我最喜欢感受你们内心的恐惧。”

他当先钻进了那个刚刚被他制造出来的空洞，其余三人犹豫了一下，紧跟在他身后。他们同样沿着血迹找到了那座神殿，并且看到了躺在神殿外奄奄一息的万东峰。

“这个人好像是村长，”王璐探了探他的鼻息，“快要不行了，是被这个村豢养的魔仆所伤的。”

“魔仆一般不会伤害供养者，除非……”路晗衣伸手指了指神殿内，“它自己选择了灭解。”

“这可不大妙了。”梁野眉头微微一皱。

三人对话的时候，范量宇却已经径直走入神殿。此刻的神殿中央，冯斯和关雪樱被触手捆绑着倒在地上，和冯斯形貌一模一样的魔仆化身，正站立在那里等待着四个敌人的到来。看到这个畸形的双头人走进来，关雪樱吓得浑身一颤，冯斯却不以为意，那大概是因为他这些日子见到了太多远比双头人更奇怪的事物。倒是其他三人也跟着进入之后，他一眼就认出了梁野，梁野却并没有向他多看一眼。

“你果然选择了灭解啊，”范量宇充满兴趣地看着魔仆，“如果我没有弄错的话，你是目前已经发现的魔仆中，保持活动状态生存时间最长的一个。为什么最终你会选择灭解？”

“因为我选错了进化方向，”魔仆平静地说，“我试图寻找出一条既能保证为主人奉献，又有余力保护自己的道路，遗憾的是，我失败了。”

“你指的是浑身长满触手吗？”范量宇还没有说话，冯斯已经插嘴了，“你的原始形态应该没有那些触手才对。”

范量宇偏过那颗大头，看了冯斯一眼：“不错啊，虽然是个半点本事也没有的废物，倒还有点胆气。一般人在这种情况下早该吓尿了吧？”

“还好，还是不如你，”冯斯毫不避让地和他对视，“我要是长成你这样，早就找根绳子把自己勒死了。哦，对了，你有两颗脑袋，得用两根绳子。”

范量宇的嘴角浮现出一丝残酷的笑意。随着这一丝笑意的浮现，尽管他并没有做出任何动作，冯斯却陡然间感到一阵难以忍受的剧痛传遍全身。之前他也体验过好几次剧烈的头痛，但那些疼痛仅仅局限在颅腔里，而这一次的疼痛却是蔓延到全身的每一个部位，并且——痛感要强烈得多。

那一瞬间，冯斯就像是同时经历了古今中外的所有酷刑，针刺、烧灼、鞭笞、凌迟、车裂……各种各样匪夷所思的痛感如潮水般涌来，让他在毫无防备之下立刻发出了一声痛苦的惨叫。但在这一声短促的惨叫之后，他立即强行忍住了，不再发出任何声音。

他的面孔扭曲着，身体抑制不住地颤抖，牙齿把下唇咬出了血。尽管如此，他还是坚持不发出声音，相反睁大了眼睛死命瞪着范量宇，目光里充满不屈和抗争。

“差不多了吧，范兄，”路晗衣忽然发话，“你的蠹痕太霸道，再这样下去，他的神经系统会受到损害。”

“我不在乎啊，”范量宇晃晃他的大头，较小的那颗毫无生气的头颅也跟着摇晃起来，看上去分外诡异，“你又不是不知道我的脾气。比起收拾那些敢于招惹我的渣滓，就算这世界毁灭掉我也无所谓。我的蠹痕就是为此而存在的。”

路晗衣耸耸肩，不再说话。梁野也抄着手站在一旁，似乎视若无睹。过了一小会儿，冯斯好像是真的忍耐不住了，咬着牙关大吼一声：“喂！我……投降！”

范量宇哈哈大笑起来。随着这一声笑，冯斯身上的痛感终于消失了，但肌肉仍然因为之前的剧痛而紧绷，甚至有些痉挛。路晗衣叹了口气，打了个响指，冯斯立刻感到浑身一麻，痛楚消失了，内啡肽的分泌让他产生了一种十分舒畅的欣快感。

“我终于明白毒品上瘾是怎么回事了……”他咕哝了一句，冲路晗衣点头致谢。

范量宇不再搭理冯斯，继续转向魔仆：“刚才那个小子说，你进化成了‘满身触手’的形态。我没有猜错的话，你是为了摆脱掉魔仆独立生存能力几近于零的缺陷，想要在体力上有所增进才那么干的吧？”

“不然的话，我觉得自己很难熬到主人醒来的时候。”魔仆回答，“这个村子里的人对我倒是绝对不敢生起叛逆之心，但是这些年困居在这座山村，我觉得自己的精神越来越不敏感，和主人的联系越来越微弱。并且，我感到这个村子一直在被人控制着，某些幕后的主使者试图一直困住我、监视我、研究我。我不明白他们最终的用意是什么，但我可以肯定，一定是对主人不利。”

听到“幕后主使者”这几个字，冯斯心里一动，明白魔仆所指的正是他的父亲和祖父所属的那个家族。果然，他们并非臣服于眼前这个怪物，而是试图掌控它，从它身上挖掘更多的秘密。怪不得村里人那么害怕这个家族，他们的野心果真非同凡响。

“冯氏家族，对吗？”范量宇说，“他们果然是处处都领先一步，先于我们控制住了一个千年魔仆，先于我们找到了天选者。我们四个家族自诩实力强大，却连人丁凋零的冯氏家族都玩不过，真够丢脸的呢。”

“不过，你们最终还是跟踪着天选者来到了这里，嗅觉还是很灵敏的。”魔仆的声音依然像电子合成音一样没有丝毫感情，听不出是真心赞扬还是挖苦。

“如果不是你故意通过灭解释放出精神扰动，我们恐怕还嗅不到这个味道，”路晗衣说，“至少我和梁野兄本来只是打算在村外观望一下的。所以我估计，其实是你故意吸引我们来的。这几千年来，魔仆要么潜伏不出，要么悄悄对落单的我辈中人实施偷袭，像你这样明目张胆的还真少见。你的目的究竟是什么？”

“我前面已经说过了，我选择了一条错误的进化之路，再也无法为主人出力了，”魔仆脸上的肌肉轻微抽搐了一下，似乎是想表现出一丁点儿悲伤的表情，但面部肌肉还是过于僵硬，“所以，我的生命已经没有什么价值，唯一能做的，就是在临死之前再为主人尽一份心。”

对面的四个人静静地听着，当它说到“唯一能做的”这五个字时，四人都已经做好了准备，笼罩于身体周围的蠹痕缩小到距离身体不到半米的半径，其中的颜色再也不像先前那样若有若无，而是逐渐清晰起来。此时可以看得很分明，范量宇的蠹痕呈浅灰色，王璐的蠹痕是淡紫色，梁野的蠹痕闪烁着红光，而路晗衣的蠹痕是一种黯淡的黑色。

“都很不错，很不错，”魔仆的口吻活像是教官进行点评，“作为人类，能把附脑的力量发挥到这个地步，足见你们在这几千年里一直在拼命努力。遗憾的是，凡人依旧是凡人，不必说主人了，即便是与我这样一个进化失败的魔仆相比，也是远远不如的。”

它一面说着，一面抬起了手，但又像是忽然想起了点什么：“对了，差点忘了，天选者可承受不起这样的冲击。说来也真奇怪，承担着如此沉重使命的人，却又如此脆弱。”

话音刚落，那些没有参与组成身体的魔仆碎块——不管此刻是什么形状——像是得到了统一的指令，一齐向着冯斯和关雪樱飞扑过来。冯斯被捆得像个粽子，完全无力躲闪，眼睁睁地看着碎块聚集在一处，迅速变形黏合成一层蚕茧状的外壳，把两人包裹在其中。

一片黑暗之中，冯斯听到魔仆的声音透过茧壳模模糊糊地传了进来：“现在，我可以杀死你们了。”

四

现在，我可以杀死你们了。

这句话放到哪部电影里，都绝对预示着一场高潮大戏的上演。可惜的是，冯斯被裹在一片黑暗中，面对着这样令人血脉贲张的大场面，什么也看不见。

作为一个自己手受伤了都要跑去围观群架的不看热闹会死的人，这实在让他有些难熬。他简直恨不能伸手撕开这层保护他的茧壳去看个究竟，当然他毕竟还没有蠢到那种程度，只好强压着好奇心了。

但就在这时候，耳畔响起了一个奇怪的声音，这个声音似乎只有他能听到，而近在咫尺的关雪樱却听不到。这个声音在说："怎么样，想不想看看外面发生了什么？"

这个声音带有某种让人无法抗拒的诱惑，冯斯想都没想就点了点头："当然要看。"

接着他的眼前就亮了起来。

头痛。那种熟悉的头痛感又来了。伴随着这一阵头痛的，是视界异乎寻常的变化。他的眼睛突然间可以看到东西了，而且看得很清楚，身边的每一样事物都无比清晰：神殿、神像、四个剑拔弩张的人、地下的茧壳……

等等！冯斯忽然意识到了不对劲。我就在茧壳里，怎么会看到茧壳本身呢？而且视线的角度好像也不大对。

他下意识地想要低头，却发现无法控制身体，甚至无法控制眼球的移动。他能够感受到身体的运动，感受到呼吸，感受到视线的变化，但却都是不由自主的，像是被操纵的偶人。或者用那些胡编乱造的武侠小说玄幻小说里的术语，就像是被人下了蛊。

这是一种十分奇特的感觉。好在冯斯这些日子以来已经见惯了太多太多的怪事，倒也处变不惊了。在无法控制行动的情况下，他只能努力把注意力放在皮肤的触觉上，并且很快注意到一件事——下半身不太舒服。从屁股到腿，再到某些敏感部位，都好像被什么粗糙的东西摩擦着。而这种难受的触感，他在几天前才刚刚体会过。

——这是那条军裤！关雪樱偷来供他换洗的、已经洗得褪色发硬的军裤！而这条军裤，此时此刻应该是穿在化身为他的形象的魔仆身上的。

——我在魔仆的身体里！

他花了好一会儿，才一点点理清现在的状况。尽管世界观已经经历了极大的扭曲，他仍然不肯轻易相信"灵魂出窍""移魂"之类玄乎的东西。他谨慎地得出判断，这大概是某种精神感官方面的直接联系，也就是说，他的大脑感受到了魔仆的大脑此刻所感受的事物。

倒也有趣，冯斯想，既然如此，就这样用你的眼睛和身体来体会一下这场一触即发的大战吧。可惜的是，这间神殿不够大，按照这些人的能量，真要打架的话，恐怕有点折腾不开。

正在转着这个念头，他发现自己的手——其实是魔仆化身的手——高高举了起来，然后身边的一切再度发生了改变。

好像只是眨了一眨眼，视线变得一片漆黑，连半点微光都没有。当一切再度亮起来的时候，冯斯惊讶地发现自己身处的环境发生了巨大的改变。神殿消失了，自己站在一片空旷的荒地上，荒地光秃秃的只有黑色的泥土，周围看不见边界，被浓浓的雾气笼罩着。

仿佛是为了让冯斯看得更清楚，魔仆抬了一下头，目光扫过了荒地的上方。这一看着实吓了冯斯一大跳：他看到了他们原本应该身处其间的这座坟墓！不只是坟墓，还有坟墓周围的林木、土石、村庄。然而……

它们都是倒悬着的。就好像是整个世界被上下翻转了。

但冯斯很快推翻了这个疯狂的猜想，而是想到了另外一种相对而言更可信的推论：不是世界被翻转了，而是他们所处的空间被翻转了。魔仆似乎是在一瞬间制造出了一个截然不同的空间，连重力方向都和地球正好相反，悬浮在了这座坟墓的上方。再看看被一同带到这里来的那三男一女，脸上没有丝毫吃惊的表情，像是早已习惯。

这就是他们所说的“蠹痕”！冯斯猛然间有了一些模糊的猜测。而之前在火车上令时间停止的异象，也是由“蠹痕”所造成的吗？

到底什么是蠹痕？

不容他多想，这个倒悬的小世界里出现了新的变化。四周的浓雾之中，慢慢有一些巨大的黑影现身，向中圈走来。

当第一个黑影走出浓雾时，魔仆又故意扭头看了一眼，这一眼让冯斯只觉得心脏一阵剧烈跳动——当然这也可能是幻觉，此刻他所感到的，应当是魔仆身体里的心跳。但是那种震惊是不容置疑的。

他看到一个怪兽，一个不会存在于现实中的怪兽。它的形状有若巨蟒，长长的身体盘在一起也有三米高，但在这具庞大身体的顶端，却没有头，有的只是一个裂开的大口子，里面排列着密密麻麻的尖锐獠牙，有密集恐惧症的人瞧上一眼就得休克。

这个怪兽的形状当然恐怖，但还不足以让冯斯如此震惊，真正让他如受重击的原因在于，这个怪物他见过。在火车上那一段血腥的梦魇中，他见到了无数狰狞可怖的妖兽，其中一只就是眼前的这一只。而紧跟着，一只、两只、三只……更多的妖兽从浓雾中走出来，在魔仆的身边停住。它们都有着庞大而丑陋凶悍的身躯，基本都有强壮的肢体和锋利的爪牙，某一些还带着宽阔有力的翅膀，一望便知力量远远超越普通人类，即便是与人类共存的虎豹狮子之类的猛兽，也不可能是它们的敌手。

活像是核污染造成的畸变，冯斯莫名地想。也就是说，那场梦境里所见到的一切，并非只是无根据的幻象。如同先前魔仆所说的，这些妖兽都曾在历史中真实地存在，为了它们共同的主人而与人类进行残酷的战争。它们虽然暂时消失了，却从未真正消亡，有许多眼前这样的魔仆把它们藏匿起来，等待着适当的机会重新放出。尽管这一切被从文字记录中删去，也并没有在绝大多数人的记忆里留下痕迹，但它们存在，不容置疑，无法抹杀。

我们果真面对着的是这样的敌人，冯斯禁不住有一种战栗的感觉。那是一种面对绝对优势的力量时，从内心深处涌起的恐惧和绝望。即便是在现代文明条件下，他也不确定人们是否能用枪炮干掉这些仿佛从恐怖电影里钻出来的玩意儿。那么在远古时代，当人们拿着石片木棒连狩猎一头鹿都嫌费劲的时候，该怎样和它们进行蚍蜉撼大树一般的对抗？

最先出现的那只蛇身怪兽已经冲向了位于正前方的梁野。或许是已经蛰伏得太久，太渴望重新嗅到杀戮的气息，太渴望重新品尝鲜血的味道，它的速度异乎寻常地快捷，蛇一般的身体如同在水面滑行一样，转瞬间已经奔出了20多米，逼近了梁野。

梁野虽然看上去很精悍，毕竟是血肉之躯，又赤手空拳，冯斯不由得有些替他担心。但他也同时注意到，笼罩在梁野身畔的蠹痕有了一些细微的变化，那些淡淡的红光忽然间闪烁了一下，蠹痕内的空间又产生了那种水纹状的细微波动，就像是一滴水坠入了平静的深潭。蠹痕的范围也随之迅速扩张，半径拉大到了六米左右。

怪兽那撕裂般的顶端怒张，獠牙磨动着撞入了蠹痕的范围。

然后它的整个躯体在一瞬间似乎紧缩起来了，浑身上下由之前泛着金光的色泽转为焦黑色，每一块皮肤都开始起皱、萎缩。先前伸展开的蛇形身体，此刻迅速蜷曲成一团，在地上拼命翻滚着，仿佛难以抵抗突如其来的剧烈痛苦。它巨大的身体在地上扑腾，发出沉重的钝响，泥地上留下了一道又一道清晰可见的痕迹。没过多一会儿，怪兽终于彻底静止，不再动弹，身上的肌肉块块剥落下来，露出森森白骨。而这些肌肉和白骨也逐渐变得焦黑，最终化为灰烬。

梁野的蠹痕，看来是和“高温”“烧灼”一类的关键词有关。这只怪物闯入他的蠹痕之后，被迅速烧成了焦炭，完全丧失战斗能力。冯斯有点明白过来，通过这种叫作“蠹痕”的特殊空间，即便是脆弱的人类，也能拥有和巨大的妖兽相抗衡的实力。

他还想要继续看看梁野的蠹痕，因为在那个蛇身怪兽之后，还有另外几头野兽紧跟着赶上。但魔仆已经把目光移开了，转向了王璐，他知道这是魔仆有意识地想让他看清这四个人各自不同的蠹痕。

正巧这时一只飞在天空中的妖兽向着王璐俯冲而下。这是一只形状甚为怪异的妖兽，外形看起来像是一只鸟，却几乎没有羽翼和肌肉，浑身上下几乎只剩下一副灰黑色的骨架。它长长的喙上闪烁着幽蓝的光芒，似乎是剧毒。

王璐圆乎乎的脸上摆出一副人畜无害的表情，似乎有点被吓到发抖。当这只骨架般的怪鸟俯冲到距离她头顶只有半米处的时候，她甚至闭上眼睛做出束手待毙的样子，好像马上就要被怪鸟扑击得手。然而，四分之一秒之后，地上传来一声巨响——怪鸟重重地撞击到了地面上，巨大的冲击力让它原本就只剩下骨头的身体瞬间散架，飞散出去的骨片溅落得到处都是。它的喙折断成了好几截，断裂的头颅滚落到地上，发出凄厉的哀鸣。

王璐却已经站在了距离撞击地点大概五米远的地方，仍然是一副呆呆的神情，仿佛刚才什么都没发生。然而，冯斯看得很清楚，在怪鸟即将击中她的一刹那，她的身体消失了，凭空从原来站立的地点消失了，然后在五米开外的另外一处地点出现。而怪鸟已经蓄足了力道，完全无法改变方向，只能直直地撞向地面。

第二只怪兽也逼了上来。与怪鸟的高速正相反，这是一只近乎球形的肥蠢的怪物，浑身上下覆盖着厚重的鳞片，六条下肢虽然粗壮，移动起来却很缓慢。但它近似牛头的头颅上有三只长而直的尖角，看上去好像能刺穿任何障碍物。

而在另一个方向，第三只怪兽与第二只遥相呼应，对王璐形成了合围。这只怪兽的外形更加接近昆虫，有着半透明的直翅、蝗虫一样的口器和令人不寒而栗的巨大复眼，镰刀一样的前足让它整体看起来有些像螳螂。它的身体比先前那只轻灵得多，以纵跃的姿态向着王璐高速逼近。它的复眼闪着残忍的红光，一对镰刀高高举起，然后对着下方斜向挥出，眼看就要把她切成三段。

“喂，这又不是切火腿肠啊！”王璐好像很生气，用力跺了一下脚，依然没有躲闪。

她会像之前那样瞬间移动吧？冯斯猜测。但这一次，他猜错了。就在镰刀即将接触到她的身体的一瞬间，她并没有消失——消失的是“螳螂”。更加令人惊奇的是，螳螂重新出现的地点，恰好在那只牛头妖兽的身前。“咔嚓咔嚓”两声响，两把锋利的镰刀收势不及，正好插进了牛头妖兽的双眼。

血花飞溅之后，牛头妖兽发出一声惨嗥，变成了瞎子。在剧痛之下，它不顾一切地向前冲锋，两只尖角穿透了“螳螂”的身体。“螳螂”也痛苦地扭曲着身体，镰刀在牛头妖兽身上一阵乱劈乱砍。

冯斯略一思忖，大致猜出来，王璐能够让处于她的蠹痕中的物体发生瞬间移位，并且可以让这样的转移实现精确定位。所以她既可以转移自己躲开敌人，也可以让敌人精准地实现自相残杀。

魔仆的身体转了半圈，视线落在了路晗衣身上。这个看上去有些弱不禁风的年轻人，正在面对着四只怪兽来自四个不同方向的攻击。但他却仍旧带着轻松的笑容，等待着这些怪兽全部跨入他的蠹痕，然后轻巧地打了一个响指。

随着这个响指，笼罩在他身畔的黑色蠹痕颜色突然变浓了一下，就像墨汁一样浑浊，当重新变得澄清时，四只怪兽的脚步明显变得迟缓。它们身上皮毛的色泽变得黯淡，利爪一根一根从脚掌上脱落下来，嘴里的獠牙也脱离了口腔。它们的眼睛像是形成一层白翳，变得黯淡蒙胧，双目不能视物，然后腿脚发软地倒在地上，肢体开始不受控制地抽搐。

它们在变老！冯斯几乎不敢相信自己的眼睛。这些不可一世的妖兽在闯入了路晗衣的蠹痕之后，在几十秒钟之内完成了几十年才能完成的衰老过程，然后活生生地……老死了。在这片蠹痕里，似乎再强大的力量都没有任何发挥的余地，因为衰老会把一切力量直接送到坟墓里去，任谁都无法逆转。这样的一片空间，难免让人想到两个字：死神。

当几只衰老的妖兽不甘心地吐出最后一口气的时候，魔仆再次转移了视线。这一次，它望向了四人中的最后一个，也是长相最丑陋最让人心里发毛的范量宇。这个满脸疤痕的双头怪人，单从外形来看，可一点也不比周围的妖兽逊色。

凑巧的是，此刻正在向他靠近的，也是一个多头怪物——头比范量宇还多一个。这只怪兽的外形像一匹黑色的狼，却比普通的狼高出两三倍，三个狼头更呈现出令人触目惊心的血红色。当这三个狼头都张开大嘴嗥叫的时候，一股恶臭腥风在空地上散播开来，那些锋锐的狼牙似乎可以把钢铁切开。

范量宇微微抬起头，深深地吸了一口气，脸上露出一丝笑容。他捏了捏鼻子，自言自语："血的味道……真是太棒了！"

就在他说出这句话的时候，这只三头狼也已经逼近到了他的身前。先前这四人刚刚现身时，冯斯就已经注意到了，这四人虽然彼此相识，但显然并非朋友，而是互相牵制防范，即便合作，也只是出于形势迫不得已。而在其中，剩余的三人又很明显地和这个双头怪人刻意保持距离，说明他的可怕程度远在其他三人之上。而双头人仅仅因为两句口角就对他施加酷刑，此人的暴戾残酷也由此可见一斑。

他会用什么方法来收拾身前的妖兽呢？冯斯不由得产生了兴趣。跟随着魔仆的视线，他看着这只三头狼妖冲到范量宇身前；看着狼妖头颈正中的狼头张开了血盆大口，咬向范量宇；看着那些尖锐的狼牙……咬中了范量宇的肩膀。狼牙穿透了肩部的肌肉，鲜血汩汩地流出。

冯斯呆住了。在那短短的几秒钟之内，他已经做出了七八种想象，猜测范量宇会用何种凶狠的手段来收拾这只狼妖，却万万没有想到，这个看起来强悍无比的双头怪人竟然会如此不加抵抗就中招。

"我靠，这个形象放什么电影里也该是大boss了吧？怎么他妈的那么中看不中用？"假如嘴巴能用的话，冯斯一定会忍不住如此吐槽。

但紧跟着他就发现了不对。肩膀被狼牙咬穿之后，范量宇的脸上没有丝毫痛楚，相反那一丝诡异的笑容变得更加浓烈，也更加邪恶。而明明占据了上风的三头狼妖，反倒没有进一步的攻击动作了，巨大的身体仿佛凝滞在了那里。

狼妖在发抖！冯斯终于看清楚了。它咬伤了范量宇，自己却因为恐惧而开始发抖。作为一只来自远古的妖兽，在这个人面前，它却显得像一只胆怯的猫。

范量宇伸出手，放在咬住自己的狼头上，一点点向前推，狼妖则毫不抗拒，狼牙被慢慢推了出去。而范量宇肩头的伤口就在这一刻开始迅速愈合，眨眼工夫就已经完全不留任何痕迹，只有衣服上还残留着一个破洞和一些沾染上的血迹。

原来他的身体也可以在受伤害后自行愈合，冯斯想，和林静橦有些近似呢。不过细想也不一样，林静橦被金属刺穿时，其实并未受伤，而眼前这个双头怪物显然是先受了重伤的。照这么说来，他岂不是永远不死？也难怪那三个人如此忌惮他。冯斯进一步想到了，这个人身上那么多的伤疤，到底是某些特殊原因造成的无法愈合呢，还是这个家伙根本就是故意留下的？

范量宇接下来的举动更为惊人。他伸出手，像拥抱老朋友一样，抱住了那颗硕大的狼头。

“太喜欢这个味道了，”范量宇近乎陶醉地半闭着眼，满脸都是享受的表情，“我还是喜欢血啊，不管是别人的血还是自己的血。”

话音刚落，被他抱住的狼妖就炸裂开来。和之前魔仆真身的解体不同，这是一次凶猛而剧烈的爆炸，狼妖就像是肚子里被塞满了火药一样，随着一声震天动地的巨响，整个身体化为无数碎块，夹杂在血雨中喷射而出，声势惊人。

范量宇的全身立刻被腥臭的狼血染透了，还沾染了不少碎肉块，而他脸上享受的表情更浓乃至仰天狂笑起来。大概是被这样的可怕气势所震慑，另外两只原本正向他靠近的妖兽竟然停住了脚步，不敢动弹。大概是这样的事情极为罕见，连魔仆都忍不住轻轻“咦”了一声。

但光是停步是不管用的，这两只怪兽早已经踏入范量宇的灰色蠹痕。随着范量宇一个轻描淡写的挥手动作，两只妖兽骤然间倒在地上，嘴里发出尖锐的嘶叫，竟然痛得满地打滚。

这倒是冯斯体验过的招数。只是想想这些妖兽从千万年前就开始和人类作战，绝对不会是轻易怯懦胆小的生物，此时竟然能一下子疼痛到失去战斗能力，它们所经受的痛楚，恐怕会数倍于自己之前所感受到的。

原来这孙子还是手下留情了，冯斯只觉得很没面子。

片刻之后，两只妖兽已经七窍流血，呼吸渐渐微弱，看来是神经系统和心脏都受到了巨大的伤害。而浑身浴血的范量宇站在一旁，目光中带着兴奋看着垂死挣扎的妖兽，似乎这样的场面十分合他的胃口。

魔仆似乎对此并不意外，随意地扫视了一下周围，场面也大同小异。这些凶悍邪异的妖兽，看皮肉恐怕寻常的枪弹也打不透，随便拉出一个来，大概一群荷枪实弹的军人也难以应付。但这几个赤手空拳的青年男女，居然就这样轻松击败了它们，实在让冯斯有些自惭形秽。他也禁不住想：如果老子也是他们的同类，为什么偏偏就那么弱呢？那点儿打群架的技能，在这帮人面前简直连渣都不能算。

“他们是害虫中的佼佼者，所以才会那么强，但具备这样顶尖能力的人其实总共也没有几个。”共用感官的魔仆读到了冯斯的心思。

“害虫？”冯斯一愣。他也知道，自己此刻只要脑子里想到什么，对方就能接收到，也能用同样的方式向自己传递信息，所以不能开口也无妨。

“敢于和主人作对的，当然是害虫了。”魔仆说，“害虫嘛，自然有大有小，你这次见到的是最大的几只，厉害也不足为怪，别的可就没这么强了，面对这些妖兽还是难以应付。更何况，如果你的蠹痕发挥出来，他们的蠹痕简直就像尘土一样不值一提。”

“我的蠹痕……到底是什么？”冯斯急忙问。

“这个需要你自己去摸索，”魔仆发出一声诡秘的阴笑，“不过你倒是可以想一想，是想要他们那样的，还是想要远远超越他们的更强大的蠹痕。”

冯斯一愣，还没有答话，魔仆已经四下里扫了几眼。在这片倒悬的奇特世界里，地上已经横七竖八地躺着一片妖兽的尸体或残骸。看上去，它们果然不是这四个人的对手，但四人中除了始终嚣张的范量宇，其余三个人脸上都并没有任何轻快的表情。因为他们知道，妖兽不过是开胃甜点，真正的敌人在后面。

魔仆的身体开始向前迈步。它的步子沉着稳健，毫不畏惧地走到了四个人所围成的这片小区蠹痕的中央，在那里，四人的蠹痕交汇在一起。

“就让我在死前好好享受一下吧。”魔仆伸了个懒腰。

第九章

血脉

一

放下电话，丁小齐好半天没有回过味来。他环顾了一下周围，派出所里空荡荡的，同事们全都出门了。这两天，附近的两座村子因为抢水源起了冲突，正在酝酿于今天晚上展开一次大规模的械斗，这个山村派出所仅有的那点可怜巴巴的警力都被抽调过去了，只剩下丁小齐在所里值班。这种时候，最怕有麻烦找上门来，但偏偏麻烦就来了。

“这都是些什么事儿啊？”丁小齐晃了晃脑袋，无可奈何地戴上帽子锁好门，推上他那辆哐啷哐啷作响的破自行车，摇摇晃晃地骑上了山路。

一个小时之后，汗流浃背的丁小齐总算骑到了四合村外。果然，这座村子唯一的入口处十分古怪，一方面，几十个青壮年村民扛着锄头木棍之类的工具设好路障堵在村口，看样子是不让人进入；另一方面，村外已经零零散散地来了好几十个外乡人，其中甚至还有几个金发碧眼的外国人。这些人各自形成自己的小圈子，既不和其他圈子里的人交流，也不去冲击被堵住的村口。大家就这样沉默地对峙着。

一身警服的丁小齐的出现引起了人们的注意。他也观察到，村口的村民们看到他时，神态显得很警惕，而那些外来“游客”则一脸无所谓，似乎当他完全不存在。

长期和山里人打交道，丁小齐早就熟悉了这些山民的剽悍和对法律的蔑视。他不紧不慢地架好自行车，先走向架设着路障的村口。村民们冷冷地看着他，没有人挪动分毫。

“何老五，说说这是怎么回事？”丁小齐向一个中年村民发问道。他清楚，这些山民虽然讨厌和他打交道，却也不至于一见面就用锄头把他挖几个血洞，纵使再不情愿，也还是会回答他的问题。

果然，何老五犹豫了好一会儿，还是开口回答：“没事儿，村里祭老祖宗呢。你又不是不知道，祭老祖宗的时候，不许任何外人进来。”

“这我当然知道，”丁小齐说，“但是往常你们祭老祖宗的时候，派几个人站在村口拦人也就是了，哪儿至于弄拖拉机来设路障，还一下子来几十号人？”

何老五瞪着眼睛，索性不说话了，一个老头从他身后走上前来，正是村里除了村长外唯一的文化人，那个教学生认字、给村民们翻译盗版碟字幕的老教师。他脸上带着友善的笑容，给丁小齐递上一支烟：“丁警官，其实是这样的，我们这些天正在准备祭祖呢，结果混进来一个冒充游客的记者。您知道的，祭祖算是我们村的文化遗产，一向不允许外人拍摄……”

“封建迷信就封建迷信，还文化遗产呢！”丁小齐一挥手，“那你们打算怎么着？抓住那个记者就地打死？”

老教师连连摇头：“那怎么行？杀人是违法的嘛。我们就是要把他找出来，让他把相机里的照片都删掉，再签个保密协议就行了。”

丁小齐气得笑了：“还保密协议呢……狗屁！老付，我可警告你啊，这么多年来，我们知道你们村文化程度低，情况特殊，对你们一向都是睁一只眼闭一只眼，有点小事尽量替你们抹过去。但是别太过分啊！要是有记者死在你们村，那就是大事，捅出去就谁也保不了你们了，明白吗？”

老付点头哈腰，连连称是，赌咒发誓说村民绝不会杀死那个记者：“新社会要讲法律嘛！”丁小齐也不和他多说，转身走向了那些“游客”。

“你们都是来干什么的？”他冲着一个洗剪吹风格的年轻人问。

年轻人捋了捋自己染成刺眼金黄色的头发，哼了一声，勉勉强强地回答：“阿Sir，到处走走不犯法吧？这你也要管？”

“阿Sir？你港片看多了吧？”丁小齐笑了笑，突然一声厉喝，“身份证拿出来！”

人们都用奇怪的眼光看着丁小齐，就好像一群狼看着一只误入狼群的柔弱小羊。但他们并没有采取任何措施，而是任由丁小齐呼喝着查验了几乎所有人的身份证。忙完之后，丁小齐恫吓般地警告了一句："都别闹事儿啊！"

他重新骑上那辆破旧的自行车，开始往回骑。当他转过身之后，那些原本默契地各自占据一个小圈子、彼此互不交流的人，却忽然有了第一次眼神接触。几个领头人模样的外来者，相互交换了一下眼神，然后其中一位领头者招过身边一个小个子男人，在他耳边说了些什么。小个子男人会意地离开了。

小个子男人离开村口，当他来到村民们的视线触及不到的地方时，突然加快脚步，像壁虎一样攀到了山崖上，然后在和地面垂直的山壁上高速奔跑，仿佛脚上长着吸盘。他远远地紧跟着丁小齐，自行车拐入一个僻静的山坳后，猛然加速，一记矫健的纵跃落到了丁小齐身前。

丁小齐显得很是慌张，一时间无法把握平衡，自行车歪歪扭扭地倒在了地上，他也摔了个狗啃屎。还没等他从地上爬起来，小个子男人已经跳到了他的背上，用全身重量压住他，然后用一根结实的绳子反绑住了他的双手。

"你要干什么？"丁小齐大喊道，"袭警是犯法的你不知道吗？"

"抱歉了，警官。"小个子边说边把丁小齐的身体像拖一捆稻草一样拖到路旁，寻觅到一处小山洞把他藏了进去，再细心地堵住他的嘴。丁小齐嘴里发出愤怒的呜呜声，却难以挣脱绳索的束缚。

"麻烦您在这儿待上半天，半天过后我会来放您的。"小个子扭头走向了洞口，"现在是关键时刻，可不能有无关的人去搅局。"

他一步踏出了洞口，然后就愣在了那里。

他的眼前，赫然是那个刚刚离开的山洞。丁小齐被捆绑的身体就在山洞里，还在不停地挣扎。

小个子男人急忙回头，眼前还是一模一样的场景。他仿佛是被卡在了这个古怪的山洞口，无论向前还是向后，都只能走进同一个山洞而无法离开。出口已经消失了。

"空间扭曲！"小个子突然大吼一声，"你……你也是我们的同类！"

丁小齐哈哈大笑着站起身来，身上的绳索和堵在嘴里的手绢都在不觉间被弄掉了。小个子咬了咬牙，挥舞着拳头冲向丁小齐，但在拳头即将打到丁小齐脸上的一瞬间，丁小齐消失了，而他收势不及，一拳砸在了山洞洞壁上。这一下痛入骨髓，指骨立即骨折了，他捂着手蹲在地上，不敢再去动手。

“没想到你的蠹痕竟然这么厉害！”他恨恨地说。

“还好，还是比不上王氏家族的王璐，”丁小齐说，“她可以在蠹痕内随意转移任何一样物品，而我只能转移我自己，外带一点扭曲空间的小把戏。”

“但是这个小把戏已经把我死死困住了。”小个子费力地靠着洞壁坐下，“你是哪个家族的？还真是深谋远虑，居然直接在附近当了真警察，比我们想得长远多了。”

“哪个家族并不重要，”丁小齐说，“我不过是想来看看，到底有多少人知道了这个消息。现在看起来……似乎是地球人都知道了。我们这群人，应该有很久没有在同一个地点聚集过了，真是热闹呢。”

“我能不能问你一个问题？”小个子说。

“我知道你想问什么，”丁小齐点点头，“那的确是一个很罕见的主动选择进化方向，并且最终进化失败的魔仆，所以它的精神力量比一般的魔仆要弱一些，是唤醒天选者最适合的对象。当然了，即便如此，谁也无法预测最终的成功率。”

“成功率无非两种，”小个子说，“百分之百，或者零。不过不管最后的结果是哪一种，都会有人高兴有人不高兴。这么多年来，我们这些人，到底是死在魔仆手里的多一点呢，还是被同类杀死的多一点呢？”

两人片刻之前还打得你死我活，这会儿却又像是两个老朋友一样，随意地聊着天。丁小齐长叹一声，也在地上坐了下来：“你说得对。我们这帮人，连自己的思想都无法统一，怎么去和魔王对抗呢？区区一个天选者，真的能起到作用吗？”

两个男人都一脸愁容。

二

妖兽被杀伤了一大半，但剩下的还是前赴后继，不知道是勇悍还是智商太低。直到魔仆轻轻挥了一下手，它们才停住攻击，巨大的身形伫立在灰色的雾气里，仿佛一个变态艺术家创造的恐怖雕塑。

“四位的热身活动应该进行得差不多了吧？”魔仆说，“接下来，该上正餐了。我带在身边的这些妖兽都是早期的，能力太低，不够四位吃的。”

他举起右手，笔直地伸向天空，一股颜色淡到几乎看不见的蠹痕开始向四围扩散，很快和四个人的蠹痕缠绕在一起。这些蠹痕彼此可以相互渗透，却又互相碰撞挤压，发生冲突的部分空间像染色一样改变了色调。

四个人的神色都显得很凝重，王璐不再像之前那样挂出天真无邪的笑容，范量宇也不再显得嚣张跋扈，好像每一个人都把全副精力放在了维持自己的蠹痕上。他们的蠹痕在魔仆的重压下有如弓弦一样紧绷，完全没有了先前对付妖兽时的轻松。冯斯不禁有些困惑，魔仆的蠹痕到底有什么能力呢？

正在想着，那些伫立在雾气中的妖兽突然间一个个倒在了地上。它们外表的皮肉没有伤痕，身体没有老化的迹象，也没有任何痛楚的表情。但它们的目光都一个个变得呆滞，倒在地上后，肢体都有无意识的抽搐，嘴角也流出了白沫，十余秒钟之后，抽搐停止，呼吸也随之停止。

“清场完毕。”魔仆笑着说。

冯斯只觉得一阵寒意涌上心头。比之四个“害虫”所使用的手段，魔仆的杀戮更加简单快速直接，甚至没有给被杀者带来任何痛苦。它就像传说中来自地狱的勾魂使者，小拇指一动，就可以剥夺他人的生命。这样冷酷的杀伐不像是在屠杀生灵，简直像是割草，让人不自觉地感到恶心。

而且冯斯注意到，这一片异域空间中残余的妖兽，几乎是在同一时刻倒下的，也就是说，无论从范围还是效率，魔仆的蠹痕都要远远强于那四个人。

“我的蠹痕和他们的不一样，”魔仆在脑海中向冯斯解释说，“每一个蠹痕都是由精神力量构成的，但对这些人来说，只有把这种力量物化，才能产生威力。而我不同，我的蠹痕直接作用于精神，可以在瞬间摧毁它们的精神，如果要用医学名词的话，就是脑死亡。”

“脑死亡……你真是够狠。这些妖兽，好歹也算是你的手下。”

“妖兽不过是无足轻重的奴仆罢了。我杀死这些妖兽，也算是给害虫们提个醒，以免胜之不武，现在他们必须要全力抗拒，以保证不被我的蠹痕侵入。”

“不被侵入？”冯斯若有所悟，“我有点明白了。刚才我就在想，怎么才能对抗‘蠹痕’这种完全没有实体的东西。照你的话来说，似乎只有用自己的蠹痕才能与之抗衡？话说这玩意儿的名字为什么那么奇怪？”

“是的，所谓的蠹痕，就是一个特殊的空间，这个空间里的物理法则都由构建人来决定。”魔仆回答，“这个空间出现在日常的世界中，就像是一只蠹虫把正常的空间蛀出了一个空洞，然后改变了原有空间的物理法则。但这个空洞并不是永久性的，当‘蠹虫’，也就是空间的创造者收回力量之后，它会完全消失，原有的正常空间重新填满那个黑洞，只留下一点淡淡的痕迹，直到完全消散。所以它不能称之为‘洞’，只好叫‘痕’了。

“另一方面，不管人还是物体，不能同时置身于两个空间。所以，在蠹痕的面前保护自己，唯一的方法就是构建自己的蠹痕，用自己主宰的物理法则抵抗别人的，否则只能任人宰割。”

“那如果有人想要强行把你纳入他的蠹痕呢？”冯斯又问。

“这就是我正在对他们所做的。”魔仆阴阴地一笑，“这种情况下，就得看谁更强了，失败的一方将会被吞噬。”

说完这句话，冯斯突然感到魔仆的身体起了一些微妙的变化，从它身上散发出的某种气势开始以惊人的速度增长。一种奇妙的体验也从冯斯的心底涌起，此刻他和魔仆共用同一个身体，感受着同样的力量膨胀，他陡然间觉得身心愉悦舒畅，那种霸道的力量令他有一种纵横捭阖、傲视万物的快感。

这就是掌控着一片蠹痕所带来的快乐吗？冯斯迷迷糊糊地想着。在他的视线内，魔仆的蠹痕就像无孔不入的毒气，已经扩散到了整个空间内。这片倒悬的世界几乎已经完全被魔仆的蠹痕填充，除了四个小小的角落。在这四个角落里，范量宇等四人把自身的蠹痕缩到最小，努力支撑着。其中梁野、王璐和路晗衣的蠹痕几乎已经要紧贴住他们的身体了，而范量宇的蠹痕大概还有半米的半径，说明他的力量的确比其余三人更强。

但他们还是远不如魔仆啊，冯斯想着。而这个魔仆，按照它之前的自述，“选择了错误的进化方向”，导致力量大损。尽管如此，它的蠹痕依然远超人类，而它仅仅是一个仆人。那它的主人呢？它的主人会有多么可怕？

身体体会着源源不断的强大力量，脑子里转着这些奇怪的念头，冯斯感觉越来越舒服，刚开始时那种“我在别人的身体里”的异样感消失了，取而代之的是一种水乳交融般的舒畅自在，仿佛他就是魔仆，而魔仆就是他。在过去的几个月里，他不断地遭遇各种各样的敌人，几乎每一个敌人都比他厉害，似乎随便谁都可以让他无力招架，这对于他而言是一个不小的挫折。一直以来，他最不喜欢的事情就是被人轻视，但是他的确在不断地被人轻视。尤其是刚才范量宇那种轻蔑的眼神，实在让人心头一股无名火起。

“半点本事也没有的废物。”范量宇指着他如是说。

我不想做一个废物，冯斯对自己说，我也想要成为一个强人，就像我一直所努力的那样。

“很有志气，”魔仆的声音适时地在他的意识里响起，“那么，打开你的心灵吧，我可以帮助你。来吧，我可以帮你。接受了我，你就是这世上最强的人，没有人可以击败你，没有人可以羞辱你。”

魔仆的声音里充满了无穷的诱惑，配合着身体里一阵阵跳跃般的冲动，让他的心里一片迷糊。他越来越觉得自己和魔仆的身体融为一体了，无形的蠹痕碾压般地压迫着四个人，让他们疲于应付。他甚至隐隐地想到，如果我能早点拥有这样的力量，就没有人可以伤害我的家庭，母亲不会被逼死，父亲也不会被杀手杀害。

如果我能拥有这样的力量……如果我能有那么强……

突然，头脑里出现了一阵尖锐的刺痛，这是他这些天里早已熟悉的那种头疼。但在暴涨的蠹痕中，这疼痛居然并不显得难受了，反而让他有一种逐步适应的感觉。

“忍一下，忍过了这一段痛就好了。”魔仆的声音依然充满蛊惑性，令人无法拒绝。冯斯浑然忘我，痛感逐渐化为清泉一般的清凉惬意，从大脑开始，流遍了全身。他真的觉得自己正浸泡在一条清水潺潺的小溪里，仿佛每一个毛孔都在张开，吸取着身外的一切。

突然之间，身边的环境再度发生变化。他既不是在这片被创建出来的倒悬空间里，也不是在阴森的古墓中，而是来到了另外一片他曾经置身于其间，或者说曾经在幻觉中置身于其间的所在。

那片血与火的远古战场。

这是冯斯第二次进入这样的领域了，然而，两次的视角却截然不同。上一次他只是个旁观者，对于幻觉中的战争进程没有任何影响，但这一次，他所处的位置有了重大改变。

——他竟然站在妖兽的中心！

另一个更加重要的改变在于，上一次进入这个幻境时，他的内心充满惊奇和紧张，而这一次，他却是快意满怀，体会着一种前所未有的统御一切的快感。

仿佛是在本能的操控之下，他毫不犹豫地开始指挥起妖兽的行动。那是一种难以言说的奇妙体验，他不需要借助任何工具，就能够清晰地看见整个战场的全局形势，并且用类似意念传递的方式向所有妖兽发号施令。他就像是一个正在玩即时战略游戏的玩家，能够在巨大的屏幕上看清地图的每一处细节，然后用鼠标指挥作战单位前进。

现在的我，就是……主人吗？如果是这样的话，拥有这样的军队，拥有这样的权势和力量，似乎也不坏吧。

内心的情绪如潮水般高涨，五感也似乎联通了，妖兽的嗥叫、垂死之人的惨呼和鲜血的气味与冲天的火光夹杂在一起，毫无违和感地全部被他感知到了。那种奇妙的感觉，简直就像是——神。

“怎么样，想要这样的力量吗？”魔仆的声音再次响起。

“我……想要，当然想要。”冯斯不由自主地回答。

“那就太好了。”魔仆刻板的声音里也隐隐带着一丝喜悦。

澎湃的力量充盈全身，冯斯只觉得自己飘飘欲飞，兴奋无比，浑然忘了自己身处何方。不知不觉间，有一股冰凉如山泉般的涓涓细流开始流入他的身体，但他恍然不觉，身体无意识地接受着这种力量。之前的种种抗拒、种种警惕，都被抛到了九霄云外。

古战场消失了，一切嘈杂、喧嚣和血腥都消失了。身畔一片黑暗，只有前方仿佛有一丝极其微弱的光芒。冯斯就像御风飞翔一样，向前追逐着那仅有的一丝微光。

光亮随着他的靠近逐渐放大，形成一个闪亮的光洞。这个洞有巨大的吸引力，当冯斯靠近时，立即把他拖了进去。光芒包围了他。

那一瞬间有无数碎片般的画面从他的脑海里闪过，火山、熔岩、沸腾的海洋、高耸入云的雪峰、巨大的爬行动物、从天空划过的燃烧物体、覆盖着厚重毛皮的巨象、四肢着地的古猿……他甚至都来不及去思考这些画面代表什么意义，整个大脑好像完全被巨量的信息填满了。这样的冲击超越了他承受的极限，他晕了过去。

同一时刻，被魔仆的蠹痕逼住的四个人也正无可奈何。他们个个都是身经百战的人，此时收缩自身蠹痕的范围，加强单位空间的力度，倒是可以保住一时不被魔仆侵入。然而能做到这一步也就不错了，他们终于还是无力还击。

而他们最担忧的，是被魔仆用碎片化成硬膜茧壳包裹起来的冯斯。当魔仆的蠹痕发动之后，茧壳里却没有丝毫反应，完全不知冯斯的死活。梁野几次想要强行靠近，都被魔仆强势压了回去。

“梁野兄，情势不大妙啊，”路晗衣利用蠹痕间的特殊方式向他传音，“我打赌魔仆现在正在对冯同学的脑子下功夫呢，再不打断恐怕要危险。”

“但我们无能为力，”梁野闷闷地回答，“现在能保命就不错了。魔仆毕竟是魔仆，即便进化出错，还是远强于我们，我估计错误了。”

“不管估计是否错误，遇到这样的情况谁都会进来，”王璐插嘴说，“现在重要的是想办法，不然的话，我们只能撤退了。”

“想个屁办法，”现在说话的是两个头的范量宇，“实力差距那么大，就凭你们三个，能想出什么玩意儿来？”

“那你说怎么办？”梁野不耐烦地说。

“把你们三个的蠹痕集中起来，替我打通一条通道，”范量宇说，“然后我会全力攻击魔仆，争取能对它造成伤害。”

三人都沉默了，过了好一会儿，梁野开口问：“那我们怎么确认你不是在给我们设套？要知道，如果我们三个倾尽全力去轰开魔仆的蠹痕，在那一瞬间，我们的防卫基本处于真空状态……”

“你可以不信，那就让天选者唤醒魔鬼呗，”范量宇毫不客气地打断他，“又或者唤醒失败，天选者无法承受直接挂掉。你知道，我对这事儿不是很在乎，所以只要你说一个‘不’字，我现在可以扭头就走。”

他一面说着，一面真的收紧了蠹痕的范围，看样子是打算集中力量脱困而出：“你们都知道，我从来说一是一，从来不装样子。”

“好吧，我同意！”路晗衣的反应很快，显然是熟知对手的行事作风。

“范哥哥，你……你说了算。”王璐虽然有些不情愿，但也知道审时度势。

最后剩下的只有梁野了。他稍稍犹豫了一下，叹了口气：“你赢了。但你有把握吗？那可是稍纵即逝的机会。”

范量宇回答的话语里充满了嘲讽：“把握？这千百年来，我们什么时候做过有把握的事情？”

梁野不再说话。这四人虽然一直争斗不休，但或许正因为打交道太多，彼此太过熟悉，此时一起出手合作，再次展现出熟稔的默契。范量宇凭借着自身更加强韧的力量，顶着魔仆的蠹痕移动到距离他较近的地方，而魔仆不知为何并没有做出反应。路晗衣等三人则按照范量宇的指挥站到了一起，三人相互对视一眼，点了点头，一同释放出蠹痕。

此时三人的蠹痕都显得很是怪异，不再像之前那样在平面上保持半球体的形状，而是逐渐拉长延伸，仿佛一支长矛，直插向魔仆的身体。梁野微微示意，三人一同发力，三道不同颜色的蠹痕一同刺出，在魔仆的蠹痕中划开了一条通道。这是一个不能再短暂的机会，但范量宇还是敏锐地捕捉到了。他的眼睛里闪烁着恶狼般饥渴而凶残的光，喉咙发出一声低低的咆哮，然后做出了一个惊人的举动。

他脱离了自己蠹痕的范围。冒着被魔仆的蠹痕伤害甚至杀死的风险，范量宇果断地释放出全部蠹痕用作攻击，而完全不顾及防御。他就像是一只只剩下最后一次扑击力量的恶狼，把所有的力气都赌在这全力的一击上，一击之后是死是生，反倒不必在乎了。

“这种事儿果然得疯子来干……”路晗衣忍不住咕哝一声。

如梁野所说，这个机会稍纵即逝，三人拼尽全力打开一条通道之后，只能把全部希望寄托在他们所厌憎的范量宇身上。而范量宇也的确拿出了以命相搏的气势。这个人其实未必真的在乎天选者是死还是被利用来唤醒魔王，他在乎的只有一点：无论和谁动手，都一定要赢，不计一切代价地赢。

这一道灰色蠹痕顺利击中了魔仆的身体，或者不应该用“击中”这个词，而应当说，范量宇的蠹痕和魔仆的身体发生了交会渗透。三人都紧张地看着魔仆，想要知道这一击的效果。然后他们都惊呆了。

——魔仆被击飞了，蠹痕尽管并无实体，但那一瞬间强行改变空间的巨大能量还是对它产生了冲击，整个身体横着飞出去十多米，然后重重摔在地上，这片倒悬世界里无所不在的魔仆的蠹痕也瞬间消失了。范量宇的这一击成功了，远远超出所有人预期地成功了。

“不是吧？主角开挂也没有那么狠吧？”王璐不敢相信自己的眼睛。

“这样的神转折，比哈利·波特的胜利还莫名其妙，要是拍成电视剧，肯定会被观众骂大烂片的……”路晗衣也禁不住喃喃自语。

范量宇自己脸上也全无喜色，显然这个来得过于容易的胜利也是他自己完全没有想到的。他皱着眉头思考了一阵子，忽然大踏步地走向魔仆。

“范哥哥！你还没有重新用蠹痕保护自己！”王璐忙提醒他。

“不必了，”范量宇挥了挥手，“照我看，需要保护自己的是它。”

果然，重组成冯斯外形的魔仆，此刻竟然在地上挣扎了好久都无法爬起来。它原本坚固的身体好像一下子变得脆弱不堪，断裂的肋骨戳破了胸前的皮肉，森白的骨头带着鲜血凸出在胸口，触目惊心。

其余三人也跟了上来，尽管他们仍然警惕地保留着覆盖在身边的蠹痕，不知是为了防范谁。范量宇嘿嘿一声冷笑：“你们可以放心了。它被我打成这样，不是因为我很牛逼，而是因为你们的天选者捣了鬼。这个臭小子，看来也不像我想象中那么没用呢。”

“迟早有一天我会揍扁你……”随着这一句闷声闷气的话语，地上的茧壳裂开了，冯斯和关雪樱费力地钻了出来。关雪樱一脸迷茫，显然完全不知道到底发生了什么，冯斯的表情却是喜忧参半。

“我他妈的到底是什么？”他似乎丝毫也不介意之前被范量宇差点折磨死，直直地瞪着这个双头人的眼睛。

“你是天选者。”范量宇给出了一个无懈可击的答案。

“不，我是个傻逼，”冯斯大摇其头，“连自己到底在干些什么都不知道的傻逼。”

冯斯的确不知道自己到底干了些什么。

昏迷过去的时候，那种惬意的感觉开始时断时续，夹杂着的是突如其来的强烈痛楚。就像是有一把锥子试图锥开他的头皮和颅骨，钻进他的大脑。这种忽而舒适忽而剧痛的感觉，就像是从天堂到地狱的极端体验，让他忍不住痛呼出声。

“忍一下，忍过了这一段痛就好了。”魔仆依然还是这句话。随着这句话不断地重复，那股尖锐的痛楚越来越切入他的大脑深处。尽管理论上大脑是不应该体会到痛觉的，但他还是恍惚觉得，有什么东西在往自己的脑髓里钻。

“忍一下……忍一下……忍一下……”这个声音就像是魔咒，让他越来越无法控制自己的意识。他隐隐觉察到有一些不对劲，真的好像是自己的灵魂要被挤出去了，然后一些外来的事物取而代之。他想要抗拒，却已经完全无力支配自己的身体。

突然之间，先前何一帆所说的话再次像闪电一样劈开了他的脑海：“你的精神状态的每一丝最细微的变化，都可能会影响到你的将来……这个过程中包含着一些生死攸关的抉择元素，一步踏错就可能带来灾难性的后果……”

看来我选择错了，结果可能是灾难性的，冯斯在那一瞬间陷入了无限恐惧中。他已经完全不能控制自身，那个在幻觉中钻进他大脑里的异物开始膨胀，似乎要完全替换掉他原来的脑子。

这样就会唤醒魔仆的主人了吧？冯斯迷迷糊糊地想。这位主人醒来之后会干什么呢？召唤洪水和火山爆发毁灭地球吗？可惜我已经没法知道了。

神志一点点被抽空，眼看意识就要陷入完全的黑暗，就在冯斯连哀叹后悔的心思都要不复存在的时候，突然，一个清晰的声音在耳边响了起来。

“忍一下。很快就会好的。”这不是魔仆的声音，而是另外一个声音，一个十分熟悉的声音。

“忍一忍。不要怕。”这个声音的出现，就像是打开了一个开关，他的眼前骤然亮了起来。亮光中出现了许多模糊的影子，他努力想要分辨这些影子的形状，却由于光线过于刺眼而无法如愿。在这片亮光中，他感到自己和侵入物的力量对比一下子发生了改变，头又疼起来，但疼痛扩散的方向却正好相反，钻入自己大脑的异物像是遇上了什么无法阻挡的天敌，开始被生生地抽离。

见鬼了，这是发生了什么？冯斯很是纳闷，就好像自己的体内本来藏着点儿什么玩意儿，然后突然爆发了。这种感觉简直像是——江海倒灌河水。他想要问魔仆，却发现魔仆已经不再能和他自如地对话了，此刻能够传递给他的，只有情绪的碎片。

愤怒、恐惧、慌张、震惊，以及……绝望。

最后他彻彻底底地晕了过去。

“也就是说，你并不清楚到底发生了什么？”王璐好奇地看着他，“但是确确实实是你凭借着自己的精神力量打败了它。”

冯斯还没有回答，地上的魔仆忽然哧哧笑了起来。即便是伤口还在血流不止，它还是丝毫没有痛觉。

“他妈的你会笑啊，”冯斯一瞪眼，“我还以为你一辈子就是电子合成音呢。”

“这一次是我输了，”魔仆的笑容扭曲而狰狞，就像是面部失败的雕塑，“但我还是赢了。”

“说这种故弄玄虚的废话并不能让你多活一分钟。”范量宇冷冷地说。

“活？我不需要活了。”魔仆依旧带着笑。这句话刚刚说完，它的身体就像石膏一样开裂、分解，最终化为一堆粉尘，只有分解前的最后一句话还留在人们耳边：“但你们也活不长的。”

三

魔仆的身体彻底消失了，无论是冯斯的化身还是剩余的碎块，都变成了细微的粉末。而这个倒悬的世界也随之土崩瓦解，人们重新回到了神殿中。

“现在我们有空说说话了，”冯斯看着这四个敢于和魔仆正面对抗的人，“四位可以做一下自我介绍吗？”

“我叫王璐，这是范量宇哥哥，这是路晗衣哥哥，这是梁野哥哥。”王璐回答得很快。

“嗯，你如果告诉我这是汤姆，这是杰瑞，这是蜡笔小新，也没有任何区别。”冯斯耸耸肩。

“我们就是被魔仆们称为‘害虫’的那群人，”路晗衣说，“至于我们自己，由于各自的理念不同，给自己的称谓也截然不同。比如有人自称‘抵抗者’，有人自称‘保护神’什么的，相比之下，比较中性的、易于接受的称谓是‘守卫人’，不过我觉得还不如直接叫害虫显得亲切。”

“从刚才和魔仆的对话来推测，你们四位，分属于‘害虫’中的四个家族，也就是从古代开始就知道魔王的存在，并且致力于与之抗争的人群，对吧？”冯斯问，“那么你们知道魔王到底是什么样的吗？”

路晗衣的回答在他的预料之中：“从来没有人见到过魔王。在历史上发生的所有战争里，我们连见到魔仆的机会都极少，大多数时候都只是在和奴隶，也就是先前你看到的那些妖兽作战。”

“我一直被封在茧壳里，你怎么知道我看到了妖兽？”

“如果你连通过魔仆的眼睛看到妖兽的能力都没有，那你也就不配做天选者了。”

“其实到现在我也没看出我哪点配做天选者……”冯斯嘀咕了一句。

“这里没我什么事了，我先走了。”范量宇淡淡地说了一句。转过身时，他想了想，忽然伸手冲着冯斯一指，冯斯“扑通”摔在地上，痛得脸色都变了。

“还是那么废物，没什么变化啊？”范量宇有些困惑，“刚才到底算是怎么一回事？”

“这是把我当沙包了啊……”冯斯哭笑不得，看着那个带着两颗头颅的畸形背影渐渐消失。王璐犹豫了一下，也跟着离开了，只留下路晗衣和梁野。

“我们一直试图找出魔王的起源和藏匿地点，以及最重要也是最让人困惑的——它到底想要做什么？可惜从来没有如愿过。”路晗衣说，“在文字形成以前的时代，那样的战争描述很难流传下来，即便流传下来，也会和其他神话传说混杂在一起，真假难辨。当然了，这样的工作我们一直在做，‘害虫’的各个家族都没有停止过培养考古专家，以及资助各种考古组织，妖兽的残骸化石就是非常重要的证据。我们发现，魔王并不仅仅存在于人类的历史中，或者说，远远不止存在于人类的历史中，它的出现，最早甚至可以追溯到六亿三千万年前的前寒武纪。”

冯斯倒吸了一口凉气：“不要把这种教科书上都讲不到的年代拿出来吓人吧！那玩意儿岂不是真的做到了……与天地同寿？它到底要做什么？征服地球吗？”

“我们也曾经这么猜测过，它的目标就是要毁灭地球上的一切生物，就像早期科幻电影里虚构的外星征服者一样，部分考古证据也支持这个猜想。”路晗衣说，“但是上个世纪以来，一些新的证据表明，在远古一些生物大繁荣时期它也存在过，却完全没有阻止物种的繁衍，相反似乎还有所助益——它可能利用妖兽屠杀过一些凶猛的旧物种，而帮助了体力上较弱的新物种的壮大。”

“刚才魔仆也跟我说了，如果魔王真的想要毁灭人类，那么人类的历史从南方古猿的时代就可以彻底断绝了，这可真有点奇葩……”冯斯搔搔头皮，“那你们这些人是从什么时候开始集结起来的呢？”

“在人类生存的早期，妖兽在全世界不同的地点出现，所以各地的神话传说中都会提到这些怪物，但在那时候，人类是完全被动的。这些妖兽对他们而言，不过是更加强壮凶残一些的剑齿虎猛犸象，但后来，逐渐有一些聪明的部落领袖发现了妖兽背后的指挥者——魔仆，并且发现魔仆的肉体比妖兽要脆弱得多。而一旦摧毁魔仆，妖兽就会失去战斗力。当然，即便这一部分人掌握了这个诀窍，以人类的力量和原始的工具，想要突破妖兽的护卫而去击杀魔仆也是十分艰难的，于是他们开始研究魔仆，终于发现了附脑的存在。”

“附脑到底是什么？”冯斯问。

“顾名思义，附脑就是往你的大脑里植入一个新的共生的脑子，某种程度上接近于寄生虫。”路晗衣说，“那是某一位先辈在杀死一只魔仆之后在其体内发现的。附脑看起来的确像是一只小虫子，先人们不知道它到底是什么，但直觉让他们留下了这条‘虫子’并且想办法饲养它，希望能通过它找到克制魔仆的方法。最初的时候，大家想尽了一切办法，都没能发现一点儿特异之处，直到有一天，当一个年轻人去给这只虫子喂水的时候，这只虫子突然暴起，从他的面颊上钻进了他的身体。

“当时人们都以为他死定了，但奇怪的是，他事后虽然连续发烧，高烧昏迷十来天，却一直拖着没有断气。半个月之后，他竟然奇迹般地醒了过来，烧也退了。又过了一段时间，人们发现，他开始变得比一般人更加强壮，跑跳速度超过了人力的极限。大家这才意识到，那只奇特的虫子，似乎具备把人变得更强的力量。而这样的力量，或许会成为人类抵抗魔王的关键。

“这之后的几千年里，人们不断寻找和研究这种‘虫子’，对它的命名也各不相同。比如古代中国人信奉心主神明，认为人的思想活动和智力都是由心决定的，有些人就称其为‘心猿’。等到解剖学逐渐昌明，人们也明白了大脑才是思维的根基时，它才有了统一的称谓，那就是附脑。

“人们活捉了一些附脑，想尽各种方法让它们和人体结合，想尽办法让它们维持稳定——附脑可从来不是乖宝宝，它们会努力维持自己的自我意识，一不小心就可能反过来控制人体。比如中国的道教一直流行用铅汞等原料来炼丹，那只是一种有意无意的误读。铅汞的真正作用，是可以维持体内附脑的稳定。当然了，这些重金属原料对人体伤害也很大，即便是到了近代，我们用一种被称为‘酒’的更温和的配方，还是难以根除其毒性，再加上附脑本身的危害性，拥有附脑的人……大概都很难长命吧。”

听到这里，冯斯才总算明白过来当时在大块头俞翰身上到底发生了什么。而何一帆给他注射的所谓“酒”，竟然和道家的外丹是同样的性质。而附脑的神奇之处和魔仆妖兽的凶悍，大概也是许多远古神话乃至于宗教的起源。

“所有的附脑都是靠这样植入吗？”他又问。

“不是，还有另外一种方式，就是已有附脑的人们通婚遗传。”路晗衣说，“这种方式效率更低，更容易诞生出废物，要么完全没有附脑，要么有附脑也无法唤醒，要么刚一出生就被附脑完全控制住。然而，一旦确定唤醒并掌控，这种天生的附脑拥有比后天植入的附脑强得多的能力。这两种方式所带来的选择，也造成了现在守护者们的内部分裂——拥有先天附脑的家族习惯性地歧视后天植入的。”

“他们三个都属于信奉先天遗传的家族，”梁野插嘴说，“而我的家族一向只选择后天植入。事实上这种歧视并非完全没有道理，除了我这样的极少数异类，大部分后天植入者都比不过通过家族血统获得附脑的人。但是家族血统遗传的方式风险太大，过去曾经发生过新生儿附脑发狂险些灭杀整个家族的事例，所以很多人宁可求一个稳妥。”

冯斯听到“新生儿附脑发狂险些灭杀整个家族”这句话，心里一动，想到了自己的出生。不过他没有时间细想，路晗衣继续说下去了：“附脑让人变得强壮，只是初步作用，再强壮的人仍然难以在体力方面和妖兽相当；对少部分体质相对特殊的人来说，附脑还能让他们拥有特殊的能力，那就是激发蠹痕。蠹痕是一个特殊的物理空间，可以让踏入其中的人或物受到巨大影响。不同的人会激发出不同能力的蠹痕，这些蠹痕有可能很强大，也有可能完全没用，而激活蠹痕的因素，既和个人体质有关，也和附脑本身的性质相关，但人们暂时没有找到精确的规律。事实上，能利用附脑的本身就是极少数，大部分人植入附脑后会很快死亡，还有一部分人会变成妖兽那样的怪物，血统遗传的方式死亡率更高。但是为了尽可能多地让对抗魔王的火种流传下去，人们采取了种种异常残酷的方法。”

“残酷？比如？”

“比如……你看到这尊神像了吗？”路晗衣伸手指向神殿里那尊牛头神像。

“我一直在好奇，这到底是一尊什么样的神像。它明明是西方风格的，却偏偏被放在一座中国落后山村的古墓里。”冯斯说。

“这是一尊恶神，是上古地中海东南岸地区的人们所信奉的神明，名字叫摩洛。”路晗衣说，“古代迦南人对它顶礼膜拜，并且有一种独特的献祭方式——把未成年的子女放到火里焚烧。这尊神像身上的金属活板，就是用来焚烧小孩的。”

冯斯禁不住打了个寒战，路晗衣接着说：“但事实上，恶神摩洛的献祭方式，只是为了掩盖事实而捏造出来的骗局。献祭不是目的，焚烧才是目的。”

“你的意思是说……通过烈火烧身来激活附脑？”冯斯又是一惊。

“是的，虽然还不清楚具体原因，但在那一段时间，地中海区域的附脑，多数展现出和火有关的能力。为了筛选婴儿，他们会把婴儿扔进火里，能从火中重生的，日后就有可能成长为精英分子。”

“而剩下的就活活被烧死……”冯斯有些说不出话。他并不是喜欢高举道德大棒的人，何况刚刚亲眼见识过魔仆和那些恐怖的妖兽，自然明白这场战争是多么残酷，但无辜者的鲜血终究不能让他无动于衷。

“好吧，谢谢你，总算解开了我心里很多的谜团。”他定了定神，接着说，“下一个问题：能仔细讲讲天选者以及在我身上发生的这些事儿吗？按照魔仆的说法，我好像就是个闹钟……”

路晗衣微微一笑：“的确像个闹钟，不过也不完全是，这得从魔王的沉睡说起……怎么了？”

他看到关雪樱悄悄地扯冯斯的衣袖，手指指向神殿门口。冯斯愣了愣，忽然一拍脑袋：“靠！我把老头儿给忘了！”

他慌忙跑出神殿去查看万东峰。老村长已经奄奄一息，双目紧闭，任凭冯斯怎么摇晃呼喊都没有反应。

“失血过多，身体本身就衰弱，没救的。”路晗衣附身查看了一下，“不过我有办法让他死前短暂地清醒几分钟，你有什么话可以赶紧问。”

他伸手在万东峰的颈部轻轻一按，万东峰咳嗽一声，真的醒了过来。他的眼神有些迷茫，似乎一时间还反应不过来发生了什么，冯斯已经迫不及待地扶起了他："村长，我直说了吧，老祖宗已经挂了，你也马上就要死了。"

"老祖宗？它……已经？"万东峰一脸的惊骇。但当他看到冯斯背后那两个奇怪的人的时候，似乎意识到了点什么："我明白了。这一天终于还是要到来的，我算是解脱了。"

"没有时间了，我只想求你告诉我，你知不知道我祖父……也就是照片上那个人的下落？那个威逼你们供奉老祖宗、为他保守秘密的人？"冯斯说。

"那个人……我也不知道他去哪儿了，但我相信你一定会见到他。"万东峰说，"他曾经说过，他的家族之所以世世代代把老祖宗藏匿在这里，是为了利用老祖宗找到一个人。我猜想，你就是那个人，所以他一定会主动去找你的。"

这不对啊，冯斯想，我父亲19年前就找到我了，但祖父从来没有现身过。难道……难道其实祖父并不知道自己的存在？

父亲背叛了祖父！冯斯猛然间醒悟过来。虽然不知道这父子俩到底发生了什么冲突，但父亲离开了祖父，悄悄带着自己躲了起来，把自己抚养长大。祖父想要做什么？父亲又想要做什么？看来谜团不是越来越少，而是越来越多。

"他还说过，还有另外一个目的，但估计只通过老祖宗无法完成，"万东峰接着说，"他想要研究老祖宗，找到老祖宗的本原。他说，这件事比找到那个人还重要，但他估计，在他的有生之年无法做到了。"

"本原？"冯斯微微一愣，但很快明白过来。祖父果然也和路晗衣等人一样，想要通过研究这个魔仆，发现魔王的本质。

魔王到底是什么？魔王到底想要做什么？

万东峰终于咽下了最后一口气。冯斯看着他的尸体，怔怔地没有言语。梁野看出了他的心思，走到他身边："不必奇怪，你的祖父是一个十分神秘的存在，我们一直在找他，却始终没有找到。"

"他和他的家族，到底想要干什么，你应该比村长知道得更多一些吧？"冯斯问。

"还是你来说，"梁野冲路晗衣勾了勾手指，"我懒得多说话。"

"懒死算了……"路晗衣倒也不生气，"我还是先从你这个闹钟开始解释吧。虽然魔仆始终都存在，妖兽也偶尔会出现一下，但距今最近的一次魔王和人类的全面战争，大概要追溯到4600年之前了。”

“4600年？这个数字好像有点熟。”冯斯努力回想着，“中国公认的信史也还不到3000年，再往前的夏朝都只是存在于传说中，4600年……全面战争……我靠！你不会是在说涿鹿之战吧？”

“就是涿鹿之战。”路晗衣点点头，“那一次战争，并不是什么人类两个部落之间争夺地盘的战争，而是魔仆和人类发生的你死我活的决战。传说里说蚩尤‘面如牛首，背生双翅，铜头铁额，八臂九趾’，虽然未必精确，却也点明了一点：蚩尤不是人，而是魔仆的化身。它所驱策的，就是你刚才见过的那些妖兽。”

也就是说，我在火车上的幻境里所见到的，极有可能就是涿鹿之战？冯斯忽然觉得额头上全都是冷汗。

“我们并没有那一次战争的详尽资料，事实上，从传说的只言片语来看，蚩尤的力量是远远占优势的。但奇怪的是，最后取胜的竟然是人类。这也是后来人们一直想要寻求解释的难题，因为那次战争，说不定就包含着克制魔王的关键。

“从那之后，再也没有过大规模的战争，魔王就像是凭空消失了，魔仆们也都隐匿了起来。虽然偶尔有一些由于遭遇魔仆而爆发的小规模战役，却也丝毫不能阻止人类的迅速繁衍进化。人类占据了地球，从部落文明一直发展到工业文明，关于魔王的秘密也渐渐被掩盖，除了分散在全球的这些以附脑为基础生存的家族之外，普通人对此全然不知晓。”

“那照这么说，魔王从4600年前就不再现身了，所谓能唤醒魔王的天选者的概念，又是从哪里冒出来的呢？”冯斯有些困惑。

“这件事细讲起来就太复杂了，以后有空给你详说。简单地说，是有人通过读取他人思想的蠹痕，无意中从一只被捕获的魔仆脑子里获取的信息。魔仆的思维活动告诉我们，经过涿鹿之战的打击后，魔王受到了重创，不得不终止了活动，让自己进入一种近似沉睡的保护状态，必须由拥有特定血统的“天选者”来唤醒。而后来的历史也证明了这一点，那就是每隔一段长短不定的时间——长则数百年，短则几十年，魔仆们都会有一种集体的躁动，显然是感受到了某种召唤。那就是天选者出现的征兆。”

“唤醒魔王不靠魔仆，反而靠人类，那不是乱套了吗？”冯斯忍不住问。

“谁告诉你天选者是人的？”路晗衣意味深长地看着他。

冯斯怔住了，仔细揣摩着路晗衣的话，突然脸色煞白：“你是说，我，天选者，其实……其实……”

“是的，天选者的身上，带有魔王的血脉。”路晗衣说，“只有魔王的血才能唤醒魔王。”

“但是……怎么会有魔王的血脉……又该怎么分辨……这也太奇怪了吧？”冯斯一时间有些语无伦次。

“谁也不知道魔王是怎么做到的，就如同谁也不知道魔王在哪里、具体是什么形象一样。”路晗衣回答，“总之，在这个世界上，的确存在着这样的血脉，而且还不止一支。但是并非所有带有魔王血脉的人都能成为天选者，所以人们只能采取笨办法，那就是死死盯住可能带有魔王血脉的家族，监视着这个家族出生的每一个婴儿。当天选者出生时，魔仆们会有异动，甚至会有妖兽出现，此外还有其他的一些异兆，可以帮助判别。”

“那样的话，杀掉我不就一了百了？很长一段时间内不用担心魔王被唤醒了。”冯斯说。

“但是你死了，下一个天选者仍然会出现，那不过是一条没有穷尽的等待之路。我们更希望在不唤醒魔王的前提下，通过天选者和魔王的特殊联系找到它，趁它在沉睡状态时杀死它。那才叫作真正的一了百了。然而……”

“每一次都失败？”冯斯尖锐地问。

路晗衣叹了口气：“是的，每一次。每一次失败的原因都如出一辙——在即将和魔王建立精神联系的那一刹那，天选者的脑子出错了，因为无法承受那样剧烈的精神变动而一下子变成疯子——这一度被称为‘命运之咒’。只有两次例外，那两个天选者成功地接收到了魔王的信息，但自己却完全被控制，成为新生的魔仆，而我们依然无法经由他们找到魔王，最终为了消灭新生魔仆而损失不小。”

“为什么会这样呢？”冯斯皱起眉头，想起了先前那段奇异的幻觉，那种感觉，的确像是有什么异物硬往自己的脑子里钻。但最后自己既没有变成疯子，也没有成为被控制的魔仆。至于和魔王的精神联系……好像也没有。

“没有人知道，样本空间太小，不足以支持严谨的结论，只能先试着猜猜看了。比如近些年来，我的家族研究了所有失败的案例，以及那仅有的两个建立了联系的，发现那两位天选者和其他所有人不同的一点在于——他们并不情愿对抗魔王。”路晗衣说，“那两个人颇为自己身上有魔王的血脉而自豪，内心深处并不认同自己属于人类，也不认同他们应当反抗魔王。”

“我明白了！”冯斯忍不住喊出了声，“之前我认识的那个叫何一帆的女孩，反反复复地说，不能给我造成先入为主的印象，就是这个道理！我不能够抗拒魔王，却也不能太过亲近它！也就是说，一切最好发生在我对所有事件都还不太了解的状况下，那样才能真正地凭借本能行事！”

路晗衣点点头：“魔仆之所以抛弃掉原形，化为人形和你交谈，其实就是想要和你建立精神上的联系，对你施加暗示，任何事前过多的思虑都会让你无法专注于内心深处的真实选择，从而极有可能导致唤醒失败——尤其是当这种思虑里含有对魔仆本能的抗拒时。一旦失败，你就会变成废人，这就是为什么我们事前不能告诉你。”

说到这里，路晗衣一脸的迷惑：“但是真是奇怪，最后的结果变成了这样，你并没有唤醒魔王，也没有被控制，反而杀死了魔仆。而在杀死魔仆之后，你又成为一个普通人，不能激发出任何蠹痕，也不能抵抗范量宇的一点轻微攻击——这是过去从来没有发生过的事情。”

冯斯咧嘴笑了笑：“你们四个一起来到这里，其实就是打算万一我被变成魔仆，就把我干掉，对吗？”

“确切地说，开始只是观察，”路晗衣说，“我们尾随你到这里，并不打算进村。但你进入村子里靠近了这座墓穴后，魔仆的精神扰动立刻被我们捕捉到了，我们确定你是一个能让魔仆产生感应的真正的天选者，所以立刻进来了。我们四个代表的，是中国境内势力最大的四个家族。而事实上，现在在村外有那么几十上百个来自其他家族的人，也在关注你的动向。假如你不幸被召唤成为魔仆，我们会毫不犹豫地杀死你。”

“那我总算命不错，”冯斯长出了一口气，“不过你还是没有告诉我，我祖父所在的家族想要利用我干些什么呢？”

“那个家族从来不和我们通气，我们甚至不知道他们现状如何、藏在哪里。唯一能确定的是，关于天选者，他们掌握了比别人更多的资料，对此也有一些不能让外人知道的特殊目的。这个目的也许会十分危险，所以我们也一直在努力寻找他们。遗憾的是，到现在为止也没有人知道你祖父的下落。”

“那你现在打算拿我怎么办？”

“老实说，我现在都不知道该拿你怎么办了。”路晗衣脸上的苦恼显得很真诚，“过去也从来没有任何天选者像你这样不安分的——我担心你迟早会捅出大娄子。梁野兄，你有什么主意吗？”

“用你先前给我的建议，顺其自然。”梁野说，“他是一个历史上从未有过的天选者，与其我们闭着眼睛胡乱干涉，不如让他闭着眼睛自己去闯。”

“更何况，如果我没有猜错的话，我们的大麻烦才刚刚开始。”他看上去一脸的疲惫，“如果在这个小兄弟的身上不能出现什么奇迹的话，也许大家会一起玩完。”

◆ 第十章 ◆

幕后真凶

一

大概是已经从王璐那里得知了消息，村外的守卫显得放松了许多，但却并没有人急于离去，似乎是为了亲眼见一见这个与众不同的天选者。

至于村里人，都聚集在村口，但却没有人敢于阻拦路晗衣和梁野，老祖宗和村长的双双死亡更是让他们一片迷茫。冯斯狐假虎威，带着关雪樱跟在两人身后，还到村长家拿回了自己的随身物品。他知道，在此之后，这座蒙昧的山村将会迎来翻天覆地的变化，村里人将如何去适应，他就不得而知了。

出村时，关雪樱的父亲关锁狠狠地瞪着自己的女儿，好像恨不能把她的脑袋拧下来，却又终究不敢上前。关雪樱的目光扫过父亲，扫过弟弟和其他的村人，忽然间眼圈一红，低下头加快了脚步。

“先等等，回家把身份证拿上，不然你哪儿也去不了。”冯斯对她说。

“……”关雪樱看了一眼关锁，怯生生地不敢动。

“有我在，他不会对你怎么样的。”冯斯说，“不是你主动提出要跟我走吗？没有身份证，你每分钟都可能被抓住送回来。”

关雪樱咬了咬牙，伸手在自己的脑袋上拍了一下，忽然迈开大步，走向自己的家门。冯斯像保镖一样，跟在她身后两步。关锁怒极，攥紧了拳头，却最终没有出手。

“你有什么随身的衣服或者小玩意儿，都带上吧。”冯斯轻声对关雪樱说，“以后可能很难再有机会回这儿了。”

“你打算拿这个孩子怎么办？”梁野问，“你只是一个普通的学生，要照料她可不是件容易的事儿。”

“带她回北京先住到我兄弟家，再做打算吧。”冯斯说，“我兄弟也正好需要有人照顾。”

“很抱歉帮不了你，”路晗衣说，“我们的家族是不会收留外人的。”

“我只需要你们帮我一个忙，”冯斯说，“她这辈子没有离开过这座大山，哪儿都没去过，什么交通工具都没乘坐过。你们两位一看就是有钱人，肯定自己有车……”

“可以。我把你们送回北京。”梁野没有迟疑。

“多谢多谢，不过送她就行了，地址我不用说了，你肯定知道。”冯斯扮了个鬼脸。

“你不回北京？”梁野有些意外。

“我想起一些事，需要回家一趟，”冯斯说，“反正从这里过去也不算太远。”

“那你好自为之。”梁野痛快地点点头，不再多说。

倒是路晗衣把手放在冯斯的肩膀上，虽然状似亲热，说出的话却不那么动听：“记住，我们可能有共同的利益，也可能截然相反，一切取决于你的选择。我不希望有一天亲手杀死你。”

“以后的事，以后再说吧。”冯斯并不在乎，“我还有一个问题，那个魔仆说他选错了进化方向，是什么意思？”

“魔仆拥有强大的精神力量，可以构建蠹痕，可以指挥妖兽，但它们的本体却很脆弱，移动能力也很差，离开了妖兽几乎无法生存。所以这一个魔仆大概也是厌倦了这些年来被关在古墓里的生活，想要实验把自己的身体变得强壮，所以它的身上会多出那些触手。但是身体的强壮却又大大弱化了它的精神，对于魔王而言，它就成为废物。不过这倒正好，如果它是一个正常的魔仆，以它所积累的力量，我们四个加上你也绝对不是它的对手。”

“这也算是吉人自有天相吧。”冯斯一笑。

“顺便还有一点要告诉你，”路晗衣说，“妖兽这种东西也是会进化的，而且进化的方向和生物进化史有些类似——体形越来越小，智力越来越高。你今天见到的这些，都是比较原始的妖兽，虽然躯体庞大看起来吓人，实际上的力量很弱，其目的只是吓唬原始人类，并不是真正想要利用它们作战。但越往后，人类的力量越强，妖兽的塑造也就不一样了，战斗力也越来越强。以后再遇到魔仆，你可得小心点，真正强大的妖兽会超乎你的想象，而没有贸然进化的魔仆，更是噩梦一样的存在。相信我，我见过，到现在还经常在梦里吓醒呢。”

冯斯坐着梁野的车离开了这片山区，和关雪樱道别后，迅速坐长途车直转贵阳。在宾馆睡了几乎一天一夜后，他坐上了通往家乡省城的火车，然后在第一站偷偷下车。刚一出站台，文潇岚早就替他约好的一位驴友接他上了汽车，然后在某个红灯过后的拐角处放下他。他找了一辆高价黑车，沿高速重新开回了贵阳，一直到机场下车。

机票也早就订好了，目的地并不是老家，而是——东北，为他接生的翟建国所在的那座东北小城。

一下飞机，他就打车直奔翟建国家。翟建国所住那栋楼的电梯仍然无法使用，不知道是新坏的还是上次坏了就压根儿没人管。他只能再爬一次十一楼。

“说我不安分……说我喜欢捅娄子……这些我都承认，”冯斯一边爬着楼，一边在嘴里哼哼唧唧，“但是有一点你们就不知道了——老子还喜欢骗人。”

“当然也更容易被人骗。”他嘟哝着，敲响了翟建国家的门，“姓翟的，你这个老骗子……”

二

“他失踪了？”黑暗中的女人语气十分不悦。

“是的，实在是出乎意料。”女人的弟弟，也就是路晗衣回答说。不知为何，他的语气相对轻松一些，甚至颇含赞赏。

“他不过是个雏儿，而你们都是身经百战经验丰富的，怎么可能跟丢？”女人有些恼火地重重一摔杯子。

“他应该是早就策划好了的。”路晗衣说，“我的人跟着他上了火车，但没想到他到下一站就换装下车了，仓促间没有跟上。之后我们侵入了全国的铁路系统和民航系统，没有发现任何蛛丝马迹。所以，要么他事先安排好了车辆，要么他一直都备有假身份证。”

“但是以他的社会接触面，没可能认识能做出可以骗过检测仪的假身份证的人——这年头的身份证内部芯片只有专业人士才能复制。何况快速离开车站也需要有人接应吧？否则以你的人的反应，不可能跟丢。”

“是的，问题就在这儿，居然早有一辆车在那里等着他，而我们的系统不可能做到在全国每座小城市都有车辆随时使用。”路晗衣说，“我们的人匆匆招了辆趴活的黑车追上去，路上被一个红灯延阻了一下，谁知他就趁着那短暂的半分钟偷偷下车了。最后我们的人追上的只是一辆空车。”

“他的电话和网络账号难道不是24小时监控着的吗？他怎么找同伙策划的？半路买新电话卡这种事，应该瞒不住你的人才对。”

“我猜，他大概使用了更加激进的方案。”路晗衣的声音里居然隐含笑意，“我的人回忆说，那天冯同学住的旅馆有一位旅客丢失了手机，搞不好是在和他擦身而过的时候丢的。”

女人有些吃惊：“不是吧？他居然连偷东西都会？”

“所以说这个小子不简单哪。”路晗衣笑意更浓，“他不是那种循规蹈矩墨守成规的人，犟起来就像一头驴子，但该服软的时候绝不拿小命开玩笑。比如范量宇用痛感折磨他的时候，他发现不妙就立刻服输，绝不硬挺。他很有趣，我挺喜欢他的，如果以后不得不杀死他，我也会遗憾那么几分钟呢。

“所以姐姐你也别那么急着找到他了，我相信他不会死，盯紧了北京，他迟早会回去的。好戏才刚刚开始。”

路晗衣的眼瞳在黑暗里闪着高深莫测的光芒。

梁野活像一个铁人，一天开十多个小时车也丝毫不觉疲累，只有晚上才停下来找旅馆睡觉。两天之后，北京已经近在眼前。

当天夜里，他带着关雪樱在一家路边小饭店吃东西，桌上不外乎是些驴肉火烧、凉皮、大丰收之类的大众菜，关雪樱却吃得津津有味，还不停地喝着冰镇可乐。

“看来这驴肉火烧挺合你胃口的，再要一点吗？”梁野问她。

关雪樱脸都涨红了，但还是轻轻点了点头。梁野轻轻一笑，又叫了一份推到她面前，顺便又给她要了一听可乐。在她低头吃东西的时候，梁野一直认真地打量着她，目光中充满了种种复杂的意味。

“你怕不怕我们这帮人？”关雪樱吃完后，梁野问。

关雪樱点点头又摇摇头，发现用这种简单的方式无法清楚表意，于是又掏出了她的法宝：作业本和笔。她在纸上“唰唰”地写了一些字，然后把本子递到梁野身前。

“怕，但不是很怕。我对你们没有害处，你们不会打我，村里的人不管怎么都会打我。所以你们更好。”关雪樱这样写道。

“你知道你到底是什么人吗？”梁野忽然发问。

关雪樱愣了愣，这下连到底该点头还是摇头都不知道了。梁野又提出了第二个问题：“如果我告诉你，你和我们是一样的人，你会害怕吗？”

关雪樱一下子整张脸都白了，眼神里有些惊恐和不知所措，梁野摆摆手：“我只是问‘如果’而已，你别紧张。我是说，如果，如果你也和我们一样，你会怎么办？”

关雪樱轻咬着嘴唇，在作业本上写道：“只要能好好活下去，怎样都没关系。我不怕。”

“好姑娘！”梁野哈哈大笑，不再说话，抓起桌上的白酒瓶往嘴里咕噜倒了一大口。

结完账后，关雪樱先出门而去，梁野跟在她身后，看着她纤弱的背影，忽然间低低叹了口气。

“真希望能见一见你的母亲。”梁野用关雪樱听不见的声音说。

温泉的水温恰到好处，刚好能让皮肤发红，却又不至于烫得太厉害。王璐把整个身子都沉在水里，眯缝着眼睛，惬意得几乎就要睡着了，一张红苹果一样可爱的脸蛋红扑扑的，看上去就像一个天真的女学生。

突然，她猛地睁开眼睛，脸上闪过一丝铁一样刚硬的杀意，淡紫色的蠹痕迅速笼罩住全身，整个人好像变成了一只机警的猎豹。不过几秒钟之后，她的神情又松弛了下来，尽管蠹痕仍然绷得很紧。

“范哥哥，你不会是打算在这种时候杀我吧？”她说。

温泉的假山后面一瘸一拐地走出来范量宇畸形的身体。他在温泉旁坐下，随手拨了一下水面：“国内的所谓温泉，99%都是锅炉房烧出来，要享受也不知道找个好地方。”

王璐嘟着嘴："管它是天然的还是人工的，舒服就行嘛。跑一趟穷山沟，又脏又累的，哪怕给我个破木桶泡一泡也是好的——你没有把我的兄弟都杀光吧？"

"今天我心情好，没有杀人，甚至没有给他们留下伤残或者后遗症，不过他们醒来之后，可能会痛上那么一两个星期。"范量宇邪恶地一笑。

"心情好？那简直是太阳从南边出来了，"王璐做惊讶状，"你居然也有心情好的时候。难道是因为那个天选者？"

"就是因为他，"范量宇点点头，"我从他身上嗅到了鲜血的味道。"

尽管泡在温泉里，王璐也忍不住打了个寒战："鲜血的味道？"

"这样的日子多乏味，你们这些无聊的人成天提心吊胆着魔王会不会醒、什么时候能醒，"范量宇摇晃着他那颗有意识的头颅，"而我呢，只是想找机会好好打上几架，家族里也总有各种婆婆妈妈的说辞，烦人得不行。时代总是需要改变的。"

"你是说，那个被你折磨得死去活来的天选者，有机会改变时代？"王璐很是好奇，"在古墓里，你可是口口声声说他是废物呢。"

"他现在的确是废物，但在我眼里，他很有潜质。"范量宇充满信心地说，"何况，我有一种强烈的预感，会有更多埋伏在土里的家伙为了这个小子而从泥土里钻出来。"

王璐的脸色一变："比如……历史上消失的那一支？"

"甚至还会更多。"范量宇的脸上呈现出一种真正开心的表情，"一想到这个死水一潭的世界会从此变得热闹起来，我就高兴得想要用头撞墙。"

"不愧是怪物啊，高兴的方式都那么与众不同。"王璐喃喃地说，"那你来找我干什么？不会就是想要抒发一下你的壮志情怀吧？"

"我也累了，想找个安静的地方洗个澡，"范量宇说，"而我喜欢独来独往，没有人替我安排好一切，只好跑到你这里来捡现成的了。欢迎吗？"

王璐扯过浴巾裹住自己的身体，慢慢从水里站了起来："我敢说一个不字吗？请吧，范大爷，这儿归你了。"

林静橦慢慢睁开眼睛，看见病房里除了她之外，只有那个头发花白的中年男人。

"你的父亲很生气，所以你最好暂时不要去见他，也暂时不要和他说话。”中年男人说。

“挺好了，起码他还没有当场把我剁成肉酱。”林静橦长出了一口气。

“你这样做，和家族传统格格不入，他还真动了杀死你的念头，”中年男人说，“不过最后一个电话让他改变了主意。”

“是和天选者有关的消息吗？”林静橦一边问，一边下意识地摸了摸自己的头顶。厚厚的绷带还缠绕在那里，绷带下隐隐透出刺鼻的药味。

“是的，就在你术后昏迷的这段时间里，天选者已经和贵州西南部的一个魔仆发生了接触。”中年男人回答。

“结果怎么样？”林静橦禁不住支撑着坐了起来。

中年男人扶住她：“结果很诡异，他既没有唤醒魔王，也没有死或者发疯，倒是魔仆的精神被他粉碎了。但也就仅限于此，他自己也并没有被激发出蠹痕。”

“真是离奇，”林静橦想了一会儿，“不过能够粉碎掉一只魔仆的精神，可见他是货真价实的天选者，我们总算没有做无用功。只是……他和魔仆的抗衡有其他家族介入吗？”

“四大家族的继承人都去了。现在所有家族都在紧盯着他，各自心怀鬼胎，谁也无法预料将来会发生什么。”中年男人说。

“这就是为什么我一定要接受这个手术的原因。”林静橦说，“相比四大家族，我们家族这一代的力量太弱小了，必须有一个能够和那四个继承人相抗衡的人站出来，哪怕为此被讥讽为猴子——那个梁野那么厉害，不也是猴子吗？”

“道理是这样，但你父亲还是气坏了，而且，植入附脑的手术风险那么大，你能熬过不死就算是中彩票了，得到这个新的附脑之后，它就真能起到作用吗？”中年男人问。

林静橦默然不答，手里把玩着一把放在病床边的钢勺。突然，坚固的钢勺开始弯折、液化，并且在液态下变换着形状。当它重新凝固为固体的时候，它的形状已经改变了——变成一片薄而尖锐的刀片。她并没有做其他的动作，刀片却突然间从她的手掌中飞起，笔直地插入天花板，刀身完全没入其中。

在这一系列变化过程中，一道闪烁着银色光辉的蠹痕在她的身边慢慢形成。

“看上去，似乎有那么一点点用。”林静橦微微一笑。

“老大！”几个杀马特风格的小混混掀开门帘走进了这家充满油烟味儿的

烧烤店，冲着何一帆毕恭毕敬地打招呼。

“怎么样？那个房子的主人还没回来？”何一帆面无表情地问。

“没有，始终门窗紧闭，晚上也不亮灯。”一个小混混回答。

“明白了，先回去吧，辛苦了。”何一帆淡淡地点点头。

小混混们离开后，她终于憋不住那张严肃脸，“扑哧”一声乐了出来，坐在身边的俞翰很无奈：“你就是喜欢瞎胡闹……怎么能和这些小地痞混在一起呢？”

“关键时刻，小地痞能顶上用场的，这不就省得我们自个儿那么辛苦去监视林静橦了？”何一帆伸出手指在俞翰的脑门上戳了一下，“你就是太严肃太正经了。也不想想，最近十多年来我们家族人才凋敝，不多动动脑子，怎么和他们抗争？”

“大家的目的不都是消灭魔王吗？”俞翰不服气，“干什么总要想着抗争对抗什么的？应该团结起来……”

“幼稚！”何一帆嗤之以鼻。过了一会儿，她的脸上才现出真正的愁容，“冯斯那个坏小子已经和魔仆真正见过面啦，他体内的蠹痕激发出来是迟早的事。照我看，四大家族还是小事儿，他们办事至少还会在一定程度上守规矩，可怕的是那些一直隐藏在暗处的人，他们可能掌握着比四大家族更加庞大的力量。真不知道我们该怎么办才好，也许我不得不动用禁术了……”

“千万别！”俞翰大吃一惊，忍不住扬高了一些声调，引来其他食客的侧目。他连忙捂住嘴，压低了声音说，“千万不能！你忘了你的爸爸妈妈是怎么死的了吗？”

“我永远不会忘，”何一帆摇了摇头，“但正因为如此，我不能让他们白死。”

“冲锋陷阵什么的，让我们男人来就好了！”俞翰很生气，“我不会让你那么冒险的！”

“你不让？你不让顶什么用？”何一帆乐了，“你也不想想，附脑到现在也只能让你拥有比普通人强壮的身躯，连一丁点儿蠹痕都激发不出来。打打地痞流氓倒是够了，真遇上那些对手，我能指望你吗？”

俞翰一脸受到伤害的小狗神色，却又无力反驳。何一帆拍拍他的手臂：“好啦好啦，我只是说说而已，别那么当真，我也不会轻易拿自己的小命开玩笑的。”

“但是如果真的需要，我不会有半点犹豫。”她补充说。

三

冯斯反复敲了四五遍门，始终没人来开门。他尝试着伸手一推，才发现门原来是虚掩着的，并没有上锁。

他推开门走了进去，随手把门关好。几个月后再次走进这间老房子，房间里依然还是那么杂乱，充满了纸张发霉的气息和陈年熏出来的香烛味儿。客厅里那个木质的佛龛也还在，但里面已经没有燃烧的香烛了，只剩下冰冷的灰烬。再看看桌上，一个盘子里放着的两个馒头已经霉变发黑。

冯斯心里陡然生起一丝不祥的预感。他试探性地喊了一声：“翟先生，你在吗？”却没有得到任何回应。他想了想，在客厅的茶几上抓过一把水果刀捏在手里，推开了卧室的门。刚一进门，他就看见屋子中央悬挂着一个类似网兜的物体，定睛一看，吓得他浑身一激灵，心跳骤然加快。

——那根本不是网兜，而是一堆难以分清材质的坚韧的灰色丝线，而丝线当中裹着的，是四五具毫无生气的尸体！而且这些都不是普通的尸体，而是完全干瘪的干尸。那种干尸特有的灰败色泽、裸露在牙床之外的森白牙齿、仿佛还在瞪视着天花板的圆睁的眼睛，形成了一种独特的恐怖氛围，即便冯斯这么胆大的人也禁不住要吓一大跳。

好在他也算是见多识广了，何况干尸什么的，放在那些数米高的妖兽面前也不够看的。他定了定神，仔细观察那些尸体。这次数清楚了，一共有五具，勉强能辨别出是四男一女，全都干透了，活像是从沙漠里挖出来的千年古尸。它们紧紧挤在一起，被那堆古怪的灰色丝线死死缠住，丝线的顶端则粘在天花板上。

冯斯试着伸出手，从床上扯过枕巾包住手，拉扯了一下那些丝线。毛巾立刻被粘住，怎么也挣不开，那么强的黏性，难怪那些沉重的尸体能被如此细的丝线吊在半空中。他也是个看过不少恐怖电影的人，从这些细丝和干枯的尸体，很快就联想到了一个词，一个令人毛骨悚然的词。

“是蜘蛛吗？”他轻声说着，虽然还没有回头，却已经敏锐地察觉到背后似乎有什么物体在移动。那是一种让人如芒在背的感觉，同时也让人不敢转身，因为转身后的视觉冲击可能让人难以承受。

但冯斯还是咬咬牙，转过身，在他的身后，卧室的门已经被一个奇怪的东西挡上了。这个东西乍一看像人，却蜷缩得很小，裸露在外的手脚上长满黑色的硬毛。他以一种诡异的姿势倒吊在半空中，拉住身体的是一根从嘴里延伸出去的灰色细丝，而这张嘴也变得无比尖细，就像一根针管。他努力昂起头，让冯斯看清他的脸。

“翟建国，你竟然变成这个样子了，是附脑干的吗？这些人都是被你捕食后吸干的吧？”冯斯反而镇定下来。从看到蛛网中的干尸那一刻开始，他就已经做好了最坏的打算。现在看起来，翟建国的形变还不算彻底，至少还能看出人形和依稀的面孔。

这就是当初路晗衣所说的啊，他想，附脑会让某些人变成可怕的畸形怪物，眼前的翟建国就是如此。

蜘蛛状的翟建国嘴里发出呼呼的急促呼吸声，四肢稳稳地贴在墙上，一点一点移动进来，就像手掌和脚掌上长有吸盘。这只有四只脚的大蜘蛛双目赤红，死死地盯住冯斯，目光中有一种野兽般的凶残，却也带有一种只有人类才能体会到的深深的仇恨。

“你恨我？为什么恨我？”冯斯不解地问，“要知道当初欺骗我的人可是你啊。”

他的眼珠同时在房间里乱扫，因为实在没想到翟建国会如此变异，手里的小水果刀似乎不太够用，看样子得找更残暴一点儿的武器才行。

翟建国那变得尖锐的嘴——或者可以称为口器——发出一阵尖厉刺耳的声音，却无法形成人声，看来是整个发声器官都已经变异了。他索性不再尝试说话，一声长嘶之后，四肢用力，像真正的蜘蛛一样，整个躯体横着扑向了冯斯。冯斯早有准备，一个侧扑闪开了这一击，翟建国撞到了从他自己的身体里分泌出的蛛网上。但那些蛛丝并不会粘住他的身体，所以碰撞过后，翟建国摔倒在地上，蛛网也被撞破了，干尸一具接着一具地掉下来砸在他身上。翟建国痛得哇哇乱叫，手忙脚乱地推开干尸，慢慢重新站起来。

趁着这个工夫，冯斯已经看清楚了翟建国的动作。他的形态虽然可怖，但身体的灵敏度却较为一般，从被干尸撞击后发出的痛叫来看，也不算很强壮。这给他增添了不少信心。事实上，这一次相遇换在几天之前，光是看到这么一只巨大的人形蜘蛛，就足够把他吓得手脚发软了。然而在经历了古墓中的种种事件之后，他的胆量和勇气反倒比以前壮多了——至少眼前这只巨蜘蛛既没有蠹痕，也远不如妖兽们更可怕。

尽管如此，要对付翟建国，他还是没有太大把握。翟建国挣扎起身后，依托着墙壁和天花板，不断追逐着他，而他只能利用自己速度较快、身体较灵活的特点，在这套小小的两居室里窜来窜去。中间几次动念要直接逃出门去，料来翟建国这副怪相也不敢暴露在光天化日之下，但又很快打消了这个念头。

“这是属于‘我们’的世界里的事儿，”冯斯恶狠狠地盯着翟建国，“就得在我们之间解决。”

翟建国还以“吱吱”的尖叫。

两人一追一逃，在几个房间里来回奔跑，冯斯对翟建国观察得更加仔细。如同先前路晗衣告诉他的，附脑的作用因人而异，在不同的人身上效果可能截然两样。翟建国虽然具备了一些蜘蛛的特性，身体却并没有变得更加强壮敏捷，在墙上攀爬久了，反而有些体力不济。

看起来，之所以翟建国能够捕猎到那么多人，一方面有偷袭的因素，另一方面也可能是因为他的外形过于骇人，猎物们一见到他就怕得浑身瘫软，失去了反抗的勇气。其实真正要和他硬拼，也未见得一定就输。

翟建国越来越疲累，有一次差点从墙上跌下来。他不得不暂时停下，贴在墙边重重喘了几口气。然后，他突然打开口器，从中吐出一道银光。

是蛛丝！冯斯猛然反应过来。这种蛛丝黏性很强，一旦被粘住就完蛋了，何况还不知道其中是否带毒，他慌忙躲闪，却忽略了脚下摔碎的干尸残骸。一不小心，他一脚踩在了一具干尸的断臂上，摔倒在地上。翟建国迅速吐出第二根蛛丝，缠住了他的左臂，然后整个身体就猛扑了上来。

腥臭的气息扑面而来。翟建国压在冯斯身上，四肢压住他的双手双脚，尖锐的口器恶狠狠地对准冯斯的头刺了下来。冯斯拼命一偏头，口器扎在了地板上，深深扎进去七八厘米，一时间拔不出来。这是个难得的好时机，冯斯顾不上多想，抓在右手的水果刀用尽全力挥出，“咔嚓”一声，把这根长长的口器横切成了两半。断口处迸射出腥臭的黑色浓浆，翟建国疼得尖叫连连，在地上不停地翻滚。

冯斯喘了口气，上前把翟建国的双手扭到身后，压住他的身体，低声喝问："你为什么要和栖云观观主串通起来骗我？你当时跟我说的我出生时的场景，到底哪些是真的哪些是假的？还是全部都是谎话？"

翟建国痛得浑身痉挛，原本就狰狞可怖的脸此刻更是扭曲得不似人形，但他的嘴已经变异成了蜘蛛一般的刺吸式口器，不能正常说话了。他血红色的双目充满仇恨地瞪视着冯斯，嘴里发出冯斯无法理解的古怪声响，突然，他的脸色变得惨白，开始喘不上气来。

冯斯这才想起来，翟建国心脏不好，看来是口器断裂的剧痛诱发了心脏病。他连忙放开翟建国，在卧室里翻找出硝酸甘油，却发现瓶子里是空的。没有药物，他只能束手无策地站在一旁，眼睁睁看着翟建国从手足痉挛到呼吸越来越慢，终于再也不动了。

这个半蜘蛛半人的怪物，死了。

冯斯随手抓过一条枕巾擦拭汗水，然后开始在翟建国的家里翻箱倒柜。他并没有找到任何可能和他相关的东西，倒是找到了一些和翟建国有关的文件，身份证、下岗证、过了期的诊所营业执照，等等，这些至少证明翟建国向他讲述过的自己的身世都是真的。在冯斯出生之前，翟建国的确只是一个郁郁不得志的中医大夫，无论在工厂保健站还是在自己的诊所，都显得那么庸碌无为，是一种无害也无益的边缘生存。但从那一夜之后，他的生命却发生了急剧的改变。那满屋子的神像和护身符，终究还是没能保佑他。

还有多少与世无争的普通人，被这一连串的秘密所牵累呢？冯斯忽然间觉得疲惫不堪。他软软地靠在床上，只觉得眼皮子无比沉重，刚才那一场惊心动魄的搏斗似乎耗掉了全部的体力。他太累了，竟然在这个充斥着血腥味和霉味、地上还摆放着六具尸体的房间里睡着了。

这一觉也不知睡了多久，醒来时，眼前已经有了一些模糊的光感，让他可以判断出自己已经睡了一整夜，睡到天亮的时候了。他连忙睁开眼睛，这一睁眼吓了一大跳——他的身前站着一个人，一个身材粗壮的人，那张脸隐隐有些眼熟。

他刚刚欠起身，还没站起来，这个人闪电般地挥出一拳，重重打在他的面颊上，打得他头晕眼花地重新躺下，鼻子里流出了热热的鼻血。冯斯倒也临危不乱，不管三七二十一，腰腹一用力，用臀部带动平躺着的身体纵跃而起，双脚齐出向对方踹了出去。这一招他过去和人打架被绊倒在地时常用，算是传统武术中“鲤鱼打挺”的流氓版变体，体现出冯斯活学活用的钻研精神，经常能让对方措手不及。

敌人果然中招了。他本来准备趁冯斯被打倒的时机上前制伏他，却反而被重重踢了一脚，身子不由自主地向后倒去。不过他的动作也不慢，背刚一沾地就重新弹起，正好和站起身来的冯斯打了个照面。冯斯这回看清楚了他的脸，不由得发出一声惊呼。

“你是慧明！栖云观的慧明！”冯斯喊道。

是的，这正是冯斯第一次来到这座东北小城时，在栖云观所见到的独眼道士慧明。现在慧明虽然穿着世俗的休闲衬衫和短裤，道髻也梳成了不伦不类的马尾，活像从国产破案片里走出的黑帮打手，但脸形依稀还认得出来，那只独眼更是醒目。

慧明被认出来了倒也并不慌张，活动了一下肩膀，准备再扑上来和冯斯厮打。冯斯却微微一笑：“你不用动手。我跟你回去。”

慧明愣住了，硬生生地收住拳头，有点不知所措。冯斯两手一摊：“你不就是打算把我抓回栖云观吗？不用抓，我本来也想去拜会一下你师父。咱们这就走吧。”

独眼道士搔了搔头皮，眼神里略有一点茫然，看来这是个头脑简单的人，只知道刻板地执行命令，而不大懂得变通。过了好一会儿，他才吭哧吭哧地挤出一句话：“但是……我应该把你捆回去……”

冯斯点点头：“行，没问题，那就捆吧。不过意思意思就行啦，反正我不会挣脱的。”

慧明把冯斯押上一辆不知哪个年代生产的奥拓，在发动机的惨叫声中开车驶往城外。冯斯坐在露出弹簧的后座上，想起自己这辈子第一次被人捆绑的时候，是被父亲捆着扔在一辆破旧的金杯里，而这一次的这辆奥拓，卖相连金杯还不如。

太没面子了，简直就是屌丝到底，他郁闷地想，如果还有下一次被人绑架，至少也得是帕萨特才行，当然要是玛莎拉蒂就更好了。

胡思乱想中，车已经开到了栖云观。和第一次来的时候相仿，这座道观依旧破败，依旧没有游客，所以慧明甚至不必替冯斯松绑，就这样大模大样地把他押进了观内。

“老观主，我又来了！”冯斯大声说。但说完之后，却没有得到任何回答，他不禁有些纳闷地望向慧明：“老头儿哪儿去了？”

慧明没有吭声，带着他穿过似乎一阵风就能吹倒的道观主建筑，来到大殿背后似乎不用风吹也能倒的生活区。那里有几座歪歪斜斜的平房，看来是道士们的栖居之所。慧明把冯斯领到靠右的房间，松了绑，然后一把把他推进屋去。

冯斯踉踉跄跄地冲出去几步，这才勉强站定。然后他就呆住了。

这个房间，根据他进去之前的目测，大小不会超过20平方米，但此刻呈现在他眼前的，赫然是一间至少占地200平方米的巨大神殿，高度顶得上四层楼。神殿正中供奉着一尊七八米高的真武大帝塑像，金甲玉带、被发跣足，脚下踏着灵龟，显得威猛而霸气十足。周围的龟蛇二将及金童玉女也都塑造得极为炫目。

这也是一片蠹痕！冯斯猛然醒悟过来。和他在四合村的古墓里所见识到的那个倒悬的世界一样，这里也是一个人为形成的异域空间。不过事后，路晗衣也向他解释过，这样的异域，并不能完全等同于蠹痕。

“蠹痕只是改变空间法则，不会改变空间的大小，你刚才所见到的那片倒悬的天地，是蠹痕的一种变体，它直接作用于你的精神，让你陷入某种幻觉。但这又并非单纯的幻觉，仍然会和你的身体相连，你受到的伤害也会直接反映在肉体上。所以，你可以把它理解为是某种介于真实和虚幻之间的特殊空间。”

“这样的特殊空间，对我们守卫人来说，是十分有用的。现在毕竟是科技发达的文明社会，不管是内斗还是对付魔仆，动静稍微大一点，就有可能被人发现，要是被摄像机什么的拍下来，更是大麻烦。但如果交战的双方能够进入这样的虚幻领域，就不会惊动外人了。”

“那么，那些妖兽呢？它们到底是真的还是幻觉？”冯斯当时又问。

“妖兽本来就是依附于魔仆生存的特殊存在，”路晗衣说，“它们平时一般都被闭锁在魔仆制造的蠹痕中，如果要在正常空间中生存，必须依靠魔仆的精神力量，否则会迅速消散。涿鹿之战就是如此，无数妖兽被魔王释放出来，在魔王的保护下进入正常空间和人类作战。但魔王莫名其妙被击败后，妖兽也就很快消失。”

这里也会存在着妖兽吗？冯斯努力抑制住紧张的情绪，让自己慢慢镇定下来，开始仔细打量这座神殿。这时他才看清楚，除了最为醒目的真武大帝塑像外，神殿两侧还有其他道教众神的塑像。尽管冯斯对道教神仙体系所知不详，但也能看出这些神像摆放得相当混乱。比如道教地位最尊崇的三清挤在角落里，天师道所尊崇的太上老君身边站着一个城隍。看起来，像是构建这个虚幻空间的人如同捏泥人一般随手捏出一堆神像，然后随手往神殿里一摆，唯有真武帝君地位超人一等，处于大殿最醒目的位置，有一种凛然不可侵犯的威严感。

冯斯隐隐有些印象，真武大帝是道教中的武当派信奉的主神，历来以威武勇猛和降妖除魔而著称，在民间颇受崇拜。蠹痕的主人如此看重真武，是说明此人富于侵略性的性格吗？

正在胡乱猜想着，身后毫无征兆地传来了脚步声，来人距离自己已经不过区区几米远。冯斯急忙回头，对方的身形映入了他的眼瞳里。

“居然是你……”冯斯的眉头皱了起来，但却并不显得太吃惊，“或者说，果然是你。”

“没错，就是我。”来人用略带童稚的声音傲慢地冷笑着，一步步地向冯斯走近。几个月前，当冯斯第一次见到他时，他还是一副痴痴呆呆的表情，瘸着一条腿，让人一看就心生怜悯。但是现在，他步履矫健，神情威严，双目中仿佛有火焰在熊熊燃烧，体现出一种强烈的霸气。

——尽管他的身材还是那么矮小瘦削，比起冯斯来矮了一大截，就像是一个还没有长大的孩子。

这就是栖云观里被收养的小道士慧心，那个据说身体有残疾、智力低下的慧心，曾经被假道士玄和子收养，却又最终被抛弃的慧心。

四

两人面对面地站立着，很久都没有说话，最后还是慧心先开口：“既然你重新回到这座城市，而且主动要来栖云观，说明你看出了当初的真相。但我仔细回想，觉得那会儿并没有留下任何破绽，你是怎么发现的？”

冯斯捏了捏鼻子：“你应该知道我去了双萍山的四合村，并且见到了那里的魔仆吧？和四大家族的人对话之后，我就发现，他们并不清楚我到底能做什么，却又有了历史上很多的失败范例作见证，所以事实上是并不希望我一步步发掘出真相，进而找到四合村去冒险的。后来他们现身，也不过是因为我直接和古墓里的那个魔仆面对面了，他们不得不干预。

“也就是说，除了刚开始缺心眼地跑去绑架我的那拨人，所有人都应该希望我蒙在鼓里越久越好，而且也有人直接阻挠我的调查，但偏偏我却不断找到线索，最终发现了初步的真相。细细想想，这个过程似乎有点过于顺利，就像是有人在一步一步引导着我找到四合村去一样。那么，到底是谁那么处心积虑一步步把我引过去的呢？”

“你应该遇到了不少人和不少事，”慧心说，“为什么独独怀疑到栖云观？”

“因为在整个事件中，我的第一个重要发现，就是翟建国的住址，这简直是万里长征的第一步。”冯斯说，“而到了东北之后，我也是收获颇丰，知道了和我出生有关的许多细节。虽然我并不能肯定这是有人故意安排的，但我至少可以往这个方向去怀疑。

“于是在离开四合村的途中，我一直在苦苦思索，我来到东北之后发生的一系列事情，到底有没有什么破绽可寻。这真的只是我一帆风顺的好运气呢，还是有人故意设好的套呢？我想了很久，头都要想裂了，最后突然被我想到了。找到了这一点，我就可以确定了，栖云观问题很大，一切阴谋都是从这座道观发端的。”

“哪一点？”慧心饶有兴趣地问。

“我离开翟建国的家，来到这座道观后，和观主说了很久的话，他也把他所知的尽可能地都告诉了我。现在我知道，那些都是在你的授意下说出的，但在当时，他必须装得心不甘情不愿，所以他说了那么一句话：‘唉，都是那个姓翟的多嘴……’”

“这句话有什么问题？”慧心问。

冯斯哼了一声：“进入道观之后，我就直截了当地开始询问他当年收养婴儿的事情。从头到尾，我都没有提到过翟建国的名字，他是怎么知道这一切我都是听翟建国讲述的呢？”

慧心想了想，缓缓地点点头：“没错，这的确是个大破绽，这个老浑蛋果然是靠不住。可惜让他逃走了……”

“所以我终于可以肯定，翟建国和你们是串通好了的，目的就是让我一步一步陷入这个事件。”冯斯说，“你们很清楚我的性格，一上来就和盘托出的话，恐怕很难取信于我；但一点点让我去发掘调查，一点点让我自己拼凑真相，才会让我真正地相信，并且为此采取行动。”

慧心哈哈大笑起来，笑声中包含着一种冯斯难以理解的怨毒。随着他的狂笑，整座神殿像地震一样开始颤动起来，差点让冯斯站立不稳。

“其实刚开始就很不好控制，”慧心止住笑，“冯琦州留下的资料太过详尽，把他对魔王和魔仆的认识都附在其中，如果当时就让你全部看完，你这种自以为是的蠢货也许会把他当成一个疯子而不去仔细琢磨，我不能冒这个险。所以当你找到了资料之后……”

“你让人打倒了我，抢走了资料！”冯斯恍然大悟，“我明白了，是慧明！那个人影的确很接近慧明的体形！”

“没错，就是慧明，”慧心很得意，“他只留下了翟建国的地址，这样你将不得不去亲自见一见翟建国。当事人的诉说，外加栖云观的证明，会更加可信。”

“如果我没有猜错的话，后来我的朋友宁章闻找到的那本书，也是你安排的吧？”冯斯又问。

慧心点点头：“不错，《空斋笔录》和空斋无名生倒是的确存在过，但书里《太岁》那个故事其实只有六则，那两个吸引你注意的故事是我伪造后添加进去的，再故意让人放进国图，目的就是让你们看到。不过我可以告诉你，书是伪造的，你所读到的那两个故事却未必是假的，它们也来自我从其他地方搜录到的资料，很有可能都是真事。有这样两个故事在，我不怕激不起你的好奇心。”

“但是要把这本书混入国图的馆藏，尤其是要让它拥有系统编号，可不是慧明能做到的。”冯斯说。

慧心更加得意：“你以为只有你的朋友才拥有黑客技术吗？你以为我在这个道观里成天就是装痴卖傻吗？”

“那可不是互联网，而是内部系统，”冯斯说，“恐怕关键还得里面有人才行吧。”

慧心的眼神里闪过一丝怒意：“里面有人就行吗？没有技术怎么能篡改系统而不留下痕迹？”

冯斯觉察到，慧心的内心隐藏着一种强烈的骄傲和自恋，但配合着他那瘦弱的外表，似乎这种自恋又源自某种深深的自卑。慧心无疑是一个很聪明的人，能操控如此庞大的一个蠹痕也说明他拥有强大的附脑，但他偏偏有着一个发育不健全的身体，明明比自己还大几个月，看上去却像个瘦弱的初中生，这种强烈的反差难免让他性格扭曲。那尊真武大帝的塑像之所以超然于众，就是因为那是他潜意识里所希望的自己所具备的形象：刚猛、威严、霸气十足、万人景仰。

“那么，后来我的朋友被人刺了一刀，是不是也是你干的？因为那样可以用仇恨来促使我继续调查，百折不挠。”冯斯捏紧了拳头，缓缓地问。

“那倒不是，虽然我的确想这么做，”慧心邪恶地一笑，“不过我的目标原本不是他，是你那个漂亮的女朋友，虽然男人总喜欢在嘴里说‘兄弟如手足，女人如衣服’，但那只是嘴上说说骗自己的而已，在现实中，女人总是比朋友更重要。”

冯斯一阵悚然，只听慧心继续说下去：“不过我还没来得及下手，你的朋友就挨了那一刀，对我而言，效果倒也差不多，我也不必多此一举。所以你实在应该为你的女朋友感到庆幸。”

“她不是我女朋友……竟然不是你干的，那会是谁？”冯斯摇摇头，“那么，翟建国变成半人半蜘蛛的怪物，也是你捣的鬼？”

“我一直在研究附脑植入手术，本来就很缺实验品，”慧心说，“他自认为帮了我的忙，老是来找我要钱，而且屡次提到也想要获得强大的能力，不想继续那样窝窝囊囊一辈子，我索性就成全他了。”

“你分明就是在灭口……”冯斯想到翟建国那恐怖的身体，禁不住一阵恶心。他不由得再度捏紧了拳头：“那么，现在你能不能告诉我，翟建国所说的我的身世是不是真的？以及，你到底是谁？”

慧心收起笑容，冷冷地看着冯斯，目光中的刻骨仇恨让冯斯背脊一阵阵发凉。他正在猜测慧心何以如此仇恨他，慧心已经再度开口：“你问我的这两个问题，其实可以合并在一起。”

冯斯一怔："什么意思？"

"意思就是说……我要你死！"慧心咆哮着。

慧心话音刚落，冯斯突然就觉得胸前一痛，像是被什么东西狠狠地撞了一下，身子控制不住地向后倒下，狠狠摔在地上。但他看得很清楚，身前明明任何东西都没有。

他连忙爬起来，但刚刚站起来一半，膝盖还处在弯曲状态，膝盖窝又被莫名其妙地重重顶了一下。这一次的姿势更加狼狈，是生生地跪在了地上，耳边听到慧心发出一声嗤笑："别那么客气，怎么一见面就磕头啊？"

冯斯没有发怒，反而保持着跪姿在地上不动，想要观察一下形势。刚才腿弯被顶的那一下，身后依然是没有人的，但他确实能感觉到有力的撞击。

很快，背后又是重重一下，冯斯一个狗啃屎趴在地上，牙齿把嘴唇磕出了血来。他禁不住骂了起来："你这个小王八蛋可以利用蠹痕内的空气进行攻击，是吗？"

"不能这么说，确切地说，这个蠹痕就像是我的化身一样，任何一个角落都可以依照我的心意，像我的真人一样出手打击。只不过现在我练得还不到家，蠹痕的杀伤力还没能超越我本体的力量，等我能让它像刀剑一样锋利时，你就没有命在这儿啰唆了。"

"你的这个蠹痕……听上去挺像画饼充饥的。"

"画饼充饥多好啊，从虚空中来，到无限中去，"慧心大喊着，"无中生有才是道的最高境界！"

在慧心的狂吼声中，无形的打击从四面八方涌来，让冯斯完全无从躲避招架。他只能屈膝抱头匍匐在地上，尽量护住要害部位。那种感觉，真像是在打群架时不小心落单，被十多个小流氓提着木棒围殴，让他莫名其妙地还生起一点亲切感。

当然了，这一丁点儿亲切感并不足以抵消他的愤怒和恐惧。慧心的攻击持续不断，就算他擅长挨打并且慧心的力气不算太大，也会觉得吃不消。只是对方的攻击完全看不到，让他找不到还击的机会，难道就这么生生被打死？那可太丢脸了……

双手护住头，冯斯的眼睛从指缝间看出去，慧心脸上的表情近乎癫狂，道袍在身畔剧烈的空气流动下飘扬而起，俨然一副不老妖道的形象，看得他气往上冲。他妈的，凭什么老子就得干挨打？冯斯盯着慧心，开始在心里想象，自己也能操纵这一片蠹痕，也像他胖揍自己一样，仅仅运用一片虚空就把他也海扁一顿。或许是为了减轻肉体上的痛苦，他出神地想象着，注意力格外专注，好像疼痛真的没那么厉害了。

先扇他的左脸……再扇他的右脸……当胸一拳……照着腰狠狠踹一脚……然后踢他的屁股……踢他的屁股……踢他的屁股……

正在幻想得出神，忽然间身上被拳打脚踢般的撞击感暂时消失了，而他很清楚地看到，慧心的身体向前一个趔趄，险些摔倒在地上。

看起来就像真的被人从身后踢了屁股一样。

冯斯的嘴张得像被人塞了一个鸡蛋，然后意识到现在不是发愣的时候。他努力捕捉着刚才那一刹那近乎神游天外般的感觉，开始在头脑里集中所有注意力，想象着自己殴打慧心的残忍场面。当他想着自己一拳打到慧心脸上的时候，小道士居然真的朝后就倒，在地上哼唧了半天没爬起来。

——慧心虽然能够通过蠹痕创造出如此庞大的一个虚幻领域，但论身体终究还是羸弱不堪。

冯斯趁势追击，继续沿着先前的感觉进行想象，又对慧心发出了几下无形的拳脚，但这一次，都没能够打到对方的身上，倒是慧心的身前隐隐可见水纹状的波动，以及能听到“噗噗”的闷响声，好像是慧心形成了某种防御。

管他大爷的，你能行，老子也一样能行！冯斯发狠地想着，开始在头脑里构建一道无形的堡垒。这一招果然管用，慧心再对他发起攻击时，身上就像披了铠甲一样，力道被抵消了八九成，基本上不痛了。

两人谁也不能奈何谁，不约而同地停止了进击。冯斯满脸纳闷：“这到底是怎么回事？这是你的蠹痕，为什么我可以使用你蠹痕里的力量？”

脸上挨了一拳而鼻青脸肿的慧心凶狠地盯着冯斯，双眼里似乎要滴出血来。他向前走出几步，伸手指着冯斯，一字一顿地说：“因为我们流着同样的血。”

“我们流着同样的血？什么意思？”冯斯不明白。

“意思就是说，你是我的弟弟，孪生的弟弟。”

弟弟？

孪生的弟弟？

冯斯有一种快要眼冒金星的感觉。他努力支撑着伤痕累累的身体，不让自己倒下去，咬着牙问："我不明白，我怎么会是你的弟弟？"

慧心欣赏着冯斯震惊的神情："你刚才不是问我翟建国当初有没有骗你吗？其实他所说的大部分都是真的，只有一点他对你隐瞒了。他当时接生的，不是一个孩子，而是两个。那个孕妇生了一对双胞胎，哥哥是我，弟弟是你。"

"这不可能，我们俩长得并不一样！"冯斯大声说。

"还是名牌大学的大学生呢，一副文盲像……"慧心好像不放过任何一个机会贬损冯斯，"听说过异卵双胞胎吗？虽然少见，但异卵双胞胎的兄弟俩大多长得不一样，不要一提起双胞胎就觉得肯定跟镜像似的。"

冯斯不吭气了，这才开始细细打量慧心的脸。诚如慧心所言，异卵双胞胎不会长得一模一样，但仔细看来，还是能看出两人在脸形和五官上的某些相似之处。只是慧心发育严重迟缓，外表看起来原本就像个孩子，和自己成年人的脸自然是区别很大了，更何况第一次见面的时候，慧心故意把脸抹得脏兮兮的，所以当初压根儿就没有留意到这一点。

"但是不对啊，你不是被玄和子所收养的吗？"冯斯想到了一些不太对劲的地方，"那应该是在我出生前一年多的事情才对。"

"我只是对外冒充了他的身份，反正这年头社会热点多如牛毛，人们感动一阵子之后，马上会把我忘掉，少这一年外人根本不会留意到。"慧心说，"真正被玄和子收养的孩子，在我和你出生前不久就病死了。玄和子赌错了。"

这样倒也解释得通，冯斯想。他望着站在自己身前的慧心，心里有一种异样的感觉。这是我的哥哥，孪生哥哥，但他却显得那么瘦弱那么矮小，有着一张完全还是孩子的脸，我站在他面前，倒像是比他大五六岁。他一见到我，就对我充满了仇恨，我从他身上感受不到一丝一毫兄弟间的亲情。是因为外形上的巨大差距吗？

"你是在想，我恨你的原因在于外表吗？"慧心看出了他的心思，"别幼稚了，在这个世界上，只要拥有力量，拥有金钱和权势，就胜过一切，四肢发达的蠢货有什么好羡慕的？我所恨的，只是上天为什么那么不公平。"

"除了体魄之外，我们俩之间还有什么不公平？"冯斯不解。

“怀有天选者的孕妇，在怀孕期间就会表现出种种迹象，甚至干扰到那一地区存在的魔仆和妖兽，这就是为什么我们出生之前就早早被人盯上，也是玄和子根据妖兽的骚动到这一带寻访孕妇的缘由。”慧心说，“但是当我们出生之后，人们却很快发现，我们虽然是兄弟，但却只有一个人有附脑。那就是你！你才是天选者，而我是个废物！”

冯斯呆若木鸡，完全无言以对。这并非是因为通过慧心的口证实了他脑子里的肿瘤的确是附脑，而在于他终于体会到了慧心那种刻骨的仇恨。一母所生、一胎所生的两兄弟，一个生下来就被人们寄予种种期望和野心，另一个却被弃之如敝屣，那样的滋味绝对不可能好受。

“可是……你明明可以操控蠹痕的啊，那难道不是附脑的功用吗……”冯斯说到这里，忽然明白了，“植入！后天植入的！”

“是的！所以我只是一只猴子！后天植入附脑的猴子！”慧心怒吼着，“我冒着超过90%的死亡率的危险植入了附脑，虽然成功了，但附脑却压迫了我的颅内神经，抑制了生长激素，所以我才会是现在这个鬼样子！我不服，凭什么我们两个要一个在天上一个在地下！”

暴怒的慧心不顾一切地向冯斯发起了暴风骤雨般的进攻，他的怒火也影响到了这片原本还算稳固的异域，那些金碧辉煌的众神塑像开始轰然坍塌，即便是最用心营造的真武大帝，身上也出现了裂痕。

冯斯反倒完全冷静下来了。他知道此时的慧心不可理喻，就像是打群架时打红了眼的人，给他一把刀子就敢照着对手的要害捅。所以他根本没打算费唇舌去解释或者劝告，只是拼命集中精神，在自己身边形成无形的盾牌，保护住身体。慧心的攻击雷声大雨点小，基本都被这道由虚无筑成的墙壁所阻挡。

等到慧心终于显出一点疲累，攻击渐渐慢了下来，抓住稍纵即逝的空隙，冯斯以神笔马良的专业精神聚精会神地在心里勾画出一记重拳，狠狠打在慧心的腹部。慧心当即痛得抱着肚子蹲在了地上，等他重新抬头时，冯斯已经站到了他的面前。

“打架这种事儿，还是用货真价实的拳头比较痛快。”冯斯说着，挥起右拳，“砰”的一声把拳头闷在了慧心的面颊上。这一拳里仿佛释放出了他近半年来所有的愤怒、委屈、苦闷和彷徨，慧心的身体几乎是横飞出去好几米，重重摔在地上，昏了过去。

随着慧心的昏迷，这片蠹痕所创造出的虚幻领地再也无法维持。一阵类似玻璃被敲碎的碎裂声响起，冯斯眼前突然变得一片漆黑，重新亮起来的时候，巨大的神殿已经消失了。

现在他所处的是一个普通的卧房，里面摆放着床、桌椅、书架等简单的家具，桌上还有一台和道观的氛围不太相称的笔记本电脑。看来这就是慧心的卧室。

这时候冯斯才觉得浑身散了架一样的疼，但他还是先从慧心的床上撕了两条床单布下来，把慧心手脚捆住。捆完之后，他又哑然失笑。

“无用功……蠹痕又不是靠手脚发动的。”冯斯笑着敲敲自己的脑袋。哪怕是这两声笑，他也觉得牵动着肋骨一阵剧痛，只能捂着胸口在床上躺了好一阵子，才算慢慢缓过劲了。

他重新起身，来到书桌旁，费力地坐下，打开了那台笔记本电脑，想要看看慧心的电脑里是不是还藏着一些有价值的资料，但慧心设置了屏保密码。冯斯托着腮，猜测着这个小道士的密码可能是什么，这时候身后忽然响起了一个温柔的声音。

“淘淘，从小我就教育你，不要乱碰别人的东西，教了那么多遍你怎么还是忘了呢？”

冯斯一时间血往上涌，忽然又有了一种眼冒金星的感觉。他的心脏剧烈跳动着，几乎要从胸腔里蹦出来，两腿一下发软，竟然站立不起来了。他双手撑着桌子，慢慢地站起身，再用更慢的动作转过身。

视线里出现了一个人。虽然已经有超过十年没有见到过这张脸，虽然这张脸比起十年前有了很大的变化，但他还是一眼就认出来了，认出了这张让他魂牵梦萦、从来不曾忘却的脸。

足足有两分钟，冯斯的嘴唇颤抖着，面部肌肉好像被冰冻一样僵硬，完全不能做出任何反应。两分钟之后，他重重地咬了一下自己的下唇，咬到出血，才觉得舌头听使唤了。他看着对面的这个人，只觉得整个世界都在如异域幻境一般崩塌。

“妈妈……”冯斯觉得他的声音仿佛不属于自己，而像是从遥远的天边飘来的。

五

站在眼前的是一个女人，看上去40多岁的女人。她并不漂亮，但有着和善的面孔和温柔的笑容。在无数个难眠的夜晚里，冯斯就是怀念着这张脸才能渐渐入梦的。

她的声音轻柔而和蔼，在冯斯的印象里，她几乎从来没有提高声音对人说过话，永远是那么不紧不慢、斯文有礼。即便是父亲闯下大祸而不得不跑路的时候，她也只是忧郁地笑了笑，然后轻轻摸着冯斯的头："别怕，总有办法的。"

这就是冯斯的母亲，一个名叫池莲的普通女人。在冯斯8岁那一年，她冒着暴雨去上夜班的路途中，被卷入了河流中，不幸去世，这是冯斯心里最深的一道伤疤。正是因为母亲的死，让他在后来的10年里都对父亲视若路人。

可是现在，池莲活过来了，就活生生地站在冯斯的面前。她的脸上多了一些皱纹，原本乌黑的头发里掺杂了一些银白色，但是笑容依旧，眼神依旧。

"我就知道我的淘淘不会忘掉我的。"她轻柔地呼唤着冯斯的小名。

冯斯没有应声。他的视线移到了慧心的脸上，慧心的脸肿得像包子，还在昏迷当中。他又推开窗户，蹿到门口，四处检查了一番，除了站在远处一脸呆相的慧明外，再没有其他人了。

"不用看了，我知道你在想什么，"身后的池莲温婉地说，"这不是蠹痕造成的幻象。我是真的，活生生的人，淘淘。不信的话，你过来摸一摸我的手，看我有没有温度。"

冯斯向前跨出一步，却又停住了。他看着池莲的脸，内心翻江倒海、百味杂陈。突然，他抬起手腕，狠狠地咬了自己一口。手腕被咬破了，留下两排血肉模糊的牙印，但这剧烈的痛楚终于让他的头脑清醒了一些，让他可以暂时丢开情感的波动，进行理性的思考。母子两人对面而立，又是好几分钟的沉默，最后冯斯终于开口说话了。

"你是真的。"他说着，但声音里没有丝毫喜悦，反而充满了痛苦。他的面颊微微抽动了一下，接着说："你当初是故意假死的，对吧？那时候我们县城还没有DNA检测技术，你选择了一具和你的体形脸形都很相似的女尸，然后套上你的衣服，戴上你的饰品。尸体在河水里泡肿胀之后，一来容貌无法分辨，二来很多皮肤上的小细节也消失了，爸爸只能通过衣物、饰品和大致的体貌来判定，因此被你骗了。"

池莲看着冯斯，轻轻点了点头："是的，如你所说，我甚至在她的牙齿上动了手脚，让她和我一样在同一个位置有一颗补过的牙。"

"你为什么要制造这个骗局离开我？"冯斯咬牙切齿地问，"当然，我知道我并不是你的亲生儿子，但你为什么要选在那个时候扔下我不管？为什么！"

他几乎是咆哮着说出"为什么"这三个字。池莲望着他愤怒的面孔，眼圈忽然间红了："你长大了，变成了一个帅小伙子，又高大又漂亮的帅小伙子，真是太好了。"

"现在不是说这个的时候！"冯斯恼火地一挥手，"先回答我的问题！"

"因为那时候，我要在你身上做的事情已经做完了，"池莲的眼眶里涌出了泪花，"所以我不得不离开。你应该猜得到，我也属于某一个守卫人家族，不过我并没有告诉你爸爸，他一直以为我只是个普通人。"

"爸爸一直在为你的死而愧疚，我更是为此恨了他10年，折磨了他10年，也折磨了我自己10年！"冯斯觉得胸膛里有一股难以遏制的火焰在熊熊燃烧，烧得他简直要透不过气来。

"我只有对不起你，却没有对不起他，"池莲的声音里多了一分冷酷，"他娶我，原本就是想利用我来掩盖他的身份，而并不是出于爱我，只是却没有想到我反过来利用了他。那一次他被迫出逃，其实是我策划的。"

"你？你策划的？"冯斯大吃一惊，"你的意思是说，那个黑帮老大的母亲……"

"是我故意安排了那次替茶楼看风水，"池莲说，"茶馆老板是我的手下，我让他把你爸介绍给那个黑帮老大。你爸出去行骗的时候，随身都会带着消病符，我料准了他会给老太太喝符水，所以在符纸上下了毒。

"现在你当然知道你爸爸其实不是一般人，他在我们面前装得很穷，却一直在他朋友手里留有一些财产。当时他所谓的出逃，其实是去找他的朋友拿钱，打算装作发了一笔意外财的样子回家来，把钱赔给那个老大了事。但我需要他离开一段时间，就把他的行踪泄露给了他过去的仇家。在仇家的追杀之下，他不得不开始真正的逃亡，也就为我争取了足够的时间。”

“什么时间？”冯斯隐隐猜到了答案，但还是问出了口。

“我观察了你8年，始终没有发现附脑对你的作用，时间已经很紧了，必须要有一个结论，”池莲说，“所以我打发走了你爸之后，终于可以利用每天晚上你睡觉后的时间对你进行研究。”

“研究……”这个冰冷的词刺痛了冯斯，“那段时间你每天都看起来又困又累，我还以为是上班和打工造成的，原来其实是晚上……研究我。研究出什么了？”

“你的附脑十分奇怪，虽然始终无法激活蠹痕的作用，却和魔仆的精神反射高度吻合，过去从来没有谁的附脑可以引起魔仆那样的骚动，”池莲回答，“所以我们初步判断，你的附脑比一般人的更加强大，虽然唤醒很困难，但一旦被激发出来，所拥有的力量将难以估量。或者换一种说法，你体内的魔王血脉，纯度很高。

“而另一方面，正因为纯度很高，你的危险性就很难估量，假如落入魔仆的手里，很可能会被利用来直接唤醒魔王，那样的后果将不堪设想。所以那段时间，我还做了另一件事，对你进行了催眠，在你的潜意识里放入了一把锁……”

“原来是这样！”冯斯愕然，“我在四合村的时候，明明马上就要失去意识了，却开始了我完全无法控制的突如其来的反击，反而摧毁了魔仆的精神。原来……那是你当初给我下的催眠指令！我记得当时我好像听到了有人在对我说话：‘忍一下……很快就会好的……不要怕……’当时我只觉得声音很熟，却一时想不起来，但是现在，我想起来了。”

冯斯的记忆回到了11年前。在父亲逃亡之后的某一个夜晚，他病倒了，躺在床上发着高烧，眼前飘过无数吊诡的幻觉：巨大如山的蟾蜍，嘴里喷出绿色毒雾的宝塔，身上披着黑色斗篷在半空中飞翔的猫，一个不断从曲折细长的管道中钻出来的只有半张脸的僧人，诸如此类。在高热的谵妄中，只有母亲一直守护在身边，为他换放在额头上的湿毛巾，握着他的手，不断地对他说：“忍一忍，不要怕。”“忍一忍，儿子，很快就会好的。”

后来冯斯一遍又一遍地回想当时的情景。发烧很不好受，但他的心里却充满温馨，因为在这段记忆里和发烧相伴的，还有母亲的爱。想起这段往事的时候，他就会觉得，母亲始终和他在一起。

“原来那些只是用来催眠的……”冯斯摇摇头，拳头握紧了又松开，忽然间感受到一种无法形容的颓丧和心灰意冷。如果心灵中最宝贵的记忆都可以像易碎的玻璃那样被轻易地摧毁，他实在无法明白，人生的意义究竟在哪里。

其实此刻他的心里仍然还有许多疑问，比如父亲冯琦州的真实身份，比如母亲为什么会选择那个时候离开，然后在长达10年的时间里隐匿起来，现在又为什么会来到这里，比如在自己和慧心出生的那个血腥的夜晚到底发生了些什么、自己为什么会被冯琦州带走。但他已经被一波又一波的悲伤和失落所深深淹没，似乎连心脏都懒得跳动了，那些问题显得是那么无足轻重。

除此之外还有悔恨，以及对父亲冯琦州的深深歉疚。他一直把父亲当成害死母亲、拆散整个家庭的元凶，一直以抗拒、厌恶、仇视的态度对待着这个孤独的男人。但现在他才知道，这种恨就像无根的浮萍，根本就是错误的。是母亲主动选择了抛弃他，抛弃这个家庭。造成这一切的是母亲，他在这个世界上最爱的人。反而是被他仇恨着的父亲，在临死前表露出了对他深沉的感情。而同样是在那个时候，父亲还在为了母亲的事向他道歉，愧疚于他伤害了一个普通人。

冯斯的身体慢慢滑到地上，呆呆地坐着，神情木然，就像一个刚刚把眼泪哭干的精疲力竭的小孩子。模糊的视线中，母亲始终站在原地没有动，含着泪注视着他，目光中释放出一种叫作“爱怜”的情绪，但他实在不知道这种感情是否值得相信。

就在母子两人相对无言的时候，一直处在昏迷中的慧心醒了过来。他先剧烈地咳嗽了几声，随后睁开肿胀的眼皮，一眼就看到了池莲。然后他就张开口，大声喊了出来：“妈妈！快救我！”

妈妈。

慧心管池莲叫妈妈。

冯斯呆了几秒钟，忽然间哈哈大笑起来。

“你笑什么？”慧心很恼火。

冯斯没有理睬他，继续仰天大笑，笑得眼泪都流出来了。慧心暴怒起来，发动了蠹痕把冯斯纳入蠹痕的范围内，然后隔空一拳打在冯斯的脸上。冯斯歪着头，一缕鲜血顺着嘴角流下，却仍然在上气不接下气地笑着。

慧心被冯斯这种轻蔑的态度深深激怒。他利用蠹痕所虚化出来的无形的手解开捆绑，又重重踢了冯斯一脚，但当他准备发出第三下攻击的时候，一只手轻轻地按在他的肩膀上。

“别这样。”池莲轻轻说了三个字。和与冯斯说话时饱含着情感不同，她和慧心说话时态度是冷冰冰的，与其说像是母亲和儿子说话，倒不如说像是上司对下属，甚至主人对仆从。慧心身子抖了一下，像一只温驯的绵羊一样低下了头：“是。”

冯斯看着眼前的这一切，心里居然有一丝异样的快意，那种感觉，倒像是两个在女神面前争宠的屌丝男，看到对方被冷落，就可以抚慰一下自己的妒火。

池莲走到冯斯面前，手上多了一样东西：一根银色的吹管。冯斯苦笑一声：“怎么，准备杀了我吗，妈妈？”

“我如果要杀你，19年前就可以动手了，”池莲轻叹一声，“我只是要你睡一会儿。”

“我已经睡了19年了，”冯斯摇摇头，“现在我不想睡了，我想清醒。”

他的目光里充满了鄙夷、仇恨和抗拒，毫不避让地和池莲对视，试图从母亲的眼里找到一丝内疚和后悔。但是没有。池莲的眼神里有温柔、有怜惜，也有坚定，唯独没有一丁点儿歉疚。

她丝毫不觉得她对不起我啊，冯斯想，这就是我的妈妈，我珍藏在内心最深处怀念了10年的妈妈。

“噗”的一声轻响，冯斯的脖子上微微一痛，像是被小虫子咬了一口。他侧头一看，一根银针正扎在那里。池莲默然放下吹管，把头扭开，不再看他。

麻醉剂发作很快，冯斯的眼皮迅速变得比铅还沉重，并最终合在一起。意识渐渐模糊、渐渐飘远，黑色的幕布拉下，把冯斯和视线里的母亲分隔了开来。

尾声

这一年北京的夏天漫长而炎热，据新闻里说，最高温度创下了有历史记录以来的夏季新高。

进入8月，同宿舍的同学都回家了，只有冯斯无家可归，索性留在了学校里。学生宿舍有空调，他每天开着空调躲在房里，打理着各种各样的网络账户，直到夜深了才出门到校园里的24小时小吃店去吃点东西。除此之外，他没有去见留在北京实习的文潇岚，没有去见宁章闻和关雪樱，这让他的朋友们十分担心。

“没事儿，我就是想安静一下，”冯斯在聊天工具里对文潇岚说，“很快就没事儿了。”

他倒是真没说谎，一星期之后的一个傍晚，一脑袋乱发的冯斯走进了宁章闻的家门。文潇岚碰巧也在，一见到他就皱起眉头：“这脑袋……雀巢牌的吧？”

“甭管什么牌……宿舍的热水器坏了，憋了两天，头发痒死了，实在他妈的受不了了。”冯斯毫不顾忌地一边脱T恤一边向卫生间走去。

身上围着做饭围裙的关雪樱连忙给他递上一块干净的浴巾，文潇岚撇撇嘴：“我记得你不是宣称你直接用自来水管的冷水就能洗头吗？”

“我现在是千万富翁，总得顾着身份。”冯斯说着，关上了卫生间的门，门里水声大作。冯琦州的别墅已经卖掉了，张圣垠没有留一分钱，全款转给了冯斯，所以这个千万富翁货真价实，毫不掺水。

“喂，千万富翁！穿着学院活动发的文化衫和精品城淘来的大裤衩很美吗？”文潇岚嚷嚷着，关雪樱在一旁抿嘴直乐。所谓精品城，是学校附近的一个批发市场，里面的各种服装、鞋帽、电器、小百货都来自浙江的乡镇工厂，价格很便宜，是兜里没钱的学生最爱光顾的地方。

“冯斯来啦？”宁章闻从自己的房间里探出头来。

关雪樱冲他点点头，再指指客厅里的饭桌，意思是快开饭了。

“他怎么样？”宁章闻问文潇岚。

“心里的结没那么容易解开，但这个人很擅长憋着，不管是怨气还是伤心，都能死死憋住，”文潇岚说，“骄傲的人都是这样，所以关于他父母的那些话题，就别提了。”

“必须提，”宁章闻摇摇头，“提到他的父母不过是让他心里不舒服，但那些重要的事情，我们不帮他一起想主意，后果就是丢掉他的小命。”

文潇岚笑了起来：“宁哥，我发现自从小樱住到你家里之后，你的话越来越多，和以前的你越来越不一样了。”

关雪樱神色坦然地轻笑着，宁章闻却不知道怎么的，脸皮子微微有点红。他动了动嘴唇，正想说什么，浴室的门打开了，冯斯探出个湿漉漉的脑袋：“小樱！帮我从宁哥的衣柜里拿套干净衣服出来！内裤就不用了！”

“我算是明白你为什么一定要把她千里迢迢带回到北京来了，”文潇岚小声咕哝着，“这样便宜的使唤丫头可真划算——小樱别理他！就让他光着屁股出来！”

关雪樱的确是个心灵手巧的女孩，尽管她在山村里得不到任何好的食材，只能日复一日做着简单粗劣的饮食，但来到北京之后，却以很快的速度学会了许多新菜，还学会了使用烤箱、微波炉、榨汁机等现代化工具。这一天晚上，她做了一大盆香气四溢的鱼头泡饼，配上几个爽口的凉菜和清淡的绿豆百合粥，让冯斯吃得有如饿殍。

“以后我一定要帮你开一家饭店，”冯斯一边擦着嘴角的油一边说，“什么都不用做，单卖鱼头泡饼，全北京的人都得排着队来吃。”

“少摆出一副千万富翁的架势了，”文潇岚撇撇嘴，“不能动的钱等于废纸。”

“不是不能动，我只是不想动……”冯斯眼里的光芒有些黯淡。文潇岚知道勾起了他对养父的复杂情感，有点后悔，正想岔开话题，宁章闻却已经开口了：“我刚看到新闻，栖云观被人放火烧了，火场里发现了慧明的尸体。”

冯斯一怔：“我那天醒来的时候，他们明明都已经走了，慧明也不在了，怎么会又死在道观里？”

“我猜，是因为你妈不想和你冲突，所以先匆忙离开了，”宁章闻说，“等你走了之后，她再回去放火烧观，可能是里面藏着什么不为人知的东西。”

“说不定就是一个魔仆什么的，”冯斯很懊恼，“都怪我，当时心里太乱，根本没有多想就离开了。我可能是……有点怕那个地方，不想再想起我妈。”

“这不怪你，换了谁都会脑子晕晕乎乎的。”文潇岚柔声说。这是这一天晚上她第一次用温柔的态度对冯斯说话。

“现在说这些已经晚了，”宁章闻摆摆手，“接下来你打算怎么办？”

“我不知道，”冯斯摇摇头，“能让我知道的，那个叫路晗衣的人都已经告诉我了。但我看得出来，他们还怀有很深的担忧，彼此之间也存在很大的戒心，我猜想是因为，还有一些危险性不亚于魔仆的敌人存在着。”

“危险性不亚于魔仆？那会是什么？”文潇岚很吃惊。

“还是那三个字：不知道。”冯斯一脸的苦恼，“现在所有的守卫人家族都知道了我的存在，他们都在监视着我，也等待着突发事件的到来。大家都知道一定会有大事发生，却不知道何时发生、怎样发生，所以都只能在煎熬中痛苦地等待。我猜想，我过来找你们吃这一顿饭，外面就有若干只眼睛的视线聚焦在这张桌子上。”

关雪樱下意识地站起身来想要去拉窗帘，冯斯摆摆手：“不必，没用的。也正是因为这样，我一度想要切断和你们的联络，拿着我爸留给我的钱，躲到其他城市去。可是回头仔细一想，你们的身份他们都知道了，假如真的要用你们来要挟我，我待在哪里都是一样的。真是对不起你们，无端把你们拉进这场旋涡。”

“我不在乎。”文潇岚大声说，“这样反而刺激，有种生活在电影里的感觉。”

宁章闻和关雪樱都没有说话，但眼神里流露出的信任说明了一切。冯斯心里一热，忽然觉得有种说不清道不明的豪气充塞在胸口，好像在这一瞬间真如文潇岚所说，什么都不必在乎了。

“这他妈的才叫作人生。”冯斯一拍桌子，“我突然有点明白过来，为什么小说和电影里的人物都会在某一个时刻很想喝酒了。我现在就想喝酒。”

冯斯其实酒量不大。喝了几杯当年别人送给宁章闻父亲的老茅台后，他开始满脸通红，精神也愈发兴奋，以至于吃完饭后宁章闻和关雪樱一起表示："今晚你还是留下来睡这儿吧。"

"不用！不用！"冯斯摇摆着手，"现在宿舍里就我一个人，住着舒坦。我没醉，出去吹吹风就好了。"

"那我送你回去，"文潇岚说，"省得你半路借酒撒疯去调戏良家妇女。"

说来也奇怪，两人在宁章闻和关雪樱面前总是不停斗嘴，此时走在校园里却一直沉默着，处在一种近似尴尬的氛围里。来到男生宿舍楼下，冯斯挥了挥手，准备上楼了，文潇岚忽然喊住他："等一下！"

冯斯回过头来："怎么了？"

"我……我有话想说。"文潇岚的脸稍微有点红。

"什么话？"

文潇岚始终踌躇着，似乎不知道该如何开口，冯斯笑了起来："是那个大三学长向你表白的事儿吧？我早知道了。"

文潇岚的脸更红了："你怎么知道？"

"总是有人多嘴跑来向我汇报呗：哎呀不得了啦，你的女朋友要被撬走啦，不是我挑事儿啊，这事儿换了我可不能忍啊……"冯斯说着笑话，神色如常。

文潇岚也挤出一个笑容："其实这件事……"

"如果你喜欢他，就答应他。"冯斯打断她。

文潇岚的脸色一下子变得有些难看，咬着嘴唇没有说话。冯斯慢慢走到她面前，拍拍她的肩膀："那个哥们儿我见过，人长得挺帅，脾气不错，篮球也打得比我好，我要是你，就抓住这个机会。"

文潇岚"扑哧"一声："这会儿你又变得像个知音大姐了。"

冯斯没有笑："说真的，我知道你还没答应他，原因是为了我。大可不必。我可能对你稍微有点意思，你也可能有些时候对我也有那么一点意思，但是我们……用你们女人爱说的话来说，更接近闺密。我们做一对有点暧昧的好朋友可能挺合适，要真谈恋爱，你会别扭，我也会别扭。"

"我就是这么想的，"文潇岚低声说，"我们俩很好，真的很好，但始终……少了点什么东西。"

"所以嘛，痛痛快快地答应他，然后我会选个吉日狠狠宰你们一刀。"冯斯一本正经地说。“初步定在大董吧，要不金钱豹也行。不对，我突然想吃海鲜了，咱们去顺峰也好……”

文潇岚听着他胡言乱语，眼眶微微有些发热。她忽然伸出手，轻轻抱住了冯斯。冯斯愣了愣，犹豫了一会儿，还是伸出手，环抱住她。

几秒钟后，文潇岚松开手，轻声道了句“再见”，转过身快步离开。

冯斯的脸上始终保持着笑容，直到文潇岚拐过一个弯，消失在他的视线之外后，笑容才突然消失。拥抱过女孩的手上仿佛还带着淡淡的香气，让人心神迷乱。

“还是想喝酒……去哪儿喝好呢？”冯斯挠了挠头。

与此同时，在这个星球的另一个角落里，另一个人也在喝酒。

和冯斯不同，这个人身边没有朋友相伴，而是独自一人。他也没有下酒菜，如果一定要说有的话，那就是身前电脑屏幕上的数码照片。他处在一个非常奇怪的地方，空旷，辽远，黑暗，寂静，把一个普通人放在这样的环境里，或许不到一个小时就会发狂。但这个喝酒的人泰然自若，脸上带有一种古井般的平静和幽深。

“不错，不错，这个孩子果然长大了，有点风骨了。”喝酒的人自言自语着。照片里，冯斯正和梁野站在一起，虽然脸上都是瘀痕和擦伤，炯炯的目光里倒是透出一种牛二般的浑不吝。

“这双眼睛真像我啊，”他把杯里的白酒一饮而尽，“尽管身上并没有流着我的血，但还是我的好孙儿——你已经等不及了吧？”

随着这句奇怪的话，离他不远处背后的黑暗里忽然传来一阵“呼噜呼噜”的声响，像是某个饥饿难耐的庞然大物发出粗重的喘息。在电脑微光的照映下，隐隐可以看到模糊的山一样的巨大轮廓。

“我也等不及了，不过，还是得再忍忍，”喝酒的人哧哧笑着，“待会儿让血的味道变得更甜。”

又是一阵喘息，紧跟着，一片黑暗之中突然现出了两个硕大的绿色光点。

那是两只眼睛，绿色的、饥饿的、渴望的巨眼。

图书在版编目（CIP）数据

觉醒日 / 唐缺著. — 北京 : 北京联合出版公司,
2015.4

ISBN 978-7-5502-4910-3

Ⅰ. ①觉… Ⅱ. ①唐… Ⅲ. ①长篇小说－中国－当代
Ⅳ. ①I247.5

中国版本图书馆CIP数据核字（2015）第053963号

觉醒日

作　　者：唐　缺
责任编辑：王　巍
特约监制：孟　祎
产品经理：马　旗
特约编辑：王　晶
版式设计：刘珍珍
封面设计：天行云翼 · 宋晓亮

北京联合出版公司出版
（北京市西城区德外大街83号楼9层　100088）
北京慧美印刷有限公司印刷　新华书店经销
字数287千字　700毫米×980毫米　1/16　印张18
2015年4月第1版　2015年4月第1次印刷

ISBN 978-7-5502-4910-3
定价：28.00元